亂局與奇局

析論東周列國志

李壽菊　著

【目　次】

魏序

注目於「春王正月、尊王攘夷」也

魏子雲

由於此一論文之體式，囿於學位之定規，局限了章則之精儉，不得不大事傳設了節目踰百條，觀之未免繁瑣。然此書史蹟之綿長近六百年，動變之起伏，誠如萬花筒，要看，非搖之無可觀其變也。然而，一讀首章之「緒論」弁言，短短六百字的篇幅，已道出該書所見之梗概矣！真格是「先聲奪人」，任誰用心讀後，都會展讀下去的。

讀完了「緒論」，便發現了作者對其進入該書之理路，不但窺其大路與小徑，兼且達觀了徑路上的山川田野，以及村鎮行人。慨歎乎只能見之大觀，或點線之小覷，蓋世人多認為《東周列國志》只是拼湊出的小說，寫作技巧亦不佳，未若《三國》、《水滸》之四大奇書誘人也。民國以來，越發無人重視，是以從事於《東周列國志》論述者，數來也祇寥寥數本已耳，且大多擇其某點而略抒所感。

從明代初年，閩人余邵魚彙編了宋元話本，編成《列國志傳》問世，抵明末，雖經吳人馮夢龍加以改纂，名之《新列國志》，且印刷精美，評點之文加以套色，終未能儕入四大奇書而駢駕之。兼之大局生變，移宮換羽而天下易主。欣哉百年之後，尚有蔡元放（奡）其人，看中了前朝的《新列國志》，予以增潤修補並加評點，易名《東周列國全志》，該書遂在清之乾隆年間盛行。此後，蔡氏評本之《東周列國全志》，便在市上流行起來。惜乎論者仍未能追乎四大奇書之後塵飛揚，蓋論者之寥寥，想是春秋列國之史事，大率人等知之零，而欠其整耳。

今者，李壽菊這孩子居然不惜辛勞，竟挐起蔡元放的評點本《東周列國全志》，如泳者之縱身跳入水中，潛入三千年的史籍之域，探尋那五霸七雄的紛爭世界，尋求姬周之被諸侯提線著的天子之尊，竟能存乎那種失去禮法的天下，一代又一代的維持了卅八主，全部史程八百七十餘年。誠然焉！春秋五霸、戰國七雄，有何主力維繫了姬周天下「弱而不亡」，「亂而能存」，真格是一大奇局也。

這本《東周列國志》之研究，一一提出了這「奇局」的答案。前未曾有人明析答之焉。

一、通俗演義之論述

該書的論點，從第一章論及「通俗演義」，這一問題方始步入討論，分作三節十二目，首論「社會背景」，由唐朝興起的「講史」風氣，延燒至宋元，緊跟著通俗的「話本」出現，隨同興起的戲劇，在舞台上演唱起來。於是，「講史」、「話本」跟著舞台上的戲劇演唱，另一種可使耳目心神共同享受起來。迨及朱明繼起了經濟環境的優渥，比「戲劇」的演出，「講史」的堪聽，一併滲入了「話本」，使之演義而通俗，上下階層都能欣賞，又不局限於各人的時間。所以「通俗演義」的史話本，便風起雲湧起來。連上下階層的貴賤藩籬，以及雅俗之分野，也漸漸被「通俗演義」化解開來。加以「讀經風氣的推波助浪」，也是造成通俗演義之盛行的背景之一。引用《儒林外史》序言：「士人束髮受書，經史子集，浩如湮海，博觀約取，曾有幾人？為稗官野乘，往往愛不釋手，其結構之佳者，忠孝節義，聲情激越，可師可敬，可歌可泣，頗足興起百世觀感之心，而描寫奸佞，人人唾罵，視經集牖人為尤捷焉。」又引嘉慶間人鄭守庭的《燕窗閒話》有言：「予少時讀書易於解悟，乃自旁門入。憶十歲隨祖母祝壽於西鄉碩宅，陰雨兼旬，几上有《列國志》一部，翻閱之，解僅數語。閱三四本後，解者漸多，復從頭翻閱，解者大半。歸家後即借說部之易解者閱之，解有八九。除夕侍祖母守歲，竟夕閱《封神傳》半部，《三國志》半部，所有細評無暇詳覽也。後讀《左傳》，其事蹟已知，但於字句，有不明者，講說時，盡心諦聽，由是閱他書，益易解矣。」誠然，通俗演義之書，助之讀經，大有輔也。蔡元放的列國志讀法第四十四條也如此說。

又讀到演義文的特質，以述史為主調。縱虛實情節相間，神怪亦出沒其中，仍不忘以信史主之。

雖說，「演義」的定位，其虛構偶有，總不能以信史視之，每有爭議。然正史而不符其實事者，清人所著之《明史》，舛誤亦多。唐人史學家劉知幾，對於小說的看法，應與歷史同一範疇，不應另立之也。明人胡應麟有言：「小說者，子書之流也。然談說理道，或近於經。又有類注疏者，紀述事蹟，或通於史。又有類志傳者……」明之文學大家李開先、李贄、汪道昆，清人金聖嘆等人，視《水滸傳》可比況史遷之《史記》也。

二、版本與編者的溯源

大凡從事史說的志傳推論，首應尋究的，應是編著者其人及其作品的版本演變，像《東周》之「春秋、列國」，史乘綿衍五百餘年，以「通俗」文辭寫出的「演義」，更是推論者，不可疏落的一環。觀之此著《東周列國志研究》，以二、三兩章的篇幅，析論「版本」的演變，以及「本事」的溯源。

那麼，從其目錄二、三兩章列出的節目中，知道《東周列國志》共有三種，較早的一本《列國志傳》之編者，福建人余邵魚也。下一本《新列國志》編者，江蘇人馮夢龍也。這兩人都是明朝後半葉人。最後一本《東周列國全志》是清朝康熙末人蔡奡（字元放）編注。在內容上，則詳闡地考證了編者的出身及家世，兼且論及三人之編纂，都闡述了他的「創作觀」、「纂寫觀」、「評改觀」。其中的馮夢龍，則是今日文學界的聞人，更被封為「通俗文學」的領航者。

雖然，清代人蔡元放改《新列國志》為《東周列國全志》且加以每回都加評論，且在行文字句間，也略加評註，輔助讀者之功，大也大哉！惜乎未能考索出蔡氏之身家年譜，憾然！

東周這個時代，通常被稱為「春秋」、「戰國」兩個階段，又稱為「五霸」、「七雄」。實則「五霸」之前的鄭莊，雖為時不過幾十年，周天子已淪為諸侯相等了。所以後代論及此一五百餘年的史說，大多屬於古史的閒書，除正史如《春秋》三傳、《國語》、《戰國策》以及漢代的《史記》，他如《吳越春秋》、《呂氏春秋》，還有其他的偽書，如《管子》、《晏子》、《燕丹子》等等，其中都有東周列國的史說，也大多被《列國志》這部通俗演義，瑣瑣屑屑引述進去。李壽菊卻也不躲勞碌，一一查證，摘出對應，指出馮夢龍之纂編其《新列國志》，在本事溯源上，無不力求符乎正史。是以第四章除了引出之經、史、子等史料對應，還加了末一條，連「各家注疏」也是馮氏所採用的史料，列出於文尾的註腳，乃全書之冠，共五十九則也。

三、纂寫的特色

雖說，第三章述論該書之「本事溯源」，業已論及明末之馮夢龍，誠有大功於《東周列國志》，卻又獨闢一章，析論馮氏之纂改余邵魚編寫的《列國志傳》，使之步乎正史之途，運用了那些方法？改正了那些情節？又增章論述之。若是之求精求良而不計苦辛，誠書生於案牘之本然也。

按《東周列國志》經過三人完成，為首者余邵魚、次者馮夢龍，後者已是百年後的蔡元放。而真正使此書具有「羽翼信史」價值者，是馮夢龍大力刪除余氏的《列國志傳》之敘事顛倒者，率意杜撰者，以及典章失考的部分。再根據《左傳》、《史記》、《國語》、《戰國策》等二十幾種典籍，悉重新纂寫者。到了清代的蔡元放，只是修正局部的文辭與些許謬誤。而其最大的貢獻乃評點。若論該書的內涵，必須依據馮本之《新列國志》不可。所以李壽菊以最豐滿的篇幅

（第四章），以（一）經學家的作風，（二）史學家的精神，（三）小說家的文筆，這三大閱讀觀點，來探討馮氏的《新列國志》，兼且附帶他閱讀到其他心得，列出第四節，摘錄出一些誤差，也一一書之，可嘉其閱讀之用心不移。

說起來，馮夢龍的大名，基於他的《三言》，認真說來，是他的那本《今古奇觀》，抵乎今，該本短篇小說，仍是大眾所愛讀的通俗話本，知其是經史大儒者，至今亦知者尟，實則，馮夢龍乃《春秋》經之鴻儒也。

有關《春秋》（左氏傳）之研究，著有《麟經指月》、《春秋衡庫》、《春秋定旨參新》、《別本春秋大全》，其他尚有《四書指月》，他曾在湖廣麻城執教四書五經，從事舉子業者之師。然而，馮氏的情趣極廣，他的著作，通俗說部最多，長篇短篇具有，戲曲亦是通人。有傳奇本多種。更有詩文、小唱、笑話、方志、書畫及鑑定，多才多能者也。

正由於馮夢龍這個人物，在學業上知之多，見之廣，不但經史根深柢厚，且博蒐廣儲，真格是十八班文武技藝，無不精通，遂在《東周列國志》中，大顯神通，運用了他的文學各類常識，編寫這部列國演義。遇有應加解說的名辭字義，一一為之訓詁清楚，譬第五十六回寫孫良夫為了報答于奚相救之恩，欲以封邑相謝。于奚推辭說：「邑不願受，得賜曲縣繁纓，以光寵于縉紳之中，于願足矣！」下面便是作者所加按語：「《周禮》天子之樂，四面皆縣，謂之『宮縣』；諸侯之樂，獨缺南方，謂之『曲縣』，亦曰『軒縣』……『繁纓』，乃諸侯所以飾馬者。二件皆諸侯之制。于奚自恃其功，以此為請。」還有第五十二回，鄭國公子宋……將入見靈公，公子宋的食指翕翕自動。作者也加以解釋何謂「食指」，也在此加以解說：「何謂食指？」這一類的訓詁字辭，在其他說部中，應是少有的。

由於這本《東周列國志》屬於縷述于正史的說部演義，自亦難免抄錄于史書之文辭。為了便於讀者閱讀順暢而不受暗石激湍，隨時附帶訓詁。說來，斯乃馮夢龍是舉子業之師，為之久矣！慣習難改。但有時卻也隨手譯成常語，使讀者讀時會心，不使原文糾纏而疑思在心。如第二十四回有關管仲的「三歸」，注家各有說辭，馮氏在其演義中，寫到「桓公既歸，自謂功高無比，益治宮室，務必壯麗。凡乘輿服御之制，比於王者，國人頗議其僭。管仲乃於府中築臺三層，號為『三歸之臺』。言民人歸，諸侯歸，四夷歸也」。又「樹塞門，以蔽內外，設反坫，以待列國之使臣。」可以說馮夢龍寫于《新列國志》中的論管仲之「三歸」的說辭為《論語》八佾篇又多了一條「正義」也。

在我孩童時代，就從師說「孟姜女」與「西施」兩人，全是後人演義出來的。正史上，有杞梁戰死其妻哭之哀。《左傳》襄公二十三年，齊莊公自晉還，未返國，遂襲莒門於且于，傷股而退。明將復戰，杞殖（梁）載甲入於且于之隧，夜宿於莒郊。明日，莒子以重賄請盟，未成。莒子親自擊鼓而伐之。獲杞梁，莒人行成。齊侯歸，遇杞梁妻於郊，使弔之辭曰：「杞梁有罪，何辱命焉。若免於罪，猶有先人之敝廬，下妾不得與郊弔。」另《禮記》檀弓有言：「其妻迎其柩於路而哭之哀。」他無其他語。再有《孟子》告子篇，假淳于髡之語：「華周杞梁之妻，善哭其夫而變國俗」。先秦文獻無孟姜女一說，李唐以前，尚無孟姜女介入也。

馮夢龍之《新列國志》也祇說：「後世傳秦人范杞梁築長城而死，其妻孟姜女送寒衣至城下，聞夫死痛哭，齊城忽然崩陷數尺，由慟迫切，精誠之所感也，而誤傳之耳……按孟子稱「華周杞梁之妻，善哭其夫而變國俗。」正謂此也。

從最早的文獻乃東漢劉向之《列女傳》及《說苑》二書方始出現「孟姜女」哭齊之長城。李壽菊兼且考訂清楚。憾乎未予指出「孟姜女」乃齊女，姜姓，孟乃長也。今人咸謂之「孟」姓而名「姜女」，竟不知先秦時之女士，概無名耳。

尤其將「哭」齊之長城，後人把故事安在秦始皇之築長城，越演越離譜。馮夢龍早於一六三零年前後已正之矣。

至於「西施」，正史並無其人，首見於東漢的吳越春秋，較早的文獻見《莊子》、《荀子》、《墨子》，至於《管子》乃偽書，不能列之也。所論者率多據《吳越春秋》越之句踐復國故事。最令後人關心的，西施於吳王夫差敗亡後，西施下落如何？前人論及，大多傾向隨范大夫泛舟亡乎五湖去矣。有說范蠡憂越王復迷其色而重蹈覆轍，遂沉之江。按說《列國志傳》乃說部，兼且是通俗演義，逾懸疑逾令讀者好奇，何必非驅之入乎正史呢！

觀之第八十三回，寫越滅吳，處死夫差及伯嚭，置酒吳宮文台之上，與群臣在鼓樂聲中歡慶，范蠡見及句踐面無喜色。次日即入辭。越王說：「寡人賴子之力以有今日，方思圖報，奈何棄寡人而去乎？」又說：「留則與子共國，去則妻子為戮！」……范蠡曰：「死生惟王，臣不顧矣！」是夜，乘扁舟出齊門，涉三江，出五湖。至今齊門外有地名「蠡口」，即范蠡涉三江之道也。次日，越王召范蠡，已遠行矣。越王愀然變色，謂文種曰：「蠡可追乎？」文種曰：「蠡有鬼神不測之機，不可追也。」種既出，有人持書一封投之種，啟視，乃范蠡親筆。其書曰：

子不記吳王之言乎？狡兔死，走狗烹；敵國破，謀臣亡。越王為人，長頸鳥喙，忍辱妒功；可與共患難，不可與共安樂。子今不去，禍必不免。

文種看罷，欲召送書人，已不知何往矣。

過數日，勾踐班師回越，攜西施以歸。越夫人潛使人引出西施，以大石沉於江，曰：「此亡國之物，留之何為？」

後人不知其事，說傳范蠡載入五湖，且載去西施，豈無意留傾國誤君王也。又加按語云：「范蠡扁舟獨往，妻子皆棄之，況吳宮寵妃，何敢私載乎？」又有言范蠡恐越王復迷其色，以計沉之於江，此亦謬也。還有詩辨之。

馮夢龍的這段傾其意的說辭，實為讀書人的迂腐，三百年之後的今日，有關西施的故事，愈來愈新，從無人據《東周列國志》的說法為張本也。

李壽菊從事該書之三種版本綜而論之，最為著意的，是馮氏的《新列國志》。其第四章之篇幅最長，所論者，率以馮氏的編纂，有其承先啟後的大功。且其寫作筆法，耗去不少心血創意出一組組地名詞，除了「經學家」、「史學家」、「小說家」乃舊名詞，其他小目如闡釋經義之訓詁的舊注新注，以及意解的增添細節和另創新意，還有運用解經模式寫作，按語式、原來式解釋。史學家的徵實、存疑、澄清、評論、局勢、關係。更運用了小說家的神怪點綴、故事強化、史實雜串、現場感之營造，人物給予臉譜化。至於應摘出的失誤，以時間、人物、關係等三項論例。所以這第四章之篇幅雖大，卻也點線層次分明，足徵此一論文的作者，深耕而細耘者，誠堪誇也。

四、《東周列國志》說些什麼？

所謂「小說」也者，說「故事」者也。

認真說來，「故事」只是一幢房舍，其中居有人，遂有「故事」誕生。任何「故事」，胥乃「人」所產生。是以凡所謂「小說」，固然是「人」的產物，像《東周列國志》這部大事，從西周時代的周幽王寵褒姒開始，一直寫到秦始皇滅六國而一統天下，全程踰六百年。列國踰千。人物千萬萬，又怎能說「小說」是寫人的藝術。然而，每一部小說，總有一個頭頭的罷。那麼，《東周列國志》的主要人物是誰？可能有人頓時說不出來。

我說：「周天子也」。聽者張目結舌，說：「列國時代還有周天子嗎？」

世間人，非讀經書者，十九只知春秋時的五霸，戰國的七雄，未嘗知有周天子還在？《東周列國志》所述說者，說周天子也。馮夢龍之所以把余邵魚的《列國志傳》改纂為《新列國志》，正由於他認知春秋經傳之孔子言：「知我者，其唯春秋乎！罪我者，其唯春秋乎！」所以，馮氏耗去不少精神纂寫了《東周列國志》，隨寫入：「時周ㄨ王ㄨㄨ年。」

一如《春秋》經之「春王正月」（至三月，夏、秋、冬三季則以春概後三季），曆日仍以天子之行事曆為主也。

按該文第五章，首節便寫春秋與戰國的「亂源」與「亂象」，指出了「亂象」、「亂局」之源，乃天子之無能，無德、形成了天下的亂局與亂象。

雖然，上從天子下至庶民，無不上下交征利，正如孟子之言：「王曰，何以利吾國？大夫曰，何以利吾家？士庶民曰，何以利吾身，上下交征利，而國危矣！」這話未上該天子。孟子時的戰國時代，諸侯們全稱王矣！

何以到了戰國，諸侯一一都稱王，而周天子尚在位，天子所居所享，簡直如同土地佬兒，未被唾棄也者，管仲之「尊王攘夷」四字，維繫姬周大一統至周赧王，悉管仲這四字之力撐之耳。

此篇論文，第五章之引述，對五霸七雄之奇局，舖敘得極為得體，請讀者仔細觀賞，吾不費辭引述。

五、蔡元放的評點之功

儘管，李壽菊在三種《列國志》著力最多在馮夢龍的《新列國志》上。但其著目的版本，則是以清人蔡元放的《東周列國全志》為主本，何以？蓋同一說史題材，總是最後者應好。第四章的第四節，不是擷出三點失誤，一則則寫了三五千言的篇幅。那麼，蔡元放有沒有全都改正了呢？李壽菊在該章加一結論說：「……雖然經過三位作者的接力編寫，而每位作者都尋求歷史的客觀性，仍然有一連串的錯誤……在通俗演義中，《東周列國全志》應該算是相當嚴謹的了。蔡元放在其書前所寫的「讀法」第四十四條，寫有一段結論：「我今所評列國志，若說是正經書，卻畢竟是小說樣子，子弟也喜去看，不至扞格不入。但要說他是小說，他卻件件都從經傳上來，子弟讀了，便如將一部《春秋》、《左傳》、《國語》、《國策》都讀熟了，豈非快事！」誠是實話。

我們從蔡元放的序言觀之，洋洋然千五百言，一下筆即云：「書之名，亡慮數十百種，而究其實不過經與史二者而已。」誠其真知而灼見，且感於史學浩瀚，文復簡奧，又無與進取之途，學士大夫則多廢焉置之。偶一展卷，率為睡魔作引耳。感於稗官如《東周列國》一書，近於正史，上自平王東移，下至嬴政稱帝，五百又餘年。以稗官之言語述之，童稚概可讀矣！亦鄉鄰促我行之也。家居多暇，遂稍微評騭，條其得失，而抉其隱微，依理判斷，是非既頗不謬於聖人，亦不致遺嗤於博識之士……又在書前寫了五十條的「讀法」，每回前，還寫有評語述其觀感。字裡行間，亦隨時加注，便於讀者會通。指導讀者說這本書雖是小說，實乃記述古史之書，敘述故事之書，而且是歷史上的事，有一件說一件，有一句說一句的寫實小說。於是，蔡氏評點的這部《東周列國志》，方始風行起來。

蔡本之《東周列國志》，不但評點及讀法，乃其特色，其中一回回的評論，更是該本的一大特色。在其章節上，便列有周王室的評論，五霸的評價，還有其他如名臣與名人等。這些簡略的問題，都是影響著春秋、列國這兩段歷史的奇局人物。

從鄭莊公寤生與周平王為了想分政與虢公，鄭伯聞而問之。平王不敢承認，為了這件事，竟然雙方各以兒子相互作質押。左氏傳遂記有「周鄭交質」這麼一條。雖然周平王賓天了，卻從此開始，周天子的地位，便降為諸侯相等。

從余邵魚開始編寫《列國志傳》，便從周宣王「料民」一事寫起。前十回全力寫周之王室，是以馮本的結尾，有髯仙所書心得云：「卜世雖然八百年，半由人事半由天。」蔡元放則寫了十九個「怪事」，放在第一回回評中。已引述於論文，此不錄。

對於五霸之評價，無不用辭得當，如齊桓之首立霸業，能用管仲也。曰：「鮑叔之薦不難，難在桓公能捐射鉤之仇而委之相位，專用不疑。不以小人之讒而生忌，宜管子之得以展布其才也。」為之立下「尊王攘夷」四字，號召天下諸侯為之治國路桓。

「用之勇而任之專」，助姬周享國八百餘載，基乎此也。評宋襄「志大才疏，識短性躁，佈置小事，未畢妥當，況軍國重務?」在第三十五回回評說：「宋襄一生懵懂，獨有認得重耳，卻算聰明。」又云：「生不能篤信目夷，卻囑其子，委以國政及處分首楚之間，卻的當無可訾議。」結論云：「人之將死，其言也善，宋襄有焉。」

這本博士論文，以蔡元放的評點本作其研究的主本，遂以第六章之全章篇幅，論蔡氏之評點。按蔡元放之《東周列國志》，其全副功力之投入，乃其評點語也。其評語分作三部分，第一是回評，全書一百零八回。每回之前，有一段評論，不但評其事，兼且評其事件中的人。在閱讀時，偶有所感所見，且隨時加以註解，不失其老於舉子業者也。尤其，在說部之始，即寫有五十條「讀法」，為讀者設想了一件件一事事，指出全書各回的要義，一一指陳給讀者，足徵其為讀者用心良苦也。說來，蔡元放的《東周列國全志》讀本的精雋，誠哉評點！是以此書之研究，非常加意而費心在該書之評點上，設其一章論之。

六、一鼓作氣的結論

不但此也。煞尾之結論，亦縷出全書要點，基乎我國史學，一直存有之「資鑑」與「教化」兩項價值，蓋亦「通俗演義」之涵泳。遂又立其條款，一一指出章回中的要點，來認識歷史與人物的相互關係。在這些地方，可以發現李壽菊閱讀了不少中外學者的相關著作，譬如其文：「歷史之所以有資鑑的價值，取決於人類是可以記取歷史的動物。」（錄自文德爾班的話）又：「人類的生命歷程雖可分為三段式--過去、現在及未來，然而現在是過去的延伸，現在是未來的過往。」斯乃布魯克提出著名的公式。所以他肯定的說：「重新認識歷史人物，是閱讀《東周列國志》一大收穫。」

此類的的讀書心得，在本書的這段「結論」中，列舉了不少「人事」的相關之成功與失敗故實。全是他讀《東周列國志》收穫的子粒，在此短序中，是不可能列舉的。總之，從其近數年間，投之身心於姬周之東周五百餘年的「亂局」史乘中，寫出了二十餘萬言，不但總述了這三種同一說史的「通俗演義」，兼且論斷了這三部通俗小說的各有優劣。更其堪可讚賞的，應是姬周這一朝的危而不倒，病入膏肓而不死的「奇局」、「亂局」，可以說，從周幽王被外夷殺了，到周平王東遷，周天子便是一根蛛絲牽連下去的蜘蛛，一直到周赧王這一代，三十八主，方始結束了姬周王朝史書上的「春，王正月。」

認真說來，這本《東周列國志》研究，能在「大一統」的那一根蛛絲維繫了姬周王朝五百餘年的亂局中，獲得了這段歷史中的人與人、國與國之紛擾事務，屢見之臣弒君、子弒父、弟弒兄的悲劇。卻也認知了小說在文學中，擔當了何種人生需求的任務，若是等等，胥金師榮華之賜，應感謝者，金師也。

他如羅師敬之，皮師述民，王師更生，邱師燮友等等，認真審閱，賜予高見，正其未妥，遂成斯一佳構。老朽乃壽菊碩士班之師，十年後，見家雀已翔乎大鵬之侶矣！吾也與有榮焉！

壬午年初春書於臺北安和居

自序

東周是一個傳奇的時代，政局詭譎，臣弒君有之，子弒父有之，天下之亂，卻「亂而不顛」；周王室之弱，卻「弱而不亡」。這個不顛不亡的亂世，居然長達五百多年，史稱「春秋戰國」。

《東周列國志》是一部充分顯露東周亂局的章回小說。此書成形於明代，而流行於清朝。最初是余邵魚根據宋元話本編纂《列國志傳》，後由馮夢龍大力增刪改寫成《新列國志》，清乾隆間（約西元 1740 零年前後）蔡元放則局部修潤，改名為《東周列國志》，才算完成此部歷史演義。歷史演義是一種高難度的創作，「依史則死，背史則謬」，道盡歷史演義的創作難處。尤其是一部「羽翼信史」的歷史演義，那就更難了。有人將此書評為「白話歷史」，而漠視了此書的創作性。其實，《東周列國志》既是歷史，也是小說，是一本極具企圖心的通俗演義，涵藏文人「補正史之不足」的用心。

在寫論文期間，除了多讀一點書外，我深深覺得歷史會重演，故事會連續。三讀《東周列國志》，才知道此書的非同凡響。《東周列國志》可以說是一部充滿經世問學的演義小說。

論文終於完成，要感謝的人實在太多。首先，金師榮華，為我審定大綱，修訂條目，潤飾文字，使我獲益匪淺。王師更生仔細評審，提供許多寶貴意見。皮師述民、邱師燮友、羅師敬之也詳細提供可取資料。更要感謝魏師子雲，提供一部珍藏許久的《東周列國志》，乾隆十七年（西元 1752 年）的巾箱本，沒有這部書，我根本無法完成這本論文；也曾前往北京請益北京大學侯忠義教授，以上各位老師，特致上最誠摯的謝意。

還有家人的支持和親友的鼓勵，學校同仁許詠雪、徐玉美等人的建議和修潤，及好友楊夢茹為我校閱，學妹邱秀玲提供若干參考資料，柏瑞芳排版用心，保祿設計封面，他們默默地扶持與協助，使我感動不已，衷心感謝。

最後，經過數月時間重新修訂章節和內容，承蒙萬卷樓熱忱相助，本論文得以順利出版，特與致謝。

李壽菊

壬午年三月於書齋

緒 論

東周歷史長達五百一十五年，起自周平王東遷（西元前 770 年），終至周赧王崩（西元前 256 年），春秋爲期三百零二年，戰國爲期二百一十三年[1]。東周之所以分成兩個時期，主要還是周王室衰微，天子無能所致。當諸侯起霸之時，政不出天子而由諸侯，遂有「春秋五霸」之名。當上下交征利，五霸既衰，政不由諸侯而出大夫時，遂進入「戰國七雄」時代。即使周王室奄奄一息，名義上「周天子」仍是天下共主。因此，春秋、戰國兩時期，歷史上仍統稱「東周」。

東周是一個傳奇時代，既是亂局也是奇局。政局詭譎，人事傾軋，亂象叢生；臣弑其君，子弑其父的情事，時有所生。在這法理不存、倫常不繼，天下亂到極點的時代，社會卻能「亂而不顛」。周朝雖弱到極點，王室卻能「弱而不亡」[2]。處在這個不顛不亡的亂局裡，聖人有之，賢才競出，更出現百家爭鳴的學術盛況，也堪稱「天下第一奇局」。

總之，東周這盤棋，是一盤充滿驚嘆的變局。變局中的興替，有取之不盡的議題和用之不竭的智慧；奇局裡的弔詭，是中國政治和學術的研究焦點。而亂局內的人物故事，也成爲百姓茶餘飯後津論的話題。這樣一個充滿學術的、警世的、趣味的、各式各樣的東周面相，就在世世代代間流傳。以這千古奇局為素材，編織而成的話本、戲曲和小說，歷來一直沒有間斷過，其中最著名，最完整的就屬《東周列國志》這部章回小說。

第一節　研究動機和目的

選擇《東周列國志》這部章回小說，作為博士論文的研究對象，有幾個簡單動機，除了延續碩士論文有關明清小說的研究外，孩提時期對歷史的特殊偏好，應是最基本的動念。

小學時，最喜歡聽老師講歷史故事，介子推被焚綿山的壯烈，始終在我的腦海揮之不去；藺相如完璧歸趙的智慧，叫人嘖嘖稱奇；楚莊王一鳴驚人的醒悟，足以激發世人的潛力；管仲與鮑叔牙相知相惜的情誼，真乃千古佳話。我常想某人做了某事所以成就歷史；如果某人不做某事，某人不推薦某人，歷史會怎麼改寫？如果介子推沒有被燒死，如果藺相如不能完璧歸趙，如果鮑叔牙沒有推薦管仲，那麼，中國的歷史會變成什麼樣子？幻想中的情境，是年少最喜歡上歷史課的原因之一。中學以後，老師說，歷史像一面鏡子，歷史變得深沉。從此，上歷史課再也沒有了幻想，也沒有了童趣，歷史的得失評量，成了上課時沉重的「負擔」。縱然如此，我對歷史始終懷有份探尋的好奇。

另一個動機，是父親在我上大學之初，送了兩本書要我閱讀，一本是《東萊博議》，一本是《東周列國志》。父親在《東周列國志》的扉頁上，題了幾句話：

> 書中有痛苦的教訓，有寶貴的經驗，包含濟世活人的愛心，貪婪無厭的私心；成仁取義的烈士，貪生怕死的妄人。其成敗得失，足堪借鏡。

當時，厚厚的一部古典小說，放在手裡沉甸甸的。隨意瀏覽幾回，只覺得密密麻麻的文字，有說不出的厚重。文意不甚清楚，故事人物零碎複雜，我無法正襟危坐地閱讀此書。雖然明白父親說的「其成敗得失，足堪借鏡」的用心，卻無法從瀏覽中體會真意。坦白說，這部章回演義並不容易吸引現代的年輕人；翻了幾回看不下，就擱在書櫃裡，一直充當擺飾。

重新拾起《東周列國志》，已經忝為人師了。也許是年歲的洗禮，也許是幾年的摸索，春秋戰國的歷史事件，人物的恩怨情仇，呈現了較清晰的輪廓，才驚覺此書的不同凡響。這部一百零八回的歷史演義彷彿是藥舖裡的藥方子，舉凡古今的社會病症，都能從這一藥舖裡，找到對症下藥的藥方子。生活的實學往往來自歷史的激盪，歷史也對現實產生資鑑的作用，對於父親說「其成敗得失，足堪借鏡」的話，此時方有了一番體會。

最後一個動機，就是讀博士班時，上了金師榮華先生講授的「通俗文學」，對通俗文學有了全新的體認。通俗文學常存雅文學的內涵，卻沒有雅文學的嚴肅外衣，雅俗共賞的風格充滿魅力，深深吸引我。通俗文學的領域很廣，之所以選擇通俗演義作為研究範圍，實在是看上通俗演義在明清兩代的時代意義，及當時文人如何努力溝通「經史」與民間「百姓」的關係。現代人普遍認為古文難識，其實文字障礙自古而然。直到明朝，才有文人正視此一問題，並熱烈展開雅文學通俗化的運動。雅文學通俗化表現最徹底的，就是通俗演義的創作。明清時期的通俗演義是熱門的讀物，民間廣為流傳。由於當時學子有私塾嚴厲的經學訓練，閱讀演義可以不費吹灰之力；如今的學子，失去嚴格的讀經洗禮，經學素養嚴重不足，閱讀能力薄弱不堪，讀起當年的通俗演義也得汗涔涔，這是時代變遷的緣故。當年的通俗演義風靡整個社會，各階層都爭相傳閱。這個現象很有趣，因此，想藉此機會了解通俗文學在明清社會所散發的魅力。

基於上述的動機，我選擇了《東周列國志》這部通俗演義，作爲博士論文的研究對象。

當我對《東周列國志》產生研究興趣的同時，也開始注意此書的相關評論，結果發現後人對此書的評價並不高。清人毛宗崗說《列國志》首尾不能貫串，讀《列國志》不如讀《三國演義》[3]。魯迅在《中國小說史略》認爲《東周列國志》：「拘遷史實、襲用陳言、拙於措詞、憚於敘事。」[4]，大抵效《三國演義》而不及；孟瑤的《中國小說史》也說「這本書實在是用白話寫成的列國歷史，雖然真實，卻也因此缺乏剪裁，頭緒太多……」[5]，充其量不過是一部「白話歷史」。更多人認爲《東周列國志》是拼湊出來的小說，寫作技巧不夠嚴謹，不如《三國演義》，不及《封神榜》和《水滸傳》，這些都言之鑿鑿。可以說，民國以來，這部小說並沒有引起太多的重視。

在我仔細翻閱《東周列國志》兩遍後，對前人的評論也有某些程度的認同，只是在認同之時，更有成串的疑問浮現在腦海。例如：歷史、小說、歷史演義、歷史小說，這些名詞相異又相似，雷同又不同，如何界定？另外，《東周列國志》演義《左傳》，模仿《史記》，人物相同，故事相似，情節雷同，《東周列國志》是小說？還是歷史？歷史演義是歷史？還是小說？明清以來陸續有人懷疑《左傳》、《史記》是小說之祖，到底《左傳》和《史記》是小說？還是歷史？後人在評論《東周列國志》時，因對歷史與小說的見解差異而不同，《東周列國志》這部通俗演義真的是拼湊的嗎？或是白話歷史嗎？即使這些評論皆爲真，《東周列國志》從清朝到民國，依然擁有極高的知名度。這又是「爲什麼」？

在閱讀此書時，情節人物雖複雜卻不覺得沉重，反而領略到一股隱約的趣味，書中充滿大大小小的故事，有亂臣賊子的荒誕氣焰，有忠孝節義的凜烈氣節；只見忠、奸、賢、佞、君子、小人穿梭其間；上場下場，各有各自的舞台和戲碼。這些人物透過故事，展現他們的行徑、他們的智慧和愚昧；歷史的動盪在戲碼的轉換中，在演員的更替裡，爭權、起霸、稱雄、併天下是書中的焦點。可是，我並不在乎演員有誰？演得好不好？也不關心戲碼的劇情為何？我只知道演員和劇本都不曾單獨存在，他們是相互依存，失去一方，一方也變得沒有意義。時序不斷轉動，社會的環境改變了，效率提昇了，物質優渥了。可是，亙古不變的是人心。如果權勢、慾望、貪婪、自私的心理沒變，稱霸、稱雄的競爭就會一直持續下去；歷史會重演，故事會連續，「資鑑」的心理始終在讀者的心目中迴盪，此一價值的探索便格外有意義。

我有許多問題尚待釐清，遂有強烈的動機鑽研此書。當然，研究《東周列國志》並非易事，除了要有紮實的經學底子，還要有深厚的歷史素養，更要有清晰的通俗文學概念。而這些基本條件我都很缺乏，於是想藉著《東周列國志》這部小說的研究，讓自己多讀一點書，除了清楚認識小說與歷史的分野，錯綜複雜的東周歷史之外，進一步累積歷史的教訓，並期待自己今後在待人處世上，更圓融的看待現實的種種變故。

第二節 前人的研究成果

我一方面閱讀，一方面收集資料，發現《東周列國志》的研究資料嚴重缺乏，研究話題也不踴躍，顯然受到學術界的冷落！雖說現今閱讀古典小說的人口銳減，僅有少數的學者或讀書人涉獵。然而《三國演義》、《水滸傳》等古典小說至今尚能獲得學術界的青睞，紛紛成立研究學會，作廣泛深入的探討，探討的文章多達數千篇[6]，何以《東周列國志》的研究始終熱絡不起來?粗略估算《東周列國志》受冷落的原因有三：

一、此書在民國以後的評價並不高。

二、此書的藝術性受到輕視。

三、此書牽涉的文史資料太龐雜，使人怯步。

在通俗文學的研究範疇中，我直覺的認爲《東周列國志》受到學術界不公平的待遇。檢視台灣並沒有《東周列國志》的研究專著，歷年的博碩士論文對《東周列國志》的研究可以說從缺。有的只是《列國志傳研究》或《新列國志研究》，當年還是因爲馮夢龍的研究熱潮，才引出這類研究。《列國志傳研究》是劉景湘在民國七十三年東海大學的碩士論文；《新列國志研究》是凌亦文在民國七十七年文化大學的博士論文。除了這兩本博碩士論文外，其他單篇僅有聯經出版的《新列國志》，有胡萬川教授的出版序文；及三民書局出版的《東周列國志》，劉本棟教授的出版序文，共兩篇[7]。

而大陸方面，《東周列國志》的研究也寥若晨星。萬松先生在一九八四年寫過〈東周列國志散論〉一文，收錄在《古典文學論文選》[8]；魏文哲先生在一九九四年寫過〈在歷史與藝術碰撞中：《三國演義》與《東周列國志》比較〉，收錄在《明清小說研究》[9]；靳雨生先生曾於一九九六年主編過一本《東周列國大觀》，集欣賞、史話、評點、辭典等多功能于一體的書籍[10]；戴友夫、王德華主編《東周列國計謀鑑賞》[11]等書；曾良先生於一九九八年寫過《東周列國志研究》專書一本；還有其他零星的單篇短文。比起《三國演義》數百本的研究專書而言，《東周列國志》還有很大的研究發展空間。

值得一提的是，有關研究《東周列國志》的幾個類題，已在前人的努力下，有了初步的成果：

（一）作者與版本解析

《東周列國志》並非一時一人之作，其成書過程有幾番轉折。目前得知的成書經過是明初的余邵魚彙編宋元話本，寫成《列國志傳》；《列國志傳》又經晚明馮夢龍改寫成《新列國志》；清初蔡元放稍加修潤評點，改名《東周列國志》，此書才算定稿完成。於是各版本的比較成了基礎研究。凌亦文分別就《新列國志》的作者問題，與《列國志傳》的成書經過和版本內容逐一介紹，並比較了二書在版本、形式和內容的差異。曾良也針對版本及作者問題，作了〈從全像平話到《列國志傳》〉和〈從馮夢龍輯演《新列國志》到蔡元放改名《東周列國志》〉等文章。使得此書的成書過程有較清晰的輪廓。

（二）情節之本事溯源

由於《東周列國志》徵引的史料極爲龐雜，追溯本事也成了研究主題。凌亦文將《新列國志》和《左傳》的原文一一羅列出來，一起比對，並說明《新列國志》中增加、省略、刪減、變易了《左傳》的情況。曾良也比對出《東周列國志》的史實與虛構，寫了〈《東周列國志》的史實與虛構〉一文，並在《東周列國志研究》中附錄《東周列國志》的史料來源，爲後人研究提供一個便捷的基礎。劉本棟先生爲三民書局出版《東周列國志》曾寫一篇序文，也針對演義本事錯誤加以比對。先進們在這方面下的功夫很深，累積了相當的成果。

（三）形式技巧和內容思想探研

凌亦文僅就「人物塑造」和「小說情節」，簡略分析《新列國志》的形式技巧，對內容思想只歸論出「宣揚傳統道德」、「強調因果宿命」、「抒發政治見解」三項主題。曾良對此一部份，作了較多分析，他不僅分析《東周列國志》的「任賢圖治思想」、「忠義道德」；還論「神秘文化」、「婚姻問題」、「婦女觀」、「武士形象」及「文士形象」等課題；也分別寫出〈鄭莊公、齊桓公之形象〉、〈宋襄公、晉文公之形象〉、〈秦穆公、楚莊王之形象〉、〈吳王闔閭、越王句踐之形象〉、〈東周列國志的藝術得失〉；最後，更談論到《三國演義》與《東周列國志》的比較。

（四）百科全書式的編纂

《東周列國志》的內容包羅萬象，有歷史故事和人物，有小說情節以及許多成語、計謀。於是，分門別類的陳述，也是一種成果。例如：靳雨生主編的《東周列國大觀》，和戴友夫、王德華主編的《東周列國計謀鑑賞》都是多功能型的編纂型態。《東周列國大觀》將此書分爲小說掃描、歷史鳥瞰、列國概貌、人物剪影、百科鉤沉、謀略集錦、成語掇英七大項。〈小說掃描〉是何滿子先生所寫，將此書的濫觴、流變、特色和影響作簡略的分析。〈歷史鳥瞰〉的撰寫者是汪受寬先生，交代東周歷史的錯綜複雜。〈人物剪影〉主要剖析書中主要人物的言行舉止。〈百科鉤沉〉是集合書中各種問題的回答。〈謀略集錦〉則陳列東周歷史的智謀。〈成語掇英〉是語彙之庫。至於《東周列國計謀鑑賞》一書，共選出九十九個計謀故事，賞析史實材料並以藝術加工，及計謀或兵法等方面，具有參考價值。

先進們的論述，各有千秋，對後學均提供了堅實的研究基石。不過，《東周列國志》尚有許多課題值得探索，例如：通俗作家與史家的認知觀點，有何不同? 文史之間作者如何拿捏？五霸七雄是主題，還是櫥窗？作者表現了看得見的事實紛爭，是否還有看不見的意識形態？《東周列國志》到底有何價值? 這價值又有何意義? 我想，書中應該還有許多課題尚未被發掘討論。

第三節　研究方法

探討《東周列國志》，最基礎也是最重要的課題就是「本事溯源」。沒有「本事溯源」的考證，一切的討論都是海市蜃樓。凌亦文的博士論文《新列國志研究》有〈《新列國志》與《左傳》內容之比較研究〉一節，長達四百九十二頁（全書共 678 頁），對《新列國志》之增加、省略、變易《左傳》等部分，做一原文比對，羅列《新列國志》所取材的史料，這是凌先生考證「本事溯源」的重點。曾良先生寫《東周列國志研究》一書，有〈《東周列國志》的史實與虛構〉一文，也在推源溯流。他要弄清《東周列國志》是否皆有所本，所以花了功夫，做一番本事溯源，列出一張表，將各章回的本事出處羅列出來。證明每個章回都有書爲本，並附錄了史料原文，共二百四十六頁（全書共 552 頁）。凌先生與曾良先生都以大篇幅的姿態，羅列所有的本事，並將本事原典清楚呈現。由此可見，本事溯源是個馬虎不得的課題，然而有感於前輩對本事溯源的寫法太過冗長，篇幅過多，閱讀不易，遂在兩位先進的研究成果上將每回的情節、本事和考證，製成一張表格，將繁雜的故事情節作一個清楚的溯源，希冀呈現一目了然，又不佔篇幅的寫作方式。所以，本事溯源採用表格方式處理。

有鑒於先進前輩的研究方向，都從《左傳》與《東周列國志》的比較開始，這當然是研究的基本功夫，筆者也跟隨先進的腳步，在前人的基礎上，繼續尋根之旅。而本文的研究重點，側重在通俗作家如何運用史料，編織史料，並探研通俗作家運用史料的方法和技巧。

另外，基於通俗作家的創作觀點有別於史家，從演義內部的組織架構中探索，不難發現通俗作家的用心所在，既不失歷史的真實性，又不失通俗文學的趣味性，因此，有必要探討其寫作手法。而通俗作家的學術涵養也是值得檢視的，從作家身上或許能理解通俗演義的創作動機。有感於演義內容不僅僅是歷史事件，而是一個大環境，一個大現場，作者如何架構此一現場，其意義又如何？回歸現場，對現代人有何意義？透過剖析通俗作家的編寫技巧，可以更清楚看到原委。

蔡元放的評點使得《東周列國志》成爲知名的通俗演義，蔡元放的評點有何特色? 第六章則是分析當時的評點風標，再論述蔡元放評點此書的特色，並檢視蔡元放的評點對此書具有什麼加分效果。

至於價值方面，由於東周列國志的評價不高，所以，許多論述多不涉及此。而本文在這部分的探討，主要說明此書從清朝到民國初年，一直風靡社會的原因。如果能探討內部的價值，也許可以讓現今的讀者有更進一步的了解演義的特色，會使他們更容易接近此書。

本文的研究步驟，處處以通俗演義的角度來觀察此書，盡量不使之淪爲歷史的探討。

【註解】

1、東周歷史長達五百一十五年，起自周平王東遷（西元前 770 年），終至周赧王崩（西元前 256 年）；春秋為期三百零二年，戰國為期二百一十三年。這是一般認知。史學家對時代的起訖，常因歷史原因而有不同的計算法。以春秋時期為例，就有三種以上的年限算法。若根據《春秋經》來計算，自魯隱公元（西元前 722 年）年到魯哀公十四年（西元前 494-481 年），春秋計二百四十二年；若根據《左傳》來算，《左傳》下續到魯哀公二十七年，計二百五十五年；若從周平王東遷算起，將周平王東遷併入，共三百零二年。

至於春秋與戰國的分界，也有不同看法。司馬光的《資治通鑑》、袁樞的《通鑑記事本末》，以三家分晉來定；范文瀾也認為西元前四零三年，周威列王二十三年，晉國韓趙魏三家世卿為諸侯，戰國時期開始；也有人認為春秋始於周平王四十九年（西元前 722 年），終於周敬王三十九年（西元前 481 年），為時共二百四十二年。還有七十七年，既不是春秋也不是戰國。但歷史沒有真空期。周谷城說：戰國時代，始於周敬王四十年，即公元前四八零年，終於秦始皇二十五年。即公元前二二一年，為時二百五十八年。本文對戰國的算計，從貞定王即位（西元前 468 年）到赧王崩（西元前 256 年），共二一三年。

2、蔡元放《東周列國志》讀法，第七條語。（書成山房版，台灣中央研究院傅斯年圖書館館藏）。

3、毛氏父子評本卷首：「讀三國志法，讀《三國演義》勝讀《列國志》，夫《左傳》、《國語》誠文章之最佳者，然左氏依經而立傳，經既逐段各自成文，傳亦逐段各自成文，不相聯屬也。《國語》則離經而自為一書，可以聯屬矣，究竟周語、魯語、晉語、鄭語、齊語、楚語、吳語、越語，八國分作八篇，亦不相聯屬也。後人合《左傳》、《國語》而為《列國志》，因國事多煩，其段落處，到底不能貫串。今《三國演義》自首至尾，讀之無一處可斷，其書又在《列國志》之上。」（台北：三民書局，民國 78 年）。

4、魯迅：《中國小說史略》（台灣：谷風出版社，民國 52 年），頁一百五十一。魯迅說：「……然大抵效《三國志演義》而不及，雖其上者，亦復拘牽史實，襲用陳言，故既拙於措詞，又頗憚於敘事。蔡奡《東周列國志》讀法云：『若說是正經書，卻畢竟是小說樣子，……但要說他是小說，他卻件件從經傳上來。』本以美之，而講史之病亦在此。」

5、孟瑤：《中國小說史》，（台灣：傳記文學出版社，民國 69 年），第三冊，頁三四七。

6、下列一張統計表，摘錄自陳大康：〈《明代小說史》導言〉一文，（大陸：《明清小說研究》，1998 年 2 月），頁七。此表反映出大陸地區學術界的研究狀況。《東周列國志》的研究資料在一九九三年以前是從缺的，可知，此書的研究相當不受重視。

	1950-1966	1967-1976	1977-1983	1984-1988	1989-1993	合計
水滸傳	314	957	406	549	230	2456
三國演義	205	28	137	326	254	950
西遊記	101	13	140	171	157	582
金瓶梅	20	0	68	290	483	861
封神演義	13	0	7	9	15	44
馮夢龍及其創作	65	0	55	118	78	316
凌濛初及其創作	15	0	12	24	24	75
其他作家作品	36	0	34	45	57	75
合計	769	998	859	1532	1298	5456

7、胡萬川曾校注《新列國志》，由聯經出版事業公司出版，民國 70 年 8 月初版；三民書局也出版《東周列國志》，則請劉本棟寫一篇考證序文，民國 72 年出版。

8、轉錄自曾良先生的《東周列國志研究》一書中的〈後記〉，（大陸：巴蜀書店，1998 年），頁五五三。

9、同註 8。

10、靳雨生主編《東周列國大觀》，（上海古籍出版社，1996 年）。

11、戴友夫、王德華主編，《東周列國計謀鑑賞》，（山東人民出版社，1996 年出版）。

第一章

通俗演義概述

《東周列國志》成形於明代，流行於清朝，是一部家喻戶曉的通俗演義。隨著時序的遞嬗，通俗演義流失了大量的讀者群，如今風光不再。要了解《東周列國志》的種種問題以前，必須先了解通俗演義風行的社會背景，及通俗演義的概況，才能客觀地理解這部小說。

第一節　社會背景

在明清社會裡，到處洋溢一股「通俗」風潮。譬如文壇出現大量以白話創作的小說，這是小說走向通俗化的現象；民間流傳寫善書說教，這是道德通俗化；說演義、講歷史的說書行業風行，證明歷史悄悄通俗化了。這股通俗熱潮風起雲湧，席捲整個社會。民間百姓也熱情擁抱，尤其通俗演義最爲人津津樂道。明朝袁宏道（1568~1610 年）在〈東西漢通俗演義•序〉中，點出明人對歷史演義的狂熱，他說：

> 今天下自衣冠以至村哥里婦，自七十老翁以至三尺童子，談起劉季起豐沛……光武中興等事，無不能悉數顛末，詳

> 其姓氏里居；自朝至暮，自昏徹旦，幾忘食忘寢，聚訟之不倦。[1]

百姓廢寢忘食，聚訟不倦，爲的只是談論歷史，且不論老少。大家對歷史都能如數家珍的講述，老百姓講史聽史的狂熱，各朝無出其右，就連皇族官吏對通俗演義都深深著迷。文獻記載明武宗爲了要看《金統殘唐記》，以重金購買之[2]。南寧侯左良玉也在每天晚上，張燈高坐，聆聽柳敬亭說唐宋間遺事[3]。說三國、話五代、談春秋、講兩漢，論唐宋，先朝各代的歷史都成爲社會娛樂的話題。在這股潮流的助長下，凡有正史，必有演義，諸如《夏書》、《商書》、《列國》、《兩漢》、《唐書》、《殘唐》、《南北宋》等都有通俗演義出現。這股熱潮使得「歷史」上相關的人物或故事，都成了最佳賣點，商機蓬勃。嘉靖到萬曆年間（1522~1620 年），通俗演義創作量達到顛峰。百姓閱讀此類通俗演義，不僅普及了歷史常識，更增加對歷史的好奇。顧炎武（1613~1682 年）在《日知錄》卷十三，「重厚條」注便記載：

> 錢氏曰：古有儒釋道三教，自明以來，又多一教，曰小說。小說演義之書，士大夫農工商賈，無不習聞之。以致兒童婦女，不識字者，亦皆聞而如見之，是其教較之儒釋道而更廣也。[4]

小說和演義的感染力勝過宗教，恐怕是史無前例。可見明代的社會裡，通俗演義已打破了士農工商的分際，深入人群，其影響力當然非同凡響。這股風潮一直到清末，未見削減，通俗演義的流行程度，可用「著魔」兩個字來形容。鄭振鐸也以民間小說的發行量，證明明清兩朝，民間閱讀大宗是講史小說。他說：「福建、杭州、南京、蘇州諸書肆，所刊印的小說，十之八九是講史。」在明清社會裡，講史、聽史、讀演義已然成爲全民運動。

通俗演義在明清社會能蓬勃發達，可以說是水到渠成。如果沒有宋元的講史風氣和歷史劇的發展，就沒有通俗演義的成型；如果明清社會下層百姓沒有抬頭，也不會有廣大的讀者群；如果廣大的讀者群沒有消費能力，也不會有商賈願意投入心力；如果沒有文人的參與，也無法提高創作數量和品質；如果沒有熱情，如果沒有……總而言之，如果沒有社會背景的分析，我們是無法得知這股風潮是如何產生的？因此，以下有幾項社會背景必須說明清楚：

一、講史及戲曲風氣的延續

唐朝興起的講史風氣，延燒至宋元。「講史」是一種深受百姓歡迎的餘興節目。歷史故事在「說」、「聽」之間編織，迴盪在口耳之中。講史藝人只要滿足聽眾的耳目，故事越傳奇，越能吸引聽眾的駐足。「好聽」是講史技藝的首要條件。因此，任何歷史故事，都可編派聳動的情節。春秋、戰國許多傳奇人物故事，自然成爲宣講的題材，《伍子胥變文》就是一例。講史不僅餘興，還有教化作用。蘇東坡（1036~1101 年）在《東坡志林》曾提到:

> 塗巷中小兒薄劣，其家所厭苦，輒與錢，令聚坐聽說古話。至說三國事，聞劉玄德敗，顰蹙有出涕者，聞曹操敗，即喜唱快。[5]

牽動聽眾的心，是說書人的看家本領。無垠之言，天馬行空，內容真實與否並不重要，只要文律規矩，一切百無禁忌。所以，穢誕之言、荒唐枝節在所難免。當然，也有名家加入說書行列，因而提高說書品質。宋人吳自牧（約西元 1270 年前後在世）在《夢梁錄》卷二十〈小說講經史〉中曾提及：

講史書者，謂講說《通鑑》，漢唐歷代書史文傳，興廢爭戰之事，有戴書生，周進士、張小娘子、宋小娘子、邱機山、徐宣教、又有王六大夫，原係御前供話、為幕士請給，講諸史俱通，於咸淳年間，敷演《復華篇》及《中興名將傳》，聽者紛紛，蓋講得字真不俗，記問淵源甚廣耳。[6]

舌辯專家，御前供話，使聽書者感覺不俗。除了故事外，聽眾還感佩說書人的記問之學。這些說書人都有底本，而說書人的底本也漸漸流入市面，成了可以買賣的話本。現今還存有《新編五代史平話》、《大宋宣和遺事》，以及元朝建安虞氏新刊五種平話：《武王伐紂書》、《樂毅圖齊春秋七國後集》三卷、《秦併六國秦始皇傳》三卷、《前漢書續集》和《三國志平話》。考察這些平話都是講史藝人以歷史事件爲輪廓，參入大量的傳說，虛構許多「想當然」的情節，背離史實，甚至有歪曲歷史者。不識字的聽眾，以好聽爲尚，並不在意真假；即使有識之士聞聽，斥耳不堪，但除了搖頭嘆息外，也不便追究。平話雖多鄙俚之事，荒誕之言，也有「曲終奏雅」的時候，故事都在感人肺腑處，延續了百姓聽史的興趣。而這些話本深深影響明清通俗演義的走向，《封神榜》源自《武王伐紂書》；《列國志傳》取材《樂毅圖齊》和《秦併六國》。《全漢志傳》承襲《前漢書續集》；《三國志通俗演義》演義《三國志》。可見，沒有宋元的講史風氣，就沒有明清社會的通俗演義。

另外，根據《古典戲曲存目匯考》及傅惜華《元代雜劇全目》統計，宋至明初的歷史劇有兩百多種，單單以東周歷史爲素材的戲劇就有四十餘種[7]，有白樸的《楚莊王夜宴絕纓會》、關漢卿《請退軍句踐進西施》、李直夫《穎考叔孝諫鄭莊公》、鄭廷玉《采石渡漁父辭劍》、《孟姜女送寒衣》、高文秀《伍子胥棄子走樊城》、《相府門廉頗負荊》、庾天錫《孟嘗君雞鳴度關》雜劇、武漢臣《棄子全侄魯義姑》、吳昌齡《浣紗女抱石投江》、《齊景公哭晏嬰》、宮天挺《栖會稽越王嚐膽》、睢舜臣《楚大夫屈原投江》、喬吉《燕樂毅黃金台》、周文質《孫武子教女兵》、吳弘道《楚大夫屈原投江》趙善慶《孫武子教女兵》、鍾嗣成《孝諫鄭莊公》、《馮諼焚券》《凍蘇秦衣錦還鄉》、《十八國臨潼鬥寶》、《伍子胥鞭伏柳盜蹠》等等。現存傳本有鄭廷玉的《楚昭公疏者下船》、李壽卿《說專諸伍員吹簫》、趙明道《范蠡歸湖》、宮大用《越王嚐膽》，以及南戲無名氏的《浣紗女》等。以管窺天，可知歷史劇在當時多麼盛行！這些歷史劇自然成了通俗作家創作的素材。舉例說吧：《列國志傳》有「伍子胥臨潼鬥寶」的情節，便是以戲曲《十八國臨潼鬥寶》爲素材。

講史和演史風氣促使社會瀰漫一股歷史熱潮，奠定了通俗演義發展的基石。蓬勃發展的戲曲，使得故事情節深入民心。因此，通俗演義不得不從戲曲故事來編寫小說演義。

二、經濟環境的優渥

講史話本變成歷史演義，歷史由「聽」覺進入「視」覺，演義成書，而且民眾願意買書來閱讀。除了社會風氣外，經濟條件也是發展關鍵。通俗演義是典型的通俗文學代表，「通俗文學」與「士大夫文學」最大的差別，就在於通俗文學具有商業屬性。士大夫文學講究寫志，以發抒個人情懷爲主軸，非關商業；通俗文學恰恰相反，它具有相當強烈的商業屬性，以市場爲導向。眾多的市井小民，就是消費者。投其所好，正是生意人精明之處。一個商業活絡的社會，生意人看的是消費市場和消費能力，哪裡有生意就往哪裡鑽營。

要了解明清的經濟狀況，可以從製造業的活絡看出端倪。宋代以前，中國百姓的民生日用品，多由家庭工業方式製成，除了御用絲織、瓷器等有設廠雇工製造外，沒有私人出資經營的工廠。宋代以後，私人資本經營織造業、印刷業、陶瓷業等形成，都市的商業日益繁榮。這種私人出資經營之製造業，象徵經濟的活絡，個人財富的累積。據《明史‧地理志》所記，洪武二十六年（1393 年），南京（包括應天府屬縣）已擁有一十六萬三千餘戶，一百一十九萬三千餘人。就當日而言，應天府至蘇州府、常州府一帶，算是全國中人口最稠密的區域。人口集中的城市，其生活結構自然有別於鄉村生活。城市居民幾乎以商業為生活基調，經濟寬裕，卻又與為官階級不同。他們的知識水準不高，但較有時間，所以，娛樂活動不少。城市市民就是廣大的消費群，以市民為主體的通俗文學，自然風起雲湧。黎傑編之《松窗夢語》曾提及金陵這個城市是南北商人雲集的所在，他說：「北跨中原，瓜連數省，五方輻輳，萬國灌輸……南北商賈爭赴。」[8]正說明了當時通商人口絡繹不絕。他們經常是茶樓酒館的座上客。當時走南闖北的商人，購買力十分強勁。商人們有個特性，不論自己的學識豐不豐富，都喜歡附庸風雅一番。因此希望看一些有趣、有用又不失身分的文物，讓自己也能同文人雅士一般見多識廣。這樣的需求，成了通俗文學發展的必要條件。於是，大量的話本、小說、百戲、雜劇、彈詞等通俗文學充斥每個角落。書商眼見有利可圖，也紛紛投入人力、物力和財力，通俗文學商品化正熱烈地推動了雅文學通俗化，連馮夢龍（1574~約 1646年）曾自言改編《三言》，是應「賈人之請」[9]。讓販夫走卒都能適性的找到學問，這也是當時經濟環境許可下的必然性。

特別一提的是，因為經濟的許可，明代私人寫史的風氣極為興盛，現存的明代野史就多達一千多種，當時明人有個風氣就是「數十年讀書人，能中一榜，必有一部刻稿；屠沽小兒，身衣飽暖，死必有一墓誌。」[10]個人文集的勘刻、撰寫親友的墓誌和各式碑銘，是當時盛行的文風。士紳大夫們寫書、刻書，尤其熱衷寫野史稗乘。嘉靖以後，隨著社會的脈動，寫史者多流露經世濟民的關懷[11]。除此之外，他們更企圖將史學通俗化，藉此，擴大歷史的教育意義。

總之，沒有明清濃厚的商業氣息，沒有市民文化的形成，通俗文學就沒有發展的溫床。

三、下層百姓受到關注

「文學是社會的產物」，這話一點也不假。沒有明清的活絡經濟，沒有城市文化，沒有商業氣息，便沒有明清通暢的社會；沒有通暢的社會，便出現不了許多的通俗演義。明清的通暢社會是一個龐大的課題。簡單的說，這種景象乃源自朱元璋以一介貧民登上帝位，沿襲中國傳統的封建作法，大事封藩，社會遂形成壁壘分明的上下階層。上下階層遂有士庶（官民）階級，兼之也有貧、富階級，以及各色各樣的階級，因地位不同而有貴賤。一有貴賤，尊卑的階級色彩便瀰漫在中國社會裡。彼此的規範相當嚴格，互不逾越，這種貴賤階級觀念，迨滿清一代，雖不封藩，然滿漢之分，益加不等。一直到民國以後，才逐漸被打破。打破數千年社會的階級價值，不是一夕之間造成的，而是經過幾個世紀的演變而自然形成。我國的封建社會，軔始於夏禹，在傳統上，上層階級統治下層階級，上層官員爲強者，下層百姓爲弱者，社會上的政治權、經濟權和文化的主控權都在上層階級的手上。明代以後，民間勢力高漲，人民連續造反，社會的動盪竟導致外洋侵略。這股風潮不但延續到清朝，甚至民國建立以來的今日，仍未能返回到堯舜方岳之制而民可自主。

在濃郁的階級觀念中，上下階層因貴賤而有藩籬，藩籬阻隔了交流，不同的階級逐漸形成不同的文化色彩，因而有雅、俗之分。一般而言，雅文學又稱精緻文學[12]；作者多為士大夫，內容多為言志之作，體例為詩詞、歌賦、文章，讀者群也以士大夫居多；俗文學又稱非精緻文學[13]；作者多為藝人、百姓或失意文人，內容多為適俗之作，體例為故事、傳說、小說、戲曲、講唱，讀者群也以市井小民為主。雅文學與俗文學因階級的對立而對立，由於階級的優越感和官方倡導的多重影響，造成士大夫鄙薄百姓的創作，甚至嗤之以鼻；而百姓則對雅文學敬而遠之，這種對立造成了雅文學越來越精緻，俗文學愈走愈荒誕的現象。

當下層百姓意識抬頭時，最先感受到底層波動的是一群游離在上下階級之間的文人；他們時而為官，時而在野，徘徊在理想與現實之間。這群游離分子多半是讀過書的文人，他們原希望在官場上馳騁心智，發揮所學，卻因科考失敗，或官場失意，但又不甘心做一個單純的百姓的情況下，都懷著共同的特質--「身在江湖，心存魏闕」[14]，這份特質讓他們同時關懷上下階級的文化。李卓吾、馮夢龍等人均呈現這種特質。

當他們發現階級的藩籬越築越高時，雅文學就越脫離生活，走向艱深藻繪的文字框架中，無法觸動人心；俗文學也因一味迎合低級趣味，而走向淫譚褻語的下流地步。這群游離分子一來不忍雅文學被糟蹋，二來也希望為俗文學注入新活力，更藉由文學打破階級的束縛，於是他們努力把雅文學通俗化，把俗文學雅正化。因此，通「俗」文學應運而生。通「俗」的實際意義，就在關注下層階級的需求，文學不再是孤芳自賞了。

如果一個社會的下層階級沒有意識，以上層階級的意識為意識，那麼，「通俗」的文學是不會誕生的。如果一個社會沒有貴賤階級之別，文學本身也不會產生尊卑色彩，「雅文學通俗化」，正代表社會焦點正轉向下層階級了。因此，「通俗文學」成為專有名詞，確有其實質意涵，以上通下，以下承上之意。而廣大的下層百姓之權益逐漸浮現，成了通俗運動的最佳支持力量。沒有龐大的下層百姓，也不會激勵通俗演義的創作。

四、讀經風氣的推波助瀾

讀經的社會風氣，也是造成通俗演義盛行的背景之一。經、史正是科舉考試的學科，然而正史往往文旨澀奧，二十五史堆滿一櫥櫃，學子遲鈍，漠然以對，歷史的威嚴往往阻礙了閱讀；明人袁宏道在〈東西漢通俗演義•序〉提及有人「每撿十三經或二十一史，一展卷即忽忽欲睡去。[15]」然而讀通俗演義則恰恰相反，許多人喜歡通俗演義，幾乎到了廢寢忘食的地步。惺園退士在〈儒林外史•序〉：

> 士人束髮受書，經史子集，浩如煙海，博觀約取，曾有幾人？為稗官野乘，往往愛不釋手，其結構之佳者，忠孝節義，聲情激越，可師可敬，可歌可泣，頗足興起百世觀感之心，而描寫奸佞，人人唾罵，視經籍牖人為尤捷焉。[16]

歷史的正面評價雖高，卻常給人千斤重的壓力，演義小說結合歷史與小說，果然發現從正史接受的知識，遠不如通俗演義。讀演義，讀稗官，顯然勝於讀正史。演義雖無法復原歷史的真實面，卻處處營造歷史的現實情境，使人觀之有真實感。雖說有虛假，卻不失其正當性；雖說義理稍淺，也不乖史實，也是正史之補。有了通俗演義的輔助，更能增加學子讀正史的基礎。嘉慶時人鄭守庭的《燕窗閒話》有這樣的紀錄：

> 予少時讀書易於解悟，乃自旁門入。憶十歲隨祖母祝壽于西鄉碩宅，陰雨兼旬，几上有《列國志》一部，翻閱之，解僅數語。閱三四本後，解者漸多。復從頭翻閱，解者大半，歸家後即借說部之易解者閱之，解有八九。除夕侍祖母守歲，竟夕閱《封神傳》半部，《三國志》半部，所有

> 細評無暇詳覽也。後讀《左傳》，其事蹟已知。但於字句有不明者，講說時盡心諦聽。由是閱他書，益易解矣。

這是當時真實的實例。蔡元放的《東周列國志》讀法第四十四條，也說：

> 教子弟讀書，嘗苦！大是難事。其生來便肯鑽研攻苦，津津不倦者，是他天份本高，與學問有緣。這種人，千百中只好一二，其餘便都是不肯讀書的了。但若是教他讀論道論學之書，便苦扦格不入。至於稗官小說，便沒有不喜去看的了……。我今所評《列國志》，若說是正經書，卻畢竟是小說樣子，子弟也喜去看，不至扦格不入。但要說他是小說，他卻件件都從經傳上來，子弟讀了，便如將一部春秋左傳、國語、國策都讀熟了，豈非快事。

另外，科舉考試的需要，凡讀書人都有經、史的根基，這個讀經史的根基，也促進通俗演義興起的主要原因。因為大部分的通俗演義都是據史而作，人多事繁，沒有經史基礎的人很難對此產生興趣。因為科舉考試需要歷史知識，學子們從通俗演義著手，是很正常的情形。更因受過嚴格的經史訓練，在閒暇之餘，以讀通俗演義為消遣，也是明清社會讀書人的常態。許多私塾先生的藏書中都有中國傳統小說名著，就是這個緣故。[17]

現今的社會裡，既沒有科舉考試，文史涵養也不太注重，所有的原典都有了白話本，不必藉由通俗易懂的演義來輔佐，現今的學子讀起通俗演義，反而窒礙難通。過去是淺白易懂的讀物，如今也成了高深莫測的學問，只因時代的社會背景轉變了。

「通俗」二字，無論古今都是鄙大於褒，通俗文學雖在明清社會大量流行，仍然被刻意漠視，只因「通俗」的卑下屬性，上層社會仍恥於論述。如今社會已經打破貴賤的階級觀念，娛樂消費多元化，學問也分門別類了。每個人都有讀書的機會，無知無識的低層階級已不復存在。雅俗分際也不再以階級爲導向，所以，現今社會並沒有通「俗」的必要。過去「通俗文學」這個名詞，本身就存有階級意識，爲了消除疑慮，開始有中性字眼的名詞出現，如「大眾文學」等。

明清社會的「通俗」涵義，有其社會性，而這樣的社會性到民主社會裡已經消失殆盡了。如今所謂的「通俗文學」，除了承襲明清時代的用語，其實已有中性的傾向。

第二節　演義的類型

講史話本變成歷史演義，由藝人之口轉爲文人之筆。瓦肆中的技藝自有它的自由度。藝人之口，快人耳目，娛樂性極強。而文人之筆，下筆千鈞，立意遂由「娛樂」到「教化」，甚至標榜與正史「分籤並架」，歷史演義的發展，可以說是多元化。

自從明初《三國志通俗演義》問世以來，羅貫中（約1330~1400 年）以「三分虛構，七分史實」創作理念，打響了通俗演義的知名度，於是歷史演義一炮而紅。凡有正史，必有演義，例如敘述春秋戰國的《列國志傳》，敘述秦漢的《全漢志傳》，敘述三國的《三國志演義》，敘述隋代的《隋唐演義》，敘述唐代的《說唐全傳》，敘述宋代事的《兩宋志傳》，敘述晉代事的《東西晉演義》等，其中多數是編年式的敘事；也有演義一朝事的斷代史，或數朝更替的通史；也有以人物爲中心的英雄傳奇。在創作理念上，因作者的理念，或出版風格，或以市場銷路爲考量；有的保有平話特質，天馬行空，附會傳說不受羈絆；有的表現文人之風，處處以正史爲依據，不敢稍微逾矩；時而信守歷史故實，時而參合神怪。真真假假，閃閃爍爍，通俗演義小說的發展達到空前的創舉。據韓錫鐸《小說書坊錄》粗略統計，明代後期至少有六十二家書坊刊刻歷史演義，刊刻數量達一百餘部。[18]

以下簡略介紹數種知名的作品，以明民國以前通俗演義流行的盛況：

一、保有平話特質

（一）《盤古至唐虞傳》，二卷十四則，題景陵鍾惺景伯父編輯。

（二）《有夏志傳》四卷十九則，題景陵鍾惺景伯父編輯，演述夏朝的歷史。

（三）《有商志傳》四卷十二則，題景陵鍾惺景伯父編輯，演述商朝的歷史。

（四）《列國志傳》八卷，余邵魚撰，演述西周到東周的歷史。

（五）《東西晉演義》，十二卷五十回，明無名氏撰，體列似《三國志平話》演述東西晉歷史。

（六）《開闢通俗演義志傳》，六卷八十回，明周游撰，敘述自開天闢地至武王弔民伐罪爲止，增補了「上古史」的一段空白。

（七）《封神演義》凡一百回，明嘉靖間（西元 1522~1566 年）江蘇興化道士陸西星撰註，大致從《武王伐紂平話》演進而來，演述武王伐紂的故事。

（八）《孫龐鬥志演義》二十卷，又稱《前七國志》，至於《後七國志》又名《樂田演義》，四卷二十回，清徐震撰。這兩部書分別是明清兩代的作品，書坊將他們合刻再一起始於清康熙五年的嘯花軒刊本。

（九）《隋史遺文》六十回，明末袁于令編，取話本稍加增改而成。

（十）《隋陽艷史》四十回，署「齊東野人編演」書出於崇禎時。

（十一）《楊家通俗演義》，八卷五十八則，明無名氏撰。秦淮墨客校閱，煙波釣叟參訂，演述楊家的故事。

（十二）《王陽明先生出身靖難錄》，三卷，馮夢龍纂，演述王陽明出兵作戰的歷史。

二、強調虛實相間

（一）《三國志通俗演義》，羅貫中纂，根據《三國志》和裴松之的註解，及宋、元流傳的平話三國故事改寫而成。明弘治刊本是現存較早的版本。清康熙時，毛宗崗刪改評定成一百二十回本，演述三國故事。

（二）《殘唐五代史演傳》，六十則，題「貫中羅本編輯」，演述五代歷史。

三、尊奉信史史實

（一）《新列國志》一百零八回，馮夢龍撰，改編自《列國志傳》。

（二）《西漢通俗演義》八卷一百零一則，題「鍾山居士建業甄偉演義」，以元治志刊本全像平話《續前漢平話》爲主，刪去部分神怪，較接近史實。

（三）《東漢十二帝通俗演義》十卷一百四十六則，題「金川西湖謝詔編集」，演述東漢的歷史。

（四）《唐書志傳通俗演義》八卷九十節，明熊大木編，演述唐朝的歷史。

四、馳騁神怪情節

（一）《後編三國志後傳》，十卷一百三十九回，明無名氏傳，寫前趙劉曜事。

（二）《三國志演義續篇》三十回，真名《石珠傳》是清朝梅溪遇安氏傳，敘述仙女「石珠」事。

五、其他

（一）《全漢志傳》，十二卷，明熊大木纂，福建建陽人，爲嘉靖時書賈。演述漢朝的歷史。

（二）《隋唐演義》一百回。清初康熙十四年，由長洲褚人穫改編，演述隋唐故事。

（三）《大宋中興通俗演義》八卷八十則，皆明熊大木撰。後改爲《說岳全傳》。

（四）《皇明英烈傳》六或八卷，嘉靖時武定侯郭勳撰，演述明朝開國史事，宣揚其祖郭英之功業。

在這些知名的通俗演義裡，不論演義斷代史或通史、或以人物傳奇爲主，往往在序文中或文本都註明「按史鑑」而作，就連平話類型的歷史演義，明明採錄了不少野史傳聞，文中仍然會出現「悉遵鑑史通紀，爲之演義」等詞句，《列國志傳》、《盤古志傳》、及《夏商合傳》等都是；就連齊東野人編纂的《隋煬帝艷史》，只選錄「煬帝荒淫奢侈之事」，也在序文中強調「以明彰世人之鑑見」。看來，不論何種演義小說，在文字權威底下，文人之作，都涵藏一種教化和「補正史之不足」的偉大使命。也因這樣的創作說帖，模糊了歷史與小說的界線，因而招來清朝學者嚴重的抗議。

第三節　探討演義定位的爭議性

在講史風靡的年代裡，講史被定位成娛樂活動，話本是說書人的底本，被歸在小說類；平話的定位很明確，內容即使荒誕無稽也不曾受到質疑。但是到了文人有意識創作通俗演義，演義的定位卻模糊了。自從羅貫中寫成《三國演義》，明人蔣大器在〈三國志通俗演義‧序〉寫道：「事紀其實，亦庶幾乎史[19]」，羅貫中寫通俗演義兼備史傳明義的功能，成了明人創作通俗演義的原則。其影響宛如宗教，深入人心，卻引起史學家的恐慌。

清朝史學家章學誠（1738~1801 年）批評《三國演義》是「七實三虛，惑亂觀者」，又說「蓋演義者本無知識，不脫傳奇習氣，固亦無足深責，卻為其意欲尊正統，故於昭烈忠武，頗極推崇，而無如其識之陋爾。[20]」（《丙辰劄記》），史學家以為小說就是小說，不能當成歷史來看，而通俗演義卻標榜「與史分籤並架」，分明是以假亂真。史家以為亦真亦假的通俗演義不僅會詆毀歷史，更會糟蹋歷史。所以，許多史學家無不紛紛鞭責歷史演義。其實這個癥結其來有自，在過去文史不分家的年代裡，歷史和小說的關係相當糾結。釐清過去傳統上對歷史與小說的看法，就能明瞭通俗演義這類小說被撻伐的原因。

一、歷史與小說的糾葛關係

談論歷史與小說的關係，現代人不會產生混淆。在現今學術分類上，歷史與小說隸屬不同的領域。歷史歸於史學，小說歸於文學。講歷史，自有一份學術的嚴肅感；論小說，瀟灑不羈的輕鬆溢於言表，這是現代人對歷史和小說的普遍印象。可以說，歷史的嚴肅感建構在史學家嚴謹的治學上，而小說的灑脫，是來自文人遊戲人間的狂野。若以現代學術觀點來分析，小說是虛構的，歷史是寫真的；歷史講究科學方法，小說講究藝術手段，兩者手法互不隸屬，甚至相互排斥，這是現今學術上的認知。

然而過去文史哲不分家的年代，歷史與小說的界線並不明確，歷史與小說曾經糾葛在一起而無法分類。不僅名稱分辨不清，寫作手法相似，甚至立意也雷同，再加上當時史評家的觀念也不明確，因此，造成許多混亂的現象。

中國最經典的史籍如《左傳》、《國語》、《史記》、《漢書》等，部部幾乎都有小說影子。清人馮鎮巒在《讀聊齋雜說》曾提及：「千古文字之妙，無過《左傳》，最善敘怪異事，予常以之作小說看。」[21]以今人的角度來看這類經典史籍，都有濃厚的描寫文字、人物的刻畫、心理的著墨和懸疑的傳奇，這些描摹都是構成小說的要素之一[22]。在中國，早期史學是廣義的紀錄性文獻，文史混淆的情形極爲嚴重，而這些史籍卻是中國的學術之原，影響至爲深遠。

史籍小說化，是早期廣義的史學產物；古小說歷史化，也是其來有自。古小說在魏晉六朝的發展，有志人與志怪的小說，卻都是從民間蒐集紀錄，換句話說，這些紀錄性的民間故事，雖然荒誕，卻不視爲虛構，仍以「史料」來看待。葛洪（約 1198 年前後在世）在《西京雜記•跋》說：「洪家世有劉子駿漢書一百卷……先人傳之，歆欲撰漢書，編錄漢事，未得締構而亡……試以此記考校班固所作，殆全取劉書，有小異同爾，並固所不取，不過二萬許言，今抄出爲二卷，名曰《西京雜記》，以裨漢書之闕爾。」[23]《西京雜記》的內容多爲西漢瑣聞軼事，掌故傳說，葛洪這段跋要人相信《西京雜記》是爲了補漢書缺失。干寶（約317 年前後在世）的《搜神記》專寫鬼怪故事，序言強調故事是收集古籍，即採錄當時，難免失實，即使有失實，也無傷大雅。他舉個例子說明，爲何失實也無傷大雅。衛侯朔（衛惠公）失國奔齊的原因，《左傳》和《公羊傳》的記載並不同，但這不影響春秋二傳的價值。由此衡量，《搜神記》「所失者小，所存者大，亦足以發明神道之不誣。」編纂而成[24]。魏晉將小說視為「正史之補」的觀念便一直流傳，小說為裨史就成了傳統。因此，古小說常以「稗史」、「野史」、「小史」、「逸史」等別稱來命名，或直接冠上「外史」、「趣史」、「艷史」或某「傳」、某「志」、某「錄」等，借用歷史文體之名屢見不鮮。唐人劉知幾（661~721 年）的《史通・雜述》也說，司馬遷史記採《世本》、《國語》、《戰國策》、《楚漢春秋》，到了班固的《漢書》，也不例外。自太初以後，又雜引劉氏《新序》、《說苑》、《七略》之辭。劉知幾認為此類書籍為「當代雅言，事無邪僻」，「是知偏記小說，自成一家，而能與正史參行。」[25]劉知幾認為小說也能與正史參行，未將小說全然拋棄於正史之外。以致後來的文人常以「文參史筆」的方式為文，漸漸的文學與歷史的關係越來越難分辨。

另一方面，從史家著錄的分類來看，也可看出史家對小說與歷史的關係也弄不清楚，導致分類相當籠統。《漢書・藝文志》所列的十五種小說，幾乎都以歷史命名。例如：《伊尹說》、《周考》、《黃帝說》、《師曠》等，即使班固對這類的書籍都曾懷疑非史類，如《黃帝說四十篇》，班固便注：「迂誕依託」；《伊尹說二十七篇》班固也注：「其語淺薄，似依託也。」然而在《漢書・藝文志》的分類來看，此類小說書籍卻被放入雜史類。而當時被列入雜史類的書籍，卻被後人指為小說，以《吳越春秋》為例。《吳越春秋》是東漢范曄的作品，《漢書・藝文志》把它放在「雜史」，《隋書・經籍志》也把它放在「雜史」，古代學者幾乎都把此書看成歷史著作；直到明代才有人質疑《吳越春秋》可能是小說。明代錢福則指出《吳越春秋》的「其字句間或似小說家」，附會以成其說，多不可辯驗[26]。另外，魏晉時期的小說，記錄了民間光怪陸離之事，一般也列入在雜史中。到了唐代貞觀中，長孫無忌等修《隋書》，魏徵纂《經籍志》，分經、史、子、集四部，而子部或史部都有小說的蹤跡。

可以說在唐以前，歷史的涵義相當廣義：凡紀錄過往所發生的事件原委和過程，都可當作歷史，且寫作原則相當寬鬆。不論帝王或百姓的事件，只要被紀錄下來，解釋也好，附會也罷，都可被視爲歷史。「叢殘小語」可，「街談巷語」可、「道聽塗說」可，雜說短記縱然是片面、瑣碎或傳奇，一旦被稗官紀錄下來，都被視爲歷史。

因此，歷史與小說混爲一談，是司空見慣的事。隋唐的小說，書目大都將他們歸入雜史類，歐陽修（1007~1072 年）纂《唐書‧藝文志》始將志怪作品由雜史傳等改入小說類。由於這些書的內容真僞並存，在歸類上，隨著主觀性和隨意性，崇之則爲史，黜之則爲小說，跟著編纂者的好惡而定。鄭樵（1104~1162 年）曾說古今書家所不能分有九，小說就是其中之一。唐朝史學家劉知幾在《史通‧雜述篇》分別史氏爲十流，其中有逸事、瑣言、雜記三類。所以，在劉知幾的觀念裡，小說還是隸屬在歷史的範疇裡。並沒有將小說獨立出來。對通俗小說的分類最早，可見於《都城記勝》、《醉翁談錄》等，分類主要依據題材內容。明代胡應麟（1551~1602 年）的《少室山房筆叢‧九流緒論下》也將小說分爲六種，有志怪、傳奇、雜錄、叢談、辨定和箴規。胡應麟言道：

> 小說，子書之流也，然談說理道，或近於經，又有類註疏者，紀述事蹟，或通於史，又有類志傳者，他如孟棨《本事》、盧瑰《抒情》，例以詩話文評，附見集類，究其體制，實小說者流也。至於子類雜家，尤相出入，鄭氏謂故今書家所不能分有九，而不知最易混淆者小說也[27]。

即使《四庫全書》所著錄的小說，內容也龐雜，性質也不一，顯然受到歷代書目的侷限。《寶文堂書目》著錄了宋元明話本百餘種，也將《三國演義》、《水滸傳》列於史部的野史類；把《嬌紅記》、《剪燈新話》列入子部的小說家類。可見，昔日對歷史與小說的界線並不明確，不僅在史家或小說家或文獻專家都不清不楚。本來，歷史與小說有本然的分別，一爲紀實，一爲虛構，然而不管在創作的形式，或體裁的分判，或價值的評斷上，兩者卻似是而非。

王國維在《古史新證》中題及：「上古之事，傳說與史實混而不分，史實之中，固不免有所緣飾，與傳說無異，而傳說亦往往有史實爲之素地，二者不易區別，此世界各國之所同。[28]」魯迅在《中國小說史略》也提到：「漢前之《燕丹子》，漢揚雄的《蜀王本紀》，趙曄的《吳越春秋》，袁康、吳平之《絕越書》等，雖本史實，並含異聞。[29]」傳說、異聞都是歷史的史料。錢玄同也視《左傳》猶如《三國演義》[30]，《史記》更是歷史和小說兩種文體的混合體。胡懷琛說：「《史記》在文學界上的位置，比在史學界上的位置要高」。不少人把《史記》看成「歷史小說」，這樣的見解皆源於當時史傳文學不分的結果。

大體而言，歷史與小說的分界，在古典文籍中並不明確。後世的使用者卻相當在意，尤其道貌岸然的歷史學家，簡直無法忍受小說一味的攀附。所以，歷史與小說的關係，在日積月累下，自然產生混亂的現象。例如通俗作家創作之時，越來越喜歡拉攏歷史，甚至以歷史抬高身價，史學家便大肆抨擊。總之，小說的歸屬自來是見仁見智的問題。

二、通俗演義的特質

昔日，歷史記的是大道，小說寫的是小道。大道、小道都有經世作用及歷史意義。因此小說也允許被放入雜史、野史的範疇中，而雜史、野史也是歷史。直到文人有意識運用史傳來創作小說時，小說的本質出現變化，殷芸以筆記爲「小說」；唐人以傳奇爲「小說」；宋人以「話本」爲小說。「聳動聽聞」有之、「浮誕猥鄙」有之、「誣謾失真」有之，「遊戲筆端」有之。翟灝（？~1788 年）的《通俗編》：

> 新論：小說家合叢殘小語，進取譬喻，以作短書，按古凡雜說短記，不本經典者，概比小道，謂之小說，乃諸子雜家之流，非若今之穢誕之言也，輟耕錄言宋有渾詞小說，乃始指今小說矣。[31]

翟灝以爲古小說仍具有諸子雜家之流的本質，而宋以來的小說淪爲穢誕之言。所以，當小說的紀錄性消失後，小說就失去了歷史的意義。宋以後的小說，娛樂性增高，紀錄性降低，歷史性也隨之淡化。

梁紹壬《兩般秋雨盦隨筆》說：「小說起於宋仁宗朝，太平已久，國家閒暇，日進一奇怪之事以娛之，名曰小說。」宋朝以後小說娛樂色彩逐漸濃郁，同時，講史話本也把歷史娛樂化，「講史」原本是唐宋時期活躍在民間的一項娛樂，說話人根據自己的口才，把歷史上的人事物說得活靈活現，滿足百姓聽故事的心理。過往的歷史成爲一個個故事，在百姓間流傳，歷史淪爲表象的故事，導致有些理學家排斥小說而討厭歷史，如程頤、朱熹（1130~1200 年）等都是。程頤說讀史是「玩物喪志」，朱熹不滿呂祖謙的重史輕經，說看史只如看歷史上人相打，互相打架有甚好看[32]。因此，理學家普遍問「道」就是不問「史」。其實，朱熹曾著有《通鑑》，他不滿意的是歷史事件的表象，但他並不否認歷史有明鑑效益，明鑑就是一種「道」。司馬光寫完《資治通鑑》後，資鑑成了歷史的唯一課題。

歷史娛樂化，使得歷史喪失一些權威，小說娛樂化，也使小說失去歷史意涵。歷史與小說雙方在本質上都有若干變化，遂造成歷史與小說的關係更加模糊而曖昧。這種關係到了宋明，反而被書商大大的利用了。一則趣事節錄自明人李開先的《詞謔》，是這樣的：「學士直望見書舖標貼有《崔氏春秋》笑曰：「吾只知《呂氏春秋》，乃崔氏亦有春秋乎？」亟買一冊，至家讀之，始知爲崔鶯鶯事。」明•屠本續《西廂》，亦沿用其名，稱《崔氏春秋補傳》（見傅惜華《明人雜劇全目》）案春秋本是史書之名，明•張羽《古本張解元西廂記序》亦載；「稱《西廂記》爲《崔氏春秋》，世所故有。」名稱的混用，是一種以歷史來抬高小說的手法，文人對此現象也只是一笑置之，全然不理會如此做法是否會毀損歷史的名聲。可見，歷史與小說歷來都是如此糾葛。

進入明代以後，通俗演義突然大受歡迎，影響層面宛如宗教，通俗作家一心拉攏歷史。《三國志通俗演義•序》說該書「文不甚深，言不甚俗，事紀其實，亦庶幾乎史。」蔡元放教人讀《東周列國志》要這麼看：「故讀《列國志》全要把作正史看，莫作小說一例看了。」笑花主人在《今古奇觀•序》中說：「小說者，正史之餘也。[33]」吉衣主人在《劍嘯閣批評秘本出像隋史遺文•序》說：「史以遺名者何，所以輔正史也，正史以紀事，紀事者何？傳信也。遺史以搜逸，搜逸者何？傳奇也。傳信者貴真，爲子死孝，爲臣死忠……傳奇者貴幻，忽焉怒發，忽焉嬉笑……[34]」。閑齋老人在《儒林外史•序》：「稗官爲史之支流，善讀稗官者，可進于史，故其爲書，亦必善善惡惡，俾讀者有所觀感戒懼，而風俗人心，庶以維持不壞也。[35]」明清的通俗演義多會加入「按鑑而作」或「明彰世人之鑑見」等字眼。敷衍史事，闡明史書成爲通俗演義的天職，王陽明（1472~1529 年）說：「你們拿一個聖人與人講學，人見聖人來了，都怕，走了，如何講得行？」他說對販夫走卒進行說教要「取忠臣孝子的故事，使愚俗百姓，人人易曉，無意中感激他良知起來，卻於風俗有益。」[36]因此，在通俗作家的心中，小說並沒有原罪，甚至有教化的神聖使命。由於明代學術界講求性靈，不拘泥於形式，大量創作通俗演義，甚至也有不少文人主動投身通俗演義創作中。李卓吾、袁宏道都不排斥通俗演義，甚至爲通俗演義寫序、評點。李贄（1527~1602 年）評《水滸傳》爲古今至文；袁宏道以《水滸傳》凌駕在經史之上。這群文人影響力頗大，使得通俗小說地位大大提高。當小說可以與經史相提並論，正統文人開始驚恐。到了清朝，以史學成家的黃宗羲提倡尊史後，史學界便大加抨擊通俗演義的虛實寫法，藉此打壓演義日漸壯大的氣勢。

由於清朝學界的經史觀念濃郁，對歷史與小說的定位問題極爲重視，樸學講究一分證據說一分話，七分證據不可說八分話，這種一板一眼的治學態度，使得他們無法容忍通俗文學濫竽充數的混雜性。李元復在《常談叢錄》說：「說部之書，以『話說』字起者，至今漸益多，有憑虛結構者，亦有依傍古事而妝點者，大概皆爲說書人所撰，多成于粗鄙之人，或閒放之士，儒者不屑道。故其籤帙不登于架，然此一別是一家筆墨，其流總出于稗官野史也。[37]」說明歷來儒者對小說的鄙視，視爲妖逆，言不齒于縉紳，名不列於四部。樸學大師錢大昕（1728~1804 年）在《十駕齋養新錄》也說：「唐士大夫多浮薄輕佻，所作小說，無非奇詭妖艷之事，任意編造，誑惑後輩……宋元以後，士之能自立者，皆恥而不爲矣。而市井無頓，別有說書一家，演義盲詞，日增月益，誨淫勸殺，爲風俗人心之害，較之唐人小說，殆有甚矣。[38]」錢大昕的鄙夷不僅代表個人的看法，而是代表了多數學者的心聲。當學者專家拿著經、史的尺度一一衡量時，明代歷史演義小說都成了眾矢之的，尤其《三國演義》更慘遭鞭策。羅貫中尤其是罪魁禍首，清朝學界對演義小說嚴加指責，正反映出通俗演義在清朝的勢力已不可輕忽。

說穿了，還是因爲演義太通俗，群眾信小說反而不看信史，這影響極爲深遠，導致壞人心術。學者不屑通俗，卻又懼怕通俗，這是相當弔詭的現象，學者與通俗作家的立場有別，理念有異，各有各的堅持。

三、學者與通俗作家的立場

學者專家與通俗作家，因立場不同，對歷史也有不同的主張。學者專家追尋歷史的事實，闡發事實的真義，資鑑之道，才是他們關注的焦點。他們的心中只存有事實，並沒有讀者喜好與否的顧忌。對通俗作家而言，必須迎合百姓的口味，百姓喜歡濃列的故事，就添加點情節；喜歡神怪，就增添點怪力亂神；不喜歡嚴肅，就來點渾話。有賣點就好，不必如史家事事考據。

通俗演義的創作多屬營利性質，凡營利就需考量市場。讀者影響市場，市場影響作者；作者影響作品，作品影響讀者，評論激發讀者的購買意願；而書商的經營策略影響讀書風氣，如此循環，就是一種市場機制。正因市場的需求，小說歷史化與歷史小說化都在試探，歷史與小說的分界因而模糊。這正是通俗作家努力的方向，不僅可以攀附正史，也可以提高小說的地位，迎合了讀者不愛讀正史，卻又渴求歷史上常識的品味。小說加入真實史事，代表真學問，即使有假，也是理所當然，通俗作家越不考究，學者越擔心。史家都希望分清歷史與小說的界線，以免以訛傳訛，扭曲了歷史的真相。史家一致呼籲分類清楚，但對通俗文學者而言，根本不需要分類，因爲百姓不在乎。

就古代的評論家而言，小說與歷史的關係也是難分難解，常常以「小說，正史之餘也」，「史統散而小說興」爲開頭。明代的李開先、李贄、汪道昆、清代的金聖嘆等人，幾乎都將《水滸傳》與《史記》相比；馮夢龍也爲三言取了「警世」、「醒世」、「喻世」等教化字眼。李贄評點《水滸傳》認爲是一部「張揚忠義的好書，於社會有益」，明清小說批評家幾乎都主張小說與歷史有共同勸善懲惡的責任。

由於歷史與小說的觀念，在歷史洪流中多有轉折，現今歷史小說的創作原則，也與通俗演義有相當程度的差距。現今的小說多半承襲西方小說創作的模式，而與傳統小說寫作的風格大異其趣。縱然如此，現今的創作者也不認真地區隔歷史與小說的分界，互有借用情況時而發生，其實，中西各國皆然。

總之，通俗演義不論演述的多麼真實，演義永遠是小說，這是所有讀者應有的認識。演義即使是小說，只要能正人心，也等同歷史的功效。有志的通俗作家們一致認爲通俗作品能夠使「怯者勇，淫者貞，薄者敦，頑鈍者汗下。[39]」通俗文學可以成爲「六經國史之輔」，同具教化功能，甚至比經史的感人更加深切。雖然，學者與通俗作家的立場不同，只要用心一致，歷史與通俗演義一樣具有經世作用。在明代李贄大倡「童心說」的同時，小說已經掙脫了過去的藩籬，可以和正統文學一較高下，也因爲文人加入寫作的行列，通俗演義正式成爲正統文學通往通俗化的橋樑。

在這章通俗演義概述中，主要陳述通俗演義盛行的背景和通俗演義的基本特質，爬梳歷史與小說之間的糾葛情懷，以期明白《東周列國志》這部通俗演義在整個通俗文學中所占的份量及本身的特殊性，以便探索此書的架構和價值。

【註解】

1、袁宏道，〈東西漢通俗演義•序〉選錄萬霖、韓同文選注，《中國歷代小說論著選》，（江西人民出版社，1982年），頁一七六。
2、參見林思綺，〈從伍子胥故事的演變論歷史知識的通俗化〉（下），（《人文及社會學會科教學通訊》六卷一期），頁一一二。
3、同註２，頁一一二。
4、顧炎武在《日知錄》（世界書局，民國70年）卷十三，「重厚條」注，頁三一七。
5、蘇東坡，《東坡志林》（木鐸出版社，民國71年）卷一，頁七。
6、宋人吳自牧，《夢粱錄》，（文海出版社，民國70年）卷二十〈小說講經史〉，頁十五。
7、涂秀虹，《東周列國戲之于史記敘事意向的轉移》，（大陸福建師範大學學報社•哲學社會科學版，1999年第 1 期）頁六十五。
8、參見黎傑編著，《明史》（台灣：大新書局印行），頁五三七。
9、綠天館主人：〈喻世明言•序〉（台灣：文化圖書公司，民國77年），頁一。
１０　、有關明代野史的種種，參考廖瑞銘，《明代野史的發展與特色》，（文大史學博士論文，民國83年7月），頁二一七。
１１、同註１０。
１２、正統文學，又稱士大夫文學，也稱精緻文學，及雅文學，名稱不一，所指實一。
１３、俗文學的界定很多，一般來說是通俗文學和民間文學的總和，此處不談民間文學，專論通俗文學。
１４　、劉勰的《文心雕龍• 神思篇》的原文：「形在江海之上，心存魏闕之下。」（《文心雕龍讀本》，文史哲出版社，民國86年）頁三，
１５、同註1。
１６、惺園退士：〈儒林外史•序〉，（台灣：漢風出版社，1998年），頁三。
１７　、參閱王爾敏，〈儒學世俗化及其對於民間風教之浸濡〉，錄自（《明清社會文化生態》，台灣商務印書館，民國86年），頁四四。
１８、紀德君，〈明代歷史演義小說生成論〉，(北京師範大學學報，1997年第6期(總第144期))，頁八十六。
１９、明人蔣大器，〈三國志通俗演義序〉，（台灣：新文豐出版公司印行，民國68年。）頁二，
２０、章學誠，《丙辰劄記》，轉錄《中國古典小說美學資料匯粹》（台北：大安出版社，民國80年），頁八十五。

２１、參考張新科〈歷史與小說的不解之緣〉，（《大陸：運城高等專科學校學報》第十八卷第一期，2000年2月）。頁三十九。
２２、大陸學人韓兆琦寫〈史記的小說要素〉載《史記評議賞析》，（大陸：內蒙古人民出版社，1985年6月）
２３ 、《西京雜記》的跋。
２４、參閱于興漢、吉曉明的〈試論中國古代小說批評中的史家意識〉，（《山西師大學報》第二二卷第二期，1995年4月）。頁六十三。
２５、同註２１。
２６、周生春，《吳越春秋輯校匯考》，（上海古籍出版社，1997年出版）。頁十一。
２７、胡應麟，《少室山房筆叢‧九流緒論下》，轉錄自《中國古典小說美學資料匯粹》，（台北：大安出版社，民國80年），頁十二到十三。
２８、王國維，《古史新證》，（北京市：清華大學出版社，1994年）
２９、魯迅，《中國小說史略》（台北：谷風出版社，民國52年），頁四十四。
３０、顧頡剛，《春秋三傳及國語之綜合研究》，（中華書局香港分局，1988年）。頁三十八。
３１、翟灝著，《通俗編》卷二，（台灣：世界書局，民國52年）頁二十四。
３２、何佑森，〈明末清初的實學〉，（《台大中文學報》，第4期），頁四十三。
３３、笑花主人，〈今古奇觀‧序〉，（台灣：三民書局，民國88年），頁一。
３４ 、吉衣主人在《劍嘯閣批評秘本出像隋史遺文‧序》，轉錄自《中國古典小說美學資料匯粹》，（台北：大安出版社，民國80年），頁八十二。
３５、閑齋老人，〈儒林外史‧序〉，（漢風出版社，民國87年5月），頁一。
３６、洪哲雄、紀德君，〈明清小說家的演義觀與創作實踐〉，（《文史哲》，1999年第1期)，頁七十八。
３７、李元復，《常談叢錄》，《中國古典小說美學資料匯粹》，（台北：大安出版社，民國80年），頁二十六。
３８、清錢大昕，《十駕齋養新錄》（世界書局，民國52年）卷十八，頁四三五。
３９ 、綠天館主人題，《喻世明言‧序》，（三民書局），案：綠天館主人即馮夢龍。頁一。

第二章

作者與作品述要

通俗演義是一種高難度的創作，據史而作，容易拘泥而無小說趣味；背史而作，容易荒誕而非演義；太紀實，文學家要批評；太虛構，史學家要抗議；「依史則死，背史則謬」道盡歷史演義的創作艱難。然而當小說高手羅貫中以「七分事實，三分虛構」演義《三國志》爲《三國演義》，受到熱烈的回響，文學家以爲佳，史學家卻以爲惡。清章學誠在《丙辰劄記》說道：

> 為三國演義則七分實事，三分虛構，以致觀者往往為所惑亂，如桃園等事，士大夫有作故事用者矣。故演義之屬，雖無當於著述之倫，然流俗耳目漸染，實有意於勸懲，但須實則概從其實，虛則明著寓言，不可錯雜如三國之淆人耳。[1]

「亂人耳目」，是史學家指責通俗作家的最大利器。只因爲「虛實相間」的創作手法，讓人分不出真和假；殊不知，「虛實相間」正是通俗作家引以爲傲的創作手法。而清朝的史學家心中只有學術真理，並不理會文學趣味，更無市場需求；通俗作家則不然，市場需求是最大考量，亦需兼顧文學趣味，學術真理則不甚講究。史學家要求真是真，假是假，尺度嚴明；通俗作家則遊走真假之間，分際愈模糊愈好。

一般而言，通俗文學只要有市場，有需求，內容可以隨時更改。坊間一本定型的通俗文學，經過數位作家的改寫，是稀鬆平常之事。《東周列國志》的成書就是經過一連串的演變加工才完成的。明代余邵魚以宋元舊本爲底本，搜羅正史、民間傳說和戲曲故事編寫成《列國志傳》；從武王伐紂起，寫到秦始皇統一天下，共九百年的歷史；明末馮夢龍以爲《列國志傳》時間太長，刪除了西周部分，直接寫東周列國歷史，徹底改寫余邵魚的《列國志傳》爲《新列國志》。清乾隆年間，蔡元放再根據《新列國志》作局部文辭的修潤，評寫成《東周列國志》而風靡當代社會。

雖說《東周列國志》有宋元話本爲底本，然而宋元作者已經不可考，可考可論的只有余邵魚、馮夢龍、蔡元放三位作者。由於通俗作家在傳統社會裡，地位低下，一向無足輕重，幾乎不被正統文人接納，而文獻的執筆者又多是正統文士。所以，通俗作者的文獻資料乏善可陳。《東周列國志》這三位作者的資料也相當匱乏，即使馮夢龍因近幾十年，通俗文學受到研究者的青睞，被視爲通俗大家的馮夢龍的研究熱門些，然而有關馮夢龍的詳細史料依然不全，至於其他人的文獻可以說少之又少。以下僅就些許的資料來分析這三位作者的生平背景和成書經過。

第一節　余邵魚與《列國志傳》

一、余邵魚與他的創作觀

坊間，有關余邵魚的直接資料可以說從缺，只知道余邵魚（約 1507~1572 年），字畏齋，明朝福建建甯府建陽縣人。根據余象斗重刻《列國志傳》的迹語中，說：《列國志傳》是他的先族叔翁余邵魚按鑑纂集，曾經重刻過數次，後來刻版太舊，再經過他校正重刻，此書方得以流傳。余邵魚是余象斗的叔輩，是可以肯定的[2]。余象斗是明代通俗小說的編撰者、批評者和出版者。余象斗字仰止，一字文台，號三台山人，明隆慶、萬曆年間人，生卒年不詳。今人齊裕焜著《明代小說史》曾說：「余氏世家由南京揚州府盱眙縣泗洲下邳郡，析居河南南汝寧府固始縣新安村。梁大通庚戌年（西元 530 年）余青公出任建陽縣令，乃爲入閩始祖。[3]」以後子孫世居福建建陽縣興化坊書林村，從事刻書行業。余氏刊行的小說有《皇明諸司公案傳》、《開闢演義通俗志傳》、《列國志傳》、《水滸志傳評林》和《四遊記》等近三十種。余象斗在萬曆年間（西元 1600 年前後）刻過許多書籍，由此推知，余邵魚的生活年代大約在嘉靖、隆慶之際（約在 1507~1572 年）[4]。

余氏家族是閩南一帶頗負盛名的出版商，福建建陽、麻沙一帶書肆林立，一直是全國重要的出版地之一。主要根源於當地茶鹽物饒，老百姓安居樂業，文風鼎盛，自宋代持續到明末。景泰《建陽縣志》稱「天下書籍備於建陽書坊」[5]。又說「書市在崇化里，比屋皆鬻書籍，天下客商販者如織，每月以一、六日集」，建陽這個地方一個月就有六天專門賣書的市集，供全國書商前來批書[6]。據張秀民先生在〈明代印書最多的建寧書坊〉一文中提到，明代建陽書林余姓堂號就有十二家，余成章、余季岳、余長庚可能都是余象斗的同族[7]。據清光緒丙申《重修余氏新譜》一書記載，余氏書林這種老字號的出版社從北宋起，經過元朝到明朝經營刻書出版的行業，竟長達六七百年之久，相當罕見[8]。

在有限的文獻資料中顯示，余氏家族不僅勘刻各色各樣的書籍，有時書坊主人也會親自編寫小說，恐怕是受了余邵魚編纂《列國志傳》的影響。如余君紹梓行《皇明英烈傳》、余泗泉鐫

《綱鑒歷朝正史全編》、《呂純陽得道飛劍記》等；余象年勘《綱鑒大方》、余世騰梓行《西漢志傳》、余仙源刻《皇明資治通鑑》、余應鰲編《岳王傳演義》；余象斗刻《校正演義全像三國志傳評林》二十卷，《全像忠義水滸志傳評林》二十五卷外，自已又編寫《西漢志傳》、《南遊記》、《北遊記》等。萬曆年間，建陽出版的小說雜書，日益增多，其數量當在千種左右，占全國出版總數的第一位。

普遍來說，正統文人的衛道觀念十分強烈，他們認爲小說多文義淺俗或無稽之談，有敗壞風俗之嫌，根本不屑爲之。然而他們卻忽視了小說具備的親和力和影響力。余邵魚和余象斗是書商，也是通俗作家，他們懂得廣大百姓的需求，也了解小說的負面作用，他們不像正統文人一味地譴責小說或迴避小說，而是以另一種積極的思維，強調小說的地位和作用，來掌握通俗的脈動。雖然當時的書商以營業爲目的，卻對社會都有份責任，在正統文士強調史傳的重要性，鄙薄歷史演義思想的荒謬之際，出版商也極力往正統性靠攏。

余象斗曾公開聲稱，社會上本來就沒有信史，若十七史之作雖有一定的可讀性，「然其序事也，或出幻渺；其意義也，或至幽晦」，難免使弔古者迷惘。而演義小說條之以理，演之以文，具有史傳所不具備的文理易曉的優點[9]。余象斗的說法有點廣告性，有點挑戰性，也有點理念性，不難看出這是余家出版的傳統。

陳繼儒（1558~1639 年）評點《列國志傳》，曾於序文說：「《左傳》的記載史實若晦若明，經過稗官野史，漁歌樵唱的努力，使其事賅而詳，語俚而顯，可以補經史之所未賅。[10]」他也是強調通俗演義具有補經之用。他更擲地有聲地說《列國志傳》乃「此世宙間一大賬簿也[11]」。治家須有簿，主人方能享逸樂，治國也相同，掌有此一賬簿，國君也能從容治國。

二、《列國志傳》的成書經過

現存八卷本的《新刊京本春秋五霸七雄全像列國志傳》中，在每卷標題下，都題兩行字「後學畏齋余邵魚編集，書林文台余象斗評梓」，從「余邵魚編集」的字樣裡，可以嗅出《列國志傳》不是余邵魚獨自創作的作品，而是採錄史傳野史編纂而成。宋元講史話本中已經有列國故事的演述。例如：《七國春秋平話》、《秦并六國平話》、《武王伐紂》等都是演述周朝的故事。基本上，余邵魚編寫的《列國志傳》依據宋元講史話本而來。

《列國志傳》全文約三十八萬字，從妲己驛堂被魅、武王伐紂、五霸七雄到秦滅六國統一天下爲止，共九百年間事，橫跨西周和東周兩個時代。余邵魚宣稱他的創作原則是：「編年取法麟經，記事一據實錄，凡英君良將、七雄五霸，平生履歷莫不謹按五經，並《左傳》、《十七史綱目通鑑》、《戰國策》、《吳越春秋》等書而逐類分紀。[12]」(〈題全像列國志傳引〉)。雖然余邵魚信誓旦旦地說「按先儒史鑑列傳」，仔細查覈，並非全憑五經和正史的記載，其實還包括話本和傳說。余邵魚在情節的發展方向上，守著《左傳》和《史記》，如果《左傳》的記載太簡明，作者則會添油加醋；如果《史記》的記載頗爲詳盡，作者則照單全收，一字不改。

除了依據正史外，《列國志傳》還鎔鑄不少民間傳說、講史話本和戲曲故事，增加故事的傳奇性和神怪性。例如從卷一「妲己驛堂被魅」到「太公滅紂興周」止共十九則，情節故事依傍元刊本平話《武王伐紂書》而成[13]。另外，《列國志傳》寫伍子胥臨潼鬥寶一事，明顯承襲元雜劇《十八國臨潼鬥寶》的情節，及無名氏撰《伍子胥伏柳盜跖》雜劇，僅將柳盜跖改名爲展雄，情節相似，寫展雄盜寶、展雄辱叱秋胡，伍子胥擒伏展雄。還有卷七「閭丘亮泛舟救子胥」也是本之於元李壽卿撰《進專諸伍員吹簫》雜劇第二折的故事[14]。也有一些情節取效《武王伐紂平話》、《三國演義》等當時流行的小說，如武王伐紂，一方面大篇幅渲染紂王無道，另一面虛構各路天神幫助武王征戰，突出武王伐紂是奉天明命，行天之罰；又管仲天柱峰滅戎，管仲夜間劫殺，用草人借箭，完全是《三國演義》草船借箭的翻版。管夷吾氣死鬥伯比，則模仿諸葛亮罵死王郎的情節，晉郤穀計斬舟之僑一則，先軫按郤穀遺下的錦囊妙計，斬舟之僑首級於馬下，與武侯遺計斬魏延雷同，則受《三國演義》的影響[15]。

余邵魚更以戲曲裡的故事，來塑造人物[16]，如伍子胥遇上的浣紗女，其形象就是取材自元人吳昌齡的雜劇「浣紗女抱石投江」；「范蠡扁舟歸五湖」，來自元趙明道《陶朱公范蠡歸度關》雜劇；「田單火牛覆齊兵」，來自元屈子敬《田單覆齊》雜劇；龐涓之死，也是源自元無名氏的《龐涓夜走馬陵道》雜劇，這些戲曲故事增添了小說人物的具象化，也會讓讀者對小說人物增加熟悉度。余邵魚的《列國志傳》可以說是春秋戰國的歷史故事、民間傳說、話本和戲曲大彙集的歷史演義。余邵魚的搜羅功夫和編纂功力必須博涉群籍，方能如此融會，書坊世家果真名不虛傳。

在體例結構上，當時章回的形式還未見。余邵魚依然承襲宋元講史平話的方式，採分卷、分則方式，以《新鐫陳眉公先生評點列國志傳》的版本而言，全書分十二卷，每卷再分十數則，全書共二百二十五則，西周共三十四則，東周爲一百九十一則。每則有題目說明，題目均爲單句，不作對仗。在題目字數方面，多爲七字句，共佔一百六十則，其次爲六字句，共有三十四則，其次爲八字句，共有三十七則，僅卷一「武王與子牙議伐商辛」，卷十一「六龍會蘇秦配印還鄉」二則作九字句。九卷以上，演述左氏春秋傳記之義，其事則說五霸。十卷以下，則詳述七雄。

基本上來說，余邵魚的《列國志傳》奠定了編年體式的編纂。在每卷開頭，都會寫此卷起自某年，參見某書。如：卷一，寫「起自商紂王七年，癸丑，至戊寅，二十六年事實，案先儒史傳列傳」。卷二則寫「起周武王元年己卯至平王四十八年戊午，共二十四王三九九年之事實」。卷三則寫「起自周桓王元年，按曾瑕丘伯左丘明春秋傳」……卷十二開頭寫到：「自周起按先儒史記列傳」。每一卷的出處都不同，至於時間的寫法，並不類春秋以魯紀年，而以周紀年。例如卷十一「死孫臏嚇得活龐涓」則中，孫殯有手書給龐涓，上面的時間寫著周顯王二十八年秋九月上旬。卷十一「蘇秦歸趙」也以五國所許，合從之事告趙侯，趙侯大喜，即修契會文書，上面也寫著「周王顯王三十五年，冬十月，趙言再拜書。」

《列國志傳》通俗，淺白易懂，例如卷十一的題目為「死孫臏嚇得活龐涓」、「商鞅四馬分屍」等，死呀！活呀！都能在題目中出現，可見，用語相當通俗。對戰爭場面的描寫也頗誇張，例如卷四「公孫枝獨戰六將」寫道：「穆公倒翻落馬，步揚輪刀便斬子桑，子桑大喊一聲，先斬步揚於馬下，救起穆公奔上二里，五將奮力來追，忽聞大象山北喊聲大振，一起步軍，約三十餘人，各各推鋒製刃，殺至子桑以為晉兵，舍五將，來敵步軍。」完全不咬文嚼字。在情節的安排上，不太重視整體的架構，情節與情節的空隙過大，全書讀起來倒像讀類書。然單看某些情節，也別有野趣。例如：卷三「管夷吾罵死鬥伯比」，瞧管仲罵人的姿態簡直就像匹夫，語氣和姿態都顯露出草莽性，雖然荒誕不經，卻頗有趣味。另外，余邵魚喜歡在情節進行中引用書信或詔書，而書信和詔書總是長篇大論，常常阻礙情節的發展。例如：卷七「大楚西征都元帥」的征書，就寫了滿滿兩頁；又如：李斯的〈諫逐客書〉，簡直是一字不改的全搬進演義裡，佔掉了大半篇幅。而這樣的書信往往只是擺在書裡，對情節的鋪陳並沒有產生任何助益。

余邵魚的《列國志傳》雖然用語通俗，情節荒誕，民間色彩濃厚，但在歷史知識上，余邵魚一點也不馬虎，例如《列國志傳》卷五敘述「蹇叔遺康救孟明」，寫百里孟明視乃秦之野人，雍西人，而蹇叔的兒子是蹇元傑。與《史記》的記載迥然不同。《史記》記載百里孟明視是百里奚的兒子，白乙丙、西乞術是蹇叔的兒子[17]。不明究裡者往往相信《史記》的說法，叱小說為非。余邵魚編寫《列國志傳》一定參考過《史記》的記載，何以他不採用《史記》的說法，筆者以為他一定不苟同《史記》。因為這些人物的關係在《左傳》並沒有明確交代，《史記考證》也懷疑蹇叔的兒子應非白乙丙或西乞術，而是另有其人[18]。從這點可以看出，余邵魚對史學有相當的認識，他也不認同白乙丙、西乞術這兩位將領是蹇叔的兒子，而另創一個名字，說明蹇叔的兒子果真參加這場戰役，然而絕非將領級人物。余邵魚對人物關係尚且如此謹慎，對管仲尊王的動機更說得明白。在卷三「齊桓公北杏大定霸」中，管仲提出「尊王攘夷」的口號。《列國志傳》寫道：

> 管仲奏曰：當今諸侯強於齊者甚眾，然皆自逞英雄。不知尊周為義，所以不能成其大事。周雖衰微，亦是君王。東遷以來，諸侯不朝，萬物不貢，故鄭莊公力抗王師，以致君臣亂敘，遂令列國臣子弒君者不絕，諸侯相視，莫敢征討。

余邵魚將齊國管仲提倡的尊王政策剖析得極為明白，一般讀者看了立刻能明白「尊王」的用意。可知，余邵魚不是一味鋪張情節，毫不理會歷史事件上的細節。看來，他其實是一位極為用功的通俗作家。

總之，余邵魚創作《列國志傳》，彙整了宋元話本和戲曲故事，也加進了正史史料，然而情節間空隙大，組織架構頗似「類書」，常有「戲不夠，仙來救」的敷衍情景，保留了相當多的民間色彩。描寫簡略，文字草率，缺乏動人的情感，卻縮短了百姓與歷史的距離。

三、 版本介紹

余邵魚的《列國志傳》如今已經不多見了，現存十二卷本和八卷本兩種：十二卷本題《新鐫陳眉公先生批評春秋列國志傳》，爲明萬曆刊本，在台灣僅有一部，原是國立北平圖書館藏書，後由國立中央圖書館代管，原書現已移置故宮文獻館；八卷本題《新刊京本春秋五霸七雄全像列國志傳》，爲明內府鈔本，在台灣並未見到。以下分別簡介各板式及收藏地點：

（一）十二卷本

十二卷本的《新鐫陳眉公先生批評春秋列國志傳》，傳之今世者有明萬曆間刊本兩部，現藏於日本內閣文庫及台北故宮文獻館（原藏於北平圖書館）。筆者未能親見內閣藏本，僅見到故宮藏本的微片，故墨色、紙張、套色等版本問題皆無法說明，就微片略述梗概。

1、**書題：**在封面、目錄、本文和卷尾部分皆有書題，而在封面、本文和卷尾末行皆頂格題《新鐫陳眉公先生批評春秋列國志傳》，唯有目錄題《新鐫陳眉公先生批評列國志傳》，少了「春秋」二字。

2、**文及目錄：**有陳眉公的〈序列國傳〉一 篇，序末署「萬曆乙卯仲秋，陳繼儒書」，即萬曆四十三年（西元 1615 年）。後接朱篁的〈列國傳題詞〉，序末亦署「萬曆乙卯秋季，朱篁書於鏗鏗齋」，二序皆以行書刊刻。緊接著是目錄，共十二卷，則數有二百二十三則，而正文有二百二十五則。署「雲間陳繼儒校正」和「古吳朱篁參閱」。後接「列國源流總論」一文，文末署「邵魚謹誌」。

3、**插圖：**卷首正文之前，每卷五圖，一圖半葉，十二卷共三十葉六十圖。一圖一事，圖中皆有說明文字或刻工，如卷一「妲己驛堂被魅」，刻工姓名有「劉君裕」或「李清宇」等。繪刻極爲精細。

4、**版式：**花口，版口刻「批評列國志傳」，單魚尾，各卷版心上刻「卷之〇」，下刻頁碼。在行款上，卷一至卷三皆半葉十一行，每行二十字，卷四以下至卷十二終，皆作半葉十行，每行二十字，偶有雙行註解小字。

5、**正文：**每卷初將時期先列出，如卷一寫「起自商紂王七年，癸丑，至戊寅二十六年事實」換行寫：「按先儒史鑑列傳」；卷二寫：「起周武王元年巳卯至平王四十八年戊午共二十四王三九十九年之事實也」，換行寫道：「武王分土封諸侯」；卷三寫：「起自周桓王元年」換行寫「按曾瑕丘伯左丘明春秋傳」；每卷有總批，總批在每卷末，字體以行書爲之，例如卷一中「西伯侯陷囚姜里城」，總批是「如怨如慕，如泣如訴」，書末刻寫「萬曆歲次乙卯孟秋日姑蘇龔紹山梓行，平江顧逑父書」。

6、**批點：**有眉批，正文裡也有行書的批語，有時在史詩前，書中也有句讀。

至於內閣藏本與故宮藏本的異同，經孫楷第先生考證二者爲同本而不同板；凌亦文先生也針對此二者作列表比較。內閣藏本每卷正文皆作半葉十行，每行二十字，及每卷書題下的分署有些微差異。另外，在插圖的部分有較明顯的差別，其餘則無相異之處。至於坊間還有哪些十二卷本的版本，據大塚秀高的《增補中國通俗小說書目》[19]記載，尚有得月齋周譽吾刊本，萬曆三四年序刊，半葉十一行，每行二十字，是與姑蘇龔紹山本同一系統，藏於北京圖書館‧鄭振鐸記。

（二）八卷本

八卷本，筆者未能親見，僅就文獻資料說明梗概，據孫楷第的《中國通俗小說書目》記載，現存最早的八卷本是明內府鈔本，名爲《新刊京本春秋五霸七雄全像列國志傳》，半葉十三行，一行二十五字，有彩繪插圖，藏書地點則不明。八卷本還有其他刊本如下：

《新刻京本春秋五霸七雄全像列國志傳》，明萬曆丙午年（三十四年），三台館余象斗重刊，孫楷第記載此書分三欄，有上評，中圖，下文。正文十三行，每行二十字。每卷題「後學畏齋余邵魚編集」、「書林文台余象斗評釋」。收藏地點有日本蓬左文庫藏一全部；大連圖書館所藏殘存「第二卷至第六卷五卷」。大塚秀高的《增補中國通俗小說書目》更記載此書有八卷二二二則，廣告詞寫著：「列國一書迺先族叔翁余邵魚按鑑演義纂集，惟板一付，重刊數次，其板蒙舊，象斗校正重刻全像批斷，以便海內君子一覽，買者須認雙峰堂爲記。[20]」目錄題《新鍥史綱總繪列國志傳》。

《新刻京本春秋五霸七雄通俗演義》，半葉十二行，行二十五字，無圖，尙存卷一、二，大塚秀高於屯溪舊書店書目所見。

《新刻京本春秋五霸七雄全像》，八卷二二四則，半葉十五行，每行三十二字，細字中本，圖六頁，康熙五十三年刊，藏書地點有：北京大學、燕京大學、孫楷第。大塚秀高按正本題《新刻京本春秋五霸七雄全像列國志傳》，推論亦與余象斗本同。

《新刻京本春秋五霸七雄全像》，古吳文英堂刊本，八卷二二三則，半葉十五行，三十二字，圖四頁，小字本，北京大學‧馬廉藏。

《新刊京本春秋五霸七雄全像》，八卷，四川揚氏刊本，有圖，康熙間刊，有飛霞道人編次字樣，收藏於四川省圖書館。

《新刊京本春秋五霸七雄全像》，梅園刊本，上圖下文，半葉十五行，二十六字，目錄題「新刻史綱總繪列國志傳」，無評語，多出一篇陳繼儒序。收藏於英國博物院。

其他還有一些殘本或小字本，因文獻資料不足，不細說了。最後要談到的是還有一種特殊的會文堂藏板（芥子園），凌亦文對此書有詳細說明，她說此書封面中刻「鏽像春秋列國」兩行大字，左題「新增西周演義」，目錄題《新刻史綱總繪列國志傳》，分十六卷，二百一十九則，圖二十四頁，目錄後有「東周列國志封建地圖考」。嘉慶元年刊，收藏於巴黎國家圖書館。

從以上的翻刻本來看，現存的八卷本比十二卷本保存還多。

第二節　馮夢龍與《新列國志》

明末馮夢龍全面改寫明初余邵魚的《列國志傳》，以章回小說的形式增寫成一百零八回，完成將近七十六萬字的通俗演義，取名為《新列國志》。在結構、情節、語言、人物各方面，馮夢龍都做了大幅度的增刪。

一、馮夢龍與他的纂寫觀

馮夢龍（1574~約 1646 年）是後人公認的通俗文學大家，他的生平資料並不多，是後人拼湊而成，且在民國以後。五四運動以來，通俗文學漸漸受到重視，連帶馮夢龍也受到研究者的關注，不斷炒作馮夢龍的相關話題，使他的聲譽倍增。後學常以為馮夢龍是個了不起的文學家，相關資料一定不孤。然而翻閱文獻，屬於馮夢龍的直接資料很少。明史沒有他的傳記，儒林沒有他的名字，藝文沒有他的評論；唯有地方方志《蘇州府志》卷八十一「人物」中，有一段關於馮夢龍簡單的記載：「馮夢龍字猶龍，才情跌宕，詩文麗藻，尤明經學，崇禎時，以貢選壽寧知縣」。可見，馮夢龍在明代尚未全國知名，僅屬地方文士而已。

綜合後人研究，僅能獲得馮夢龍的初步生平輪廓。馮夢龍生長在文風鼎盛的蘇州，經學、史學、小說、戲曲、民間歌謠、故事均有涉獵。由於科考不順利，馮夢龍直到五十七歲（崇禎三年）才考取了貢生，六十一歲時（崇禎七年）作福建壽寧縣的知縣，崇禎十一年離職。馮夢龍五年的政績頗受好評。福建《壽寧府志•循吏傳》曾說他：「政簡刑清，首尙文學，遇民以恩，待士有禮……」[21]可見，馮夢龍做官十分用心，評價相當正面。馮夢龍的晚年正逢明朝衰敗，清兵入關，明朝滅亡，他並不輕鬆。由於資料不全，關於他的死，眾說紛紜：有人說他在蘇州憂憤而死；有人說他在福州殉難，時間約在清順治三年（西元 1646 年），享年七十三歲，這個說法普遍被今人採用。據後人統計，他的字號特別多，有猶龍、子龍、耳猶；別號有綠天館主人、可一居士、茂苑野史、龍子猶、墨憨齋主人、詞奴、顧曲散人、香月居主人、詹詹外史等；有兄名夢桂，字若木，善畫；有弟名夢熊，字非熊，太學生，善詩。馮家應是個書香門第。

馮夢龍是一個什麼樣的文人？附庸風雅的文士或憂國憂民的志士？從馮夢龍參加「復社」即可看出端倪，明末結社風氣鼎盛，各種社團都有，不但讀書人們要立社，就連仕女們也要起詩酒文社[22]。朋輩結社，可以互相砥礪，可以廣博學問，甚至互相校定著作，這種以文會友，以友輔仁的結社風氣，使明朝文人充滿活絡之氣。「復社」是一個關心政治、評論社會，主張「興復古學，務爲有用」的「文學社團」。然而復社標榜「重氣節，輕生死，嚴操守，辨是非」倒像一個政治性組織了[23]。在明代的結社活動中，文人們彼此增長知識，豐富生活內容，爲共同的理想而奮鬥，看馮夢龍在《警世通言》與《醒世恆言》的敘中所言文學的教化、勸誡和喚醒世人的作用，以推動社會改革。就知道馮夢龍不是附庸風雅的假文士，而是真是關心國家大事的志士。

後世研究者發現馮夢龍熱衷通俗文學的創作和推廣，他對故事收集和創作不遺餘力，《警世通言》、《喻世明言》、《醒世恆言》，膾炙人口。另外，被考證出來，還有改編的長篇歷史演義有：《新列國志》、《三遂平妖傳》、《盤古至唐虞傳》、《有夏志傳》、《兩漢志傳》、《古今列女演義》等。他常以真名寫文史的書籍，如《麟經指月》一類的書，其他通俗性的作品多以化名爲之，例如馮夢龍也曾以「煙波釣叟」名義校勘過《楊家府演義》，此書其實也是馮夢龍親手書寫的。這是典型通俗作家的做法，截至到目前爲止，許多學者寫通俗讀物也常採化名爲之。

馮夢龍創作通俗文學的態度，不純然爲了營利，而是心存文學實用論，秉持通俗文學的社會教育作用。馮夢龍在天啓四年（西元 1624 年）《警世通言》序文指出通俗演義等能佐經書史傳之窮，他說：

> **經書著其理，史傳述其事，其揆一也；理著而世不皆切磋之彥，事述而世不皆博雅之儒；於是乎村夫稚子，里婦估兒，以甲是乙非為喜怒，以前因後果為勸懲，以道聽塗說為學問，而通俗演義一種，遂足以佐經書史傳之窮……事真而理不贗，即事贗而理亦真，不害於風化，不謬於聖賢，不戾於詩書經史，若此者其可廢乎。**[24]

馮夢龍之所以憂國憂民，主要跟春秋學有密切關係，他有渾厚的經學底子。曾在三十多歲時，被請去湖北麻城講授《春秋》，並且著了《春秋衡庫》、《麟經指月》、《春秋別本大全》、《春秋定旨參新》、《四書指月》[25]等指導科舉的參考書，今人齊裕焜在《明代小說史》也指出《綱鑑統一》、《實用文體大全》等書都是馮夢龍所作。這些都是合乎道統的書籍，梅之煥在《麟經指月・序》中非常推崇馮夢龍治經的成果。也因此，在當時，他頗受一些有身分者的推崇，故常受邀到各地講授《春秋經》。他的春秋學有相當的功力，編纂《新列國志》應該與此有絕對的關係。

也許受春秋學的影響，馮夢龍有濃厚的資鑑觀念，他在傳奇《酒家傭・敘》言提到：

> 傳奇之衰鉞，何減《春秋》筆削哉！世人勿但以故事閱傳奇，只把作一具青銅，朝夕照自家面孔可矣。[26]

世人鄙薄戲曲、故事，可是，對馮夢龍來說，傳奇也好，故事也罷，都是一面銅鏡，可以讓人引以爲鏡。隨時自我反省。馮夢龍資鑑的觀念不僅應用在創作傳奇上，也在任何文類裡，鮮明而清楚的傳達著，毫不保留。

本來，資鑑的觀念來自史學，《春秋》及三傳，都是傑出的史學。可惜，《春秋》三傳被奉爲經書以後，「歷史」成了高不可攀的學問。碩學、鴻儒和史官方能一窺堂奧；一般識字的，未必能懂得「歷史」。然而「歷史」的內涵，自有吸引力，畢竟帝王將相的故事，一直是漁樵閒談的話題。演義裡有故事、有人物、有知識，有教化，有信仰，有理念，最能滿足市井小民的需求。馮夢龍深深了解百姓的心理。他堅信「雖稗官野史，莫非療俗之聖藥」[27]，治療世俗通病的藥方就是稗官野史。稗官野史靠嘴巴說說，耳朵聽聽，只要百姓能引以爲戒，經世淑世的意義等同於六經。經史的意義就在「令人爲忠臣，爲孝子、爲賢牧、爲良友、爲義夫、爲節婦；爲樹德之士，爲積善之家，如是而已矣，經書著其理，史傳述其事，其揆一也。」(〈警世通言・序〉)，馮夢龍以爲通俗文學的更大功用在於「若引爲法誡，其利益亦與六經諸史相埒」[28]。

基於這樣的認知，馮夢龍從不看輕小說的低賤。他寫道：

> 六經國史之外，凡著述者皆小說也，而尚理或病於艱深，修辭或傷於藻繪，則不足以觸里耳而振恆心。（〈醒世恆言・序〉）

他認爲除了經史之外，所有的著作都是小說，即使個人文集、論著等文類都算是，只是有的說理過於艱澀，有的修辭過於浮誇，百姓識字不多，往往畏縮。馮夢龍以爲有堂而皇之的道理而無法撼動百姓的內心，也是枉然。所以馮夢龍寫小說的目的是爲了「觸里耳而振恆心」。通俗正是觸里耳的最佳途徑；歷史小說化正是他觸里耳的通俗表現。

由於通俗小說普遍存在一些問題，例如：荒謬虛空的情節，或想當然耳的歷史情節，或如陋儒般似是而非的野狐禪等，「鬆散」、「雜遝」是遭人詬病之處，正統文士對此經常嗤之以鼻。通俗小說的傳統地位一直不高。兼之階級觀念作梗，正統文學一直居領導地位；相較之下，通俗文類更顯得卑弱不堪。馮夢龍基本上也是讀經出身的文士，算是正統文人，然而他所認定的通俗並不是低俗，他對於荒誕不稽，損毀人心的通俗書籍，也曾大加鞭責。他對通俗文類的態度不同於其他文士，他要正小說之風，故大力刪除小說中不堪一讀的情節。《新列國志》中有篇以「可觀道人」的筆名序文說道：

> 墨憨氏重加輯演，唯一百八回，始乎東遷，迄於秦帝，東遷者列國所以始，秦帝者列國所以終，本諸左、史，旁及諸書，考核甚詳，搜羅極富，雖敷衍不無增添，形容不無潤色，而大要不敢盡違其實。

馮夢龍是什麼時候增刪余邵魚的《列國志傳》的呢？根據前人的研究，大約在他從壽寧知縣致仕之後（約在 1634 年後），過起隱居生活，才從事編纂《新列國志》的工作[29]。換句話說，

《新列國志》應該是他晚年的作品。馮夢龍大舉刪除《列國志傳》中明顯不合史實的故事傳說，如「臨潼鬥寶」、「卞莊刺虎」、「伍子胥舉鼎」等；且增添了重要內容，如：「楚文王伐黃而薨」、「晉丕鄭使秦」、「衛元晅搆訟」等；渲染細節如：「齊襄公兄妹淫亂」、「齊襄公被殺」、「陳靈公君臣淫穢」等過程。刻劃人物如：宋襄公迂頑、晏嬰機智、驪姬陰險等。安排結構，將春秋戰國龐雜的歷史事件，串聯成一氣，凸顯東周歷史的複雜性。

馮夢龍這個人有時很學術，有時很藝術，蔡元放說此書是記事之書，而不是敘事之書。他在《東周列國志》的讀法是這樣說的：

> 列國志是一部紀事之書，卻不是敘事之書，便算是敘事之書，卻不是敘事之文。

記事之書講究有根有據，很學術；敘事之書專論有情有義，很藝術，筆者倒認爲此書既是「記事之書」，也是「敘事之書」。馮夢龍個人的筆下可以調和學術和藝術，這是通俗作家最具魅力的地方。從馮夢龍的編纂書籍的種類即可看出他的多元化，他不僅寫傳奇劇本，編短篇小說如三言，寫長篇小說如《三遂平妖傳》；也收集笑話，寫成《笑府》，其他也有《情史》，和《智囊補》，在這些著作中，馮夢龍有其藝術的一面，也有其學術的一面，只因爲他心存百姓。

通俗作家是百姓與雅文學的溝通者，他不僅是識字的人，還必須是個有文心的人，也要懂得一般百姓的心理，才能扮演好溝通的橋樑。文人把歷史詮釋當成風骨，卻常常失去讀者。讀者與正史有段遙遠的距離。馮夢龍則努力地搭起橋樑，使二者關係交融起來。因此，他處處以史實爲重，按史索驥。又要時時留心百姓的興趣。基本上，聽故事，得認同，可以節錄知識，可以拾人牙慧，都是百姓喜歡歷史的原因。換言之，百姓可以依照自己所需，從歷史小說中得到他們所要的東西。馮夢龍了解百姓的需求，他編寫《新列國志》講究一方面要有文人的風骨，一方面又不失讀者的口味。所以《新列國志》以淺近的文言，敘寫史事；在匯集史料時，他心存「往蹟種種，開卷瞭然，披而纜之，能令村夫俗子與縉紳學問相參。[30]」的宏志。另外，他以為自己讀書，為天下讀書，為後世子孫讀書的心情來編寫此書，《春秋衡庫•跋》道：

> 凡讀書須知不但為自己讀，為天下人讀即為自己；亦不但為一身讀，為子孫讀；不但為一世讀，為生生世世讀。作如是觀，方鏟盡苟簡之意，胸次才寬，趣味才永。

基於這樣的理念，他熱熱鬧鬧地將余邵魚的《列國志傳》改寫成《新列國志》。總括而言，馮夢龍對歷史有絕對的認同，對小說更有一份揮之不去的使命感，這兩者的結合使他編纂出一部傲人的說部來。

二、《新列國志》的成書經過

馮夢龍在新編《新列國志》的序文曾經透露他對余邵魚編纂《列國志傳》的看法，他說：

> 舊志事多疏漏，全不貫串，兼以率意杜撰，不顧是非，如臨潼鬥寶等事，猶可噴飯，茲編以……[31]

《列國志傳》在宣傳上，一直強調余邵魚是按鑑而作，十分重視有根有據的史實，但看在馮夢龍的眼裡，仍有許多不顧是非，任意杜撰的荒謬性存在其中。馮夢龍說：

> 古用車戰，至晉荀吳敗狄於大鹵，始廢車崇卒，趙武靈王胡服騎射，始用騎戰，舊志但蹈襲《三國志》活套，一概

用騎，失其實矣，又都督、經略及公主等號，皆後世所設，列國時未有也。豈得任意撰入，茲編悉按古制，一洗舊套」[32]

於是，馮夢龍大刀闊斧重新整理了余邵魚的《列國志傳》，包括情節、結構、回目和史觀均大幅更動過。以章回小說體重新詮釋東周歷史，定名為《新列國志》。回目共分一百零八回，內容有百分之八九十是依據史實。主要根據《春秋》、三傳、《史記》、《戰國策》、《國語》、《呂氏春秋》、《吳越春秋》等史籍。《史記•周本紀》是周朝歷史的輪廓；《春秋》是春秋歷史的記錄；三傳是春秋歷史的詮釋；《戰國策》、《國語》、《呂氏春秋》、《吳越春秋》等是戰國歷史的見證。馮夢龍更參考《孔子家語》、《晉乘》、《楚檮杌》、《管子》、《晏子》、《韓非子》、《孫武子》、《燕丹子》、《越絕書》、《吳越春秋》、《呂氏春秋》、《韓詩外傳》、劉向《說苑》、《賈太傅新書》等書。加上馮夢龍有研治《春秋》的心得，深知寄事言理之法，他要完成一部與正史「分籤並架」的巨著。

原則上，《列國志傳》是《新列國志》的藍本。余邵魚使用了編年體式的架構，馮夢龍除了刪除西周的情節外，東周時期的故事發展完全依循余邵魚的編年方式，並充分運用了紀傳體的特色，使事件具體化，人物形象化，對各諸侯國大事加以記述。然而《新列國志》的情節基調，完全以東周的時局為主，有平王東遷、周鄭大戰、桓公立霸、秦穆公成霸、宋襄公圖霸、晉文公稱霸，楚莊王定霸、吳越交戰、孔子周遊列國、三家分晉、韓魏之爭、七雄吞併戰，四公子競智、秦統一天下，這樣的情節架構基本上承襲《列國志傳》的編排。春秋五霸爭雄的局勢，約佔全書五分之四強，戰國七雄僅有五分之一弱。

在形式上，《新列國志》採章回體，全書共分一百零八回，回目作上下句，對偶齊整，其中作八字句者有二十四回，六字句者有四回，其餘八十回均爲七字句[33]。有開場詩和散場詩，形式承襲宋元話本，各道全書的故事梗概，遣詞用語亦隨作者的涵養而定。《列國志傳》的開場詩，陳述梗概不帶情感；《新列國志》的開場詩，有著濃厚的情感喟嘆。散場詩部分，《列國志傳》闕文；《新列國志》簡括全書作結。文中也夾雜各式的韻文，或引髯翁詩，或引胡曾詩，或引東坡詩；有評論性，有歌頌性，有抒情寫景，有推展情節，其中以評論居多，寫景狀物的詩詞爲少，僅在第九回「齊侯送文姜婚魯」寫魯文姜深閨寂寞，有詩一首爲證：「春草醉春煙，深閨人獨眠，積恨顏將老，相思心欲燃，幾回明月夜，飛夢到郎邊。」凌亦文在《新列國志研究》中已有淸楚闡述，在此不再贅述。[34]

在內容上，馮夢龍主要刪除了《列國志傳》有關西周大部分的歷史，包括武王伐紂、分封諸侯以及尹吉甫大征嚴狁等事件，及部分於史無據的情節，例如從卷一「蘇妲己驛堂被魅」起到卷二「盧妃懷孕十八年」共三十四則的西周歷史；卷三「管仲天柱峰滅戎」、「管夷吾罵死鬥伯比」；卷四「馮長生驗夷吾生死」、「公孫枝獨戰六將」；卷五「先軫三氣子玉」，卷六「秦哀公設會圖霸」，卷七「玄象岡卞莊打虎」、「柳盜拓辱叱秋胡」、「魯秋胡捐金戲婦」、「楚平王廢妻逐子」、「臨潼會子胥爭明輔」，「伍子胥鎮臨潼會」、「伍子胥投陳辭婚」等；這些被刪除的故事情節多是無憑無據的民間傳說或戲曲故事，增添一些有憑有據的史實。例如第一回「周宣王殺忠臣杜伯」一節、第四回「秦文公郊天應夢」、第三十二回「晏蛾兒踰牆殉節」、第四十七回「弄玉吹簫雙跨鳳」、第七十一回「晏平仲二桃殺三士」等，企圖完成一部有史觀，有價値的東周演義。

除了情節架構外，《新列國志》也剔除了《列國志傳》許多書信內容，例如卷七「大楚西征都元帥」的征書全部被刪。《新列國志》的情節起伏端賴史料的依據。例如：《新列國志》的內容取自《左傳》的歷史事件則嚴肅得多，如「鄭文公掘地見母」、「燭之武退秦師」，描寫則平板無奇；取材自《史記》則描寫豐富些。如「信陵君竊符救趙」、「圍下宮程嬰匿孤」、「藺相如兩屈秦王」、「蘇秦合縱六國」、「死范睢計逃秦國」等生動的故事，神采風貌宛如小說之筆。對重要的歷史事件，馮夢龍則根據文獻加以描寫。例如：第二十九回，管仲病篤，齊桓公親往慰問，管仲為君王剖析人才的任用，見解精闢，不是作者自創，而是採《管子・戒篇》，和《呂氏春秋・知接篇》[35]。可知，馮夢龍編寫此書極為用功。

至於人物形象塑造方面，《新列國志》與《列國志傳》的方法也不同。《新列國志》完全依據歷史條件而來，《列國志傳》對人物的塑造則根據情節而來。所以，有些人物的感覺與歷史感覺不一致。以管仲為例，《新列國志》的塑造，偏重在管仲的才能，講宋國納賄誅萬長的事件，是為了凸顯管仲的才能。管仲被囚是心甘情願，先知叔牙的謀略，入齊則是迫不及待，以表現管仲先知先覺的本事。在《列國志傳》中，則安排管仲尋死，幸得鮑叔牙勸慰，管仲還哭泣道：「吾食公子糾之祿，糾死不能仗節而亡，今又棄怨而事仇，有何顏立於世哉？」叔牙反倒勸說：「吾聞大丈夫，執貞而不拘諒，子能捨怨事仇，展經綸之才，致太平之治，垂功於竹帛，揚名於後世，豈不為美，又何必效區區之小信乎。」管仲這才與叔牙入齊。這樣的勾勒，只見管仲不如鮑叔牙，管仲竟是小眼睛小鼻子之人，如何擔任國家大事？余邵魚掌握人物的歷史感覺不及馮夢龍。

在描寫上，《新列國志》增添細節，潤色文字，使故事更加生動細緻，比比皆是，不必贅述。雖然馮夢龍並不滿意《列國志傳》的許多情節和寫法。事實上，馮夢龍的編寫也有部份情節根據《列國志傳》的說法。例如第十六回，寫鮑叔牙力薦管仲，和管仲與桓公論政等情節，全本《列國志傳》，文字也幾乎相同，這是因爲《列國志傳》也根據《管子》、《國語》等書而來[36]。又如重耳過衛國，衛文公不禮遇，《新列國志》寫衛文公拒迎重耳，有四點理由：一、衛立國不曾借助晉人，二、衛晉同宗不同盟，三、重耳乃出亡之人，無足輕重，四、若迎重耳勢必浪費，這四點理由完全根據《列國志傳》而來，這在《左傳》、《史記》都不曾記載的原因，連《國語》也僅作「衛文公有邢、狄之虞，不能禮焉。[37]」馮夢龍居然不採史傳，而採《列國志傳》。表示他認可《列國志傳》的說法。其他如晉靈公荒淫無道，屠岸賈阿諛諂媚，《新列國志》與《列國志傳》皆相同。

大體而言，《新列國志》徹底改變了《列國志傳》的體質，使列國的故事定型了，馮夢龍厥功偉焉。余邵魚的《列國志傳》寫法像一本類書，各色各樣的歷史故事不管是傳說、俗講或戲曲全羅列在一起，故事情節的連貫性和條理性皆薄弱不堪，人物關係空隙頗大。如果以陳繼儒的賬簿說來比喻，《列國志傳》就像一本流水帳簿，記錄了密密麻麻的款項，卻看不到彼此的關係；而《新列國志》則像試算表，是經過縝密的分析編纂而成，能讓人對資金的進出有更清楚的理解。

三、版本介紹

（一）金閶葉敬池梓本

《新列國志》現存重要版本有明崇禎年間（約 1627 年前

後）金閶葉敬池梓本，現藏於日本內閣文庫；胡萬川先生說這個刊本是海內外僅存的「最初原刊本」，他依據的是葉敬池梓本的封面識語云：「墨憨齋像纂新平妖傳及明言、通言、恆言諸刻，膾炙人口。」《恆言》一書刊刻於天啓七年（1627 年），天啓七年之後就是崇禎元年，而祁彪佳甲乙日曆記甲申年（崇禎十七年）曾提到馮夢龍新編《列國傳》，因此，《新列國志》至少在崇禎十七年以前即已刊行[38]。原書筆者未能親見，僅就文獻資料說明此一版式：

1、**扉頁：**扉頁直線畫分三欄，中刻大字「新列國志」，右上刻「墨憨齋新編」，左刻四行廣告詞，寫道：「正史之外，厥有演義以供俗攬，然亦非庸筆能辦，羅貫中小說高手，故三國志與水滸並稱二絕，列國、兩漢僅當具臣，墨憨齋向纂新平妖傳及明言、通言、恆言諸刻，膾炙人口，今復訂補二書，本坊懇請先鐫列國，次當及兩漢，與凡刻迥別，識者辨之。金昌葉敬池梓行」。

2、**書題：**目錄、版心部分皆有書題，封面和目錄皆題「新列國志」，版心則題「列國志」。

3、**序文：**序文一篇，署「吳門可觀道人小雅氏撰」。版框爲左右雙欄，上下單欄。有兩方鈐印，一方爲陽刻「小雅氏」，一方爲陰刻「可觀道人」。

4、**目錄：**一百零八回，每回題目兩句。

5、**凡例：**七條

6、**引首：**一篇

7、**插圖：**正文前，有圖五十四葉，半葉一幅，共一百零八幅。一事一圖。版心有說明文字，繪刻細巧。

8、**正文：**半葉十行，每行二十二字，花口，版口刻「新列國志」，單魚尾，各回版心刻「第〇回回目」，下刻頁碼。

9、批點：有眉批，胡萬川說此眉批爲馮夢龍自己所加。[39]

１０、藏書地點：有日本內閣文庫、哈佛大學哈佛燕經學社漢和圖書館。

（二）其他版本

台灣的聯經出版事業公司曾據此刊本重新排印，筆者所憑的版本即是此一排印本。其他還有清初覆刻本，藏於北京大學，東京大學文學部；而京都大學文學部，京都大學人文科學研究所，廣島大學文學部均收藏《本衙藏板》。另外，還有一種版本是《新刻出像玉鼎列國志》，十二卷一百零八回。孫楷第考證此版爲「重刻馮書，但據舊本增臨潼鬥寶事。」可見版本的改竄，說明民間還是喜歡熱鬧的荒誕故事。

第三節　蔡元放與《東周列國志》

《新列國志》在崇禎年間（約在西元 1630 年左右）出版後，一直到清乾隆年間（約西元 1741 年），才有另一本改寫本出現。《新列國志》被清朝蔡元放評點改編成《東周列國全志》，書名的改動更符合演義內容，真正作到名符其實。此書的最大特色是內附五十條讀法，且在每回前都有大篇幅的評論，除了回評還有眉批和句評。以後《東周列國全志》被簡稱爲《東周列國志》。在清朝全面史學化的時代，這部演義頂著評點的光環，自然受到知識份子和市井小民的欣賞。《東周列國志》一出，馮夢龍的《新列國志》和余邵魚的《列國志傳》，在銷路上大爲失色。

一、　蔡元放與他的評改觀

蔡元放的生平資料甚少，僅知蔡元放名奡（ㄠˋ），號七都夢夫、野雲主人，江寧（今名南京）人，生卒年不詳，約在一七五五年前後在世。乾隆年間，略動《新列國志》若干文字，並加入大量評點，改名爲《東周列國志》；成了清朝列國故事流傳最廣的本子，因而成爲家喻戶曉的人物。蔡奡也評點過《水滸後傳》，並爲《西遊記》寫過序論等，屬閒雲野鶴般的文士，不留痕跡。

蔡元放評《繡像東周列國全志•序》曾點出：書籍只有兩種，一是經，二是史，凡書籍不是經之屬，就是史之屬。然傳經之文多穿鑿附會，其弊爲破碎支離；而史者可以翼經，然史書浩瀚，文字又簡奧，專研者寥寥可數，一般學士大夫多不讀史。而後進初學者讀史，常常「頭涔涔而目森森」。經史本是最正統的書籍，然而大家都不願意讀經、史；可是大家都願意讀稗官野史，他認爲稗官也是史的支流，只要稗官近正史，那麼，讀稗官也可等於讀史。他進一步說明：

> 列國數十，變故萬端，事緒紛糾，人物龐沓，最為棘目聱牙，其難讀更倍於他史。而一變為稗官，則童稚無不可讀。夫至童稚皆得讀史，豈非大樂極快之事耶？然世之讀稗官者頗眾，而卒不獲讀史之益何哉？蓋稗官不過紀事而已，其智愚忠佞賢奸之行事，與國家之興廢存亡盛衰成敗，雖皆臚列其跡，而於天道之感召，人事之報施，智愚忠佞賢奸計言行事之得失，及其所以盛衰成敗廢興存亡之故，固皆未能有所發明，則讀者於事之初終原委，方且懵焉昧之，又安望其有益於學問之數哉。[40]

蔡元放在評點《東周列國志》時，強調要把此部演義當「作正史看，未作小說一例看」。他提出《東周列國志》是一部「記事之書」，所謂記事之書，就是對歷史故事「有一件，記一件；

有一句，說一句。」而這種記事之書的藝術魅力，主要是建築在題材及歷史事實本身的奇、變上，作家的責任就在於「條其得失，而掘其隱微」，使讀者從豐富的史事中得到教育[41]。他的觀點正好承繼了余邵魚和馮夢龍的創作觀點，對此部演義爲「羽翼信史」的著作，是完全認同的。

二、《東周列國志》的成書經過

蔡元放把《新列國志》改名爲《東周列國志》，更符合演義內容，這是蔡元放的創舉。其他方面在回目、詩詞及本文上，蔡元放也做些微的調整和修潤，下表即是二者回目的比較：

回目	新列國志	東周列國志
第五回	寵虢公周鄭交質，敗戎兵世子辭婚。	寵虢公周鄭交質，助衛逆魯宋興兵。
第五十回	東門遂援立子（接），趙宣子桃園強諫。	東門遂援立子倭，趙宣子桃園強諫。
第五十三回	楚莊王仗義討徵舒，鄭伯牽羊逆楚軍。	楚莊王納諫復陳，晉景公出師救鄭。
第五十六回	蕭夫人登台笑客，逢丑父易位免君。	蕭夫人登台笑客，逢丑父易服免君。
第五十八回	說秦伯魏相迎醫，報射月養叔獻藝。	說秦伯魏相迎醫，報魏錡養叔獻藝。
第六十回	智武子分軍肆敵，逼陽城三將鬥勇。	智武子分軍肆敵，逼陽城三將鬥力。
第一百四回	俊甘羅童年取高位，蠢嫪毒僞府亂秦宮	甘羅童年取高位，嫪毒僞腐亂秦宮。

在回目上，僅有文字的差異，只有第五回是修正了《新列國志》的錯誤。在詩詞上，最明顯的就是書前開場詩改寫成西江月的詞：「道德三皇五帝，功名夏后商周，英雄五霸鬧春秋，頃刻興亡過手。　青史幾行名姓，北邙無數荒丘，前人田地後人收，說甚龍爭虎鬥」簡化了《新列國志》的開場詩。另外，《東周列國志》省略許多詩詞。至於本文、情節、結構、和用語都沒有太大差異。

嚴格說起來，蔡元放只是修潤者和評點者，在評點方面只增加讀法、總評、回評、句評等內容。這是蔡元放評點《東周列國志》的最大特色。在蔡元放的心目中，《東周列國志》是一本「有一件說一件，有一句說一句」的紀實作品，使《東周列國志》成爲我國除《三國演義》以外，最有影響的一部歷史演義小說。蔡元放的評點，也功不可沒。

三、版本介紹

蔡元放評點的《東周列國志》，刊刻極爲熱絡，乾隆元年到清末重刻不斷，或題乾隆元年，或題乾隆十七年。在台灣，中央研究院的傅斯年圖書館，館藏一部書成山房刊刻的《東周列國全志》，是朱墨套印；另外，魏師子雲也珍藏一部巾箱本的《繡像東周列國全志》姑蘇原本。在序文末有署「乾隆十七年春月七都夢夫蔡元放氏題」字樣。這是筆者見到最早的兩個本子，由於各有千秋，以下分別介紹之：

（一）書成山房刊本

此書二十三卷，一百零八回，共十二冊。傅斯年圖書館館藏。

1、扉頁題著「東周列國全志」，左下角題「書成山房開雕」，在「東周列國全志」上有「硃套」字樣。

2、第一頁有胡宗文題，次為蔡元放序，署「乾隆元年春月七都夢夫蔡元放氏題於支瞬居中」。

3、第二頁有圖像有十二幅，一人半頁圖像半頁詩，如周宣王繡像一幅，題詩「衣冠萬國會東都，玁狁腥羶淨掃除，八百綿延周祚永，中興端足配文謨」。

4、次接百零八回目錄，每半頁十二行，每行上下兩對句，每行七字八字不等。尚有六字對句者，共五頁，與巾箱本的目錄行款同。第九十二回，末頁反面僅兩行。

5、續接封建地圖考有地圖和地名說明表。首行刻有「訂正東周列國志善本」，文末有「咸豐四年春日開雕書成山房校對無訛」字樣。

6、後接凡例，後有〈讀法〉五十條。有敘，有引首，有「鏞谷吳門可觀道人小雅氏撰」。

7、版式：全書高二十四點八公分，寬十四點七公分；版框高十七公分，寬十二公分。天高五點五公分，地高二點二公分，欄寬有一公分，每半頁十二行，每行二十六字，朱墨套印，版口刻「東周列國志」，下刻單魚尾，版心刻卷之口，及頁碼，下刻「書成山房」。

8、每回先有總評，總評低兩格，本文頂格書寫。行間有評點，以小字兩行刻之，關鍵處則以朱色為之。

（二）巾箱本

這部巾箱本共十二冊，魏師子雲珍藏。其版式如下：

1、頁題「繡像東周列國全志」和「姑蘇原本」文四頁，頁八行，行一十五字，字型直粗橫細，是所謂「宋體」。序末注明「乾隆十七年春月七都夢夫蔡元放氏題」。

2、全書高十六公分，寬十一公分。版框高十三公分，寬十公分。版口窄小，上刻「東周列國全志」，下刻單魚尾，尾下刻卷之口，再下三公分處刻頁次。屬於花口型式。

3、東周列國全志目錄，半頁十二行，每行上下兩對句，每行七字八字不等。尙有六字對句者，共五頁，末頁反面僅兩行。

4、東周列國志封建地圖考，半頁六行半，每行二十字。附圖兩半頁，列國名考兩頁半，讀法計八頁半，每頁十二行，，每行二十七字，共五十條，插圖十頁共二十人。

5、每一回之前，均附有「白下蔡奡元放甫評點」字樣，行間夾有評點，以小字兩行刻入之。

6、全書二十三卷。首卷，一至四回；二卷五至十回；三卷十一至十五回；四卷十六至二十回；五卷二十一至二十四回；六卷二十五至三十回；七卷三十一至三十四回；八卷三十五至三十八回；九卷三十九至四十三回；十卷四十四至四十七回；十一卷四十八至五十二回；十二卷五十三至五十七回；十三卷五十八至六十二回；十四卷六十三至六十七回；十五卷六十八至七十二回；十六卷七十三至七十六回；十七卷七十七至八十回；十八卷八十一至八十四回；十九卷八十五至八十八回；二十卷八十九至九十三回；二十一卷九十四至九十七回；二十二卷九十八至一百零二回；二十三卷一百零三至一百零八回。

此部巾箱本應屬義合齋版同一系列的本子，書成山房版的刊刻於咸豐年間，因此刊刻較精細，且以硃套印刷，圖像比巾箱本少，且收錄《新列國志》的凡例和引首，加工的成分比巾箱本大。除了這兩種刊本外，蔡元放評點的《東周列國志》綿衍情形令人訝異，日本學人大塚秀高著《增補中國通俗小說書目》已與詳細列目，爲了窺探《東周列國志》的通行面貌，在此錄自大塚秀高所著錄的主要書目及收藏地點，列表如下：

版本	卷次	行款（行乘字數）	圖次	刊行年代	藏書地點	備註
星聚堂藏板		10×24	圖二十四葉	乾隆元年	▲山口大學人文學部	有胡宗文序 大字本
經袖堂刊本	五十四卷	10×24	圖二十四葉	乾隆五年	▲北京圖書館	胡宗文序乾隆元年 蔡元放序 原齊如山藏
義合齋藏板	二十三卷	12×26	圖二十四葉	乾隆十七年序刊	▲中國社科院文學研究所 ▲大連圖書館舊藏 ▲北京大學	馬廉 大字本 與聚錦堂藏板同
聚錦堂藏板	二十三卷	12×26	圖二十四	乾隆十七年序刊	▲北京圖書館	齊如山
金閶書業堂刊本	二十三卷	12×26	圖二十	乾隆十七年序刊	▲東京大學文學部	胡士瑩舊藏
經綸堂藏板	二十三卷	12×26	有圖	乾隆十七年序刊	▲遼寧省圖書館 ▲哈佛大學燕京圖書館	
敦化堂刊本	二十三卷	12×26	圖十二	乾隆十七年序刊	▲遼寧省圖書館	大
敬書堂藏板	二十三卷	12×26	圖十二	乾隆十七年序刊	▲東北大學	
步月山房藏板	？卷	12×26	圖十二		▲京都大學人文科學研究所	朱墨套印
書成山房刊本	？卷	12×26	圖十二	咸豐四年刊	▲北京圖書館 ▲首都圖書館 ▲孔德圖書館 ▲遼寧圖書館	朱墨套印，小字，大

					▲華東師範大學	
江左書林刊本	二十三卷	13×26	圖十二	光緒十二年重刊	▲大連市圖書館 ▲南京圖書館 ▲東亞同文書院	
文英堂刊本	二十三卷	13×26	圖十二	光緒十二年重刊	▲遼寧省圖書館 ▲中國社會科學院文學研究所	
刊本	五十四卷	11×24			▲北京圖書館	首尾缺，殘卷
刊本	二十三卷	11×24	圖十葉	乾隆九年蔡元放序	▲天理圖書館	
郁文堂刊本（星聚堂）	二十三卷	11×25		乾隆三二年序重刊	▲哈佛大學哈佛燕京圖書館	
心香閣藏板	二十三卷	12×27	圖二十四葉	咸豐九年刊	▲大阪府立圖書館	
聚珍樓板	二十三卷	12×27	圖二十四葉	光緒十年刊	▲東北大學狩野文庫	
桐石山房藏板	二十三卷		有圖	乾隆十七年序在前面	▲遼寧省圖書館 ▲山東省圖書館 ▲大英圖書館	

除了以上較清楚的記載外，《東周列國志》的流傳的刊版還有積秀堂藏板（芥子園）、藝生堂藏板（三讓堂藏板）、立文堂藏板、文光堂重刊本、桐石山房藏板，宏道堂刊本等等。由此可見，《東周列國志》在清朝流行的盛況。甚至也遠傳至日本，在日本也還保存了不少刊本。本文所採用的版本爲魏師子雲所珍藏的巾箱本，主要原因在於書成山房版的《東周列國志》印刷雖精美，實乃後起之作，於咸豐年間刊刻，又雜參《新列國志》的凡例和引首，不及巾箱本的純正。特此說明之。

以上三位作者所居的環境都是刻書產地，三人都與通俗文學有密切關係，余邵魚是出版商，馮夢龍是通俗文學大家，蔡元放評點了幾部小說，也算是通俗文學評點家。即使時代不同，仍然可以接力式的完成一部通俗演義，而三人都有相同的理念，想把歷史通俗化、小說化、普遍化，進而教化民眾，移風易俗，讓歷史演義發揮到與史書相同的境界—資鑑作用。他們的理念一一實現了，他們的用心，也讓讀者感受到了。

【註解】

1、清章學誠的《丙辰劄記》，轉錄自孟瑤《中國小說史》，第三冊，（台灣：傳記文學出版社印行，民國69年）頁三三一。

2、明•余象斗重刻《列國志傳》。參閱孫楷第，《中國通俗小說書目新訂本》（台北：木鐸出版社，民國72年），頁二十八。

3、齊裕焜：《明代小說史》，（浙江古籍出版社，1997年），頁一六一。

4、參閱孫楷第：《中國通俗小說書目》，（台北：木鐸出版社，民國72年），頁二八。

5、參見《張秀民印刷史論文集》〈明代印書最多的建寧書坊〉，（大陸：印刷工業出版社，1988年）頁一六二。

6、同註5，頁一六二。

7　、同註5，頁一六四。

8、清光緒丙申《重修余氏新譜》，現存福州師範學院圖書館，參見《張秀民印刷史論文集》，頁一六五

9、《中國古代小說百科全書》（大陸：中國大百科全書出版社），頁七百，吳兆路所寫的〈余象斗〉。

10、　明•陳繼儒是《列國志傳》的評點者，他是晚明知名文士，生於明嘉靖三十七年（1558年），卒於崇禎十二年（1639年），字仲醇，號眉公，又號麋公。松江華亭人（今上海松江人），與董其昌齊名。因為考場顛躓，始終無法晉身，終於在二十九歲那年，「取儒家冠焚棄」，廢棄科舉之途。便以布衣隱居崑山。舉凡詩文、小品、書法、小說、戲曲，莫不通曉，是個全能通才，他的著作有三十多種。他曾評點過《列國志傳》，《東漢演義》有他的序。董其昌長為筑來中樓相邀，黃道周疏中有「志尚高雅，博學多通，不如繼儒」之句。王世貞是當時文壇領袖，極為稱許陳繼儒，三吳名士爭相與之交。朝廷也屢下詔徵用，陳繼儒皆以疾辭，卒八十二歲。明史有傳。

11、《題全像列國志傳引》，十二卷本題《新鐫陳眉公先生批評春秋列國志傳》，為明萬曆刊本，原書現藏故宮文獻館。

12、同註11。

13、參考凌亦文的博士論文《新列國志研究》第三章第二節，文化大學中文博士論文，民國七十六年）頁九十一。此部論文有詳細證明《列國志傳》承襲平話的軌跡。

14、同註13，頁九十三。

15、參閱曾良《東周列國志研究》〈列國志傳的藝術得失〉，（大陸：巴蜀書社，1998年），頁四十七。

16、同註13，頁九四～九五。

17、漢• 司馬遷，《史記•秦本紀》（台灣：洪氏出版社，民國71年），頁九十六。

18、同註17，參考，日人瀧川龜太郎的《史記會注考證》，頁九十六。

19、日人大塚秀高，《增補中國通俗小說書目》（日本：及古書院），頁一八零。

20、 同註19，頁一八零。

21、繆禾《馮夢龍與三言》，（台灣：木鐸出版社。民國72年9月初版），頁四。

22、陸樹崙：《馮夢龍研究》指出，雖然資料上，沒有直接證據說明馮夢龍參加了復社，但從他的朋友都是復社的成員，斷定馮夢龍是復社的成員。（大陸：復旦大學出版社，1987年），頁六十八。謝國禎於《明清之際黨社運動考》述明末：「所以結社這一件事，在明末已成風氣，文有文社，詩有詩社，普遍了江浙、福建、廣東、江西、山東、河北各省，風行了百數十年，大江南北，結社的風氣，猶如春潮怒上，應運勃興，那時候不但讀書人們要立社，就是仕女們也要結起詩酒文社，提倡風雅，從事吟詠，而那些可六等的秀才，也要加入社盟了」（見二刻《增補警世通言小說》）。

23、復社由太倉名士張溥、張采所組織的，崇禎二年，張溥集合江北的匡社、中州的端社、萊陽的邑社、松江的幾社、浙西的莊社、浙東的超社、江南的應社、黃州的質社等號稱復社，為明代聲勢最大的文社。參見《明史》黎傑編著，（台灣：大新書局印行，），頁四零三。

24、明金陵兼善堂本無礙居士：《警世通言•序》。（《警世通言》，台北：三民書局印行，1983年）頁四～八。

25、同註21，頁十七，

26 、陸樹崙，《馮夢龍研究》（上海復旦大學出版社，1987），頁一一八。

27 、《新列國志》有篇可觀道人序。（台北：聯經出版社，民國70年）

28 、同註27。

29、曾良先生在〈從馮夢龍輯演《新列國志》到蔡元放改名《東周列國志》〉一文中，提及「根據徐朔方《馮夢龍年譜》推斷，可能馮夢龍在他七十歲這一年（崇禎十六年，西元1643年）改編成《新列國志》。（大陸：巴蜀書社，1998年），頁五十七。

30、同註27。

31、同註27。

32、《新列國志•凡例》（台北：聯經出版社，民國70年）

33、同註13，頁一零零。

34、同註13，頁一一六。

35、同註13，頁二五七。

36、同註13，頁二零四。

37、同註13，頁二七九。

38 、胡萬川，《新列國志•出版說明》，（台北：聯經出版事業公司，）頁一一。

39 、同上。

40、蔡元放，《東周列國志•序》。

41、《中國古代小說百科全書》（大陸：中國大百科全書出版社），頁二十二，黃霖所介紹的〈蔡奡〉。

第三章

本事溯源分析

初閱《東周列國志》的讀者們，對該書都會有個人多、事雜、頭緒亂的印象，很不容易進入情境。然而仔細閱讀，便會發現內容架構井然，條理有致。從周宣王料民開始，平王東遷，五霸相爭，七雄稱王到秦併六國，時序清清楚楚，誠屬難能之作。的確，五百多年的歷史，事件多如牛毛，人物浩如繁星，何事該寫？何事不該寫？要怎麼寫？寫些什麼？即使掌握了龐大的史料，仍不免迷惘，要糾合各種頭緒已經十分困難。沒想到這部長達一百零八回的通俗演義，竟然可以做到脈絡分明，環節清晰，怎不令人驚羨！完成這部東周演義，確實不是一件易事。

一般而言，通俗作家創作通俗文學時，內容多有憑藉，或依歷史，或藉小說，或據傳說；經一人或數人剪裁補綴而成，極少是一人獨創。以馮夢龍爲例，他是當今被公認自明清以來貢獻頗鉅的一位通俗文學大家，他的《三言》更是通俗文學的經典之作。然而在《三言》一百二十篇的故事裡，除〈老門生三世報恩〉一篇也許是馮夢龍的獨創外，其餘都是依據老故事重新整理彙編，加工痕跡至爲明顯[1]。短篇小說尚且如此，何況是通俗演義這種長篇章回小說。

前章已提過《東周列國志》是一部經過多人增刪修潤完成的通俗演義，最初由明嘉靖間書商余邵魚據宋元話本編纂而成《列國志傳》；到了晚明，馮夢龍不滿余邵魚編纂《列國志傳》時「率意杜撰，不顧是非」，歪曲了東周歷史，遂徹底將《列國志傳》重新改寫。大力刪除西周武王伐紂等歷史，直接從周宣王料民說起，歷經平王東遷、春秋五霸、戰國七雄、吳越之戰、孫龐之爭到秦併六國，有條不紊編寫成《新列國志》，對東周列國故事有定型的作用；清乾隆初葉，蔡元放再根據《新列國志》評改完成《東周列國志》。這部通俗演義的成書，原非一人一時之作，而是歷經幾個世紀，數人之手，於是所憑據的材料多不知凡幾！

蔡元放說《東周列國志》是一本「有一件說一件，有一句說一句」的紀實作品，他說：「連記實事也記不了，哪裡還有功夫去添造。[2]」最後他更呼籲讀者：「讀《列國志》，全要把作正史看，莫作小說一例看了。」蔡元放是此書的評點者，自然要爲此書說好話，即使蔡元放說得理直氣壯，有多少人採信呢？或許又是一種廣告說辭吧！寫小說是憑空虛構，可以任意添造，可以對歷史「不求甚解」。寫正史卻大不相同，首先對歷史必須「力求甚解」，實事求是，考證確鑿，容不得史家隨意穿鑿附會。小說與正史的寫作態度可以說天壤之別。蔡元放雖然信誓旦旦地標榜《東周列國志》是一部「羽翼信史」的演義，難免有老王賣瓜之嫌。

馮夢龍在〈新列國志·凡例〉中，曾自豪地說：「茲編以《左》、《國》、《史記》爲主，參以《孔子家語》、《公羊》、《穀梁》、《晉乘》、《楚檮杌》、《管子》、《晏子》、《韓非子》、《孫武子》、《燕丹子》、《越絕書》、《吳越春秋》、《呂氏春秋》、《韓詩外傳》、劉向《說苑》、賈太傅《新書》等書，凡列國大故，一一備載。[3]」好大的口氣！徵引用書竟然全是中國的經典名著，不像通俗作家，倒像史學家。馮夢龍的豪語是真？是廣告？爲了檢視，本章將各章回作個本事溯源，即可看出他憑據素材的多寡。如此，再問《東周列國志》是否可以視爲東周正史來看待？如此對於真相或能明白一二。

第一節　本事溯源考註

首先，必須要聲明的是本節考註《東周列國志》的本事，不以蔡元放的評改本《東周列國志》為依據，而須以馮夢龍的《新列國志》為主體，因為馮夢龍才是此書的主要編纂作者。（此處的版本採聯經出版的《新列國志》）。《東周列國志》的成書，完全依據馮夢龍的《新列國志》，蔡元放僅刪除一些詩詞和文句，訂正一些歷史偏失，調整些許的情節，整體架構及內容並無明顯變動[4]。而馮夢龍卻是參考眾書，大幅改寫余邵魚的《列國志傳》，完成東周故事定型工作。因此，溯源《東周列國志》的本事，其實就是考察馮夢龍資取史料的功夫。然而在行文上，還是以《東周列國志》為名，論述上則探索馮夢龍的取材本領。

對東周演義的研究者而言，「本事溯源」是最基礎也是最重要的課題，沒有這個基礎，相關研究只落得天馬行空之譏。綜觀先進們的研究所得，凌亦文的博士論文《新列國志研究》有〈《新列國志》與《左傳》內容之比較研究〉一節，比較二書的差異性，歸納出《新列國志》曾「增加」、「省略」、「變易」《左傳》部分內容，並羅列原文以供參考[5]。曾良先生寫《東周列國志研究》一書，有一篇〈《東周列國志》的史實與虛構〉，也從事「推源溯流」的研究[6]。凌先生與曾先生都以大篇幅陳列所有的本事原文，提供便利查證，後學受益匪淺。藉助於先進前輩的研究成果，演義的尋根之旅也是本論文的首要任務。

有鑑於先進們研究的本事溯源，偏重在史料原文的呈現，篇幅鉅大，本文全略原文史料。又東周演義共一百零八回，推源溯流的本事極為繁瑣，為了便於察考，筆者採表格為之，使章回、事件、本事和考註成一氣呵成之效，便於檢索。由於全書共一百零八回，每回都不是單一事件，因此必須釐清各回的主要情節，再根據情節尋找本事來源。找出本事來源，核對史料和演義的差異，方能明白馮夢龍的資材功力。唯因表格篇幅長達三十多頁，影響體例編次，遂置全表於後面的附錄，以資參閱。然此一考註表是本論文的重要基礎工程，又不能疏忽。權宜之下，在此僅以前五回為例，以文字敘述「本事溯源考註表」的製作過程和精神。

第一回的主要情節有三，一是周宣王料民於太原，親聞「亡周童謠」一事；二是褒姒源於龍漦說；三是宣王殺杜伯，杜伯化厲鬼索命。這三件事都有清楚的本事來源。周宣王料民於太原，源自《國語・周語》和《史記・周本紀》；亡周童謠則在《史記・周本紀》和《國語・鄭語》中，而《國語》為最先記載此事的古籍，《史記》也取材自《國語》。兩者紀錄料民及童謠之事並無差異，演義裡的情節也依從史料。只是作者用心在密合及編織史料，使兩件單純而獨立的史事，互為因果或互有衝突。《史記》與《國語》只記載周宣王曾料民於太原，料民之後，宣王的心境，社會的發展和朝廷的變化，都沒有記載。至於童謠一事，周宣王如何聽聞？也無詳細文字。演義則將這兩件事密合起來，說周宣王料民回來，在市井中聽聞童謠，史官預言有亡周之兆，終有褒姒亂周的故事。如此一來，史料中一件件的史實，有了前因後果的編織，情節的緊湊性就帶勁了。

褒姒源於龍漦的傳奇故事，也在《史記・周本紀》和《國語・鄭語》記上一筆。大體上，演義依從《史記》，而《史記》源自《國語》。《列女傳》和《論衡》也有記載。只是演義略將細節更動，《國語》和《史記》都記載朝廷大肆捉拿賣箕服者，一對賣箕服的夫婦於是逃跑。在路上聽到嬰兒的啼哭，於心不忍，收養此女奔逃到褒國。演義則細說這對夫妻，妻子被捉，丈夫逃走，在河邊見一女嬰被眾鳥銜出，知是大富大貴者，遂抱起女嬰奔逃到褒國。《史記》記載這對賣箕服的夫婦雙雙逃走，而演義則改寫婦人被捉處死，只剩下丈夫逃走。

至於宣王殺杜伯，杜伯化厲鬼一事。是雜揉《墨子・明鬼篇下》和《說苑・立節》而成的，《史記》並無記載。而〈史記正義〉卻紀錄了《周春秋》佚文，說宣王殺杜伯而無辜。後三年，宣王會諸侯田於圃，日中杜伯起於道左，衣朱衣冠，操朱弓，射宣王中心，折脊而死。這是杜伯化厲鬼的依據；《國語•周語上》記載杜伯射王於鎬；演義中有一段杜伯與宣王的君臣對話，談及忠君概念，這是取自《說苑》，《說苑》並無杜伯化厲鬼之事。

第二回，敘述「三川竭，歧山震」的亡國徵兆。取自《史記・周本紀》和《國語・周語》。《史記》源自《國語》，《國語》僅言：「夫國必依山川，山崩川竭，亡之徵也；川竭山必崩，若國亡不過十年，數之紀也；夫天之所棄，不過其紀，是歲也，三川竭，歧山崩，十一年幽王乃滅，周乃東遷。」，文字只是陳述現象，並沒有人看到群臣的焦慮和君王的反應。演義則增加趙叔帶因此事進諫君王，反將叔帶免官。正凸顯幽王的昏瞶，和朝廷中君子與小人的嘴臉。

幽王娶褒姒，生伯服的情節，本之《史記・周本紀》和《國語》中的〈晉語〉和〈鄭語〉。褒姒如何進宮?《史記》並無說明；而《國語》有二說，一說在〈鄭語〉，說褒君有獄，褒人以美人賄幽王；一說在〈晉語一〉，說幽王伐有褒，褒人獻褒姒。演義改寫成大夫褒向，聞趙叔帶被逐，進諫而入獄，其子買褒姒獻幽王以贖父罪。

另外，幽王舉烽火逗笑褒姒。這事也在《史記・周本紀》和《呂氏春秋》都有紀錄，演義從《史記》，而《史記》本之《呂氏春秋》。

第三回，主要情節有申侯起戎，犬戎殺幽王於驪山。《史記・周本紀》、《國語・鄭語》和《呂氏春秋・疑似篇》皆記載此一大事。幽王之死的歷程是因周幽王寵愛褒姒，廢申后，去太子，申侯遂興戎兵，殺幽王於驪山。事件的發展過程大抵都一致，只是細節敘述不同。舉例而言，《國語》中的褒姒是先得后位，後生伯服；《史記》中的褒姒，先生伯服，後得后位。演義依從《史記》，但是《史記》言西戎「虜褒姒，盡取周賂而去」，演義卻直寫褒姒「自縊而死」。自縊而死的下場不知所據？

周平王立，東遷雒邑，本事源自《史記・周本紀》。衛侯勤王有功，進爵爲公，再封爲司徒；鄭伯爲卿士；秦始爲侯。這在《史記・衛康叔世家》和《史記・秦本紀》都有記載。然而《史記》僅言「武公爲公」，未言衛武公封司徒之官。據《周禮正義》言「衛侯爲司寇」，並非司徒之官，演義有誤；再則演義寫鄭伯爲卿士，乃據《左傳・隱公三年》：「武公莊公爲平王卿士」一語而來；《史記》言鄭桓公爲司徒。鄭伯勤王被犬戎所殺，其子掘突襲爵爲伯，封爲卿士。〈史記索隱〉言道：古史失其名，武公字掘突有誤，演義卻依從《史記》，不改。申侯見鄭武公英勇，以女妻之，是武姜。《史記・鄭世家》和《左傳・隱公元年》皆有紀錄，然《史記》記載武公十年才娶武姜，《左傳》未明何時；演義寫此事，卻將時間壓縮了，緊跟在勤王之後，容易使人誤以爲武公元年。

第四回，周平王棄歧豐地於秦襄公，封秦伯，本事源自《史記・秦本紀》。秦文公夢黃蛇，立白帝廟，《史記・封禪書》有詳細記載。《史記》寫秦襄公八年即祠白帝，到文公夢黃蛇又祠白帝。演義無襄公祠白帝一事，直寫文公祠白帝，容易讓人誤以秦朝自文公才開始祠帝。

至於秦文公立陳寶祠一事，《史記・封禪書》，《史記・秦本紀》都有記載。《史記・封禪書》雖有載而不詳，而〈史記索隱〉載《列異傳》有此故事，演義裡的情節應是源自此一記載而來。演義裡有秦文公立怒特祠，祭大梓神。源自《史記・秦本紀》中的〈正義〉。《史記・秦本紀》僅記載二十七年，伐南山大梓，而〈正義〉卻註明《錄異傳》有此故事，演義則根據此一故事編織。

鄭伯克段於鄢，共叔段自刎而死，源自《左傳・隱公元年》，然而《左傳》並無記載共叔段的下場。據《左傳》隱公十一年，鄭莊公言道：「寡人有弟，不能和諧，而使糊其口於四方。」由此可見，共叔段應是被放逐流浪而已；演義卻言共叔段自殺，不知所據？

潁考叔獻鴞數頭，勸莊公掘泉與母相見。《左傳・隱公元年》和《史記・鄭世家》都有此事。而史傳只言「有獻於公，公賜之食」，至於獻什麼，則無下文。演義卻寫明覓鸚鳥來獻，並言鸚為不孝鳥。

第五回，共叔之子公孫滑奔衛，衛興師伐鄭，取廪延。鄭報復伐衛南鄙，衛命石碏寫書於鄭伯，武姜求莊公勿絕太叔之後。本事源自《左傳・隱公元年》，而史傳只言「衛取廪延」，演義一從史傳，卻增加轉折情節，因鄭修書未至所致，誤會一場。另外，《左傳》言鄭人以王師虢師伐衛南鄙，無石碏寫書、武姜之求一事。演義則寫鄭人伐衛，無王師之助，石碏有書，武姜有求。

周鄭交質，平王崩。鄭取周禾，周鄭交惡。《左傳・隱公三年》和《史記・周本紀》都有記載。周鄭交質到交惡，演義寫祭足率師取溫之麥，又取成周之禾，皆從史傳，而太子哀痛而薨，《左傳》無載。《史記・周本紀》記「平王崩，太子洩父早死，立其子，是為桓王，桓王，平王孫也。」《史記》記載太子為洩父，《左傳》言王子狐，演義則從《左傳》，卻杜撰其死因，「哀痛過甚，到周而薨」。齊鄭石門之盟，鄭世子忽辭婚於齊國。《左傳・隱公三年》《說苑・權謀》石門之會，寫在《左傳》隱公三年，冬，無載齊侯向鄭提親，《左傳》寫鄭忽辭婚在桓公六年，中間相隔十五年。只因《左傳・桓公六年》有段話「齊侯欲以文姜妻鄭太子忽，太子忽辭……及其敗戎師，齊侯又請妻之，固辭。」演義據此，寫鄭忽兩次辭退齊侯求婚。州吁弒兄篡位。《左傳・隱公三、四年》、《列國志傳》演義寫衛莊公溺愛州吁情節依從《左傳》，弒兄情節，全本《列國志傳》。案：此事《左傳》與《史記》有別，《史記・衛康叔世家》言州吁被桓公絀之出奔，《左傳》無此情事，演義從《左傳》。

州吁立威鄰國，和宋陳蔡伐鄭國。圍鄭東門，取禾而去，源自《左傳・隱公四年》。《左傳》寫州吁伐鄭共有夏、秋兩次，夏天只有宋、陳、蔡三國參加，秋天才有魯羽父(公子翬)率兵參加第二次攻鄭戰役，演義將兩次戰役濃縮成一個戰役。

以上舉例言明章回本事考註表的製作歷程，以期溯源演義的本事。經過章回本事的考註，已經將馮夢龍編纂東周演義一百零八回的重要情節找到本事。一片片，一塊塊的本事碎片，攤在眼前，像是一堆複雜而難度極高的拼圖碎片。仔細一瞧，同一事件，往往有兩種碎片並列，而每塊碎片上都藏有特殊的紋理和個性。《左傳》微言，《史記》通體，《公羊》精短，《穀梁》短小，《戰國》權謀，《國語》紛雜，《管子》深邃，《吳越春秋》傳奇，這些史籍互有關聯，也互有出入。各個有來頭，不是歷史圭臬，就是文學標竿，精緻完整不說，甚至還帶點個性，權威性之高，他書無可匹敵。不像以往馮夢龍編寫的《三言》，憑藉的素材僅是一條新聞，一則傳說，或一個經驗；本質幾乎是原始的、粗糙的、沒有個性的。而這次，《新列國志》所憑藉的都是精緻的、完整的，甚至有個性，還帶點權威的史料。可知，馮夢龍要將《列國志傳》從一個怪力亂神的體系中，脫胎成一部與正史「分籤並架」的通俗演義，企圖心相當明顯的。因此，他所取材的史料就值得先作一番探討，以明他取材的準則。

第二節　資料分析

《左傳》和《史記》這兩部經典是馮夢龍取材重點，還有《國語》、《戰國策》、《公羊傳》、《穀梁傳》、《爾雅》、《管子》、《晏子春秋》、《列女傳》、《韓非子》、《列仙傳》、《孔子家語》、《越絕書》、《吳越春秋》、《呂氏春秋》、《孫武子》、《燕丹子》、《韓詩外傳》、《說苑》、《新書》等各類典籍，包括經、史、子各類，甚至各家註解也被網羅。由於史料本身在記載的同時，已有紀錄者的選取標準，因立場、因角度、因時間，因敘事焦點的不同，同一事件，同一人物往往會有不同的詮釋和評價；或詳或略，或繁或簡，各有特色，這麼一來，就有必要先將各史料的特色風格說明，才能洞察《東周列國志》的纂寫原委。

一、 源於經者

（一）《春秋》與三傳

《東周列國志》共一百零八回，然而從第四回到第八十四回，有八十回完全講述春秋時期帝王將相的大事，情節脈絡分明有序，全得力於馮夢龍所取材的《春秋》這部經要。《春秋》可以說是《東周列國志》的整體骨架，掌握《春秋》，就執掌了春秋歷史的擎天大柱。

《春秋》，是中國第一部斷代編年史，上起周天子平王東遷洛陽，是爲春秋之世；孔子以魯史隱公元年，歷經桓公、莊公、閔公、僖公、文公、宣公、成公、襄公、昭公、定公，下止魯哀公十四年，共十二位國君，爲時二百四十二年[7]，再以姬周各國相關的春秋聯貫紀入[8]。記事繫時，經緯成書，已將春秋間歷史的脈絡條理化。左氏作傳曾經讚美《春秋》說：「微而顯，志而晦，婉而成章，盡而不汙，懲惡而勸善。[9]」把個「王道之正」和「人倫之紀」的精神都具備了。因此，《春秋》在中國學術上有莫大的權威。馮夢龍取材《春秋》，完全取其脈絡，順勢而爲，演義的敘述結構也以編年形式爲之。

《春秋》相傳爲孔子所作或孔子所修[10]。孔子基於懲惡勸善的資鑑動機，希望以微言大義使亂臣賊子喪膽。因此《春秋》有褒貶，有是非，有孔子精微的理念。因立場的關係，《春秋》的寫法彷彿有意抬高魯國的地位。舉例而言，春秋盟會的形式有盟、會、遇、平等，盟有一百零五次，魯約參加七九次；會一一八次，魯約參加一百零七次，《春秋》裡經常寫成「魯會某國」，彷彿魯國是主動者；其實，魯國在當時根本沒有實力來主導會盟[11]。據此可知，《春秋》這塊素材本身涵藏某些「非歷史因素」的意識，如「黜周王魯」[12]、「爲賢者諱」、「尊魯卑齊」等意識，後世指證歷歷。馮夢龍是經學專家，自然明瞭《春秋》的特色。當馮夢龍取材此書時，對非歷史因素、個人色彩，都一一剝離。例如：《春秋》以魯曆紀年，演義全改以周曆紀年，破除「黜周王魯」的遐思。演義裡也沒有尊魯貶齊的色彩，或爲賢者避諱等事。馮夢龍取材《春秋經》，最主要取材記事脈絡。這也是爲什麼《東周列國志》雖然紀錄紛雜的列國歷史，其情節脈絡卻出奇井然，完全得歸功於馮夢龍取材的本事。

由於《春秋》記事極爲簡略，沒有任何註解或輔助文獻，根本難以知曉大意。例如：魯隱公元年五月，鄭國發生鄭莊公攻打其弟共叔段一事。《春秋》僅書：「鄭伯克段於鄢」六字，簡短的六字真言，記錄了一樁人倫大悲劇，涵藏多少血淚？經文卻未詳明事件的始末、起因、是非，這種欲言又止的紀錄方式神秘非常，遂引起眾人的好奇。於是注解之作大量問世，著名的有《左傳》、《公羊傳》、《穀梁傳》三傳，成了後世解《春秋》經文必備書籍，缺一不可。簡單的說，《春秋》是東周歷史的主幹，三傳就是東周歷史的枝與葉。

春秋三傳各有特色，《左傳》以敘事傳經，《公羊傳》、《穀梁傳》以解釋傳經。以「鄭伯克段於鄢」爲例，《左傳》詳述史實，以七百字說明母子不和、兄弟相爭、母弟相與爲亂、莊公伐弟逐母種種情事，整個事件的原委清清楚楚。《公羊傳》與《穀梁傳》則分別對「克」、「伯」等經文，加以闡釋。朱子說《左傳》是史學，「記得事卻詳，於道理上便差。[13]」，說《公羊》、《穀梁》是經學，「於義理上有功，然記事多誤。」宋胡安國說《公羊》明於例，《穀梁》精於義；崔子方云《公羊》較險，《穀梁》較迂[14]。總而言之，三傳各有短長，欲通曉《春秋經》的微言大義，三傳均不可偏廢。

在三傳中，馮夢龍又以《左傳》爲主要素材。從第四回到第八十四回，共有八十個回目完全取材《左傳》。《左傳》寫史明經，文章捭闔閎肆，史實清晰生動，對話含蓄雋永；富艷曲折，詭譎壯闊；好預言、喜怪異，全文深具小說傳奇紋理。例如屠岸賈慫恿晉靈公殺趙盾，靈公放獒犬咬人的離奇事件，以此爲素材，自然豐富了演義的傳奇性。第五十回，演義寫晉靈公欲殺趙盾，趙盾逃亡的情節，驚險萬分：

> 岸賈奏曰：「臣尚有一計，可殺趙盾，萬無一失。」靈公曰：「卿有何計？」岸賈曰：「主公來日，召趙盾飲於宮中，先伏甲士於後壁。俟三爵之後，主公可向趙盾索佩劍觀看，盾必捧劍呈上。臣從旁喝破：「趙盾拔劍於君前，欲行不軌，左右可救駕！」甲士齊出，縛而斬之。外人皆謂趙盾自取誅戮，主公可免殺大臣之名，此計如何？」靈公曰：「妙哉，妙哉！可依計而行。」明日，復視朝，靈公謂趙盾曰：「寡人賴吾子直言，以得親於群臣。敬治薄享，以勞吾子。」遂命屠岸賈引入宮中。車右提彌明從之，將升階，岸賈曰：「君宴相國，餘人不得登堂。」彌明乃立於堂下。趙盾再拜，就坐於靈公之右，屠岸賈侍於君左。庖人獻饌，酒三巡，靈公謂趙盾曰：「寡人聞吾子所佩之劍，蓋利劍也，幸解下與寡人觀之。」趙盾不知是計，方欲解劍。提彌明在堂下望見，大呼曰：「臣侍君宴，禮不過三爵，何為酒後拔劍於君前耶？」趙盾悟，遂起立。彌明怒氣勃勃，直趨上堂，扶盾而下。岸賈呼獒奴縱靈獒，令逐紫袍者。獒疾走如飛，追及盾於宮門之內。彌明力舉千鈞，雙手搏獒，折其頸，獒死。靈公怒甚，出壁中伏甲以攻盾，彌明以身蔽盾，教盾急走。彌明留身獨戰，寡不敵眾，遍體被傷，力盡而死。」（第五十回）

屠岸賈獻計、伏甲、升階、酒三巡、欲解劍、提醒、獒追、盾逃，這種種描述猶如電影情節，危機四伏。沒有讀過《左傳》的人，必定認為這是通俗作家設想出來的聳動情節。其實不然，翻開《左傳》宣公二年，明明白白寫著：

> 晉侯飲趙盾酒，伏甲將攻之，其右提彌明知之，趨登曰，臣侍君宴過三爵，非禮也，遂扶以下，公嗾夫獒焉，明搏而殺之。[15]

《左傳》的文字雖然簡短而意義明白，馮夢龍頗能掌握《左傳》的文意，至於演義一開頭屠岸賈獻策，有「欲誘趙盾拔劍於君前」

的伎倆，這是《左傳》所沒有的，卻也不是出自馮夢龍的想當然爾，而是本於《公羊傳》宣公六年的記載：

> 趙盾已食，靈公謂盾曰：吾聞子之劍，蓋利劍也，子以示我，吾將觀焉。趙盾起，將進劍，祁彌明自下呼之曰：盾食飽則出，何故拔劍於君所，趙盾知之，躇階而走。靈公有周狗，謂之獒，呼獒而屬之，亦躇階而從之，祁彌明逆而踆之。[16]

馮夢龍根據《公羊傳》這段描寫使情節更加曲折。《左傳》雖然與《公羊傳》、《穀梁傳》同在解經，卻因角度或立場的不同，而產生若干落差。有時《左傳》文意難曉，馮夢龍則會參考《公羊》或《穀梁》，靈公欲殺趙盾就是一個明例。馮夢龍取材《左傳》，不僅取材《左傳》的史實，連《左傳》的行文體例也照單全收。例如《左傳》常有「君子曰」的評論，東周演義也順勢在某些重要關鍵，都有「史官曰」，或「評論」等體例，這樣的寫作筆法完全受《左傳》紋理的影響。另外，讀者也會發現演義裡經常有訓詁的解釋，這是受了《公羊傳》、《穀梁傳》解經的紋理所致。例如：衛侯因于奚有救孫良夫之功，欲以邑賞之。演義第五十六回寫到：

> 于奚辭曰：「邑不願受，得賜『曲縣』『繁纓』，以光寵于縉紳之中，于願足矣。」按《周禮》：天子之樂，四面皆縣，謂之「宮縣」；諸侯之樂，止縣三面，獨缺南方，謂之「曲縣」，亦曰「軒縣」；大夫則左右縣耳。「繁纓」，乃諸侯所以飾馬者。二件皆諸侯之制，大夫不敢僭用，于奚自恃其功，以此為請。衛侯笑而從之。（第五十六回）

馮夢龍在行文中註解「曲縣」、「繁纓」之義，完全無視故事情節的進行，這種寫法完全是解經模式，頗類《公羊傳》與《穀梁傳》。三傳的紋理各有特色，馮夢龍均加以統合，這樣的功力完全基於他深厚的經學底子。

另外《左傳》有許多說理言教之處，馮夢龍幾乎只取其事，而刪省部分言教。例如《左傳》寫僖公二十二年，宋襄公被楚軍所敗：

冬十一月，己巳朔，宋公及楚人戰於泓……宋師敗績，公傷股，門官殲焉。國人皆咎公。公曰：「君子不重傷，不禽二毛，古之為軍也，不以阻礙也。寡人雖亡國之餘，不鼓不成列。」子魚曰：「君未知戰，勍敵之人，隘而不列，天贊我也。阻而鼓之，不亦可乎？猶有懼焉，且今之勍者，皆吾敵也。雖及胡耇，獲則取之，何有於二毛？明恥教戰，求殺敵也。傷未及死，如何勿重。若愛重傷，則如勿傷，愛其二毛，則如服焉。三軍以利用也，金鼓以聲氣也，利而用之，阻隘可也。聲盛致志，鼓儳可也。」[17]

馮夢龍省略子魚說理一事。演義第三十四回寫道：

比及脫離楚陣，門官之眾，無一存者。宋之甲車，十喪八九。樂僕伊華秀老見宋公已離虎穴，各自逃回。成得臣乘勝追之，宋兵大敗，輜重器械，委棄殆盡。公孫固同襄公連夜奔回。宋兵死者甚眾，其父母妻子，皆相訕於朝外，怨襄公不聽司馬之言，以致於敗。襄公聞之，嘆曰：「君子不重傷，不擒二毛。寡人將以仁義行師，豈效此乘危扼險之舉哉？」舉國無不譏笑。後人相傳，以為宋襄公行仁義，失眾而亡，正指戰泓之事。

馮夢龍是《春秋經》專家，自然熟悉三傳的寫法，《左傳》的歷史敘事充滿傳奇色彩，卻是後世認爲最可靠的歷史。他的取材方法不同於一般通俗作家，說他利用素材而創作，或依賴素材而衍譯，都不貼切，不如說他是以小說的方式來解經，使《左傳》的文義更通曉明白。清人李元復認爲《東周列國志》「斯爲善解左文者矣」[18]。

（二）《爾雅》

另外，經學中的《爾雅》也曾被採用，例如：第三十五回，寫晉文公與楚王獵貊，演義寫到：

楚王使左右視之，回報道：「山谷中趕出一獸，似熊非熊，其鼻如象，其頭似獅，其足似虎，其髮如豺，其鬣似野豕，其尾似牛，其身大於馬，其文黑白斑駁，劍戟刀箭，俱不能傷，嚼鐵如泥，車軸裹鐵，俱被嚙食，矯捷無倫，人不能制，以此喧鬧。」楚王謂重耳曰：「公子生長中原，博聞多識，必知此獸之名？」重耳回顧趙衰，衰前進曰：「臣能知之。此獸其名曰『貘』，秉天地之金氣而生，頭小足卑，好食銅鐵，便溺所至，五金見之，皆消化為水，其骨實無髓，可以代槌，取其皮為褥，能闢瘟去濕。」楚王曰：「然則何以制之？」趙衰曰：「皮肉皆鐵所結，惟鼻孔中有虛竅，可以純鋼之物刺之，或以火炙，立死，金性畏火故也。」

《爾雅》「釋獸」：「貘，白豹。」注：「似熊，小頭庳腳，黑白駁，能舔食銅鐵及竹骨，骨節強直，中實少髓，皮辟濕。」《說文》：「貘，似熊，黃色，出蜀。」《神異經》：「西荒之中，有人焉，頭如人，著百結敗衣，手足虎爪，名曰貘猥，伺人獨自，輒往就人睡，先使捕虱得臥而舌出槃地丈餘，燒火石，投舌上，於是而死。[19]」

二、源於史者

（一）《國語》和《戰國策》

《國語》與《戰國策》是東周歷史的重要史料，馮夢龍從這兩本書當中選取許多故事，尤其書寫戰國時期的部分，更是倚重《國語》和《戰國策》。馮夢龍取材二書，多半爲了佐證《左傳》或《史記》。有時是加強，有時是補充，有時是修正。也因取材的緣故，馮夢龍寫戰國時代的歷史，多以國家爲主，而不以時間爲序。導源於二者史籍不以時間爲線，而以國家爲單位。

這兩種史料各有特質。《國語》偏重記言，以記述人物言語爲主，對事件發展的詳情多略而不論。《國語》總共有八語，其紀錄方式，可歸納爲二：一是雜記，專記一國的先後事，有周語、魯語、晉語、楚語；一是專記一國中的某件事，有齊語、鄭語、吳語、越語。《漢書·司馬遷傳》云：「孔子因魯《史記》而作春秋，而左丘明論輯其本事以爲之傳，又纂異同爲《國語》。[20]」因此，有人以爲《國語》是「春秋外傳」，但也有人反駁。

自漢朝以來，《國語》與《左傳》的關係，一直是學界的爭論焦點。經後人考證，《國語》與《左傳》大大不同。一爲紀事，一爲記言，且文筆風格不同，文法語彙也不同，所紀錄的史實或矛盾，或重複，由此可證《國語》非春秋外傳之說[21]。《國語》是不是《左傳》的副產品？對取材者而言，根本不影響《國語》成爲演義的素材。例如：第十六回，管仲當齊桓公面理論天下之勢，演義就是根據《國語·齊語》的資料而來。演義第二十四回，寫諸侯伐鄭，齊桓公會葵邱義戴周天子。《左傳》述葵丘之盟，周天子賜齊桓胙，命無下拜，齊桓以爲不可，終下拜。《國語·齊語》作「桓公召管子而謀」，《史記·齊太公世家》改爲「桓公欲許之，管仲曰：不可。」演義情節從《史記》。然齊桓公說：「天威不遠顏咫尺……」，則取《國語》文辭。又如第六十二回，寫晉臣合計逐欒盈，演義寫平公私問陽畢，本之《國語·晉語》；第六十三回，寫小范鞅智劫魏舒。辛俞不畏死禁，追隨欒盈，本之《國語》；第七十回，演義寫楚平王即位，楚靈王逃亡，遇涓人疇，《左傳》不載，此一情節完全根據《國語·楚語》。

舉個實例，可以清楚看到馮夢龍取材《國語》的痕跡。第三十五回，秦穆公將懷嬴許配給重耳，重耳有所遲疑，大臣司空季子提醒重耳政治婚姻的重要性，：

> 子圉與重耳有叔姪之分，懷嬴是嫡親姪婦，重耳恐干礙倫理，欲辭不受……白季進曰：「古之同姓，為同德也，非謂族也。昔黃帝炎帝，俱有熊國君少典之子，黃帝生於姬水，炎帝生於姜水，二帝異德，故黃帝為姬姓，炎帝為姜姓。姬姜之族，世為婚姻。黃帝之子二十五人，得姓者十四人，惟姬己各二，同德故也。德同姓同，族雖遠，婚姻不通。德異姓異，族雖近，男女不避。堯

為帝嚳之子，黃帝五代之孫，而舜為黃帝八代之孫，堯之女，於舜為祖姑，而堯以妻舜，舜未嘗辭。古人婚姻之道若此。以德言，子圉之德，豈同公子？以親言，秦女之親，不比祖姑。況收其所棄，非奪其所歡，是何傷哉？」（第三十五回）

演義中這段婚姻的說明是濃縮《國語・晉語四》而來，《國語》的記載是這樣的：

司空季子曰：同姓為兄弟，黃帝之子二十五人，其同姓者二人而已。唯青陽與夷鼓皆為己姓……黃帝以姬水成，炎帝以姜水成，成而異德，故黃帝為姬，炎帝為姜，二帝用師，以相濟也，異德之故也。異姓則異德，異德則異類，異類雖近，男女相及以生民也。同姓則同德，同德則同心，同心則同志……（《國語・晉語四》）

這段文字可以很清楚看到馮夢龍取材《國語》的手法，不是照本宣科，而是加以整理，以深入淺出的方式轉化《國語》的文辭，文義並沒有太大更動。演義中添加的只是重耳聽完此言之後的心路歷程，他繼續詢問狐偃，趙衰鼓勵他：「方奪其國，何有於妻？成大事而惜小節，後悔何及？」（第三十五回），才改變重耳的決心。因此，演義中精闢的言論，幾乎是馮夢龍從文獻取材而來。

至於《戰國策》，在中國傳統的主流價值中，《戰國策》是一本上不了檯面的書。宋以後，學術界才有持平的論述。今日所見的《戰國策》乃西漢劉向編訂的三十三卷。劉向校定此書時，此書不但錯亂且書名不一；經劉向重新編校，才成爲定本。整部《戰國策》可以說是一部亂世的謀略攻防史，記載戰國時代二百四十多年列國如何鬥爭？如何生存？如何發展？以及平民志士如何遊說晉身？公卿將相如何爭權？等等的重要事紀。後經東漢的高誘、宋代曾鞏、姚宏、鮑彪及元代吳師道等人的注補，才有一定的史料價值。此書的爭議性頗大，有人把《戰國策》看成權謀策術之書，參見顏師古《漢書・張湯傳》注，引張晏語曰：「蘇秦，張儀之謀，趣彼爲短，歸此爲長。」因此，《戰國策》又名「短長術」。也有人把它視爲亂政之書，參見曾鞏《戰國策》校補序：「戰國之游士……不知道先王之道之可信，而樂於說之易合，其設心注意，偷爲一切之計而已，故論詐之便而諱其敗，言戰之善而蔽其患，其相率而爲之者，莫不有利焉而不勝其害也。有得焉而不勝其失也。卒至蘇秦，商鞅，孫臏，吳起，李斯之徒以亡其身，而諸侯及秦用之。亦滅其國……君子之進邪說也，因將明其說於天下，使當世之人，皆知其說之不可從，然後以禁則齊，使後世之人，皆知其說之不可爲，然後以戒則明。」也有人視它爲「辭巧之書」，不是歷史書。精髓在對話，敘述非所長。南宋鮑彪校《戰國策》作序云；「國策，史家流也。其文辯博，有喚而明，有婉而微，有約而深，太史公之所考本也。」不管如何，都不影響馮夢龍的選材取向。當馮夢龍徵引《戰國策》，有時補強《史記》，有時補強《左傳》，有時徵引有意思的故事。例如：第二十五回，晉獻公以女樂贈虢，《左傳》並沒有記載，演義就從《戰國策•秦策》的記載添加。

《新列國志》第二十五回：

> 獻公用其策，以女樂遺虢，虢公欲受之。大夫舟之僑諫曰：「此晉所以釣虢也，君奈何吞其餌乎？」虢公不聽，竟許晉平。自此，日聽淫聲，夜接美色，視朝稀疏矣。舟之僑復諫，虢公怒，使出守下陽之關。

《戰國策•秦策》：

> 晉獻公欲伐虢而憚舟之僑存，遺之女樂，以亂其政……

演義中類似的計策都是有憑有據，不是作者虛構出來的。馮夢龍在第八十四回以後，相互參照《戰國策》與《史記》來編寫故事。

（二）《史記》

《史記》，是馮夢龍重要取材對象之一，當馮夢龍判斷《左傳》的是非時，必須有所針砭，方能有明確的論斷，《史記》就是馮夢龍判斷《左傳》是非的針砭。因此，觀之附錄的「章回本事考註表」，讀者會發現第四回到第八十四回間的本事，常見《左傳》與《史記》並列；在這八十回中，馮夢龍原則上以《左傳》爲主，《史記》爲輔，取材《史記》以補《左傳》的不足。《左傳》是編年斷代史，《史記》是紀傳通史，而左丘明與司馬遷皆是史學高手，各有觀點，各有天地，這兩位高手探索東周歷史的成果，對馮夢龍而言，兼而採之，可有相輔相成、相得益彰之效。

由於《左傳》的記載年限僅到魯哀公十四年爲止，因此，戰國以後到秦併六國的史料取材，馮夢龍完全以《史記》爲主，而以其他史料爲輔。說得更確切一點，演義中第四回以前及八十四回以後，《史記》是主要的資料來源。馮夢龍採錄《史記》中「本紀」、「世家」、「列傳」的正文，還包括「索隱」和「集解」。至於針砭《史記》是非，除了參考「索隱」和「集解」外，《戰國策》、《國語》等史籍都是重要的針砭資料。

《史記》本身就是中國最有文學氣息的史學作品，是一部光芒萬丈的經典之作。司馬遷首創紀傳體，以人物爲中心，帝王、諸侯、公卿或市井小民，甚至刺客殺手都可以一一立傳。人物形象刻畫極爲傳神，生動有致。許多小說家、戲劇家經常以《史記》爲取材對象。司馬遷的《史記》，也是一部旁徵博引，嚴格考證的史書。《漢書•司馬遷傳》云：「史公資《左氏》、《國語》、采《世本》、《戰國策》。[22]」然而考察《史記》所資之書，尙不只如此，還有《詩經》、《韓詩內外傳》、《書經》、《古文尙書》、《易經》、《三禮》、《三傳》、《國語》、《虞氏春秋》、《呂氏春秋》、《春秋雜說》、《論語》、《孝經》、《中庸》、《離騷》、《五帝德》、《帝繫姓》、《諜記》、《五帝繫諜》、《春秋歷譜牒》、《五德歷譜》、《禹本紀》、《山海經》、《太公兵法》、《司馬法》、《管子》、《晏子春秋》、《孫子》、《吳子》、《魏公子兵法》、《老子》、《墨子》、《商君書》、《申子》、《莊子》、《孟子》、《鄒衍子》、《鄒奭子》、《淳於子》、《慎子》、《田駢子》、《公孫固子》、《公孫龍子》、《荀子》、《韓子》、董仲舒的《春秋災異記》等[23]。如此龐雜的史料，各書記載有異時，如何考辨真假？根據子長的說法，他到處旅行看古蹟，親訪故老，探查風俗，來考核史料的準確性；希冀以「不武斷」，「不曲解」，「不虛美」，「不隱惡」等手筆，架構出以「本紀」、「表」、「書」、「世家」和「列傳」五種體例，纂述一部「究天人之際、通古今之變」的歷史鉅作，而他也做到了。

司馬遷寫史，不拘古也不泥古，面對龐大的史料，他小心翼翼，一方面查證，一方面把古奧難懂的文句翻譯成淺近的文句。例如佐材《尚書》時，那詰屈聱牙的古文，司馬遷一定想盡辦法以通俗易懂的詞句來描寫。面對《左傳》也是如此，如《左傳》昭二十七年「我爾身」，《史記》寫作「我身，子之身也。」除了使文句更為明白外。有時，司馬遷也會改動《左傳》，如哀公七年「求之曹，無之，戒其子曰」。《史記》改為「求之曹，無此人，夢者戒其子曰」。因此，在文字上，在記事上，在人物性格上，《左傳》與《史記》常有落差。偶爾，《史記》也會直接節錄他書，文字不與變動，例如：《史記•樂書》記載師曠所云的亡國之音始末：「此師延所作也，與紂為靡靡之樂，武王伐紂，師延東走，自投濮水之中，故聞此聲必於濮水之上。先聞此聲者，國削……[24]」，這段就是節錄《韓非子•十過篇》[25]，文句簡直一模一樣。演義中也跟著照寫：「師曠奏曰：『殷末時，樂師名延者，與紂為靡靡之樂，紂聽之而忘倦，及此聲也。即武王伐紂，師延抱琴東走，自投於濮水之中，有好音者過此，其聲輒自水中而出。涓之途所聞，其必在濮水之上。』」（第六十八回）。

《史記》最為人樂道的特長有幾項：一、成功地塑造了人物形象；二、語言生動；三、敘事愛奇；四、復仇心態極濃；五、治學嚴謹。馮夢龍取材《史記》，自然也明白《史記》的特殊紋理。人物的形象的成功不外乎交代家世背景、生平事蹟、功業和下場，《史記》的筆法深深影響馮夢龍的編寫。例如：商鞅在演義第八十七回一出場，馮夢龍則寫：

> 話說衛人公孫鞅原是衛侯之支庶，素好刑名之學，因見衛國微弱，不足展其才能，乃入魏國，欲求事相國田文。田文已卒，公叔痤代為相國，鞅遂委身于痤之門。痤知鞅之賢，薦為中庶子，每有大事，必與計議。鞅謀無不中，痤深愛之，欲引居大位，未及，而痤病。惠王親往問疾，見痤病勢已重，奄奄一息，乃垂淚而問曰：「公叔恙，萬一不起，寡人將託國于何人？」痤對曰：「中庶子衛鞅其年雖少，實當世之奇才也。君舉國而聽之，勝痤十倍矣！」惠王默然。痤又曰：「君如不用鞅，必殺之，勿令出境。恐見用于他國，必為魏害。」惠王曰：「諾。」既上車，嘆曰：「甚矣！公叔之病也，乃使我託國于衛鞅，又曰『不用則殺之』。夫鞅何能為？豈非昏憒之語哉？」惠王既去，公叔痤召衛鞅至床頭，謂曰：「吾適言于君如此。欲君用子，君不許，吾又言，若不用當殺之，君曰『諾』。吾向者先君而後臣，故先以告君，後以告子。子必速行，毋及禍也！」鞅曰：「君既不能用相國之言而用臣，又安能用相國之言而殺臣乎？」竟不去。（第八十七回）

商鞅的生平事蹟完全依從《史記‧商君列傳》而來，人物形象、現場氣氛及記載文氣，演義無法增添任何細筆。有時演義也改動《史記》的文句，連帶也喪失形象的藝術性。如：《史記‧孟嘗君列傳》寫齊王廢了孟嘗君後，食客皆去；復相後，食客又回來了。孟嘗君對馮諼說，這些食客有什麼面目再見我，「如復見文者，必唾其面而大辱之。[26]」馮諼一聽，立刻「結轡下拜」，馮諼說不是為食客們賠罪，而是為了孟嘗君的失言。他勸孟嘗君：「生者必有死，物之必至也，富貴多士，貧賤寡友，事之固然也。君獨不見夫朝趣市者乎，平明側肩爭門而入，日暮之後過市朝者，掉臂而不顧，非好朝而惡暮，所期物亡其中。[27]」孟嘗君聽了更敬佩馮諼。演義也寫這段情節，卻改動了《史記》部分的文句：「孟嘗君謂馮諼曰：『……

諸客有何面目復見文乎？』馮諼答曰：『夫榮辱盛衰，物之常理。君不見大都之市乎？旦則側肩爭門而入，日暮爲墟矣，爲所求不在焉。夫富貴多士，貧賤寡交，事之常也。君又何怪乎？』」（第九十四回），演義刪除孟嘗君說的這句話：「必唾其面而大辱之」，則減低孟嘗君的氣焰，少了馮諼結轡下拜的動作，看不出馮諼對主子的盡忠。老實說，演義改動後的文學造詣不及《史記》，卻迎合通俗的要求，文意大體符合原意。

當《左傳》未記載的事件，演義會以《史記》補《左傳》所無。例如第二十六回，寫秦穆公算計由余到秦的原委。《左傳》未見記載，然而《韓非子・十過》記載此事極爲詳細，其他史料也都記載此事，如《呂氏春秋・壅塞、不苟篇》、《韓詩外傳九》、《說苑・反質篇》、《漢書藝文志》雜家有《由余》三篇[28]。因此，《史記》紀錄下由余這個人和這件事。《史記・秦本紀》記載：

> 戎王使由余於秦，由余，其先晉人也。亡入戎，能晉言。聞繆公賢，故使由余觀秦。秦繆公示以宮室積聚。由余曰：使鬼為之，則勞神矣；使人為之，亦苦民矣。繆公怪之，問曰：中國以詩書禮樂法度為政，然尚時亂，今戎夷無此，何以為治？不亦難乎！由余笑曰：此乃中國所以亂也。夫自上聖黃帝作為禮樂法度，身以先之，僅以小治，及其後世，日以驕淫，阻法度之威，以責督於下，下罷極，則以仁義怨望於上，上下交爭怨，而相篡弒，至於滅宗，皆以此類也。夫戎夷不然，上含淳德以遇其下，下懷忠信以事其上，一國之政，猶一身之治，不知所以治。此真聖人之治也。於是繆公退而問內史廖曰：孤聞鄰國有聖人，敵國之憂也，今由余賢，寡人之害，將奈之何？內史廖曰：戎王處闢匿，未聞中國之聲，君試遺其女樂，以奪其志，為由余請，以疏其間，留而莫遣，以失其期，戎王怪之，必疑由余。君臣有間，乃可虜也，且戎王好樂，必怠於政。繆公曰：善。因與由余席而坐，傳器而食。問其地形與其兵勢。盡察，而後令內史以女樂二八遺戎王，戎王受而說之，終年不還，於是秦乃歸由余，由余數諫不聽，繆

公又數使人閒要由余，由余遂去降秦，繆公以客禮讓之，問伐戎之形。[29]

演義第二十六回改寫爲：

時西戎主赤斑見秦人強盛，使其臣由余聘秦以觀穆公之為人。穆公與之遊於苑囿，登三休之臺，誇以宮室苑囿之美。由余曰：「君之為此者，役鬼耶，抑役人耶？役鬼勞神，役人勞民！」穆公異其言，曰：「汝戎夷無禮樂法度，何以為治？」由余笑曰：「禮樂法度，此乃中國所以亂也！自上聖創為文法，以約束百姓，僅僅小治。其後日漸驕淫，借禮樂之名，以粉飾其身，假法度之威，以督責其下，人民怨望，因生篡奪。若戎夷則不然，上含淳德以遇其下，下懷忠信以事其上，上下一體，無形跡之相欺，無文法之相擾，不見其治，乃為至治。」穆公默然，退而述其言於百里奚。奚對曰：「此晉國之大賢人，臣熟聞其名矣。」穆公蹴然不悅曰：「寡人聞之，『鄰國有聖人，敵國之憂也。』今由余賢而用於戎，將為秦患奈何？」奚對曰：「內史廖多奇智，君可謀之。」穆公即召內史廖告以其故。廖對曰：「戎主僻處荒徼，未聞中國之聲。君試遺之女樂，以奪其志。留由余不遣，以爽其期。使其政事怠廢，上下相疑，雖其國可取，況其臣乎？」穆公曰：「善。」乃與由余同席而坐，共器而食，居常使蹇叔、百里奚、公孫枝等，輪流作伴，叩其地形險夷，兵勢強弱之實。一面裝飾美女，能音樂者六人，遣內史廖至戎報聘，以女樂獻之。戎主赤斑大悅，日聽音而夜御女，遂疏於政事。由余留秦一年乃歸。戎主怪其來遲，由余曰：「臣日夜求歸，秦君固留不遣。」戎主疑其有二心於秦，意頗疏之。由余見戎主耽於女樂，不理政事，不免苦口進諫。戎主拒而不納。穆公因密遣人招之。由余棄戎歸秦，即擢亞卿，與二相同事。由余遂獻伐戎之策。（二十六回）[30]

《史記》的「索隱」和「集解」也是馮夢龍取材的對象，透過索隱或集解的詮釋，《史記》的文意更清楚明白。例如：第十回寫楚國的君系淵源，作者則參照《史記》文本、索隱和集解，加以改寫而成。《史記》在〈楚世家〉寫到「吳回生陸終，陸終生子六人，坼剖而產焉。其長一曰昆吾。[31]」索隱寫到：「系本云：陸終取鬼方氏妹，曰女嬇，」正義寫：「陸終取鬼方氏之妹，謂之女嬇，產六子，孕而不毓三年，啓其右協，六人出焉。[32]」索隱：「長曰昆吾，系本云：其一曰樊，是爲昆吾，又曰昆吾者衛，是。宋忠曰：昆吾，國名，己姓所出。[33]」演義根據《史記》索隱和正義所記載，改寫成：「其弟吳回嗣爲祝融。生子陸終，娶鬼方國君之女，得孕懷十一年，開左脅，生下三子，又開右脅，復生下三子。長曰樊，己姓，封於衛墟，爲夏伯，湯伐桀滅之。」（第十回）。可見，馮夢龍取材《史記》的史料，並非一字不漏的抄襲，而是以嚴謹的態度，以考證的精神篩選材料，一點都不馬虎。

又如第一百八回，秦將王翦欲伐楚，屯兵天中山，連營十餘里，堅壁固守，終日與士卒同飲食。士卒在閒來無事時，只玩投石超距的遊戲。作者在此立刻下個按語：「按：范蠡兵法投石者，用石塊重十二斤，立木爲機發之，去三百步爲勝，不及者爲負，其有力者能以手飛石，則多勝一籌。超距者，橫木高七八尺，跳躍而過，以此睹勝[34]。」作者的按語，其實就是來自《史記》中〈白起王翦列傳〉中的《集解》：「范蠡兵法，飛石重十二斤，爲機發行三百步……[35]」。

按《史記》有記載，然而馮夢龍並沒採錄。例如夏徵舒弒君是否自立爲王一事，據《史記‧陳杞世家》，寫夏徵舒弒君篡位，「太子午奔晉，徵舒自立爲陳侯」[36]。而演義第五十二回，陳靈公衵服戲朝，卻寫陳靈公與兩卿大夫孔寧、儀行父與夏姬私通的故事。夏姬本是鄭靈公的妹妹，嫁給陳國大夫夏御叔爲妻，生了一個兒子夏徵舒。夏徵舒漸漸長大，難忍陳靈公的亂行，親手殺了君王，另立世子午爲國君，孔寧和儀行父出奔到楚國。楚莊王受了孔寧等人的慫恿，率諸侯伐陳，車裂夏徵舒，夏徵舒並沒有篡位。馮夢龍爲何不採《史記》的說法？主要是《左傳》並未寫明此事，根據蘇轍的說法：「太子未嘗奔晉，徵舒未嘗爲君。」後世學者也多認爲此事的記載是《史記》之誤[37]。

第八十四回以後，讀者會發現文字流暢多了，人物的輪廓也清晰多了，讀起來頭緒也不複雜了。人物一個接著一個，個性鮮活。例如：第八十八回、八十九回寫孫臏與龐涓的故事；第九十、九十一回講蘇秦與張儀的故事；第九十六回，以藺相如爲中心；第九十七回，重點人物是范雎；描繪的情節單純且具戲劇效果，比起前面的章回好看許多。彷彿馮夢龍的寫作技巧越來越嫻熟，愈來愈能掌握小說藝術。其實，馮夢龍的功力並未增進，而是史料不同所致。由於《史記》愛奇，文中經常有傳奇色彩，馮夢龍取材《史記》，連色彩一併接收，甚至深入描摹。例如演義寫晉智氏之亡，有許多怪誕之談，與《史記》同。神人予無卹家臣「青竹二節」事，據《史記•趙世家》而刪改細節。《新列國志》第八十三回解釋「見三人，自帶以上可見，自帶以下不可見」爲「於中途遇一神人，半雲半霧，惟見上截金冠錦袍，面貌亦不甚分明。」文意卻清楚[38]。

眾所皆知，《史記》是一本發憤之作，由於司馬遷受了宮刑的屈辱，苟且偷生只爲了著述《史記》。因此，文內充滿濃郁的復仇心態。東漢末年殺了董卓的司徒王允曾說：「昔武帝不殺司馬遷，使作謗書流於後世。」這段話證明了《史記》具有強烈的復仇意識，使王允認定此書是一部謗書。而這些屬於司馬遷個人的見解和意識，已經成了《史記》的自然紋理，因而豐富了《史記》的文采和情感。照理說，馮夢龍處理《左傳》的模式，對非歷史因素的紋理都加以挑剔；然而馮夢龍取材《史記》時，對司馬遷個人意識中的紋理多半視而不見，甚至大量採用。例如：司馬遷寫伍子胥，即表現了強烈的復仇意圖。雖然《史記•伍子胥列傳》主要根據《左傳》而來，然而司馬遷加重兩點，一是增加伍子胥過昭關的情節，《左傳》未載。二是伍子胥鞭屍三百。有關伍子胥鞭屍情節，《左傳》未記載；《穀梁傳》、《呂氏春秋》和《淮南子》則說鞭墳或撻墓：

《左傳•定公四年》僅說「庚辰，吳入郢，以班處宮，子山處令尹之宮，夫蓋王欲攻之，懼而去之，夫蓋王入之。」

《穀梁傳•定公四年》：「撻平王之墓」。

《呂氏春秋•首時篇》：「伍子胥親射王宮，鞭荊王之墳三百。」

《淮南子•泰族訓》說：「闔閭伐楚入郢，鞭荊平王之墓，舍昭王之宮。」

「鞭墓」與「鞭屍」一字之差，意涵卻謬之千里。馮夢龍是經學家，「墓」與「屍」二字，豈有不知不識之理？他卻選擇《史記》的用字，是刻意突顯復仇的紋理，增加了故事的可讀性。馮夢龍對這樣非歷史因素的紋理並沒有排斥，反而襲用。因爲，他知道他創作的是一部通俗演義，需要豐沛的感情打動讀者。

「趙氏孤兒」也是著名的復仇案例，演義寫趙氏孤兒的故事梗概如下：晉靈公時代，屠岸賈專權，忌趙氏權力擴大，殺害趙家三百口，只剩下趙朔的遺腹子一人，屠岸賈欲斬草除根，爲程嬰、公孫杵臼所救，最後復了大仇。《春秋•成公八年》經文僅言：「晉殺其大夫趙同、趙括。[39]」《左傳》寫「晉趙莊姬爲趙嬰之亡，故譖之於晉侯，曰：『原、屏將爲亂，欒、郤爲徵。』六月，晉討趙同、趙括，武從姬氏蓄於公宮……[40]」《左傳》隱約透露趙同、趙括被殺，是莊姬的譖言所致，因莊姬與趙嬰有曖昧關係而譖言。可是，《史記》改寫成屠岸賈忌妒趙家，陰謀殘殺趙家，莊姬生子，屠岸賈欲斬草除根，趕盡殺絕，遂塑造了公孫杵臼和程嬰兩位忠義之士，演出救孤、搜孤情節。《左傳》、《國語》皆未曾記載屠岸賈，孔穎達的《春秋正義》，也已經清楚分析此事的糾結處，明白指出「馬遷妄說，不可從也。[41]」。然而演義根本不理睬孔穎達的分析，仍然本之《史記》，寫趙氏孤兒的故事。僅更動了幾處情節，如變動程嬰以親子代替孤兒受難及屠岸賈親自殺孤情節。這些更動是根據明傳奇《八義記》劇本的情節而來[42]。因爲趙氏孤兒已經成爲家喻戶曉的故事，演義不能與百姓的認知差距太大，否則會有反彈，況且《史記》也是如是說，馮夢龍則依從《史記》。

《史記》的治學雖然嚴謹，馮夢龍不是一味盲從《史記》的說法，也會對史料加以詳考，馮夢龍引用《史記》，有時採司馬遷的觀點，有時擷取精華，有時也採錄《史記》索隱和集解。

《左傳》和《史記》都有共同的模式，就是評論。《左傳》有「君子曰」，《史記》有「太史公曰」，都是表現對歷史事件的看法。這樣的方式被馮夢龍充分利用，全書到處充滿「髯翁有詩云」、「髯仙有詩嘆」、「淵潛先生有詩云」等，都是仿史傳的評論格式。在浩繁的東周史料中，《左傳》與《史記》是演義中的兩大支柱，馮夢龍取材《左傳》時，常以《史記》的記述補《左傳》之不足。哀公以後的歷史，馮夢龍幾乎以《史記》爲依歸，尤其是戰國時代。許多人看了《東周列國志》，幾乎會認爲後半部比前半部好看，不僅故事情節有節奏，連人物的性格也栩栩如生。何以如此？蓋因取材《史記》所致。

（三）《吳越春秋》和《越絕書》

《國語》和《戰國策》基本上被世人視爲遺籍，所以還有某些參考價值。然而《吳越春秋》、《越絕書》被後世認爲是採摭眾書而成，參考價值相對降低。馮夢龍取材史料時，並不是以正史爲唯一的選項，他是以最適合、最有意思的史料作爲取材對象，因此他不放棄《吳越春秋》與《越絕書》這樣的書籍。何況吳越的歷史，《史記》雖有記載，但是最精采生動處卻在《吳越春秋》和《越絕書》裡。《越絕書》和《吳越春秋》透過一些小故事，常常表露出野性的魅力，深得馮夢龍的青睞，故寫吳越歷史，遂以二書作爲主要素材。

《吳越春秋》是東漢趙曄所撰，趙曄也是取材許多史料和民間傳說而成。歷史骨架來自《史記》、《左傳》和《國語》。《吳越春秋》記載入郢戰役的基本情節本之《史記》，再採民間傳說增加情節；《吳越春秋》是典型的編年體，言與事都能相兼容。經過作者的觀點，傳說與史實已經混淆。歷代史學家和目錄學家對《吳越春秋》的歸類一直存有歧見。《隋書經籍志》列爲雜史，卻說「非史策之正」；《舊唐書經籍志》、《新唐書藝文志》亦列爲雜史；《宋史藝文志》列爲霸史；《四庫全書》列於史部，然而《四庫全書提要》卻列入雜記，並說此書「尤近小說家言」。「迂怪妄誕，真虛莫測」在前人許多論著中已經指出。今本《吳越春秋》的歸類到底如何？目前爭論依然不休[43]。

值得一提的是，《吳越春秋》的版本有古今之分。馮夢龍所持的版本絕非現今的版本。例如：今本《吳越春秋》記載「闔閭妻昭王夫人，武胥、孫武、白喜亦妻子常、司馬成之妻，以辱楚之君臣也。」闔閭妻昭王夫人一句，並沒有昭王夫人以義感退闔閭的情節。演義卻在第七十六回，寫成：

> 闔閭宿於楚王之宮，左右得楚王夫人以進，闔閭欲使侍寢，意猶未決。伍員曰：「國尚有之，況其妻乎？」王乃留宿，淫其妾媵殆遍。左右或言：「楚王之母伯嬴，乃太子建之妻，平王以其美而奪之，今其齒尚少，色未衰也。」闔閭心動，使人召之，伯嬴不出，闔閭怒，命左右「牽來見寡人」伯嬴閉戶，以劍擊戶而言曰：「妾聞諸侯者，一國之教也。禮，男女居不同席，食不共器，所以示別。今君王棄其表儀，以淫亂聞於國人，未亡人寧伏劍而死，不敢承命。」闔閭大慚，乃謝曰；「寡人敬慕夫人，願識顏色，敢及亂乎？夫人休矣。」使其舊侍為之守戶，誡從人不得妄入。伍員求楚昭王不得，乃使孫武伯嚭等，亦分據諸大夫之室，淫其妻妾以辱之。」（七十六回）

如果沒有其他資料佐證，後人肯定會說這又是馮夢龍虛構出來的情節。其實，馮夢龍寫昭王夫人的節義，是另有所本。翻閱《太平御覽》，發現卷二百九十一有引《吳越春秋》曰：「吳師入郢，闔閭既妻昭王夫人，又及於伯嬴，伯嬴，秦康公之女，平王之夫人。

昭王之母也。伯嬴操刃曰：「竊聞天子，天下之表也；公侯，一國之儀也。天子失制，則天下亂，諸侯失節，則國危。今夫婦之道，固人倫之始，王教之端也，今吳去儀表之行，從亂亡之欲，犯誅絕之事，何以行訓民乎？妾聞生以辱者，不如死以榮者。始吳王棄儀表，則無以生存，一舉而兩儀辱。妾以死守之，不敢承命也。且凡欲近妾者，為樂也，近妾而死，何樂之有？先殺妾，又何益於君王？」於是，吳王慚恥，遂退還舍。」這則佚文證明馮夢龍所取材的《吳越春秋》與今本不同。

而且，馮夢龍取材《吳越春秋》時，並非盲從，他相當清楚自己取材的方向，絕不會被史料所牽制。《吳越春秋》這部書籍，充滿許多傳奇的情節，和虛幻的色彩。趙曄將伍子胥塑造成呼風喚雨、未卜先知的道人。類似的情形，馮夢龍在取材時都一一剝離，企圖還原一個乾淨的歷史原貌。基本上，馮夢龍對伍子胥的描寫，完全根據《史記》來定位的。

《越絕書》與《吳越春秋》有極相似之處。余嘉錫所著《四庫提要辨證•卷七史部五•越絕書》：「余以為戰國時人作之《越絕》原係兵家之書，特其姓名不可考，於《漢志》不知屬何家爾，要之，此書非一時一人所作。[44]」《越絕書》與《吳越春秋》一樣，都是講吳越間的歷史恩怨。《越絕書》也引用了許多原始典籍，而且此書並非單純記載吳越爭霸的野史，其中還涉及到地理、軍事、農工業生產方面等問題。《越絕書》的寫法較原始，還保存較完整的原始典籍風貌。

演義中第七十九回，寫虎丘、劍池的來歷，就是根據《越絕書》而來。

> 吳太孫夫差迎喪以歸，成服嗣位。卜葬於破楚門外之海湧山，發工穿山為穴，以專諸所用魚腸之劍殉葬，其他劍甲六千副，金玉之玩，充牣其中。既葬，盡殺工人以殉。三日後，有人望見葬處，有白虎蹲踞其上，因名曰虎丘山，識者以為埋金之氣所現。後來秦始皇使人發闔閭之墓，鑿山求劍無所得，其鑿處遂成深澗，今

虎丘劍池是也。（七十九回）

《越絕書•越絕外傳記吳地傳》：

闔閭塚在吳縣昌門外，名曰虎丘，下池廣六十步，水深一丈五尺，桐棺三重，澒池六尺，玉鳧之流扁諸之劍三千，方員之口三千，槃郢，魚腸之劍在焉，卒十餘萬人治之，葬之三日，白虎居其上，故號曰虎丘。

馮夢龍對各種史料的特色都掌握得相當清楚，因此，讀了東周演義，往往覺得內容很豐富。殊不知這都是作者向各種史料借將的結果。作者不是以堆積材料取勝，而是將史料放在適當的地方，使得讀者讀此書時，也能吸收更多的常識。即使不被後世認同的《吳越春秋》和《越絕書》，對馮夢龍而言，卻都是礦藏之寶。

（四）《列女傳》

《列女傳》，爲東漢劉向編定，是我國最早的一部婦女專史。在圖書目錄上屬史部傳記類。清朝的章學誠說「後世史家所謂列女傳，則節烈之謂也，而劉向所敘，乃羅列之謂也。」劉向將零散的材料組織成首尾完具，傳記古代各式各樣的名女人。馮夢龍則根據《列女傳》的記載對女性多所描繪。例如管子的妾，即採《列女傳》卷六「齊管妾婧」；第二十八回，驪姬之死，第三十五回，寫負羈妻之賢；第五十二回，陳靈公袒服戲朝。與大臣通於夏姬。第六十四回，杞梁之妻孟姜女，哭倒齊城。第七十六回，闔閭欲辱楚平王夫人伯嬴，伯嬴以劍擊戶，闔閭慚退等情節，都是取自《列女傳》。演義中的各位女性有剛烈，有貞潔，有淫穢，樣貌不居，馮夢龍都一一參閱，因這些女性的加入，使得演義故事不致陽剛氣太重。

三、源於子者

除了以上的史料外，還有一些相關文獻，如《呂氏春秋》、《管子》、《晏子春秋》、《韓非子》、《孔子家語》、《燕丹子》、《列女傳》、《說苑》、《新序》，還有劉向的《列仙傳》，葛洪的《神仙傳》等，這些史料各有各的立場和動機。有些被視爲雜史，有些被視爲僞書，卻都有一個共同現象，那就是書中常以條列式的小故事來說理，且故事與故事間，或一篇與一篇中，彼此都沒有連貫性。由於這些史料皆各有主題性，情節只是用來說理。因此，獨立性很強。這些文獻與《左傳》的記載或有牴牾，同一件事或有兩三種說法，這是因爲「所見異詞，所聞異詞，所傳聞異詞」[45]，加上年代久遠，真相難明所致。馮夢龍取材這些史料，多半是因爲《左傳》和《史記》的註解已經注明出處，馮夢龍按圖索驥，根據這些史料補《左傳》或《史記》的不足。當《左傳》或《史記》的記載與這些史料交互矛盾的時候，馮夢龍幾乎依從史傳，偶而才採用這些史料。以下分別說明各書的特點：

（一）《呂氏春秋》

《呂氏春秋》相傳爲呂不韋組織門客撰寫的，主要探討歷史規律和總結興亡的教訓，是一本以史資政的著作[46]。司馬遷說這本書是「備天地萬物古今之事」；高誘認爲此書「與孟軻、孫卿、淮南、揚雄相表裏」。即使如此，後世評價也不一。在《呂氏春秋思想理論》一書中談及歷代學者喜歡以人廢言，因呂不韋之故，多不重視此書，直到南宋，方得到持平的對待。全書分八覽、六論、十二紀共一百六十篇，雜集了先秦百家及九流之說，幽怪奇艷，上下事理名物無所不包，引書也有《易》、《詩》、《夏書》、《商書》、《周箴》、《孝經》、《志記》、《論語》、《墨子》、《左傳》、《老子》、《荀子》、《莊子》等。對各家兼容並蓄，對分歧的議論未加整合，依然保存分歧的說法[47]。仔細來看，此書是一部經過詳細計畫和審定的書籍，一部「十餘萬言」的巨著。寫法則先標題旨，次申論斷，後舉事實爲明證[48]，理論分析至爲明確。

例如：第二回，幽王舉烽火逗褒姒笑。雖本之《史記・周本紀》，然而《史記》的記載則源自《呂氏春秋》；又如第十八回，寧戚與齊桓公的故事，三傳都沒記載，馮夢龍則根據《呂氏春秋》的記載加以描繪。第二十三回，寫衛懿公好鶴亡國，弘演取肝殉君的情節，即取自《呂氏春秋•忠廉》的故事；第二十六回，百里奚認妻，推薦蹇叔，也參考《呂氏春秋•慎人》等。由於《史記》也參考過《呂氏春秋》，所以，馮夢龍僅將呂氏春秋的故事補強《史記》的記載而已。

（二）《管子》

《管子》一書經劉向校訂，《四庫全書》錄有八十六篇。此書非一人所作，亦非一時代之書，由後人掇拾而成。此書的來歷眾說紛紜，一說管仲門弟子或賓客或子孫記述而成；二說戰國時由言談之士依據傳聞記述而成；三說戰國或秦時好事者僞造管仲以託己意；四說戰國時稷下游士欲宣揚己說而成；五說古人讀《管子》曾加以註解，後世不明，以為《管子》原文，遂與混編而成《管子》書[49]。《管子》的成書何以如此複雜？蓋因此書的內容相當豐富，眾體兼備，難以分類。此書的記載與史傳的記載，有的事同而文異；有的一事二說；馮夢龍也取材此書以補正史之不足。尤其是管仲的部分，則以《管子》為重要史料。例如：第十八回，曹沫手劍劫齊侯。第二十一回齊人伐山戎以救燕，管夷吾智辨俞兒，齊桓公兵定孤竹[50]。第二十九回，管仲病榻論相，都參考《管子》一書，或採錄文辭，或擷取情節，以充實演義中管仲的形象。

（三）《晏子春秋》

《晏子春秋》，《四庫提要》云：「案《晏子》一書，由後人摭其軼事爲之，雖無傳記之名，實傳記之祖也。舊列子部，今移入於此。」陳蘭甫《東塾讀書記》認爲《晏子》當屬俳優小說一流，並謂：「非晏子爲小說家也，輯是書者小說家數也。[51]」今本《晏子春秋》有內外兩篇，共二百一十五章。《晏子》與《左傳》、《韓詩》、《說苑》、《新序》之關係最爲密切。王師更生先生說：「《晏子》成書於戰國末期，《左傳》、《孟子》之後，《韓詩》之前。[52]」馮夢龍取材《晏子春秋》，主要也是豐富晏子的形象。例如第六十八回寫楚靈王好細腰，即參考了《晏子春秋外篇》；又如第七十一回，「晏平仲二桃殺三士」所述的內容，《左傳》不記載，主要參考了《晏子春秋》，才將晏子未雨綢繆的智慧，以生動的情節描繪出來，使讀者印象深刻。《晏子春秋》主要運用在第六十八回到七十二回間，充實有關晏子的故事。

（四）《韓非子》

《韓非子》，是一本子學，學理十分堅實，其中的故事多是爲了佐證學理，真實性爲何? 尙不明確。而馮夢龍也不理會，因爲《史記》也參考了《韓非子》，馮夢龍也拿《韓非子》來佐證《史記》。《史記》引用《韓非子》，索隱已經說明，掌握各家註解的重要史料，馮夢龍便能輕而易舉找到本事。如第二十一回，老馬識途，從《韓非子‧說林》。第二十三回，齊桓公救邢的故事。《韓非子‧說林上》有鮑叔勸桓公暫緩救邢，演義改寫管仲勸桓公暫緩救邢，並抄錄《韓非子》之語。

（五）《孔子家語》

《孔子家語》，孔安國編訂爲四十四篇，此書大部分的資料是從《左傳》、《國語》、《孟子》、《荀子》、《大小戴記》、《莊子》、《呂覽》、《說苑》等書抄來，略加改易，被學者界定爲僞書[53]。馮夢龍借用此書中孔子的生平事蹟。演義中第七十八回，七十九回中有關孔子的出生和異於常人的表現，都來自《孔子家語》。演義對孔子的記載，一般儒生都不滿意。蔡元放也認爲這是附會之詞，不屑評論。然而蔡元放並沒有刪除對孔子的傳奇故事，基本上，他認同馮夢龍擷取孔子的故事，有一套完整的思維，以百姓能理解的思維來塑造孔子。孔子在民間已經被神化，所以，愈傳奇越能吸引讀者。另外，孔子是否殺少正卯一事，一直眾說紛紜。《論語》並沒有記載此事件，子思、孟子也不曾提及。只有《荀子》言明，因此，有人質疑孔子根本沒有殺少正卯。然而就馮夢龍而言，孔子殺少正卯應是事實，所以，他才會義無反顧的寫出來。

（六）《燕丹子》

《燕丹子》三卷，始見於《隋書經籍志》，《舊唐書・經籍志》和《新唐書・藝文志》，題爲「燕太子撰」。明代中業，此書已不傳（見《四部正僞》），而《永樂大典》有之。此書的考證可見《四庫提要》。馮夢龍取材此一史料，主要運用在荆軻刺秦王的部份情節。集中在第一百零六回到一百零七回，燕太子聘荆軻刺秦王的故事。

（七）《說苑》

《說苑》，東漢劉向整理。全書均是一則則的故事，沒有連貫性。劉向《說苑》敘錄：「所校中書說苑雜事及臣向書，民間書，經校讎其事類，眾多章句相混，或上下謬亂難分別次序，除去與《新序》復重者，其餘者淺薄不中義理，別集以爲百家，後令以類相從，一一條別篇目，更以造新事十萬言以上，凡二十篇，七百八十四章，號曰《說苑》。」由於《說苑》的故事濃，演義多採用此一史料，使情節曲折。如《說苑・至公篇》有申包胥哭秦故事，演義節選申包胥的下場。《說苑・至公篇》：「申包胥不罷朝，立於秦庭，晝夜哭，七日七夜不絕聲。哀公曰：『有臣如此，可不救乎？』興師救楚，吳人聞之，引兵而還。昭王反，復欲封申包胥，申包胥辭曰：『救亡非爲名也，功成受賜，是賣勇也。』辭不受，遂退隱，終身不見，詩云：『凡民有喪，匍伏救之。』」[54]《說苑》也有許多故事，馮夢龍並沒有採用，例如伍子胥不以公報私仇的故事，《說苑・至公篇》：「吳王闔閭爲伍子胥興師復仇於楚，子胥諫曰：『諸侯不爲匹夫興師，且事君猶事父也，虧君之義，復父之仇，臣不爲也。』於是止，其後因事而後復其父仇也，如子胥可謂不以公事趨私矣。」在演義中，伍子胥這樣的形象不見了，而是時時刻刻要闔閭爲他復仇。在第七十五回，伍員泣奏曰；「王之禍患皆除，但臣之仇何日可復？」，伯嚭亦垂淚請兵伐楚，闔閭曰；「俟明旦當謀之。」《說苑》的形象有別於《史記》的形象時，馮夢龍則徵於史傳，不從他書。

（八）《新序》

《新序》，也是故事集，歷來多稱出自劉向，班固《漢書‧藝文志》載劉向所序六十七篇，並注云：「《新序》、《說苑》、《世說》、《列女傳》頌圖。」今本《新序》分十卷，《隋志》記載《新序》三十卷；曾鞏校書序云:「今可見者十篇」，可知今本《新序》，蓋為宋時遺本。全書所取，大抵多採則百家傳記而成，其中尤以《呂氏春秋》、《韓詩外傳》、《史記》、《戰國策》最多，各佔三十篇以上，其他如《春秋》三傳、《荀子》、《韓非子》、《晏子》等書，都在徵引之列。《新序》各則均事出有據，而考其所引文辭，大抵相同[55]。第六十回，寫祁奚外舉不避仇，內舉不回親戚，即出自《新序‧雜事》第一。不同處在於祁奚舉解狐，演義寫解狐已死，祁奚才改為自己的兒子；《新序》則寫「晉遂舉解狐，後又問，叔可以為國尉，祁奚對曰：午可也」，在這個部分有些出入。《新序》中特別強調外舉不避仇，內舉不避親，演義則未將主題點出。

《新序‧節士篇》有壽母及朔，使人與急乘舟，將沉之殺之，壽因與同舟不得殺，又謂急見壽之死，載屍還境而自殺，與經史具乖。《左傳‧桓公十三年》經文:「三月，葬衛宣公。」案:衛宣公應死於桓公十三年，子朔立於此年。桓公十六年是惠公奔齊的時間，並非急子與壽爭死之時。然而《史記》寫宣公在桓公二十年薨，演義從《史記》。說宣公受驚後，一病不起，公子朔立為惠公。案：演義從《史記》，不從《新序》。

至於還有劉向的《列仙傳》，葛洪的《神仙傳》等，都有弄玉吹簫的故事，最早記載蕭史和弄玉的故事，是西漢劉向的《列仙傳》。《列仙傳》說蕭史和弄玉都隨鳳凰飛去，葛洪的《神仙傳》則寫弄玉成鳳，蕭史成龍，演義從葛洪之說。

四　、源於各家注釋者

除了經典之外，各家的注釋也是馮夢龍取材的史料。

解經談何容易！三傳註解多有分歧，後世各家也各有看法。因此，杜預的註、孔穎達的疏，甚至孔安國的詮釋，都成爲馮夢龍取材的輔助。例如：《左傳》文公九年，記載楚公子朱伐陳，陳人打敗楚軍，擄獲楚公子茷，後又載「陳懼，乃及楚平。」陳國何以兵勝卻乞降?《左傳》文本並無說明，《公羊》與《穀梁》也無記載，《新列國志傳》卻寫道：

> **楚公子朱伐陳兵敗，副將公子茷為陳所獲，打從狼淵一路來見穆王，請兵復仇。穆王大怒，正欲加兵於陳，忽報：「陳有使命，送公子茷還楚，上書乞降。」穆王拆書看之，略曰：「寡人朔，壤地褊小，未獲接侍君王之左右。蒙君王一旅訓定，邊人愚莽，獲罪於公子。朔惶悚，寢不能寐，敬使一介，具車馬致之大國。朔願終依宇下，以求蔭庇。惟君王辱收之！」穆王笑曰：「陳懼我討罪，是以乞附，可謂見幾之士矣。」（第四十八回）**

馮夢龍的寫法不是杜撰，而是依據杜預的註解而來。杜預註解：「以小勝大，故懼之而請平也。[56]」有時杜預的注太過簡略，他也不採理，而用孔穎達的疏。例如僖公二十八年，晉文公召周襄王於「溫」這個地方大會諸侯，《左傳》寫：「晉侯召王以諸侯見，且使王狩。[57]」杜預注「晉侯大合諸侯，而欲尊事天子以爲名義，自嫌強大不敢朝周，喻王出狩，因得盡群臣之禮。」晉侯爲何會「自嫌強大不敢朝周」？杜預並沒有解釋清楚。孔穎達疏：「正義曰：晉侯本意止欲大合諸侯之師，共尊事天子，以爲臣之名義，實無覬覦之心。但於時，周室既衰，天子微弱，忽然率九國之師，將數十萬眾入京師，以臨天子，似有簒奪之謀。恐爲天子拒逆，或復天子怖懼，棄位出奔，則晉侯心實盡誠，無辭可解，故自嫌強大不敢朝王，故召諸侯來會於溫。因加諷諭，令王就會受朝，天子不可以受朝爲辭，故令假稱出狩。[58]」馮夢龍則據孔穎達的疏編寫成這樣的故事：

> 趙衰曰：「朝覲之禮，不行久矣。以晉之強，五合六聚，以臨京師，所過之地，誰不震驚？臣懼天子之疑君而謝君也。謝而不受，君之威褻矣。莫若致王於溫，而率諸侯以見之。君臣無猜，其便一也。諸侯不勞，其便二也。溫有叔帶之新宮，不煩造作，其便三也。」文公曰：「王可致乎？」趙衰曰：「王喜於親晉，而樂於受朝，何為不可？臣請為君使於周，而商入朝之事，度天子之計，亦必出此。」文公大悅，乃命趙衰如周，謁見周襄王，稽首再拜，奏言：「寡君重耳，感天王下勞錫命之恩，欲率諸侯至京師，修朝覲之禮，伏乞聖鑒！」襄王嘿然。命趙衰就使館安歇。即召王子虎計議，言：「晉侯擁眾入朝，其心不測，何以辭之？」子虎對曰：「臣請面見晉使而探其意，可辭則辭。」子虎辭了襄王，到館驛見了趙衰，敘起入朝之事。子虎曰：「晉侯倡率諸姬，尊獎天子，舉累朝廢墜之曠典，誠王室之大幸也！但列國鱗集，行李充塞，車徒眾盛，士民目未經見，妄加猜度，訛言易起，或相譏訕，反負晉侯一片忠愛之意，不如已之。」趙衰曰：「寡君思見天子，實出至誠，下臣行日，已傳檄各國，相會於溫邑取齊。若廢而不舉，是以王事為戲也。下臣不敢復命。」子虎曰：「然則奈何？」趙衰曰：「下臣有策於此，但不敢言耳。」子虎曰：「子余有何良策？敢不如命！」趙衰曰：「古者，天子有時巡之典，省方觀民。況溫亦畿內故地也。天子若以巡狩為名，駕臨河陽，寡君因率諸侯以展覲。上不失王室尊嚴之體，下不負寡君忠敬之誠。未知可否？」子虎曰：「子余之策，誠為兩便。虎即當轉達天子。」子虎入朝，述其語於襄王。襄王大喜。約於冬十月之吉，駕幸河陽。趙衰回復晉侯。晉文公以朝王之舉，播告諸侯，俱約冬十月朔，於溫地取齊。（第四十二回）

因爲晉侯召周襄王，這是臣召君，有僭越之嫌，晉文公如何使周襄王來溫地，而周襄王又怎麼肯來？演義則根據孔穎達的疏中的文義加以改寫，使得周襄王以巡狩之名，駕臨溫地的來龍去脈，有了清晰的輪廓。

總而言之，馮夢龍從龐大的史料中，編寫歷史演義一百零八回，就像雕刻家，有時保留了史材特有的紋理，有時根據紋理另行雕刻。史材原味的存留，非有史才不爲功。坦白說，史料愈多，編排愈難，要能有條不紊地組織起來，創出一個獨立生命的演義，沒有深厚的學養是無法完成的。

透過本事溯源考註和資料分析，可以得知《東周列國志》對史料的蒐集至爲豐富，經史子類的典籍都包括了，考核也極爲詳實，寫作大義不敢盡違史實，的確可以作爲「羽翼信史」的演義讀之。清人蔡元放重行編之曰《東周列國志》，雖有些微改動而未嘗違拗猶龍之信史。所以，蔡元放說：「讀《列國志》，全要把作正史看，莫作小說一例看了。」元放之言絕非譽溢之詞。可觀道人序云：「其利益亦與六經諸史相埒。[59]」

【註解】

1、繆禾：《馮夢龍與三言》（台灣：木鐸出版社，民國72年），頁八十一，談到馮夢龍在三言裡創作極少，只有《老門生三世報恩》（警十八）一篇，其他如〈蔣興哥重會珍珠衫〉（喻一）、〈陳御史巧勘金釵鈿〉（喻二）、〈滕大尹鬼斷家私〉（喻十）、〈汪信之一死救全家〉（喻三十九）、〈沈小霞相會出師表〉（喻四十）等，有人認為是馮夢龍的創作，因證據不足，這樣的認為只是猜想。

2、參見蔡元放，《東周列國志》讀法。

3 見胡萬川校注《新列國志》上，（台北：聯經出版事業公司，民國70年。）〈凡例〉。

4、胡萬川編輯的《新列國志》一書的校定本，已將《新列國志》與《東周列國志》的差異比較出來。

5 、凌亦文，《新列國志研究》，（文化大學中文博士論文，民國76年5月），頁一三九～六二四。

6 曾良，《東周列國志研究》，（大陸：巴蜀書社，1998 年），頁六六～八十九。

7、此處，不談春秋三傳的作者問題，也不論今古文的是非，只論傳統上春秋與三傳的歷史形態。

8、許進雄，《中國古代社會》，（台灣：商務印書館，民國77年），春秋有二百四十二年，戰爭多達四八五次。

9 、參見《左傳》杜預所寫的〈春秋序〉，頁十三～十四。

10、一曰孔子所作，一曰孔子所修。孟子兩言孔子作《春秋》，魯國早有春秋之作。參考《國學導讀》，第四章〈經部要籍解題〉，（台北：巨流圖書公司，民國79年），頁二七五。

11、有關春秋經尊魯卑齊的研究，參考逄振鎬的〈春秋經傳「尊夏卑夷」、「尊魯卑齊」政治思想文化體系—齊魯文化研究中的一個根本問題〉，《書目季刊》，第二十七卷第四期。

12、杜預注《左傳》曾寫一篇〈序文〉，說到有人質疑春秋經以魯曆紀年，有「黜周王魯」之義。（《十三經注疏‧左傳》藝文印書館，民國70年），頁十六。

13、朱子說：「左氏是史學，公、穀是經學。史學者，記得事卻詳，於道理上便差。經學者，於義理上有功，然記事多誤。」（《朱子語類》）。

14、同註10，頁二七六。

15、左丘明，《左傳‧宣公二年》，（十三經注疏本，台北：藝文印書館）頁三六四。

16、公羊高，《公羊傳宣公‧六年》，（十三經注疏本，台北：藝文印書館），頁一九三。

17 、同註15，頁二四八。

18、同註5，頁一七六。

19、這段「獏」的考證，參閱凌亦文的《新列國志研究》，頁二八六。

20、張以仁在他所做的〈《國語》與《左傳》的關係〉一文中，就曾以《國語》、《左傳》兩書所記的史事，加以比較。他證明《國語》所載二百四十多條史實中，約有三分之二見於《左傳》，而其中有一百九十三條漢《左傳》所載的互有不同。《先秦文史資料考辨》，第二章經部書和史部書，頁四零二，（聯經出版社，民國72年），屈萬里撰。）

21、《論衡》案書篇也云；「《國語》，左氏之外傳也，左氏傳經，辭語尚略，故復選錄《國語》之辭以實。」參考張以仁〈論《國語》與左傳的關係〉（見史語所集刊三十三本）可參考《國學導讀》‧〈第四章經部要籍解題〉頁二九二。

22 《漢書‧司馬遷傳》，第三十二卷，（台灣：藝文印書館，）頁一二五八。

23、參考日人瀧川資言考證，〈史記總論〉的說法，此文附錄瀧川《史記會注考證》，（台北：洪氏出版社印行，民國71年），頁一三九五。

２４ 同註２３，頁四四七。

２５、王先慎注，《韓非子集解》（台北：華正書局，民國80年出版），頁五十一。

２６、同註２３，頁九五四。

２７、同註２４。

２８、參見瀧川龜太郎，《史記會注考證‧秦本紀》的〈考證〉，頁九十七。

２９、同註２６。

３０、演義中「由余」的名稱，與《史記》不合，主要原因是演義遵避諱，避明朝天啟、崇禎兩位皇帝的名諱，以「繇」避「由」也。

３１、《史記‧楚世家》，頁六四五。

３２、同註２９。

３３、同註２９。

３４、魯實先在《史記會注考證駁議》中，提及「投石超踞」乃軍中以遠距離投石為戲也。（台北：洪氏出版社，民國71年），頁一五零五。

３５、同註２６，頁九四一。

３６、《史記‧陳杞世家》，（洪氏出版社，民國71年），頁五九五。

３７、《史記‧陳杞世家》〈考證〉，（洪氏出版社，民國71年），頁五九五。全祖望也認為此事不見於《左傳》，是史之誣也，夏氏未嘗自立。

３８、同註５，頁六一九。

３９、《左傳》，（藝文印書館，民國71年），頁四四四。

４０、同註３７，頁四四六。

４１、《左傳‧成公八年》，頁四四六。孔穎達《春秋正義》曰；「《史記》稱屠岸賈攻殺趙朔、趙同，趙括。案成公二年傳欒書將下軍，則朔已死矣。 不得於此年與同、括俱死。於時，晉君明臣強，無容有屠岸賈側其間，如此專恣，又稱公孫杵臼取他人兒代武死，程嬰匿武山中，因晉侯有疾，韓厥請立武為趙氏後，與左傳背違，其說妄，不可從。」有關趙氏孤兒的問題，可參考今人陳麗娜著〈趙氏孤兒故事來源〉一文，對趙氏孤兒的考證極為詳實，他提出《左傳》成公五年；「晉趙嬰齊通於莊姬，原屏放諸齊。」《左傳》的史實嬰是這樣的：趙嬰齊與趙朔之妻莊姬私通，趙同、趙括不能容，將嬰齊逐出晉國，過三年即魯成公八年，莊姬以嬰齊被逐之故，向晉侯進讒言，此時以事《史記》所載趙氏被卒滅的十四年之後，且此時所殺的，只是趙同、趙括二人，因為趙朔至少死亡七八年，而趙嬰齊逃亡齊國，亦不可得而殺。況與此獄者，段無將其戀人亦並讒而死之理。《史記》載趙朔四人同日同地被殺，根本不能成立。

42、參考今人陳麗娜的著作《趙氏孤兒研究》。

43、有人認為《吳越春秋》是漢小說，應歸入說部和小說家之列，《四庫全書總目提要》，陳中凡先生，和曹林娣、梁宗華等人主此說。另一說，《吳越春秋》是史書，史籍應歸入史部。

44、《越絕書》的作者問題，由於開篇的本事，一說子貢，一伍子胥。《隋書經籍志》首先著錄《越絕書》，寫上子貢；《舊唐書》、《經籍志》和《新唐書•藝文志》也寫子貢；宋代《崇文總目》則寫子貢又加上「或曰子胥」。第一個否定子貢的是宋代陳振孫的《直齋書錄解 題》指出：「無撰人名氏，相傳矣撰子貢者，非也，其書雜記吳越事，下及秦漢，直至建武二十八年，蓋戰國後人所為，而漢人又附益之耳。」清人洪頤愃在《讀書叢錄》中做過推測：「雜家《伍子胥》八篇，兵家《伍子胥》十篇，圖一卷，頤宣案< 五帝紀> 臣瓚曰：伍子胥書有戈船，又曰：伍子胥有下瀨船。」《《史記正義》引《七錄》云：越絕十六卷，或云伍子胥撰，藝文志無越絕，疑即雜家之伍子胥八篇，後人併為。《文選》•〈七命〉，李善注引《越絕書•伍子胥水戰法》一條，《太平御覽》三百一十五引《《越絕書》•水戰法》一條，引《伍子胥書》皆以《越絕》冠之。

45、嚴可均《鐵橋漫稿》書《說苑》後云：「向所類書，與《左傳》

及諸子間或牴牾，或一事而兩說三說兼存，韓非子亦如此，良由所見異詞，所聞異詞，所傳聞異詞，不必同李斯之法，別黑白而定一尊，淺學之徒，少見多怪，為某事與某書違異，某人與某人不相值，生兩千載而欲劃一二千載以前之事，甚非多聞闕疑之意。參考盧元駿著。《新序今註今譯》〈卷頭語〉頁八。

46、秦相呂不韋群集智士所作，內容兼容並包。可以說「備天地萬物古今之作」(司馬遷之語)，然而此書的命運乖舛，歷代學者因呂不韋的關係，多不重視此書，喜歡以人廢言，直到南宋以後，此書方得到持平的看待，方孝儒稱「其書誠有足取者：其節葬安死篇譏厚葬之弊，其勿躬篇言人君之要在任人，用民篇言刑罰不如德禮，達鬱分職篇皆盡君人之道，切中始皇之病，其後秦卒以是數者憤敗亡國，非之幾之士，豈足以為之哉？」

47、王范之著，《呂氏春秋》，（內蒙古大學出版社，1993年）。

48、參考呂九瑞編著：呂氏春秋思想理論》第一章〈呂氏春秋與呂不韋〉，（中華叢書編審委員會印行，民國60年12月），頁十四。

49、參考《管子今註今譯》，李勉著〈《管子》其人及其書〉，頁六。

50 、同註5，頁二二零。

51、參考《晏子春秋今註今譯》〈晏子所屬學派論〉，頁六六。王更生先生註。

52、同註51。《晏子春秋》，今通行本的卷首，都有劉向奏上晏子一書的敘錄，《漢書藝文志》，著錄了晏子八篇，柳宗元的辯晏子春秋（見註釋音辯唐柳先生集卷四）則以為是「墨子之徒，為齊人者為之」，因為晏子書中，頗有尚同、兼愛、非樂、節用、非厚葬等意旨，按晏子春秋不是晏嬰所做，可能為齊國的墨子之徒所做，梁啟超的漢書藝文志諸子略考釋，說此書：「且其依託的年代似甚晚，或不在戰國而在漢初。」孫星衍認為晏子實是劉向校本非偽書。《四庫全書總目提要》史部傳記：案《晏子》一書，由後人輒其軼事為之，雖無傳記之名，實傳記之祖也，舊列子部，今移入於此。

53、像陳振孫（書錄解題）黃震（黃氏日抄）等，或疑其偽，或斷言王肅所偽拖，

54、劉向，《說苑》卷第十四〈至公篇〉。（盧元駿註譯，陳貽鈺訂正，《說苑今註今譯》，台灣商務印書館，民國77年9月修訂一版。），頁四七八。

55、參考《新序今註今譯》〈卷頭語〉頁三。盧元駿著。

56 、同註15，頁三二一。

57 、同註15，頁二七六。

58 、同註57。

59 、參閱《新列國志》可觀道人小雅氏的序。

第四章

纂寫特色

足以「羽翼信史」的歷史演義，創作過程想必十分艱辛。統合資材是一難，虛實之間的拿捏，又是一難。東周歷史的史料無數，《春秋》、《公羊傳》、《穀梁傳》、《左傳》、《國語》、《史記》、《戰國策》互有關聯，也互有出入，真真假假鬧不清，虛虛實實講不明。上一章已經分析各史料本身在記載的同時，已有紀錄者的選取標準與好惡。因立場、因角度、因時間，同一事件，同一人物或有不同的詮釋和評價。有的事同文別，有的大同小異，或詳略，或繁簡，各史料間因敘事焦點的不同，往往產生矛盾現象。通俗作家面對龐雜的史料，既不能照單全收，也不能不理會彼此的差異；既要掌握資料，更要消化資料。在纂寫過程中，採用什麼方式來駕馭史料？統合史料？便值得關切。

《東周列國志》是經過余邵魚、馮夢龍和蔡元放三人之手完成的，而真正讓此書有「羽翼信史」價值的是馮夢龍。馮夢龍大力刪除《列國志傳》中敘事顛倒的，率意杜撰的，典章失考的部分。再根據《左傳》、《史記》、《國語》、《戰國策》等二十幾種典籍，重新纂寫。可以說，此書的價值是馮夢龍所賦予的。至於蔡元放，他僅修正局部的文詞和些許的謬誤，蔡元放的貢獻應是「評點」此書而已。所以，要談該書的纂寫特色，當以馮夢龍的《新列國志》爲論述對象。

馮夢龍的確學富才高，他既是通俗文學大家，更是《春秋》經學專家。第二章論馮夢龍的生平，曾提及他在麻城擔任經學教師，寫過《麟經指月》、《春秋衡庫》、《春秋定旨參新》、《別本春秋大全》和《四書指月》等有關制藝之書。他的弟弟馮夢熊曾讚許兄長的治經功夫，與杜預在伯仲之間。他說：「余兄猶龍，幼治春秋，胸中武庫，不減征南（杜預）[1]」。馮夢龍花了二十餘年的時間，苦心研究《春秋》經，他不放棄任何有關《春秋》經的秘笈。從《春秋衡庫‧凡例》說明中得知，他對春秋學相關的史籍已做過一番彙整。如《詩經》、《書經》、《禮記》、《周禮》、《家語》、《穆天子傳》、《吳越春秋》、《管子》、《晏子》、《韓非子》、《韓詩外傳》、《史記》、《朱子纂要》、《文獻通考》等，「或事詳於一時，或語詳於一事，或連篇而誇富，或片語以佐遺，或典故於焉取徵，或事實借之旁印，並收萃盤，不遺玉屑。[2]」馮夢龍以這樣深厚的經學涵養爲根，面對龐雜的史料，他眼不跳，心不驚，從容不迫。

馮夢龍不同於一般的通俗作家，他不是以寫故事的心情來寫演義，而是以寫論文的態度來創作通俗演義。因此，演義裡常有背景說明，有各色各樣的解釋，有類似史論的評析；每個環節，馮夢龍都經過詳實的考證。他不是依據一部史傳就動筆的，而是在眾多史料中尋找出對歷史詮釋的公約數。馮夢龍徵實的對象，不分正史與雜史，一律都須檢視。他憑藉史料進行創作，重新進行史料的剪裁和編排，使人物不虛設，事件不孤立。周王室的衰敗、諸侯的興亡、七雄的爭霸；使歷史的環節及諸侯稱霸的脈絡，更清楚呈現。

然而不論馮夢龍的經學根底有多深厚，他的纂寫態度有多嚴謹，他知道所編寫只是一部通俗演義，一部可以娛樂而知性的小說。他更決定所有的努力都不能背離通俗演義的範疇。應該這麼說，馮夢龍打算從一個小說家的角度來編寫歷史，他早就看到史書裡一個「卒」字，一個「弒」字，一個「立」字，涵藏許多撼動人心的故事。故事裡多少恩怨，多少難題，多少智慧都隱藏在其中，只是史傳深奧，庶民不能從史傳中體會真諦。仿史傳不容易，何況庶民不愛讀史；然而增添神怪寫成娛樂性小說，又非他所願。既不能仿史，也不願寫成娛樂小說。最終，他的《新列國志》完成了，說是小說，卻事事有據；說是歷史，卻句句編織。

若要仔細分析馮夢龍的纂寫手法，可以從三方面來論述，一是經學家作風；二是史學家精神；三是小說家文筆。馮夢龍不是普通的通俗作家，而是一位具備深厚經史素養，並兼有通情達義小說家情懷的人。這部演義巨著的纂寫，可謂工程浩大，以下一一分析：

第一節　經學家作風

馮夢龍編寫東周演義，有經學家嚴謹的治學態度。書中充滿以訓詁方式來闡釋經義的現象。闡釋經義，彷佛是馮夢龍的編寫重點。整部演義有著濃郁的解釋色彩，不僅闡釋經義，連歷史上的術語、名詞和風俗都一一詮釋。一般通俗作家的做法，幾乎將古術語直接改成當今術語，使讀者省去不少力氣，也可以使文字更精練好看。然而馮夢龍並不這麼做，反而在多處地方保留歷史名詞，且用心地加以解釋。即使阻礙故事的發展，也在所不惜。所以，此書有極濃厚的紀錄性、解釋性、還有保存性。這是其他通俗演義少有的情況，當然，這跟馮夢龍是一位《春秋》經學家有關。

一、闡釋經義

馮夢龍是《春秋》學專家，自然懂得訓詁，用些辭語解釋一字叫做「訓」，用今語解釋古語叫作「詁」。訓詁，是闡釋經義的基本方法。歷朝的讀書人以讀「經」爲主要功課，自然熟悉此法，只是各代的學風不同。兩漢的態度是恪守師承，不標新立異，態度保守；晉朝到宋初，不拘泥舊說；宋朝讀研義理，擺脫漢唐，動輒刪改缺失；元朝驅除異說，欲定一尊，獨守一說，見異不遷；明代文風大膽，好自立新說。明末清初，不尚臆斷，必引古義，詳證明辨，言必有物，語必有徵，解釋一字動輒數百言。馮夢龍處於明末，學風介於自立新說和必引古義之間。馮夢龍是以經學家的態度來寫東周演義，態度嚴謹，又不拘一家之說。

（一）訓詁：闡明舊注、作者新注

1、 闡明舊注

楚國的一位大臣鬥穀於菟為了解救楚國之難，曾自毀其家。《左傳》莊公三十年記載：「鬥穀於菟為令尹，自毀其家，以紓楚國之難。」杜預的注：「毀，減；紓，緩也。[3]」演義第二十回則寫：「周惠王之十三年也。子文既為令尹，倡言曰：『國家之禍，皆由君弱臣強所致。凡百官采邑，皆以半納還公家。』子文先於鬥氏行之，諸人不敢不從。」作者這樣一描寫，就把「減」和「緩」的文意充分傳達出來。

第五十六回，寫衛侯因于奚有救孫良夫之功，欲以封邑賞與他，于奚推辭說：「邑不願受，得賜『曲縣』、『繁纓』，以光寵于縉紳之中，于願足矣。」由於「曲縣」和「繁纓」這兩名詞並不常見，作者便在文內以「按語」的型態解釋「曲縣」和「繁纓」，他寫道：「按《周禮》：天子之樂，四面皆縣，謂之『宮縣』；諸侯之樂，止縣三面，獨缺南方，謂之『曲縣』，亦曰『軒縣』；大夫則左右縣耳。『繁纓』，乃諸侯所以飾馬者。二件皆諸侯之制，于奚自恃其功，以此為請。衛侯笑而從之。」（第五十六回）

這段故事本之《左傳•成公二年》：「衛人賞之以邑，辭，請曲縣、繁纓以朝，許之。[4]」馮夢龍的按語即根據杜預的注及孔穎達的〈正義〉而來。孔穎達的〈正義〉已經指出《周禮》有「曲縣」和「繁纓」的記載，根據《周禮》〈春宮、小胥〉的記載：「正樂縣之位，王「宮縣」，諸侯「軒縣」，卿大夫「判縣」，士「特縣」。」

注疏亦明「軒縣」缺南方一面，先儒故曰：「曲縣」。至於「繁纓」，杜預注「繁纓，馬飾，皆諸侯之服。」馮夢龍保留了古辭，再根據注解，以「按語」來解釋古辭，既保留了歷史文辭，也提供了歷史常識[5]。

2、 作者新注

第五十二回，寫鄭國公子宋與歸生相約早起，將入見靈公，公子宋的食指忽然翕翕自動，作者以爲讀者不懂食指，遂不顧情節，直接進行解釋，寫到：「何謂食指? 第一指曰拇指，第三指曰中指。第四指曰無名指，第五指曰小指。唯第二指，大凡取食必用著他，故曰食指。」現今這種常識連孩童都知道，毋庸費辭，也許當時百姓的常識並不豐富。所以，有心的通俗作家無不找機會教育大眾。

第二十四回，關於管仲的三歸，各家的註解皆不同，馮夢龍也有自己的新解。演義寫到：「桓公既歸，自謂功高無比，益治宮室，務爲壯麗。凡乘輿服御之制，比於王者，國人頗議其僭。管仲乃於府中築臺三層，號爲『三歸之臺』。言民人歸，諸侯歸，四夷歸也。又樹塞門，以蔽內外，設反坫，以待列國之使臣。」「民人歸，諸侯歸，四夷歸」既不取各家說法，而自創新意，此解真是別出心裁[6]。

第六十三回傳寫王鮒與范匄，奉平王急走固宮之經過，馮夢龍打斷情節的進行，暫停而作注，解釋何謂「固宮」？ 演義是這麼寫的：「忽然樂王鮒喘吁而至，報言：『欒氏已入南門。』范匄大驚，急呼其子范鞅斂甲拒敵。樂王鮒曰：『事急矣！奉主公走固宮，猶可堅守。』固宮者，晉文公爲呂郤焚宮之難，乃於公宮之東隅，別築此宮，以備不測，廣寬十里有餘，內有宮室臺觀，積粟甚多，輪選國中壯甲三千人守之，外掘溝塹，牆高數仞，極其堅固，故曰固宮。[7]」這個事件本之《左傳•襄公二十三年》，杜預注「固宮」：「宮之有臺觀備守者。」《孔穎達正義》：「〈晉語〉云：范宣子以公入於襄公之宮，蓋襄公有別宮牢固，故謂之固宮。[8]」傳統注解認爲這個固宮是晉襄公所蓋的，馮夢龍卻寫晉文公因呂郤焚宮後新蓋的。固宮爲何人所蓋? 文獻上並無直接證據說明此事，因此，馮夢龍的說法也是一種新的注解。

（二）意解：增添細節解釋和另創新意

1、增添細節解釋

這是馮夢龍最常用的技巧，成了東周演義中最重要的編寫原則。東周演義有八十回資材《左傳》。《左傳》本身的事件多曲折揚厲，有時雖有故事性，卻無細節。馮夢龍也會增添細節來配合《左傳》文意，他之所以如此大費周章的原因，意在俾使此部演義可以作爲《左傳》的輔助教材。例如：第四十八回寫楚公子朱伐陳失敗，大將被俘，然而勝利國陳國卻大恐，反而向戰敗國楚國求饒。這故事根據《左傳》文公九年，記載楚公子朱伐陳，陳人敗之，又載「陳懼，乃及楚平。」陳國何以兵勝乞降? 杜預註解：「以小勝大，故懼之而請平也。」馮夢龍則根據杜預的註解，在第四十八回寫道：「楚公子朱伐陳兵敗，副將公子茷爲陳所獲，打從狼淵一路來見穆王，請兵復仇。穆王大怒，正欲加兵於陳，忽報：『陳有使命，送公子茷還楚，上書乞降。』穆王拆書看之，略曰：『寡人朔，壤地褊小，未獲接侍君王之左右。蒙君王一旅訓定，邊人愚莽，獲罪於公子。朔惶悚，寢不能寐，敬使一介，具車馬致之大國。朔願終依宇下，以求蔭庇。惟君王辱收之！』穆王笑曰：『陳懼我討罪，是以乞附，可謂見幾之士矣。』」《左傳》所記載的簡單事件，在馮夢龍的細筆描繪下，小國即使戰勝大國，仍然得向大國搖尾乞憐，上書求饒的細節是史傳所無，然而馮夢龍增添書信的內容，完全根據文意而發揮，是一種「意解」。

此類增添細筆使文意更清楚的例子，不勝枚舉。如第六十二回，寫中行偃夢與晉厲公興訟的故事。這個故事是有根據的，《左傳》襄公十八年明明白白記載：「中行獻子將伐齊，夢與厲公訟，弗勝，公以戈擊之。」《左傳》裡簡單扼要的書寫，夢呀，訟呀，到底說些什麼呢？怎樣的夢境? 如何的興訟? 爲何「弗勝」？僅僅點到爲止，語意不明。

這則異夢當然值得大書其事，演義第六十二回就這樣描寫：

> 平公乃命大將中行偃合諸侯之兵，大舉伐齊。中行偃點軍方回，是夜得一夢，夢見黃衣使者，執一卷文書，來拘偃對證。偃隨之行，至一大殿宇，上有王者冕旒端坐。使者命偃跪於丹墀之下。覷同跪者，乃是晉厲公、欒書、程滑、胥童、長魚矯、三郤一班人眾。偃心下暗暗驚異。聞胥童等與三郤爭辯良久，不甚分明。須臾獄卒引去，止留厲公、欒書、中行偃、程滑四人。厲公訴被弒始末。欒書辯曰：「下手者，程滑也。」程滑曰：「主謀皆出書偃，滑不過奉命而已，安得獨歸罪於我？」殿上王者降旨曰：「此時欒書執政，宜坐首惡，五年之內，子孫絕滅。」厲公忿然曰：「此事亦由逆偃助力，安得無罪？」即起身抽戈擊偃之首。

原來晉厲公到閻羅王告狀，控訴臣弒君的經過，經由演義這麼一寫，整個事件的來龍去脈都一清二楚，《左傳》所記載的歷史故事，在馮夢龍的細筆描繪下，更見真實性。而這樣的增添細筆的解釋並沒有背離《左傳》的文意，反而使《左傳》的文意更清楚明晰。

2、 另創新意

第三十九回，馮夢龍寫柳下惠授詞卻敵的情形，本事來自《左傳》魯僖公二十六年「公使展喜犒師，使受命於展禽，齊侯未入境……齊侯曰：魯人恐乎，對曰…小人恐矣，君子則否，齊侯曰：室如懸罄，野無青草，何恃而不恐？……」此事《國語》也記載，杜預的注及韋昭註解均作「府藏空虛，外援不繼」。演義第三十九回，寫成：「孝公曰：汝國文無施伯之智，武無曹劌之勇，況正逢饑饉，野無青草，何所恃而不懼？」馮夢龍解釋「室如懸罄，野無青草」不從舊注，反譯成既無智勇之士，又逢飢饉[9]，這是一種另創新意的手法。

又如：魯國公孫敖得罪仲遂，客死於齊，這個故事記載在《左傳》文公七年和十四年兩個時段。文公七年寫公孫敖私婚己氏，文公十四年公孫敖客死齊國。《左傳‧文公十四年》以追溯法記載「穆伯（公孫敖）生二子於莒而求復，文伯以爲請，襄仲使無朝聽命，復而不出…二年而盡室以復適莒…九月卒於齊，告喪，請葬，弗許。」原來公孫敖私往莒國。後思念故鄉，派人向兒子穀請求，穀找叔父仲遂商議，仲遂開出「無朝聽命」的條件，沒想到回國幾年，又重返莒國，等待己氏過世，又想回國，卻客死齊國。馮夢龍在第四十九回寫公孫敖的生平事蹟，大體依從史傳，只是將「無朝聽命」四字」，寫成仲遂開出三個條件，即「無入朝，無與國政，無攜帶己氏。」，己氏並未隨公孫敖回魯國，是史實，但是否就是仲遂開出的條件之一，並不得而知。己氏本許配仲遂爲妻，公孫敖見其美而自娶，破壞兄弟之情。因此，加上此一條件，是作者想當然爾的新意，卻是合情合理。使讀者對公孫敖傳奇的一生，更加明白。

又如：《左傳•襄公二十六年》：「衛人侵戚東鄙，孫氏愬於晉，晉戍茅氏，殖綽伐茅氏，殺晉戍三百人。孫蒯追之，弗敢擊。」演義第六十五回寫成：「卻說孫嘉聘齊而回，中道聞變，逕歸戚邑。林父知獻公必不干休，乃以戚邑附晉，訴說寧喜弒君之惡，求晉侯做主。恐衛侯不日遣兵伐戚，乞賜發兵，協力守禦。晉平公以三百人助之。孫林父使晉兵專戍茅氏之地。孫蒯諫曰：『戍兵單薄，恐不能拒衛人，奈何？』林父笑曰：『三百人不足爲吾輕重，故委之東鄙。若衛人襲殺晉戍，必然激晉之怒，不愁晉人不助我也。』孫蒯曰：『大人高見，兒萬不及。』」演義寫置晉戍三百人於戚之東鄙，是孫林父有意設計的謀略，將「殺晉戍三百人」的結果寫成是個高明的預謀，這樣的寫法本身就是一個新意[10]。

總之，經義闡明是馮夢龍的首要功課，他以忠於經學的務實態度來編寫通俗演義，不論是訓詁或意解，甚至從舊注或另創新意，作者的用心，皆是造就此部演義成爲《左傳》的輔助參考用書。

二、運用解經模式寫作

(一)名詞解釋

解釋名詞，是此書常見的現象，例如：第一回，「周宣王料民于太原」，「料民」一詞不常見，書中則解釋「料民者，將本地戶口案籍查閱，觀其人數之多少，車馬粟芻之饒乏，好做準備，徵調出征。」第十三回，齊襄公將高渠彌車裂於南門，作者解釋「車裂者，將罪人頭與四肢，縛於五輛車轅之上，各自分向，各駕一牛，然後以鞭打牛，牛走車行，其人肢體裂而爲五，俗言：五牛分屍。」第十七回，魯莊公見南宮長萬與歂孫生交鋒，對左右說：「取我金僕姑來！」立刻解釋「金僕姑者，魯軍府之勁矢也」。

第二十六回，秦穆公獲一雉雞，建祠於山上，有司春秋二祭，每祭之晨，山上聞雞鳴，間一年或二年，望見赤光長十餘丈，雷聲殷殷然，此乃葉君來會之期。緊接著解釋「葉君者，即雄雉之神」更解釋所謂「別居南陽」者也，四百餘年後，漢光武生於南陽，起兵誅王莽。復漢祚，爲後漢皇帝，乃是「得雄者王」的預告。第三十五回，晉重耳到楚國，楚成王待以國君之禮，楚王問重耳，若返晉國，何以報寡人？重耳回答：「……倘不得已，與君王以兵車會於平原廣澤之間，請避君王三舍。」作者立刻解釋「三舍」：「按行軍三十里一停，謂之一舍，三舍九十里。」成語「退避三舍」即本於此。

第四十四回，秦軍要攻打鄭國，經過周北門，士兵免冑下車，才過都門，即超越登車，還嚷說：「有不能超乘者，退之殿後！」作者解釋說：「凡行軍以殿爲怯，軍敗則以殿爲勇。此言殿後者，辱之也。」這是現象的解釋。

第六十七回，周靈王的太子名晉，字子喬，好吹笙，年十七，偶遊伊洛，歸而死。有人說：「太子於緱領上，跨白鶴吹笙，寄語土人曰：「好謝天子，吾從浮丘公住嵩山，甚樂也，不必懷念。」

隨即解釋：「浮丘公，古仙人也。」第六十八回，楚靈王贈送魯侯以「大屈」之弓，立刻解釋：「大屈者，弓名，乃楚庫所藏之寶弓也。」第八十一回，夫差寵幸西施，特建館娃宮，建「響屧廊」，即寫：「何謂響屧？屧乃鞋名，鑿空廊下之地，將大甕鋪平，覆以厚板，令西施與宮人步屧繞之，錚錚有聲，故名響屧。」這種直接的解釋多不可勝數，不一一記載。

第一百八回，作者也花了一些篇幅介紹「朕」、「陛下」、「正月」的讀音。爲何「正月」需讀成「征月」，原來是避秦始皇的諱。

有時也借書中人物的口吻來解釋名詞。例如：第一回「月將升，日將沒，檿弧箕服，幾亡周國。」，周宣王不得其解，由大宗伯召虎對曰：「檿是山桑木名，可以爲弓，故曰檿弧；箕，草名，可結之以爲箭袋，故曰箕服。」至於「謠言」，透過書中人物太史伯陽父解釋：「凡街市無根之語，謂之謠言。上天儆戒人君，命熒惑星化爲小兒，造作謠言，使群兒習之，謂之童謠。小則寓一人之吉凶，大則係國家之興敗。」（第一回），也有教導式的解釋敘述，如第七十回，鄭丹對曰：「臣能誦之，詩曰：『祈招之愔愔，式昭德音，思我王度，如玉如金，恤民之力，而無醉飽之心。』」靈王曰：「此詩何解？」鄭丹對曰：「愔愔者，安和之貌，言祈父所掌甲兵，享安和之福，用能昭我王之德音，比于玉之堅，金之重，所以然者，繇我王能恤民力，適可而止，去其醉飽過盈之心故也。」各類名詞的解釋，全書到處可見。

（二）「按」語式的解釋

馮夢龍喜歡用按語。按語是一種說明，也是一種解釋。例如：第二十三回衛懿公愛鶴，不恤國政，以今日的角度根本不需要解釋。可是，馮夢龍煞有其事舉鶴經來解釋，演義寫道：「自周惠王九年嗣立，在位九年，般樂怠傲，不恤國政，最好的是羽族中一物，其名曰鶴。按浮丘伯《相鶴經》云：『鶴，陽鳥也，而遊於陰。因金氣，乘火精以自養。金數九，火數七，故鶴七年一小變，十六年一大變，百六十年變止，千六百年形定。體尙潔，故其色白。聲聞天，故其頭赤。食於水，故其喙長。栖於陸，故其足高。翔於雲，故毛豐而肉疏。大喉以吐，脩頸以納新，故壽不可量。行必依洲渚，止不集林木，蓋羽族之宗長，仙家之騏驥也。鶴之上相：隆鼻短口則少眠，高腳疏節則多力，露眼赤睛則視遠，鳳翼雀毛則喜飛，龜背鱉腹則能產，輕前重後則善舞，洪髀纖趾則能行。』那鶴色潔形清，能鳴善舞，所以懿公好之。」這樣的描寫只凸顯馮夢龍的博學，卻對情節的推進毫無助益。

第五十二回，公子宋趁鄭靈公秋季齋宿，用重賄結其左右，夜半潛入齋宮，以土囊壓靈公而殺之，託言中魔暴薨，歸生知其事而不敢言。作者接著寫按語：「按孔子作春秋書：『鄭公子歸生弒其君夷』，釋公子宋而罪歸生，以其身爲執政，懼僭從逆，所謂任重者，責亦重也，聖人書法，垂戒人臣，可不畏哉！」

第五十五回，晉景公恐林父不能成功，自率大軍屯於稷山，忽然秦國遣大將杜回來到。作者寫道：「按秦康公薨於周匡王之四年，子共公稻立，因趙穿侵崇起釁，秦兵圍焦無功，遂厚結酆舒，共圖晉國，共公立四年薨，子桓公榮立，此時乃秦桓公之十一年，聞晉伐酆舒，方欲起兵來救，又聞晉已殺酆舒，執潞子，遣杜回引兵前來爭路地。」馮夢龍以按語來解釋這段歷史背景。

第五十九回，晉厲公問熊茷有關郤氏是否曾與楚私通？熊茷受到胥童的誘惑，說出一段不利郤氏的情事，其中扯出孫周一人，由於之前的敘述並沒有交代孫周的來歷，作者即以按語型態來講述情節關係：「按晉襄公之庶長子名談，自趙盾立靈公，談避居於周，在單襄公門下，後談生下一子，因是在周所生，故名曰周。」孫周名字的來由及人物關係，就在幾句按語中交代清楚。

第七十七回，楚昭王封芊勝爲白公勝，築城名白公城(在湖南慈利縣)，遂以白爲氏，聚其本族而居。子西以禍起唐蔡，唐已滅而蔡尚存，乃請伐蔡報仇。昭王曰：「國事粗定，寡人尚未敢勞民也。」楚昭王爲何不願意再發動戰爭，作者以按語形式說明：「按《春秋傳》楚昭王十年出奔，十一年反國，直至二十年，方才用兵滅頓，擄頓子牂，二十一年滅胡，擄胡子豹，報其從晉侵楚之仇，二十二年圍蔡，問其從吳入郢之罪，蔡昭侯請降，遷其國於江汝之間，中間休息民力近十年，所以師輒有功，楚國復興，終符「湛盧」之祥，「萍實」之瑞也。」

（三）「原來」式的解釋

當作者提到一個名字，爲了讓故事能接續下去，就用「原來」如何的型態來解釋原委。例如：第五十回，趙盾被靈公和屠岸賈設計欲加害，彌明護盾與甲士搏鬥，趙盾脫身而走，忽有一人狂追來救趙盾，趙盾不識此人。此人說：「相國不記翳桑之餓人，則我靈輒便是。」作者即刻寫道：「原來五年之前，趙盾曾往九原山打獵而回，休於翳桑之下，見有一男子臥地，盾疑爲刺客，使人執之，其人餓不起，問其姓名，曰：靈輒也。遊學於衛三年，今日始歸，囊空無所得食，已餓三日。」頓憐之，給一頓飯，他留下半頓，知有老母，盾嘆孝子。此一回的原來，是倒敘法，交代靈輒的來歷。

第五十一回，楚令尹鬥越椒趁楚莊王出征，決意作亂，與楚軍對峙，越椒之軍因忍飢餓不能戰，退走清河橋，橋已拆斷。作者寫道：「原來楚莊王親自引兵，伏於橋之左右，只等越椒過去，便將橋樑拆斷，絕其歸路。」

第九十七回，范雎入秦界，有群車騎揚長而來，范雎問來者誰人，王稽認得前驅，說此丞相穰侯東行郡邑耳。作者立刻寫道：「原來穰侯名魏冉，乃是宣太后之弟，宣太后羋氏，楚女，乃昭襄王之母。昭襄王即位時，年幼未冠，宣太后臨朝決政，用其弟魏冉爲丞相，封穰侯，次弟羋戎，亦封華陽君，並專國事。後昭襄王年長，心畏太后，乃封其弟公子俚爲涇陽君，公子市爲高陵君，欲以分羋氏之權，國中謂之四貴，然總不及丞相之尊也。丞相每歲時，代其王周行郡國，巡查官吏，省視城池，校閱車馬，撫循百姓。此是舊規，今日穰侯東巡，前導威儀，王稽如何不認得？」這種解釋方式最常被用來說明人物的出身，以及人物之間的關係。如第六十一回：「原來尹公佗學射於庾公差，公差又學射於公孫丁，三人是一線傳授，彼此皆知其能。」

也有解惑的作用，如第一百零七回，荆軻刺秦，荆軻持匕首在後緊追，秦王不能脫身，繞柱而走。這件事到此，讀者一定會有疑惑，爲何士兵不來援救？作者肯定知道讀者的反應，馬上接續寫道：「原來秦法，群臣侍殿上者，不許持尺寸之兵，諸郎中宿衛之官，執兵戈者，皆陳列於殿下。非奉宣召，不敢擅自入殿，今倉卒變起，不暇呼喚。」

（四）今之稱謂的來由解釋

除了文字和名詞的解釋外，還有今之稱謂的來由，作者也不遺餘力加以介紹。例如：第三十七回，因介之推燒死綿山的情節，進而介紹「寒食節」的來由。作者這樣介紹的：

> 焚林之日，乃三月五日，清明之候，國人思慕子推，以其死於火，不忍舉火，為之冷食一月。後漸減至三日，至今太原、上黨、西河、雁門各處，每歲冬至後一百五日，預作乾糧，以冷水食之，謂之「禁火」亦曰「禁煙」，因以清明前一日為寒食節，過節，家家插柳於門，以招子推之魂，或設野祭，焚紙錢，皆為子推也。（第三十七回）

演義寫介子推乃綜合各說，寒食、禁火一事，見《荆楚歲時記》，《後漢書周舉傳》等書。清朝翟灝撰《通俗編》[11]卷一寫到〈汝南先賢傳〉，介子推以三月三日自燔，後成禁火之俗。案：《後漢書周舉傳》，太原舊俗，以介子推焚骸，至其亡月，士民輒一月寒食，舉既到州，乃作書置子推廟，言盛冬去火，殘損民命，非賢者之意，以宣示愚民，使還溫食，依此則寒食乃在冬矣。《琴操》言子推抱木而死，文公哀之，令人五月五日不得舉火，以此則寒食又在夏矣。總之，介子推事，未足典要[12]。

還有今之地名的由來。如第一百八回，「無錫」的由來。王翦破楚，項燕引劍自刎，王翦揮軍南下，來到錫山，軍士埋鍋造飯，掘地得石碑，有十二字云：「有錫兵，天下爭，無錫寧，天下清。」王翦召人問，說此山乃慧山之東峰，自周平王東遷於洛，此山遂產錫，因名錫山，四十年來取用不竭，近日出產漸少，此碑亦不知何人所造。王翦嘆曰：「此碑出露，天下從此漸寧，豈非古人先窺其定數，故埋碑以示後乎！今後當名此地爲無錫。」作者立刻寫出：「今無錫縣名，實始於此。」

第八十五回，西門豹視漳水地形，發民鑿渠，各十二處，引彰水入渠，既殺河勢，又腹內田畝，得渠水浸灌，無乾旱之患。作者寫道：「今臨漳縣有西門渠，即豹所鑿也。」

寫古不忘今，是馮夢龍刻意將歷史融入當代生活中，如此一來，歷史更貼近百姓。

（五）解釋傳說或典故

解釋傳說也是演義常見的寫作方法，例如第七十三回，漁丈人爲伍子胥自殺時，演義寫到：「至今武昌東北通淮門外，有解劍亭，當年子胥解劍贈漁父處也。」使故事與現實相結合。有關虎邱劍池的傳說，馮夢龍也解釋一番，在第七十九回寫闔閭傷重而死，夫差以魚腸劍殉葬：「卜葬於破楚門外之海湧山，發工穿山爲穴，以專諸所用魚腸之劍殉葬，其他劍甲六千副，金玉之玩，充牣其中。既葬，盡殺工人以殉。三日後，有人望見葬處，有白虎蹲踞其上，因名曰虎丘山，識者以爲埋金之氣所現。後來秦始皇使人發闔閭之墓，鑿山求劍無所得，其鑿處遂成深澗，今虎丘劍池是也。」其他還有常熟縣有齊女墓（七十九）、秭歸鄉、玉米田（九十三回）、相思樹的傳說在九十四回。

另外，乘龍佳婿的典故，在第四十七回，寫秦穆公有女名弄玉，其夫蕭史善吹簫，一日蕭史乘赤龍，弄玉乘紫鳳，自鳳臺翔雲而去，作者立刻點出：「今人稱佳婿為「乘龍」正謂此也。」

第六十六回，楚康王時，大夫穿封戌擒鄭將於陣，公子圍來爭功，圍告訴康王他已經擒獲皇頡，被穿封戌所奪。兩人爭功不下，楚康王不能決斷，問少宰伯州犁，伯州犁提可以問楚囚皇頡。伯州犁站在右邊，公子圍和穿封戌站在左邊，伯州犁拱手向上對皇頡說：「此謂是王子圍，寡君之介弟也。」又拱手向下說：「此位為穿封戌乃方城外之縣尹，誰實擒汝，可實言之。」皇頡已悟犁之意，有心要奉承王子圍，偽張目視圍，對曰：「頡遇此位王子不勝，遂被獲。」穿封戌大怒，要殺公子圍，伯州犁勸解而止，康王兩分其功。作者立刻寫上：「今人論徇私曲庇之事，輒云：「上下其手」蓋本伯州犁之事也。」

第九十六回，廉頗負荊請罪，廉頗說：「鄙性麤暴，蒙君見容，慚愧無地！」因相持泣下。廉頗曰：「從今願結為生死之交，雖刎頸不變。」頗先下拜，相如答拜，因置酒筵款待，極歡而罷。馮夢龍說：「後世稱刎頸之交，正謂此也。」

（六）風俗說明

另外，演義也特別介紹風俗。如：第七十五回，吳王闔閭有愛女名勝玉，一日闔閭食魚半，另一半賜給勝玉，勝玉以為吃剩魚是一種侮辱，便自殺。闔閭悲傷至極，鑿池成太湖，今女墳湖，闔閭以盤郢名劍送女，又舞白鶴令萬民隨而觀之，送葬，男女死者萬人，至今吳俗殯事，喪廷上製有白鶴，乃其遺風。

總之，馮夢龍編寫東周演義，以經學家解經的嚴謹，不斷利用各式各樣的解釋模式，來整合因時序遞嬗所產生的古今差異，使得此書不僅保留歷史名詞，也詮釋原義，同時教育了百姓。

第二節　史學家精神

馮夢龍架構全書技巧，採綜合編年體及紀傳體的模式，頗類紀事本末體。由於演義所憑藉的《左傳》與《史記》這兩本是體例各異的經典。《左傳》爲編年體，《史記》乃紀傳體，各有優劣。編年體因時間連續性，事件的發展雖有輪廓，卻無法看清原委；紀傳體較能深入事件，缺點是一事而重見數篇。馮夢龍對這兩種體例都很熟悉，他綜合兩者體例，以歷史時間爲結構線索，採編年敘事法。寫周平王東遷，五霸興衰、七雄爲王，秦併六國，東周五百餘年的歷史。而在時間的洪流裡作定點透視，所謂「定點透視」，即採紀傳體描繪事件或人物，包括回溯淵源、闡釋原因和分析背景。如第六回，鄭國假王命伐宋，則採回溯法，說明事件原委；第七十八回，寫孔子在夾谷卻齊，則先回溯孔子傳奇性的出生，使人物生動具體。背景環境的說明是一種歷史定位法，可以使讀者很清楚了解人物或事件的原委。這個座標提供一個清晰的背景時空，使得人物和主題事件不致孤立。總之，馮夢龍依時間先後而敘述，使故事首尾具全。可補編年體敘事不連貫之弊，亦可救紀傳體時間不連續之失。

馮夢龍的史學家精神表現在史料的徵實、存論、澄清、評論和局勢分析。蔡元放將《東周列國志》視爲「羽翼信史」之作，這是高度肯定馮夢龍統合史料的功夫。

一、徵實

《左傳》與《史記》是馮夢龍最倚重的史料，也是中國史學最具權威的經典之作，文簡義奧，深不可測。一般而言，通俗作家取道此類權威性高的經典，僅取歷史故事，或取人物，多半不論記載的是非，也不辨識資料的真假，更不從事吃力不討好的考證工作。然而馮夢龍編寫演義，憑藉《左傳》和《史記》，卻首重考證，考證經典裡的真假與是非。這本是史家的責任，為何馮夢龍要這樣做?因為他是春秋經的專家。中國的經學家都具有史家精神，而考證是治經與治史的基本功夫。《左傳》與《史記》雖是史中翹楚，馮夢龍仍然進行嚴格的考核。

基本上，馮夢龍纂寫春秋時期的情節，以《左傳》為主要藍圖。由於《左傳》的紀錄文字有簡有晦，不容易明白，必須參考各家注釋方能知曉一二。因此，參酌杜預的註，孔穎達的疏，就是最基本的考證功夫。另外，參照《公羊傳》、《穀梁傳》的紀錄，也是讀經者的基本常識。當春秋三傳的紀錄有落差時，馮夢龍再比對《史記》。一般認為《史記》去古未遠，司馬遷以史家的身分治學，態度一定嚴謹，所資材的史料文獻，必定有其可靠性。《史記》問世以來，已經成為先秦歷史的標竿；若春秋三傳還是與《史記》的記載有別時，《史記》的註解如《史記索隱》、《史記正義》等資料，馮夢龍都會加以詳考。倘若還是各說各話，明人胡安國的注釋也被列入參考的範圍；當各家註解都不能使馮夢龍滿意時，他就自創新意。這一連串的考證只是大原則，沒有必然性。查核史料，馮夢龍不遺餘力，盡力不偏離史實。

至於戰國時期的情節發展，馮夢龍以《史記》為主軸。對於《史記》的徵實，馮夢龍也很講究。首先從《史記索隱》和《史記正義》著手，如果註解已注明《史記》有誤，馮夢龍會依從註解，再翻閱他書以求證。查核的結果，有時他從《史記》，有時從《戰國策》或他書；有時他會改動《史記》的記述。這是馮夢龍徵實的基本態度。由於各事件的狀況不一，馮夢龍幾乎是實事求是。以下是馮夢龍徵實的例證:

（一）徵於《左傳》

如果《左傳》與《史記》的記載出現誤差，又沒有其他史料可以佐證，馮夢龍多半選擇從《左傳》。畢竟《左傳》史料較原始可靠。例如：演義第七回寫祝聃射中周王肩，《左傳》寫「祝聃」，

《史記》寫「祝聸」；《左傳》寫「中肩」，《史記》寫「中臂」，雖是一字之差，馮夢龍選擇依從《左傳》。又如演義第十三回寫高渠彌被車裂，《左傳》記載齊人殺鄭子亹，車裂高渠彌。《史記》言高渠彌亡歸。馮夢龍依從《左傳》。又如演義第十回蔡季殺陳佗，擁立公子躍爲厲公一事。《左傳‧桓公六年》以厲公名躍，《史記》寫「陳佗爲厲公。」演義依從《左傳》。第五十回晉靈公要殺趙盾，有兩人對趙盾特加護衛，一是提彌明，一是靈輒。《史記》誤混兩人爲一人，把靈輒的生平誤植入提彌明身上，因爲《史記索隱》已指出《史記》的錯誤。馮夢龍自然選擇依從《左傳》。

（二）徵於《史記》

當《左傳》與《史記》的記載出現誤差時，演義多半從《左傳》，然而也有少數從《史記》，趙氏孤兒的故事就是一例。趙家之事，《左傳》與《史記》的紀錄完全相左，只是《史記》的記載贏得民間的認同，成爲基本印象。於是，馮夢龍不依《左傳》，而從《史記》。只是立趙武的時間，演義與《史記》不同。《史記》寫在晉景公時代立趙武，演義則寫在晉悼公時代。又如：演義寫介之推隱居綿山。有鄰人解張作「有龍矯矯，悲失其所……」一詞以悟文公。《說苑》、《新序》、《史記》、《呂覽》的記載略異。《呂覽》、《新序》寫此詞爲介之推自爲賦詩。《說苑》、《史記》均做「介之推從者憐之，乃懸書宮門」，《新列國志》在第三十一回改爲「鄰人解張，乃作書夜懸於朝門。」近《史記》[13]。

當《史記》與《戰國策》有別之時，馮夢龍捨《戰國策》而從《史記》。例如第九十一回，演義寫齊滅燕，爲齊湣王時期，本之《史記‧燕召公世家》、〈六國年表〉，而《戰國策》與《孟子》書同記此事，卻寫齊宣王時期，齊滅燕到底在哪個時期？後世眾說紛紜，由於索隱和集解都不曾對此事表達看法，所以，馮夢龍的編寫還是依照《史記》。根據日人瀧川龜太郎的《史記考證》，他根據趙翼的看法，認爲《戰國策》的說法應是正確的，司馬遷失於詳考。趙翼是清人，瀧川龜太郎是近人，馮夢龍是明代人，當然無法看到他們的考證。如果，馮夢龍認可他們的考證，相信演義的寫法一定從《戰國策》，而非《史記》了。

（三）徵於杜預注

當杜預注與《史記》不合，演義從杜預注。《左傳》最有權威的註解者是東晉的杜預。他心思細膩，考證周詳，讀《左傳》必讀杜預注。可是，當杜預的註解與《史記》的記載不合時，必須佐證他書，又無書可証的情況下，演義也會捨《史記》而從杜注。如第五十二回，鄭襄公將去穆氏，杜元凱註解「逐群兄弟」，《史記》寫「穆氏者，殺靈公子公之族家也」。馮夢龍顯然不同意《史記》的寫法，演義從杜注。還將穆公之族一一點明，以呼應杜元凱。演義寫道：

> 總計穆公共有子十三人：靈公夷被弒，襄公堅嗣立，以下尚有十一子，曰公子去疾字子良，曰公子喜字子罕，曰公子騑字子駟，曰公子發字子國，曰公子嘉字子孔，曰公子偃字子遊，曰公子舒字子印，又有公子豐，公子羽，公子然，公子志。襄公忌諸弟黨盛，恐他日生變，私與公子去疾商議，欲獨留去疾，而盡逐其諸弟。（第五十二回）

第六十八回寫晉平公夢見黃能一事，《左傳》昭公七年：「……今夢黃熊入與羽淵」，杜預注改作「黃能」。演義從杜預注，直接寫平公夢見黃能。

（四）徵於他注

有時，當《史記》與杜預注相合時，演義反而不從，而從他注。在《左傳》的人物關係沒有交代清楚，造成傳解上的紛紜。此時，馮夢龍更加小心求證。例如：演義第十五回，公子糾與小白爭位，馮夢龍直寫糾與小白是襄公之子。《左傳》沒有寫明兩人的關係，杜預很直截了當的說：「小白，僖公庶子」，連《史記》也說二人是齊襄公的兄弟。公子糾和小白到底是齊僖公之子？還是齊襄公之子？一般人會以爲杜預和司馬遷的說法一致時，一定錯不了。可是，馮夢龍不從杜預，不理《史記》，不明究理的人讀到此處，必然認定馮夢龍有誤。其實不然，馮夢龍這樣的寫法不是自創新意，而是有憑有據。宋朝的程子與胡安國的傳解都主張「糾與小白是襄公之子」。馮夢龍所根據的就是胡安國的說法，而胡安國則從《穀梁傳》註。胡安國是明代著名的經學家，之所以著名就是對經學上難解之題有進一步的看法。由於小白與子糾，孰兄孰弟的問題，關係著「義」與「不義」之分，後世多有考證[14]。這是經學上一個難解的公案，馮夢龍改動了杜預的注，不是出於虛構的，而是有憑有據的。

當《史記》有誤，馮夢龍則依從他書改正。例如三十五回，鄭文公不禮重耳，《史記》寫「諸侯亡，公子過此衆，安可盡禮。」此乃曹共公之語，司馬遷誤植，演義則從《國語》。

（五）自創新說

當各家說法都無法滿足馮夢龍的看法，馮夢龍也會自創新說，改動傳統註解。例如：《左傳》僖公十七年，齊五公子爭立，自杜預以下，皆解爲世子昭以外之五公子，《史記》也如是說。馮夢龍並不同意這樣的說法，他認爲五公子爲公子雍以外，公子無虧、公子元、太子昭、公子潘、公子商人等五人[15]。演義這樣的創見，也不無道理。無虧雖死，其勢力仍在。又如《左傳》僖公二十五年，崔杼弒其君的經過，齊莊公看上崔杼之妻棠姜，一日去崔杼家探病，有一段「姜入於室，與崔子自側戶出，公拊楹而歌」，杜預注解「公拊楹而歌」之意爲「歌以命姜」[16]。《史記‧齊太公世家》：「公問崔杼病，遂從崔杼妻。崔杼妻入室，與崔杼自閉戶不出，公擁柱而歌。」《史記集解》：「服虔曰：公以爲姜氏不知己在外，故以歌命之也。一曰：公自知見欺，恐不得出，故歌以自悔。[17]」齊莊公唱歌的目的何在？唱的又是什麼歌？怎麼會惹來殺機？第六十五回，演義改寫成齊莊公入崔杼家的內室，棠姜豔妝出迎，後棠姜藉機同侍女從側門離開，莊公倚檻待棠姜，望而不至，乃歌曰「室之幽兮，每所遊兮，室之邃兮，美所會兮，不見美兮，憂心胡底兮！」，顯然馮夢龍認爲杜預的註解不夠清楚，服虔的注解不合史實，故自創新意[18]。

有時，馮夢龍也會獨創新意。例如僖公二十六年，魯大夫臧文仲欲說楚伐齊、宋，《左傳》寫明說帖是「以其不臣也」[19]。杜預注爲「不臣事周室」，顯然這些解釋，馮夢龍都不同意。在第三十九回，馮夢龍寫：「臧孫辰素與楚將成得臣相識，使得臣先容於楚王，謂楚王曰：『齊背鹿上之約，宋爲泓水之戰，二國者，皆楚仇也。王若問罪於二國，寡君願悉索敝賦，爲王前驅。』楚成王大喜。即拜成得臣爲大將，申公叔侯副之，率兵伐齊。」他根據史實的發展，卻獨抒新意，解爲「皆楚仇也」，以齊、宋不臣之對象爲楚國，而非周室，比杜預的注和今人李宗侗的註解「因爲他對周室不禮貌」都更加合情合理[20]。理由是楚國自周桓王十六年起，就自封爲王，到周襄王二十六年，總共七十餘年不與周王室往來，魯大夫臧文仲若以齊、宋兩國不朝周爲理由，來請楚國出兵公相助，這個理由對楚國而言，似乎沒有多大的說服力。如果以齊、宋皆楚仇，楚國出兵就有支撐力。

馮夢龍徵實的精神，不只表現在史料的考證，就連神怪傳奇的穿插，馮夢龍也不敢大意，一一都是史料所記載，方得引用。如第一回褒姒來自龍漦說；第四回，秦國祀陳寶，《史記》都有記載；管仲辨俞兒，孔子辨怪魚都是有憑有據，連說夢也依從《左傳》，馮夢龍編寫演義的徵實態度，一點都不馬虎。蔡元放將《東周列國志》視爲「羽翼信史」之作，這是高度肯定馮夢龍統合史料的功夫。

二、存疑而不論

馮夢龍也常以疑存疑的態度面對史料，這是一種存真的表現，也是史學家精神之一。當史料互相矛盾之時，在材料可疑，文獻不足，說法又不一的情況下，馮夢龍不輕易率然下判斷，他或採並列式，將各種說法一起並列；或採模糊化，即使寫出卻不言明；或採寫一事，批評一事等模式。

（一）並列式

東周歷史常有爭議性的話題，馮夢龍會把相左的意見一起舉證出來。例如周平王東遷，這個事件後世褒貶不一[21]。這個問題曾在宋朝引起熱烈的討論，歐陽修、蘇洵都曾對此發表看法。馮夢龍將不同看法一一表現在小說情節裡。採並列方式將相關意見作存論。對於東遷的看法，作者安排在第三回中，將不同看法寫成當時朝廷有兩派意見，有安常與通變之言的辯論。安常派以衛武公為首，他建議不能東遷，他說：「夫鎬京左有殽函，右有隴蜀，披山帶河，沃野千里，天下形勝，莫過於此。洛邑雖天下之中，其勢平衍，四面受敵之地，所以先王雖併建兩都，然宅西京，以振天下之要，留東都以備一時之巡。吾王若棄鎬京而遷洛，恐王室自是衰弱矣！」太宰咺說老司徒是安常之論，非通變之言。太宰說：「先王怠政滅倫，自招寇賊，其事已不足深咎。今王掃除煨燼，僅正名號，而府庫空虛，兵力單弱。百姓畏懼犬戎，如畏豺虎。一旦戎騎長驅，民心瓦解，誤國之罪，誰能任之？」這是平實紀錄，沒有參入小人，君子，是非之言，只是兩派人馬表達對東遷的看法而已。平王東遷的辯論在正史中並沒有提及，可是，《東周列國志》的描繪卻將兩派意見全列上。平王東遷有其不得不然的苦衷，提供後人對史實的探究，理性十足。安常之論與通變之言，顯現兩派人馬的主張，各有各的道理，其實這些看法都是後人評論東遷的看法而已，只不過，馮夢龍以高超的手法，將雙方辯論融入情節中。

第四十七回，有關秦穆公以人殉葬一事，後人對此事也不同的看法。有人以為秦穆公死而棄賢，是不智的；也有人以為殉葬不能怪秦穆公，而是三良感恩的志願。這兩種意見，作者一起並列：

在位三十九年，年六十九歲。穆公初娶晉獻公女，生世子罃，至是即位，是為康公。葬穆公於雍。用西戎之俗，以生人殉葬，凡用一百七十七人。子車氏之三子亦與其數。國人哀之，為賦《黃鳥》之詩。詩見《毛詩・國風》。後人論穆公用「三良」殉葬，以為死而棄賢，失貽謀之道。惟宋蘇東坡學士有題秦穆公墓詩，出人意表。詩云：「橐泉在城東，墓在城中無百步，乃知昔未有此城，秦人以此識公墓。昔公生不誅孟明，豈有死之日，而忍用其良？乃知三子殉公意，亦如齊之二子從田橫。古人感一飯，尚能殺其身。今人不復見此等，乃以所見疑古人。古人不可望，今人益可傷！」（第四十七回）

另外，演義中趙氏孤兒的故事改編自《史記》，而《史記》的記載不同於《左傳》，演義雖然全本之《史記》，仍不略《左傳》資料，也是一種存疑而不論。演義在第五十七回正要寫趙氏孤兒的故事的開頭，即先寫明：「趙同趙括與其兄趙嬰齊不睦，誣以淫亂之事，逐之奔齊，景公不能禁止。時梁山無故自崩，壅塞河流，三日不通。」簡短幾句，其實就是《左傳》的解讀。《左傳》無屠岸賈陰謀殺害趙氏孤兒的記載，卻有趙嬰與其他兄弟的爭執。演義對淫亂之事沒有強調，算是一筆帶過。對熟悉《左傳》的讀者而言，這樣的輕描淡寫也算是交差了事。

（二）　模糊化

當馮夢龍對史料的說法不能掌握時，他幾乎都採模糊化的方式處理，就是「寫而未明」。如：演義第五十九回，寫士燮之死，杜預注說他先祈死，後自裁。孔疏引劉炫說，則以爲非自殺。馮夢龍對士燮之死是否自殺，略而不言。只交代「卻說晉厲公勝楚回朝，自以爲天下無敵，驕侈愈甚。士燮逆料晉國必亂，鬱鬱成疾，不肯醫治，使太祝祈神，只求早死，未幾卒。」先從杜元凱的解釋，後依從劉炫的說法，將此事帶過[22]。

又如：《左傳》襄公三十年「甲午，宋大災，宋伯姬卒，待姆也。」《左傳》舉時人議論，不以伯姬的行為為賢。《公羊傳》、《穀梁傳》、《淮南子》及《列女傳》都力揚伯姬的美德，與《左傳》的態度迥然不同。伯姬之死，有人以為迂，有人以為賢，見仁見智。馮夢龍於第六十七回，僅言「國人皆為嘆息」，既不說迂，也不說賢，這樣「寫而未明」的技巧，算是一種存論的形態[23]。

《左傳》文公十六年，載宋襄夫人謀弒昭公，欲使昭公田獵孟諸而殺之，昭公出城，未至孟諸，夫人使帥甸攻而殺之。書曰：「宋人弒其君杵臼，君無道也。」《史記‧宋世家》作「夫人王姬使衛伯攻殺昭公杵臼。」《國語‧晉語》韋昭注作「公子鮑弒昭公」。「宋人弒其君」的宋人，各有說辭，一曰王姬，二曰公子鮑，馮夢龍的詮釋是這樣的：

> 公子鮑使司馬華耦號於軍中曰：「襄夫人有命：『今日扶立公子鮑為君。』吾等除了無道昏君，共戴有道之主，眾議以為何如？」軍士皆踴躍曰：「願從命！」國人亦無不樂從。華耦率眾出城，追趕昭公。昭公行至半途聞變，蕩意諸勸昭公出奔他國，以圖後舉。昭公曰：「上自祖母，下及國人，無不與寡人為仇，諸侯誰納我者？與其死於他國，寧死於故鄉耳！」乃下令停車治餐，使從田者皆飽食。食畢，昭公謂左右曰：「罪在寡人一身，與汝等何與？汝等相從數年，無以為贈，今國中寶玉，俱在於此，分賜汝等，各自逃生，毋與寡人同死也！」左右皆哀泣曰：「請君前行，倘有追兵，我等願拚死一戰。」昭公曰：「徒殺身，無益也。寡人死於此，汝等勿戀寡人！」少頃，華耦之兵已至，將昭公圍住，口傳襄夫人之命：「單誅無道昏君，不關眾人之事。」昭公急麾左右，奔散者大半，惟蕩意諸仗劍立於昭公之側。華耦再傳襄夫人之命，獨召意諸。意諸嘆曰：「為人臣而避其難，雖生不如死！」華耦乃操

戈直逼昭公，蕩意諸以身蔽之，挺劍格鬥。眾軍民齊上，先殺意諸，後殺昭公，左右不去者，盡遭屠戮。（第四十九回）

宋昭之死，寫華耦聽命於襄夫人而主其事，事成遭心疼暴卒，不寫華耦手弒昭公，而寫「眾軍民齊上，先殺意諸，後殺昭公。」作者對各種資料都彙集寫進情節裡，不敢妄加論斷[24]。

（三）　寫一事，批評一事

寫一事，批評一事，也是存論的處理，只是方式有別。例如周宣王，在《詩經》裡他是個英主，在《左傳》裡卻是個昏君，懸殊的評價，正說明運用史料的困難性。馮夢龍卻將這兩種形象都寫進演義裡，他在第一回一開頭是這樣寫的：「虧周召二公同心協力，立太子靖爲王，是爲宣王。那一朝天子，卻又英明有道，任用賢臣方叔、召虎、尹吉甫、申伯、仲山甫等，復修文、武、成、康之政，周室赫然中興。……卻說宣王雖說勤政，也得不到武王丹書受戒，戶牖置銘；雖說中興，也到不得成康時教化大行，重譯獻雉。至三十九年，姜戎抗命，宣王御駕親征，敗績於千畝」。後來周宣王錯殺杜伯，不聽勸戒，儼如昏君。馮夢龍既寫他的英名，也批評他的昏庸。

第十九回，楚文王與巴兵交戰，失敗而歸，鬻拳在門內問：君得勝回來嗎? 楚文王說，失敗而回。鬻拳不開門，只說：楚兵戰無不勝，巴國，小國也，王竟然失敗，豈不叫人笑話? 楚王被激得伐黃。因息侯索命而死。鬻拳迎喪歸葬。鬻拳說：「吾犯王二次，縱王不加誅，吾敢偷生乎? 吾將從王於地下！」乃謂家人曰：「我死，必葬我於絰皇，使子孫知我守門也。」遂自刭而死。先儒左氏稱鬻拳爲愛君，史官有詩駁之曰：「諫主如何敢用兵? 閉門不納亦堪驚。若將此事稱忠愛，亂賊紛紛盡借名。」鬻拳到底是愛君，還是害君? 則是見仁見智的問題。

第四十三回，衛國發生內亂，衛成公懷疑弟弟叔武有擴權的嫌疑，聽信小人之言，致使叔武被殺，造成衛大夫元咺的不滿。元咺向周襄王控告衛成公，衛成公被囚，元咺回國另立叔武之弟子瑕爲君。衛成公身旁有位大夫甯俞，他一路護送衛成公，殺了元咺，宮中大亂，遂迎接衛成公入城復位。衛成公之所以能復位，完全靠甯俞的機智，方能一一化解危機。演義對甯俞則是兩面評價：

> 後人論寧武子，能委曲以求復成公，可謂智矣！然使當此之時，能諭之讓國於子瑕，瑕知衛君之歸，未必引兵相拒，或退居臣位，豈不兩全?
>
> 乃導周歂冶廑行襲取之事，遂及弒逆，骨肉相殘，雖衛成公之薄，武子不為無罪也！

一說甯俞的智慧使事件得以兩全，一說造成衛國骨肉相殘，寧武子也有責任。馮夢龍只是將各種說法一一呈現，給讀者全方位的視野。

三 、澄清

馮夢龍在書中也極力澄清以訛傳訛的歷史故事。其中以孟姜女和西施的故事最爲明顯。

（一） 澄清孟姜女故事

孟姜女的故事流傳久遠，萬里尋夫的貞烈愛情，早爲中國歌頌的話題，孟姜故事發端於東周，定型於唐代，歷代都有加油添醋[25]，因此，孟姜故事的轉變成了民間文學的研究課題。近代研究孟姜故事者最有名的是顧頡剛先生，他曾對孟姜女的故事作一系列考證。在他的基礎下，後來在台灣也有博碩士論文的產生。楊振良先生曾於民國七十年，寫了一本碩士論文《孟姜女故事研究》，對孟姜故事的源起和演變也作了相當細膩的論述。孟姜故事最初記載在《左傳‧襄公二十三年》，說杞梁戰死，齊侯使弔於郊，杞妻不得與郊弔，而弔之於家中。《禮記‧檀弓篇》增加「其妻迎其柩於路而哭之哀」一語；《孟子‧告子篇》也增加淳于髡之語：「華周杞梁之妻善哭其夫而變國俗」。先秦的文獻裡，孟姜故事著重在杞梁妻善哭，並沒有崩城情節。西漢開始杞梁妻哭城成了重要情節，直到唐朝孟姜女哭城與秦始皇築長城才結合成一個故事。孟姜女故事也就此定型，唐以後就添枝改葉而已。至於名稱的變化，唐以前的文獻只有「杞梁妻」之名，還看不到「孟姜女」三個字；唐朝開始，敦煌p、二八零九卷就有「孟姜女」之名，宋元明時期更有戲文、傳奇、寶卷傳唱孟姜女的故事，明人更廣立姜女廟。至於杞梁之名也是有遞嬗的，魏建功在「杞梁姓名的遞變與哭崩之城的遞變」[26]一文中，「杞」字因形僞成「犯」字，「犯」音訛成「范」，「范」方言化爲「萬」；從杞梁到犯梁甚至范杞梁到萬喜良都有。

由於孟姜女故事廣爲流傳，致使百姓只知民間傳說，而不知史實。作者遂在第六十四回寫范杞梁與孟姜女的故事。作者寫梁家有一老母，杞梁重傷先死；莊公說，杞梁之死，是寡人之過。乃到杞梁之家弔唁，孟姜奉夫棺，露宿三日，撫棺大痛，涕淚俱盡，齊城忽然崩陷數尺。作者立刻糾正一般人的觀念，他說：

> 後世傳秦人范杞梁築長城而死，其妻孟姜女送寒衣至城下，聞夫死痛哭，齊城忽然崩陷數尺，由哀慟迫切，精誠之所感也，而誤傳之耳。……按孟子稱「華周杞梁之妻，善哭其夫而變國俗。」正謂此也。

演義裡對澄清故事，是其他通俗演義難得一見的寫法。考察孟姜女故事的史料，《左傳》僅言杞妻辭齊侯之吊，而不言哭；《禮記‧檀弓》及《孟子》雖言哭，未有崩城事也；《說苑‧立節篇》記載：「其妻聞之而哭，城爲之弛，而隅爲之崩」；《列女傳》也有此一故事，大約說孟姜女在城下，枕其夫的屍骨，哭了十日，而城崩。《說苑》和《列女傳》所說的城並沒有明指長城。長城築於齊威王時，離莊公有百餘年，而齊之長城，並不是秦始皇所築的長城。直到唐釋貫休乃爲詩曰：「築人築土一萬里，杞梁真父啼嗚嗚」[27]，竟以杞梁爲秦時築城之人，而其妻所哭崩即是秦代長城。從此以後，後世小說家，遂創范杞粱築長城，妻孟姜送寒衣，聞夫死長哭而城牆崩。演義在此澄清此事，只是分辨史實與傳說，並不會對孟姜女的故事有任何影響。

（二）澄清西施的故事

西施的下場，民間有各種版本的傳說，一說他被范蠡帶走，一說他溺死，也有說他被句踐帶回越國，眾說紛紜。由於正史裡並無西施這號人物，因此，無法考察。最早記載西施的文獻有《莊子》、《管子》、《墨子》等[28]，而首先描繪西施和范蠡兩人的故事是東漢的《吳越春秋》。演義的情節是這樣發展的：吳國滅亡後，西施被句踐帶回故鄉，句踐夫人不能容她，派人用大石綁在她身上，投入江中，說：「亡國之物，留之何用？」這個下場，小說裡立刻作了解釋，說後人不知其事，訛傳范蠡載入五湖，遂有「載去西施豈無意，恐留傾國誤君王」之句。馮夢龍在第八十三回，澄清范蠡並沒有帶著西施翱遊四海，演義裡強調「范蠡扁舟獨往，妻子且棄之，況吳宮寵妃，何敢私載乎？又有言范蠡恐越王復迷其色，乃以計沉之江，此亦謬也。」

澄清世俗的說法，是希望避免以訛傳訛，馮夢龍堅持史家求真的精神，對傳說故事也窮追不捨。

四、評論

評論，一直是中國歷史學家的基本工作。《左傳》的君子曰，《史記》的太史公曰，都是典型的評論模式。史家經常透過這個模式表達看法。《東周列國志》的評論有兩個基調，一是有詩的評論，一是無詩的評論。以詩爲證，是說話人講話的方式之一，平話早有此一模式，演義小說只是承襲平話的方式，仿造史傳評論的傳統。通俗歷史演義的開場和散場都是典型的詩論型態。作者往往以「歷史評論家」自居，對歷史梗概和發展都一一提出見解。馮夢龍的《新列國志》的開場詩頗長，蔡元放加以簡化：「道德三皇五帝，功名夏后商周，英雄五霸鬧春秋，頃刻興亡過手，青史幾行名姓，北邙無數荒邱，前人田地後人收，說甚龍爭虎鬥」。下場詩，《東周列國志》寫髯仙讀列國志，有詩：「卜世雖然八百年，半由人士半由天，綿延過曆緣忠厚，陵替隨波為倒顛，六國媚秦甘北面，二周失祀恨東遷，總觀千古興亡局，盡在朝中用佞賢。」

上場詩與下場詩是作者對東周歷史作一整體的批判。至於情節進行中，作者經常用髯仙、髯翁或史官、或淵潛、宋儒、蘇東坡、胡曾等人的詩來論證歷史。對於有爭議的事件，往往多達五、六首詩。在馮夢龍的《新列國志》中，到處可見詩論和評論。蔡元放卻大力刪除有詩為證的部分，幾乎刪除了三分之一強的詩論。胡萬川先生在校點《新列國志》時已經注明蔡元放刪除的部分[29]。《東周列國志》的詩詞雖然被蔡元放刪減了不少，但還是保留不少，估計約有二百五十首以上。在此，純粹以蔡元放所改過的《東周列國志》的評論為主。

（一）　先論後詩

在演義中有「以詩為證」的模式來評論，有的以史官直接評論，前面先評論，後面附上詩曰，以增加評論的價值。這種詩論方式，有其傳承，也是受教育方式的影響。中國的記誦之學，常採歌訣和詩韻的方式為之。歌訣詩韻的易記，不僅可以增加興趣，還可達成快速記誦的效果。傳統社會裡，學前教育就以幼學詩開始，例如唐代文學家李瀚所著的《蒙求》，全為歷代人物典故，四字一句，每句一人一事。蒙求共有五百九十六句，二千三百八十四字，所用典故，五百九十二個[30]；另一種蒙學讀本，是《龍文鞭影》，原是明代萬曆間蕭良有（字以占，號漢沖）撰著《蒙養故事》，經揚臣諍補充訂正改名爲《龍文鞭影》，取義良馬疾馳之意，流通爲童子啓蒙讀本。童蒙讀本尙有一種歷《史記》誦書名爲《鑑略妥註》，全用五言詩句，簡要採入各代史事輪廓，是一部簡略通史讀本，爲明人李廷機所著。當中國人從小受到詩化的教育方式，對詩論的形式再熟悉也不過了，且對通俗演義充滿有詩爲證的形式也更有親切感。唐以後，大規模的詠史詩和專輯出現，詠史詩可以借古諷今，發思古幽情，澆胸中塊壘。宋元話本已經出現大量的詠史詩，明清兩代的演義小說自然傳承此一傳統，用精練的語言進行歷史分析，正符合中國文人託古諷今的歷史趣味。

《東周列國志》的詩論以髯翁名之，約有百來首。以髯仙名之，約三十多首；以潛淵名之，約十五首；胡曾約二十幾首；「史官有詩」約二十多首；還有唐人杜牧、宋人蘇東坡等人的詩歌，較爲零星。多數爲七言絕句，也有四言及古詩等，多在事件落幕與人物下場時作評論。風花雪月的寫景詩不多，評論事件和人物者居多數。一件爭議的事件，作者會將數首詩並列，一是羅列各家看法，二是讓讀者從各角度來評論。

例如：第三回，周幽王寵愛褒姒，惹來犬戎之亂，鄭伯友保駕，萬箭穿心而死。幽王也被殺在驪山，周天子身亡國破，演義一口氣寫下了四首詩，如下：

> 東屏先生有詩單曰：「多方圖笑掖庭中，烽火光搖粉黛紅，自絕諸侯猶似可，忍教國祚喪羌戎。」
>
> 隴西居士詠史詩曰：「驪山一笑犬戎嗔，弧矢童謠已驗真，十八年來猶報應，挽回造化是何人。」
>
> 又有一絕，單道尹球等無一善終，可為奸臣之戒，詩云：「巧語讒言媚暗君，滿圖富貴百年身，一朝駢首同誅戮，落得千秋罵佞臣。」

> 又有一絕，詠鄭伯友之忠。詩曰：「石父捐軀尹氏亡，鄭桓今日死勤王，三人總為周家死，白骨風前哪個香！」（第三回）

有諷刺，又感嘆，對周幽王、鄭伯友的下場寫出心得。東屏先生、隴西居士是誰，並不重要，重要的是作者以史論來表達這件事在歷史上的爭議。另外，夫差之死，演義第八十三回也大量以詩論形式來憑弔，或議論：

> 詩人張羽有詩嘆曰：「荒臺獨上故城西，輦路淒涼草木悲。廢墓已無金虎臥，壞牆時有夜烏啼。採香徑斷來麋鹿，響屧廊空變黍離。欲弔伍員何處所？淡煙斜月不堪題！」

> 楊誠齋《蘇臺弔古》詩云：「插天四塔雲中出，隔水諸峰雪後新。道是遠瞻三百里，如何不見六千人？」

> 胡曾先生詠史詩云：「吳王恃霸逞雄才，貪向姑蘇醉綠醅。不覺錢塘江上月，一宵西送越兵來。」

> 元人薩都剌詩云：「閶門楊柳自春風，水沒幽花泣露紅。飛絮年年滿城郭，行人不見館娃宮。」

> 唐人陸龜蒙詠西施云：「半夜娃宮作戰場，血腥猶雜宴時香。西施不及燒殘蠟，猶為君王泣數行。」（八十三回）

至於髯翁、髯仙的詩，詠嘆女人、君王、臣子，筆下的感情色彩極濃，有無限喟嘆；有時也會不經意的流露出男性本色，例如：驪姬獻媚取寵，以蠱獻公之心。髯翁有詩云：

> 女色從來是禍根，驪姬寵愛獻公昏。空勞畚築疆場遠，不道干戈伏禁門。（第二十回）

「女色從來是禍根」是傳統社會中男人推卸責任的雜音，然而髯翁的立意，卻是感嘆君王的昏庸，倒也沒有指責驪姬之意。髯翁的批評矛頭幾乎都對準君王，又如第二十五回，荀息獻計滅虞、虢，髯翁不誇讚荀息的奇計，而批評虞公的迂腐，髯翁有詩云：

璧馬區區雖至寶，請將社稷較何如？不夸荀息多奇計，還笑虞公真是愚。（第二十五回）

髯翁常對政治議題提出看法，他不是理想性的評論家，而是相當重視現實面的評論家。例如第五十一回，楚莊王的「絕纓會」。髯翁點出政治現實的重要性，有詩云：

暗中牽袂醉中情，玉手如風已絕纓。盡說君王江海量，畜魚水忌十分清。（第五十一回）

髯翁也常用古體詩的模式來詠嘆，例如第七十五回，孫武試兵之事：

強兵爭霸業，試武耀軍容。盡出嬌娥輩，猶如戰鬥雄。戈揮羅袖卷，甲映粉顏紅。掩笑分旗下，含羞立隊中。聞聲趨必肅，違令法難通。已借妖姬首，方知上將風。驅馳赴湯火，百戰保成功。

髯仙對介子推的故事，第三十一回也有詩云：

孝子重歸全，虧體謂親辱。嗟嗟介子推，割股充君腹。委質稱股肱，腹心同禍福。豈不念親遺？忠孝難兼局！彼哉私身家，何以食君祿？

髯翁與髯仙都具有濃厚的情感色彩，或贊同、或嘆息、或提醒，都流露出對歷史事件或人物的關懷。演義中另一類史臣的詩論，筆端文字較沉重。史臣的詩有譏諷，有贊語。例如第十回，宋國華督要祭足立誓擁立公子突爲君，祭足迫於情勢答應，史官有詩譏祭足云：

丈夫寵辱不能驚，國相如何受脅陵！若是忠臣拚一死，宋人未必敢相輕。

第四十四回，晉文公薨。在位八年，享年六十八歲。史臣有詩贊云：

> 道路奔馳十九年，神龍返穴遂乘權。河陽再覲忠心顯，城濮三軍義信全。雪恥酬恩終始快，賞功罰罪政無偏。雖然廣儉繇天授，左右匡扶賴眾賢。

史臣對晉文公的功業給予相當的評價，說晉文公忠心，說晉文公對三軍的信義，說他的賞罰無偏，說他成君完全是依賴眾賢，這種蓋棺論定的評價，是史官最常使用的方式。另一位是通俗界的名人胡曾先生，他是晚唐人士，流傳的詠史詩多達一百五十幾首，平話也有他許多作品。胡曾喜歡詠嘆的對象幾乎全是人物：褒姒、介子推、齊桓公、息嬀等，第三十七回，介子推被焚在綿山，胡曾有詩云：

> 羈紲從遊十九年，天涯奔走備顛連。食君刲股心何赤？辭祿焚軀志甚堅！綿上煙高標氣節，介山祠壯表忠賢。只今禁火悲寒食，勝卻年年掛紙錢。

第三回，褒姒自縊而死，胡曾有詩嘆云：

> 錦繡圍中稱國母，腥羶隊裡作番婆。到頭不免投繯苦，爭似為妃快樂多！

第十九回，楚文王寵愛息嬀，然息嬀從不與楚王說話，息嬀說她是一婦事二夫，有何面目向人說話？言畢淚下不止。胡曾先生有詩云：

> 息亡身入楚王家，回看春風一面花。感舊不言常掩淚，只應翻恨有容華。

胡曾的詩作用詞簡單，文意容易理解，同是歌詠息嬀，杜牧的詩顯得文氣多了。第十七回末，息嬀被楚文王立為夫人，其臉似桃花，又曰桃花夫人。今漢陽府城外有桃花洞，上有桃花夫人廟，即息嬀。唐人杜牧有詩云：

> 細腰宮裡露桃新，脈脈無言幾度春。畢竟息亡緣底事？可憐金谷墜樓人！

杜牧是晚唐詩人，詩意唯美，擅長寫美人，憐香惜玉，是一個多情人。其詩則不似胡曾的平易近人。

在演義中，唯獨有一篇古風，在伍子胥被夫差賜死，夫差往視其屍，數落他說：「胥，汝一死之後，尚何知哉？」將他的頭顱砍下，掛在城樓上；將他的屍體投入江中，要魚鱉吃他的肉，讓他的骨頭變成灰，民間百姓私自撈取，將伍子胥埋在吳山。後世改稱胥山，今山有子胥廟。演義寫了隴西居士的古風一篇：

> 將軍自幼稱英武，磊落雄才越千古。一旦蒙讒殺父兄，襄流誓濟吞荊楚。貫弓亡命欲何之？滎陽睢水空栖遲。昭關鎖鑰愁無翼，鬢毛一夜成霜絲。浣女沉溪漁父死，簫聲吹入吳人耳。魚腸作合定君臣，復為強兵進孫子。五戰長驅據楚宮，君王含淚逃雲中。掘墓鞭屍吐宿恨，精誠貫日生長虹。英雄再振匡吳業，夫椒一戰栖強越。釜中魚鱉宰夫手，縱虎歸山還自嚙。姑蘇臺上西施笑，讒臣稱賀忠臣弔。可憐兩世輔吳功，到頭翻把屬鏤報！鴟夷激起錢塘潮，朝朝暮暮如呼號。吳越興衰成往事，忠魂千古恨難消！（八十二回）

二十八句七言詩，洋洋灑灑，氣勢磅礴，一句「忠魂千古恨難消」，擲地有聲。

（二）　評論無詩

有詩為證，是最常用的評論方式。演義裡還有無詩的評論，只是單純的議論，並不引詩來佐證。而引權威人士的口吻發言，多以宋儒、後儒為名，指名道姓有胡安定，無名無姓則以史官統之。例如第六十七回，蔡太子般弒父，自立為君，是為靈公。史臣則論「般以子弒父，千古大變！然景公淫於子婦，自取悖逆，亦不能無罪也。」

弒逆之跡，終自本國傳揚出來，各國無不知曉。由於當時盟主偷惰，不能行誅討之法，所以任憑發展。同年秋天，宋宮中夜失火，伯姬燒死，只因傅母未到，國人皆爲嘆息。這是晉平公同情宋國大火，乃大合諸侯於澶淵，各出財幣以助宋。晉平公乃當時霸主，事情的輕重緩急卻未明瞭。於是馮夢龍引宋儒胡安定評論：「以爲不討蔡世子弒父之罪，而謀恤宋災，輕重失其等矣，此平公所以失霸也。」（第六十七回）。

第五十七回，晉國大臣郤克到齊國，曾被齊傾公之母蕭母譏笑，郤克爲了復仇，攻打齊國，大軍圍城。齊國派國佐以玉磬行賄於晉，郤克要國佐答應兩件事，一要蕭君同叔之女爲質於晉；二要使齊封內的隴畝盡改爲東西行。國佐聽了很生氣，說：元帥勿欺齊太甚，齊國雖小，舉齊國之力，也要護衛國家，憤怒離去。魯國季孫行父和孫良夫在內聽聞此語，要郤克接受國佐的建議，追國佐返晉，立下同盟之約，齊國歸還魯衛之侵地，且朝晉；而晉國退兵，針對這件事，作者引宋儒論此盟：「謂郤克恃勝而驕，出令不恭，致觸國佐之怒，雖取成而還，殊不足以服齊人之心也。」緊接著寫晉師凱旋歸國，晉景公嘉戰功，並沒有引詩爲證。

第七十四回，闔閭要殺慶忌，伍員推薦要離，要離與闔閭設下苦肉計：闔閭斷要離右臂，囚於獄中；群臣皆不知內幕。過數日，伍員密諭獄吏寬要離之禁，要離乘間逃出。闔閭遂戮其妻子，焚棄於市。要離這種自殘的手段，並沒有得到忠臣的名聲，反而讓人議論紛紛。馮夢龍引宋儒評論：「以爲殺一不辜而得天下，仁人不肯爲之。今乃無故戮人妻子，以求售其詐謀，闔閭之殘忍極矣！而要離與王無生平之恩，特以貪勇俠之名，殘身害家，亦豈得爲良士哉？」

馮夢龍要求武斷少，附會少，並在存論、澄清、評論都保有史家精神，可以看出他的嚴謹。馮夢龍將此書從一個怪力亂神的小說體系中，脫胎成「信史羽翼」的典型，成了大眾可閱讀，讀後不會沉淪，不會迷失的參考書。在中國，真正的讀書人都具備這樣的精神，馮夢龍絕不會因爲自己是通俗作家而放棄這種努力。

五、局勢分析

演述歷史故事，是小說家的事，但分析局勢卻是史學家的工作。列國志卻在演述故事時，盡量將局勢分析的一清二楚。或來個溯源，或背景分析，或關係說明。即使篇幅過長，阻礙了故事的進行，馮夢龍還是不捨此一寫法。而這樣的寫法原是小說的忌諱。馮夢龍是小說家，不可能不知道此一寫法的累贅性。但基於史家精神，事件的發生必然有其時空背景、環境和人爲等因素使然。要了解事件的始末，必須明瞭背景環境，什麼樣的環境，造成了什樣的事件？什樣的人物，造成什樣的事件？清楚立場，了解局勢，才能洞悉當時的政治環境；見識了政治環境，才能透析事件的原委。

（一）背景說明

歷史背景大量的描寫，有其座標作用，在歷史寰宇中先標示位置，讀者可以按圖索驥。演義往往在各故事的開頭先將各個諸侯國的淵源，詳細描寫。便於讀者了解人物或事件的原委，這個座標提供一個清晰的背景時空。使得人物和主題事件不致互爲平行線。如第四回，寫周平王因岐豐之地，被犬戎侵據，遂將此地賜秦，秦襄公整頓戎馬滅戎。不及三年，戎主遠遁西荒。岐豐一片，盡爲秦有，辟地千里，遂成大國。在此特將秦國的歷史淵源道出：

> 卻說秦乃帝顓頊之裔。其後人名皋陶，自唐堯時為士師官。皋陶子伯翳，佐大禹治水，烈山焚澤，驅逐猛獸，以功賜姓曰嬴，為舜主畜牧之事。伯翳生二子：若木、大廉。若木封國於徐，夏商以來，世為諸侯。至紂王時，大廉之後，有蜚廉者，善走，日行五百里；其子惡來有絕力，能手裂虎豹之皮。父子俱以材勇，為紂幸臣，相助為虐。武王克商，誅蜚廉並及惡來。蜚廉少子曰季勝，其曾孫名造父，以善御得幸於周穆王，封於趙，為晉趙氏之祖，其後有非子，居犬邱，善於養馬，周孝王用之，命蓄馬於盥渭二水之間，馬大蕃息，孝王大喜，以秦帝封非子為附庸之君，

始續嬴祀，號為嬴秦。傳六世至襄公，以勤王公封秦伯，又得岐豐之地，定都於雍，始於諸侯通聘。（第四回）

再如第二十回，演義要寫晉國之事，卻花了很大篇幅將晉國的淵源寫出：

卻說晉國姬姓，侯爵。自周成王時，剪桐葉為珪，封其弟叔虞於此。傳九世至穆侯。穆侯生二子，長曰仇，次曰成師。穆侯薨，子仇立，是為文侯。文侯薨，子昭侯立。畏其叔父桓叔之強，乃割曲沃以封之，謂之曲沃伯；改晉號曰翼，謂之二晉。昭侯立七年，大夫潘父弒之，而納曲沃伯。翼人不受，殺潘父而立昭侯之弟平，是為孝侯。孝侯之八年，桓叔薨，子鱔立，是為曲沃莊伯。孝侯立十五年，莊伯伐翼，孝侯逆戰大敗，為莊伯所殺。翼人立其弟郤，是為鄂侯。鄂侯立二年，率兵伐曲沃，戰敗，出奔隨國。子光嗣位，是為哀侯，哀侯之二年，莊伯薨，子稱代立，是為曲沃武公。哀侯九年，武公率其將韓萬、梁宏伐翼，哀侯逆戰被殺。周桓王命卿士虢公林父立其弟緡，是為小子侯。小子侯立四年，武公復誘而殺之，遂並其國，定都於絳(在今山西翼城)，仍號曰晉。悉取晉庫藏寶器，輦入於周，獻於釐王。釐王貪其賂，遂命稱代以一軍為晉侯。稱代凡立三十九年，薨，子佹諸立，是為晉獻公。獻公忌桓、莊之族，慮其為患。大夫士蔿獻計散其黨，因誘而盡殺之。獻公嘉其功，命為大司空。因使大城絳邑，規模極其壯麗，比於大國之都。先獻公為世子時，娶賈姬為妃，久而無子。又娶犬戎主之侄女曰狐姬，生子曰重耳，小戎允姓之女，生子曰夷吾。當武公晚年，求妾於齊，齊桓公以宗女歸之，是為齊姜。時武公已老，不能御女。齊姜年少而美，獻公悅而烝之，與生一子，私寄養於申氏，因名申生。獻公即位之年，賈姬已薨，遂立齊姜為夫人。（第二十回）

其他還有鄭國的背景介紹、魯公子翬 (羽父)殺隱公的背景、孔子的背景等，都是採用同一模式介紹。

（二）局勢分析

當時的局勢，複雜無比，每每重大事件發生時，作者會不厭其煩的將當時的局勢作一個分析，使讀者在最短時間內，看清楚整個事件的定位及發展。分析局勢時，作者往往採高空鳥瞰，例如第八十六回末，齊威王選賢才，封騶忌為侯，騶忌建議齊威王要朝見周天子，周烈王大悅，贈寶而歸。作者此時就為讀者分析當時的天下局勢：

> 時周烈王之六年。王室微弱，諸侯久不行朝禮，獨有齊侯來朝，上下皆鼓舞相慶。烈王大搜寶藏為贈。威王自周返齊，一路頌聲載道，皆稱其賢。且說當時天下，大國凡七：齊、楚、魏、趙、韓、燕、秦。那七國地廣兵強，大略相等。余國如越，雖則稱王，日就衰弱，至于宋、魯、衛、鄭，益不足道矣。自齊威王稱霸，楚、魏、韓、趙、燕五國，皆為齊下，會聚之間，推為盟主。惟秦僻在西戎，中國擯棄，不與通好。秦獻公之世，上天雨金三日，周太史儋私嘆曰：「秦之地，周所分也，分五百餘歲當復合，有霸王之君出焉，以金德王天下。今雨金于秦， 殆其瑞乎?」及獻公薨，子孝公代立，以不得列于中國為恥。於是下令招賢，令曰：「賓客群臣，有能出奇計強秦者，授以尊官，封之大邑。」不知有甚賢臣應詔而來，且聽下回分解。（第八十六回）

而這種鳥瞰圖的描寫採全知觀點，面面俱到。有時作者也利用歷史人物直接將局勢說明出來。第四十回寫到子文為楚王分析局勢，

> 子文曰：「晉之救宋，志在圖伯；然晉之伯，非楚利也。能與晉抗者惟楚。楚若避晉，則晉遂伯矣。且曹衛我之與國。見楚避晉，必懼而附晉，姑令相持，以堅曹衛之心，不亦可乎? 王但戒子玉勿輕與晉戰，若講和而退，猶不失南北之局也。」楚王如其言，吩咐越椒，戒得臣勿輕戰，可和則和。（第四十回）

列國志中分析局勢的地方比比皆是，這樣的寫法，雖然能將歷

史的發展作一全面性的介紹，然而卻阻礙了故事情節的發展，然而，東周列國的局勢實在太複雜，採此模式，乃不得不然也。

（三）關係說明

讀歷史，會發現關係往往成爲事件發展的關鍵。社會上有無數的關係，如君臣關係、父子關係、國際關係、朋友關係等。有人建立關係，有人製造關係；關係複雜和重要是道不盡的。關係的維繫相當微妙，因權位利益，關係變得不可捉摸，庶民從中最能感受到世事無常。傳統上的中國以大家庭爲單位，幾乎人人都能感受到人際關係的壓力。所以，東周演義直指人際關係，進而演變成複雜的國際關係。有時爲了說明關係，作者可以暫緩故事的進行。如第十回，寫楚熊通僭號稱王，作者卻要先介紹一連串的關係，好像對讀者灌輸歷史知識一樣。

> 且說南方之國曰楚，芈姓，子爵。出自顓頊帝孫重黎，為高辛氏火正之官，能光融天下，命曰祝融。重黎死，其弟吳回嗣為祝融。生子陸終，娶鬼方國君之女，得孕懷十一年，開左脅，生下三子，又開右脅，復生下三子。長曰樊，己姓，封於衛墟，為夏伯，湯伐桀滅之。次曰參胡，董姓，封於韓墟，周時為胡國，後滅於楚。三曰彭祖，彭姓，封於韓墟，為商伯，商末始亡。四曰會人，妘姓，封於鄭墟。五曰安，曹姓，封於邾墟。六曰季連。芈姓，乃季連之苗裔。有名鬻熊者，博學有道，周文王武王俱師之。後世以熊為氏。成王時，舉文武勤勞之後，得鬻熊之曾孫熊繹，封於荊蠻，胙以子男之田，都於丹陽(今湖北秭歸)。五傳至熊渠，甚得江漢間民和，僭號稱王。周厲王暴虐，熊渠畏其侵伐，去王號不敢稱。又八傳至於熊儀，是為若敖。又再傳至熊眴，是為蚡冒。蚡冒卒，其弟熊通，弒蚡冒之子而自立。熊通強暴好戰，有僭號稱王之志；見諸侯戴周，朝聘不絕，以此猶懷觀望。及周桓王兵敗於鄭，熊通益無忌憚，僭謀遂決。（第十回）

這麼多的姓氏，卻是一點都不含糊，都是從歷史上來的，絲毫不假。

第四十九回，寫宋國將亂，則將亂事之所以產生的背景原因先說明，而這個背景原因就是錯綜複雜的人際關係和國際關係。

> 宋襄公夫人王姬，乃周襄王之女兄，宋成公王臣之母，昭公杵臼之祖母也。昭公自為世子時，與公子卬、公孫孔叔、公孫鐘離三人，以田獵遊戲相善；既即位，惟三人之言是聽，不任六卿，不朝祖母，疏遠公族，怠棄民事，日以從田為樂。司馬樂豫知宋國必亂，以其官讓於公子卬。司城公孫壽亦慮禍及，告老致政，昭公即用其子蕩意諸，嗣為司城之官。襄夫人王姬老而好淫，昭公有庶弟公子鮑，美艷勝於婦人，襄夫人心愛之，醉以酒，因逼與之通，許以扶立為君。遂欲廢昭公而立公子鮑。昭公畏穆襄之族太盛，與公子卬等謀逐之。王姬陰告於二族，遂作亂，圍公子卬公孫鐘離二人於朝門而殺之。司城蕩意諸懼而奔魯。公子鮑素能敬事六卿，至是，同在國諸卿，與二族講和，不究擅殺之事，召蕩意諸於魯，復其位。（第四十九回）

一連串的殺戮，都因爲有複雜的關係作梗，馮夢龍以史家精神編寫列國志，純粹希望在此書就能把東周歷史作一全盤的了解。所以，他不厭其煩的使用史學家的寫法，呈現每一事件的前因後果。

第三節　小說家文筆

馮夢龍盡心盡力統合史料間的差異，靠的是豐富的學養；至於虛實之間的拿捏，靠的是生花妙筆。自從羅貫中編寫《三國演義》，「七實三虛」的寫作技巧成了典範，虛實之間的分寸，就成爲演義創作是否成功的關鍵。「實」指的是史實，「虛」指的是小說家虛構之筆。《東周列國志》縱然有許多史實事件，串聯這些事件成爲歷史脈絡，仍然需要虛筆作爲膠合劑。《東周列國志》當然也運用了小說家文筆，遂使得這部演義既有豐富的史實，又不失小說趣味。蔡元放認爲《東周列國志》是一部「紀事之書」，而非「敘事之書」，他評點此書只「批其事」而「不論文」，他認爲此書的文字不如「假的好看」。所謂「假的好看」，指的是封神、水滸之類的小說，可以憑空揑造，情節的鋪陳完全隨筆端而行，一氣呵成，自然好看。而《東周列國志》幾乎是史實，有不得不然的情節，不能隨意更改。以小說的整體架構而言，蔡元放對《東周列國志》頭緒太多頗有微辭，但就一段一段的事件趣味來看，他也認爲是「絕妙小說」[31]。

《東周列國志》集採眾史，筆氣難免不能一統，文字的確不如造假的好看。若真要將此書視爲正史，全書畢竟還是演義小說。馮夢龍是如何膠合史實？小說家的文筆如何完成這部稱是小說，卻事事據史；說是歷史，卻句句編織的演義小說？以下是分析介紹：

一、神怪情節的點綴

馮夢龍是通俗大家，自然明白通俗演義的讀者，多是生活單純的社會大眾，他們的閱讀無非就是要看點有用又有趣的書籍。基於這樣的理由，馮夢龍非常清楚創作通俗演義要能引人入勝，除了要有真實的歷史外，還要有好看的故事。故事要好看，不外乎情節緊湊，人物生動和神怪傳奇。而《左傳》、《史記》等史籍也存有相當多的神怪故事，如夢囈、被鬼索命等，雖然這類神怪色彩濃厚的故事，常受到後世史家的質疑、漠視，甚至唾棄。馮夢龍是通俗大家，深知此類史料對小說的重要性。神怪、夢囈都是民間百姓經常性的經驗，利用此類史料，可以增加歷史事件的傳奇性和趣味性。因此，他在檢索龐雜的史料時，並不迴避此類史料，馮夢龍很鄭重地將這些資料點綴在複雜的情節中，使全書在肅穆中帶點趣味。

演義中點綴神怪情節，有些地方是脫離現實與理性的約束，極爲荒謬。如：杜伯化厲鬼索宣王命（第一回）；褒姒與龍漦的故事

（第二回）；秦文公夢黃蛇、立廟（第四回）；管仲識山神（第二十一回）；齊桓公見鬼物（第二十二回）；鄭公子蘭出生故事（第二十四回）；秦穆公夢寶夫人（第二十六回）；晉景公被蓬頭大鬼所擊（第五十八回）；齊景公渡黃河遇水怪（第七十回）；孔子鬥魚怪（第七十九回）；神女受劍術助越的故事（第八十一回）等等，這些神怪情節在嚴肅的政治情節中，倒有絕處逢生的激揚，有小說家特有的用心。有的說因果；有的演宿命；有的論天命。第一回，周宣王錯殺忠臣杜伯，左儒勸諫不成因而自殺，宣王無罪殺人，導致杜伯、左儒化厲鬼來索命，演義這麼寫著：

> 宣王在玉輦之上，打個眼睫，忽見遠遠一輛小車，當面衝突而來。車上站著兩個人，臂挂朱弓，手持赤矢，向著宣王聲喏曰：「吾王別來無恙？」宣王定睛看時，乃上大夫杜伯，下大夫左儒。宣王吃這一驚不小，抹眼之間，人車俱不見。問左右人等，都說：「並不曾見。」宣王正在驚疑。那杜伯、左儒又駕著小車子，往來不離玉輦之前。宣王大怒，喝道：「罪鬼，敢來犯駕！」拔出太阿寶劍，望空揮之。只見杜伯、左儒齊聲罵曰：「無道昏君！你不修德政，妄戮無辜，今日大數已盡，吾等專來報冤。還我命來！」話未絕聲，挽起朱弓，搭上赤矢，望宣王心窩內射來。宣王大叫一聲，昏倒於玉輦之上。（第一回）

不久，周宣王病重而死。《左傳》和《史記》並未記載杜伯陰魂索命的故事，而是出自《墨子‧明鬼篇下》。此類情節還有彭生向齊襄公索命（第十三回），趙氏祖先向晉景公索命（第五十八回）等，都在陳述因果報應。

第四回，秦文公郊天應夢，馮夢龍花了大篇幅描寫秦國君王夢黃蛇一事，或立白帝廟、陳寶祠，祭大梓神，而這些神怪情節全來自《史記》的註解。《史記正義》指出《錄異傳》[32]的記載：秦文公時，雍南山有大梓樹，文公伐之，輒有大風雨，樹生合不斷。時有一人病，夜往山中，聞有鬼與樹神曰：秦若使人披髮以朱絲繞樹伐汝，汝得不困耶！樹神無言。明日病人語聞，公如其言，伐樹，斷中有一青牛，出走入豐水中，其後牛出豐水中，使騎擊之，不勝，有騎墜地，復上，髮解，牛畏之，入不出，故置髦頭。漢魏晉因之，武都郡立怒特祠，是大梓牛神也。小說家也將此事記載下來，寫道：

> 有一人夜宿山下，聞眾鬼向樹賀喜，樹神亦應之。一鬼曰：「秦若使人被其發，以朱絲繞樹，將奈之何？」樹神默然。明日，此人以鬼語告於文公。文公依其說，復使人伐之，樹隨鋸而斷。有青牛從樹中走出，逕投雍水。其後近水居民，時見青牛出水中。文公聞之，使騎士候而擊之。牛力大，觸騎士倒地。騎士髮散披面，牛懼更不敢出。文公乃制髦頭於軍中，復立怒特祠，以祭大梓之神。（第四回）

這樣的神怪情節，無非是要埋設秦國最終有統一天下的天命。凸顯天命，就要愈傳奇愈好，神怪色彩也能加強庶民的認同感。

另外，作者也喜歡以神怪來造就一個人的先知。先說管仲吧，他是春秋時期最有貢獻的政治家，孔子曾許他「仁」字，又讚美他「微管仲，吾其被髮左衽矣！[33]」管仲對於中國的貢獻是非凡的，歷來頗得史家的好評。然而對百姓而言，管仲對中國文明的實質貢獻是無法理解的，但他們對所謂「偉大」的定義，有一種簡單而快速的認知，那就是「未卜先知」。凡一個能知先機，見端倪者，都會立刻受到民間的愛戴。因此，馮夢龍放大了管仲辨識山神的故事，把管仲塑造成一位未卜先知的人。第二十一回寫道：

> 正在躊躇，忽見山凹裡走出一件東西來。桓公睜眼看之，似人非人，似獸非獸，約長一尺有餘，朱衣玄冠，赤著兩脚，向桓公面前再三拱揖，如相迓之狀。然後以右手摳衣，竟向石壁中間疾馳而去。桓公大驚，問管仲曰：「卿有所見乎？」管仲曰：「臣無所見。」桓公述其形狀。管仲曰：「此正臣所制歌詞中『俞兒』者是也。」桓公曰：「俞兒若何？」管仲曰：「臣聞北方有登山之神，名曰『俞兒』，有霸王之主則出見。君之所見，其殆是乎？

> 拱揖相迓者，欲君往伐也。摳衣者，示前有水也。右手者，水右必深，教君以向左也。」

管仲能識俞兒，《左傳》未記載，見於《管子‧小問》篇。馮夢龍擷取這則傳奇故事，則在說明異人傳異事。子產的博學多聞，作者也在第六十八回，以子產臆中平公夢中之物，色黃，大如車輪，像鱉，是爲「能」，且知道化解之道是要祭「鯀」。使得子產的能力有了神怪的背書，凸顯出他與眾不同的一面。就連至聖先師孔子，爲了讓讀者感受到孔子的不凡，也包裹著神怪傳說。第七十八回，寫孔子之父母禱於尼山之谷，這夜其母夢黑帝召見，生下孔子，爲孔子塗上一層神怪色彩。孔子的博學也同子產一樣，對別人所不知的神物，他都知道，演義是這樣寫的：

> 升孔子為大司寇之職。時齊之南境，忽來一大鳥，約長三尺，黑身白頸，長喙獨足，鼓雙翼舞於田間，野人逐之不得，飛騰望北而去。季斯聞有此怪，以問孔子。孔子曰：「此鳥名曰『商羊』，生於北海之濱。天降大雨，商羊起舞，所見之地，必有淫雨為災。齊魯接壤，不可不預為之備。」季斯預戒汶上百姓，修堤蓋屋。不三日，果然天降大雨，汶水泛溢，魯民有備無患。其事傳布齊邦，景公益以孔子為神。自是孔子博學之名，傳播天下，人皆呼為「聖人」矣。（第七十八回）

也許是「聖人」這名詞，要解釋的話可能得花半部演義的篇幅，方能解釋何謂「聖人」？但是對於百姓而言，能知旁人所不能知的就是「聖人」，以簡單邏輯來描寫也不失一種捷徑。至聖孔子在漢朝以後，已逐漸神格化，馮夢龍以神話妝點孔子，只不過是順應民情而已。

中國古典小說中，神怪情節幾乎唾手可得，既是一種救窮之道，也是理性的叛逃。荒謬，是許多理性者對神怪情節的指責。馮夢龍也曾大力刪除余邵魚的《列國志傳》中「率意杜撰、不顧是非」的情節，對伍子胥臨潼鬥寶的傳說更是噴飯。彷彿他對神怪情節也有相當嚴重的歧視。其實馮夢龍拒絕的是無厘頭的賣弄；但不反對點綴。所謂賣弄神怪，就是不斷地以神怪來鋪張情節或人物，例如《列國志傳》描寫伍子胥臨潼鬥寶，用大量的超能力，將伍子胥塑造成一個法術高超的道士，這就是賣弄神怪了。然而以神怪情節點綴故事，既不會破壞人物形象，又能縮短百姓與歷史人物的距離，馮夢龍非常了解神怪情節的點綴效果，有畫龍點睛之妙。

二、傳奇故事的強化

傳奇因素對故事的好看與否具有關鍵性的影響，除了神怪情節本身就具備相當的傳奇性外，許多傳說和戲曲也有濃濃的傳奇因素，這些傳說故事經過民間口耳相傳，民間職業說話人舌燦蓮花，添油加醋比通俗作家來得高明。一則則簡單的傳說往往演變成扣人心弦，感人肺腑的傳奇故事。伍子胥過昭關、句踐復國都是鮮明的例子。幾世幾代的流傳，已經成為民間百姓的認知，如果能直接取法這些傳說，最能縮短歷史與現實的距離。舉例而言，志怪中有「蕭史弄玉」的故事、「西施」故事、「荊軻刺秦王」等；白話短篇小說也有不少，如《三言》就有「羊角哀舍命全交」、「晏平仲二桃殺三士」、「俞伯牙摔琴謝知音」等故事；戲曲資料包括元雜劇、明傳奇都有許多佳作，有「趙氏孤兒」雜劇、「浣沙記」等。因此，資材這些百姓已熟悉的傳奇、戲曲故事，讀者則容易進入歷史的情境。強化史料中的傳奇、戲曲故事，正統史家所不為，通俗作家卻趨之若鶩，主要是通俗作家所創寫的作品，基本上都有市場觀念，兼顧民眾口味是最取巧的編寫手法。至於如何強化？馮夢龍還是發揮通俗作家的本色，以憑據為主，主要本之《列國志傳》。明嘉靖年間，余邵魚編纂的《列國志傳》就已經記錄了許多民間傳說和戲曲故事。不僅如此，余邵魚對空隙較大的史料，也發揮了通俗作家的本色，以虛筆穿針引線。雖然馮夢龍在新編《新列國志》的序文曾經透露他對余邵魚編纂《列國志傳》的不滿，他說：「舊志事多疏漏，全不貫串，兼以率意杜撰，不顧是非，如臨潼鬥寶等事，猶可噴飯。」馮夢龍大舉刪除列國志傳中明顯不合史實的故事傳說，如「臨潼鬥寶」、「卞莊刺虎」、「伍子胥舉鼎」等；但是對於合於史傳的虛構之筆，和傳說戲曲故事，馮夢龍仍然加以沿用。

例如：演義第十五、十六回寫齊國公子糾與齊小白爭奪君位的過程。《左傳》在莊公九年記載很簡短，只說：

> 秋，師及齊師戰於乾時，我師敗績，……鮑叔帥師來言曰：「子糾親也，請君討之，管召讎也，請受而甘心焉。」乃殺子糾於生竇，召忽死之，管仲請囚，鮑叔受之，及堂阜而稅之，歸而以告曰管夷吾至於高傒，使相可也。公從之。

《左傳》裡的描寫太過簡約，造成事件與事件的縫隙太大，魯國為何一定要殺子糾？召忽怎麼死的？管仲如何請囚？魯國怎麼會答應齊國的請求？這些問號在經傳無法得到解答，日後就成了小說家大作文章的空間。余邵魚編寫《列國志傳》時，已經對此發揮了想像，馮夢龍則根據《列國志傳》的描繪，寫鮑叔牙遣隰朋致書魯侯，臨行並囑咐隰朋要提射鉤之恨，魯君必然不殺管仲。寫召忽觸殿柱而死，囚送管仲返齊，都是照《列國志傳》之本而宣科。《列國志傳》卷三，「齊召忽從主死節」：

> 《列國志傳》卷三「齊召忽從主死節」：
>
> 牙使人遞書告魯莊曰：『寡君以諸侯咸附，百姓戴己，故得奉先君之祀，而踐大位，今既立國，國無二君，公子糾與寡君手足不忍加戮，願明公為我討之，管仲、召忽請囚歸以戮，否則齊魯將為仇敵矣。』……左右遂擁糾斬之，將囚召忽、管仲。召忽仰天痛曰：『忽為人臣，不能為王討賊，主亡而反事仇敵，非吾志也。』遂頭觸殿柱而亡。管仲□心受囚……
>
> 桓公大悅，遂命隰朋使魯。至魯，告莊公曰：『寡君有不令之臣，

名管仲者，見囚在魯，命臣乞歸，斬首以戒不忠。』莊公問施伯，施伯低與莊公曰：『管子者，天下才也，故齊侯欲脫歸而用之。若管仲用於齊，則魯國必弱，公宜殺之，以屍付其使可也，庶免後患。』莊公欲殺仲以屍還隰朋，隰朋曰：『寡君以管仲遮道射其帶鉤，欲親手戮之，以削舊恨，若以屍還國，齊寡君何以釋恨，何以戒群臣。莊公謂施伯，齊侯果欲殺管仲，又焉用之。』遂命取仲付隰朋，朋謝而歸至堂阜，叔牙聞仲生還，親至堂阜，解其縛而禮之。……

《新列國志》傳第十五回則寫：

鮑叔牙乃簡閱車馬，率領大軍，直至汶陽，清理疆界。遣公孫隰朋，致書於魯侯曰：「外臣鮑叔牙，百拜魯賢侯殿下：家無二主，國無二君。寡君已奉宗廟，公子糾欲行爭奪，非不二之誼也。寡君以兄弟之親，不忍加戮，願假手於上國。管仲、召忽，寡君之仇，請受而戮於太廟。隰朋臨行，鮑叔牙囑之曰：「管夷吾天下奇才，吾言於君，將召而用之，必令無死。」隰朋曰：「倘魯欲殺之如何？」鮑叔曰：「但提起射鉤之事，魯必信矣。」隰朋唯唯而去。

第十六回：

卻說魯莊公得鮑叔牙之書，即召施伯計議曰：「向不聽子言，以致兵敗。今殺糾與存糾孰利？」施伯曰：「小白初立，即能用人，敗我兵於乾時，此非子糾之比也。況齊兵壓境，不如殺糾，與之講和。」時公子糾與管夷吾、召忽俱在生竇，魯莊公使公子偃將兵襲之，殺公子糾，執召忽、管仲至魯。將納檻車，召忽仰天大慟曰：「為子死孝，為臣死忠，分也！忽將從子糾於地下，安能受桎梏之辱？」遂以頭觸殿柱而死。管夷吾曰：「自古人君，有死臣必有生臣。吾且生入齊國，為子糾白冤。」便束身入檻車之中。施伯私謂魯莊公曰：「臣觀管子之容，似有內援，必將不死。此人天下奇才，若不死，必大用於齊，必霸天下。魯自此奉奔走

> 矣。君不如請於齊而生之。管子生，則必德我。德我而為我用，齊不足慮也。」莊公曰：「齊君之仇，而我留之。雖殺糾，怒未解也。」施伯曰：「君以為不可用，不如殺之，以其屍授齊。」莊公曰：「善。」公孫隰朋聞魯將殺管夷吾，疾趨魯廷，來見莊公曰：「夷吾射寡君中鉤，寡君恨之切骨，欲親加刃，以快其志。若以屍還，猶不殺也。」莊公信其言，遂囚夷吾，並函封子糾、召忽之首，交付隰朋。隰朋稱謝而行。

此類例子非常多，如第二十七回寫重耳奔翟後的情節，《左傳》也只寫「將奔狄。」，馮夢龍則根據《列國志傳》又略增改情節而成[34]；第五十五回，鋪敘《左傳》所載，晉將魏顆「見老人結草以亢杜回」，《新列國志》依據《列國志傳》，增加魏綺助戰，與擒杜回之前，魏顆先得老人託夢，指引誘秦軍到青草坡；第五十八回，寫養由基與潘黨較射，百步穿楊等細節，不在《左傳》，乃依據《列國志傳》而略作增改。第六十五回，鋪敘持崔杼弒君的經過，與眾將士殉君的細節均不在《左傳》，州綽、邴師等人自盡，見《列國志傳》卷六[35]。第六十九回，晏子到楚，楚君欲戲辱晏嬰，反為晏嬰恥辱，不在《左傳》，也從《列國志傳》出。第七十二回，寫伍子胥奔吳途中，過昭關，遇漁翁，碰到浣紗女、專諸諸事多在《列國志傳》，《吳越春秋》雖然有漁翁度伍子胥過江，卻沒有漁翁有子仕鄭一事，也沒有浣紗女自殺的案件；第七十七回，寫伍子胥為報鄭人殺楚太子建之仇，率兵伐鄭，漁翁之子解鄭圍，歌蘆中人，伍子胥為報救命之恩，罷兵而去，也是本之《列國志傳》。《列國志傳》合於史傳的傳奇色彩，馮夢龍一一採用。

除了本之《列國志傳》，另外，《吳越春秋》是作者編寫吳國與越國恩怨的本事，馮夢龍對《吳越春秋》內部的神怪傳說也多加利用：第八十一回，南林有處女，精於劍戟，有老翁化為白猿，這些傳奇性質很濃厚的故事，馮夢龍一一摘之。馮夢龍將此類民間世代流傳的故事寫進演義裡，自然增加故事的親和力。

三、史實的雜串效果

由於文獻裡的多是單一事件，未免單調，為了使內容豐富，彼此連貫，就需靠小說家之筆來補綴；尤其帝王將相的故事，充滿了權力追逐遊戲，無限的人慾，深沉的權謀，對百姓而言，有許多環節是無法體會的。為了將故事的來龍去脈說清楚，為了合理、緊湊，馮夢龍採用了雜串史料一途。雜串史料，是馮夢龍慣用的小說家之筆，為的是故事要好看、有趣和緊湊，就需要情理化、因果化、豐富化，方能不脫離讀者的認知。否則就會被認定為虛構。因此，落實歷史事件於現實環境中，必須要有合理性。合情合理是讀者樂於閱讀的首要條件之一。即使荒謬的神怪傳奇故事，在故事的發展上也有一定的道理。否則，讀者根本無法理解。而因果化則可以使故事緊湊，使讀者容易了解歷史事件的原委。雜串史料是一種必然的筆法。演義裡幾則較出色的故事，都是經過作者雜串史料而後增添細筆而成。

（一）情理化

馮夢龍為了故事的合情合理而雜串史料。例如：齊桓公之死，演義雜串《左傳》、《史記》、《管子》等眾史而成，故事性極為濃郁。易牙如何造反? 桓公被關在內宮，有一位宴蛾兒溜進內宮，服侍齊桓公，君死亦自殺。翻開史料，則發現《春秋》僅僅簡單寫著: 「齊侯小白卒。」《左傳》寫: 「管仲卒，五公子皆求立，冬十月乙亥，齊桓公卒，易牙入與寺人貂因內寵以殺群吏，而立公子無虧。」易牙等人如何殺群吏？齊桓公如何死的，如果沒有其他佐證，很難把當時的發生故事說清楚。《史記》也只說「桓公屍在床上六十七日，屍蟲出於戶。」《史記》沒有記載宴蛾兒，而《管子》和《呂氏春秋》說有一婦人出現在桓公面前，《管子》說他從洞中爬進，《呂氏春秋》說他翻牆進去。這個婦人姓名，身分，結局都沒有交代。小說家雜串史料，塑造了宴蛾兒[36]。演義裡的晏娥兒翻牆進去照顧桓公，死後託夢給世子昭；晏娥兒死時，面色如生。全是作者杜撰，明知是虛構的，卻將情理道盡。

又如：介之推的故事，也是雜串《莊子•盜跖》，《史記》、《說苑》、《新序》、《列國志傳》等史料而成。介之推割股侍君和被焚綿山的情節，《左傳》並沒有紀錄，《莊子•盜跖》篇卻有此一情節[37]，作者加上這些情節，使得故事的前因後果都交代得清楚，介之推的形象也趨於完整。

「燭之武退秦師」，在《左傳》中，是一篇很重要的外交辭令，燭之武也成了傳奇人物。《左傳》僅言燭之武見秦伯，但是「如何見到秦伯？」是百姓關心的焦點。秦君高高在上，燭之武單槍匹馬如何輕而易舉見到秦伯？這其中應該有故事才對，馮夢龍就這樣寫著：

> 燭乃受命而出。時二國圍城甚急，燭武知秦東晉西，各不相照。是夜命壯士以繩索縋下東門，徑奔秦寨。將士把持，不容入見。武從營外放聲大哭，營吏擒來稟見穆公。穆公問：「是誰人！」武曰：「老臣乃鄭之大夫燭武是也。」穆公曰：「所哭何事？」武曰：「哭鄭之將亡耳！」穆公曰：「鄭亡，汝安得在吾寨外號哭？」武曰：「老臣哭鄭，兼亦哭秦。鄭亡不足惜，獨可惜者秦耳！」穆公大怒，叱曰：「吾國有何可惜？言不合理，即當斬首！」武面無懼色，疊著兩個指頭，指東畫西，說出一段利害來。

原來燭之武是以「哭」來求見，引發秦穆公的好奇，否則，一介平民如何見著國君？這樣一寫，情節的合理性就出來了，又不違背史實，這樣的例子不勝枚舉。

第六十八回，演義寫晉平公之死，說晉平公蓋啻祁宮，強迫師曠彈奏「清徵」、「清角」之聲，導致天地變色，晉平公驚恐得病；夢見怪物黃能，子產爲之解夢，除祟。故事情節一路發展，合理而緊湊。然而晉平公得病與師曠奏「清角」之樂，在史料上並沒有直接關聯。《左傳》裡的記載：

昭公元年：晉侯有疾，鄭伯使公孫僑如晉聘。且問疾。叔向問焉，曰：「寡君之疾病，卜人曰：「實沉，臺駘為祟！」使莫之知，敢問此何神也？」子產曰：「昔高辛氏有二子……」」

昭公七年：鄭子產聘於晉，晉侯疾，韓宣子逆客，私焉曰：「寡君寢疾於今三月矣，並走群望，有加而無瘳。今夢黃熊入於寢門，其何厲鬼也？」對曰：「……昔堯殛鯀於羽山，其神化為黃熊以入於羽淵，實為夏郊……」。

昭公八年：春，石言於晉魏榆。晉侯問於師曠曰：石何故言？對曰：石不能言，或憑焉，不然，民聽濫也。……

昭公九年：晉侯飲酒樂膳，宰屠蒯趨入請佐公使尊……

昭公十年：晉侯彪卒……葬晉平公。[38]

在《左傳》裡並沒有交代晉平公怎麼得病的？只記載昭公元年時，晉平公「有疾」；昭公七年時也有疾。兩場病相隔七年，似乎同爲厲祟之病，子產都來探問。到了昭公八年，《左傳》記載，晉國魏榆有塊石頭會開口說話。晉文公問師曠，師曠說這是鬼神的憑依，石頭是不會說話的。而鬼神爲何憑依？因爲公室崇飾奢侈，民怨積聚，鬼神不安，所以妖興。師曠有咎晉平公築遞祈宮。昭公九年時，晉平公還飲酒作樂，十年去世，晉平公怎麼去世，《左傳》並未記載。演義卻將晉平公兩次得病寫成一次，且得病的原因就是聽了師曠奏清角之樂，驚懼而得病。師曠奏清角之樂，記載在《韓非子‧十過》，文末記載：「師曠不得已而鼓之，一奏，而有玄雲從西北方起，再奏之，大風至，大雨隨之，裂帷幕，破俎豆，隳廊瓦，坐者散走，平公恐懼，伏於廊室之間，晉國大旱，赤地三年。」也無晉平公得病之事。然而作者根據這則傳奇故事結合晉平公夢厲事件，晉平公因驚嚇過度而夢厲，成了最合理且符合現實的發展。緊接著就是師曠責晉平公興建遞祈宮，過了月餘，平公病復作，竟成不起。可是《左傳》明明記載，晉平公在死前一年還能飲酒作樂，並非臥病不起。總之，演義一連串的傳奇，圍繞著晉平公建築虒祈宮的不是，故事情節一氣呵成，相當合情合理。

第七十二回的伍子胥過昭關的故事，因爲史料記載詳略不一，《左傳》昭公二十年，只說「員如吳」，馮夢龍則雜串《史記》的〈伍子胥列傳〉、《吳越春秋》和《列國志傳》的寫法，增寫東皋公與皇甫納設計助伍子胥過昭關，（見於《列國志傳》），及詐昭關擊柝小吏，欲取明珠之事（據《吳越春秋》）。杜撰伍子胥一夜白了頭髮。而這些雜串和虛構則讓情節更加合理，也充滿豐富的感情。

（二）因果化

演義在雜串史料時，也有篩選、虛構、綜合的變動。事件在歷史文獻中可以獨立自存，但在演義發展的時序中，「現在」是過去的未來，也是未來的過去，因果關係成了事件是否合理化，是否有真實感的必然因素。因此，馮夢龍經常將《左傳》與《史記》所紀錄的獨立事件互爲因果，雖然在史書上看不到二者的關係，經由作者的雜串，一旦互爲因果，可以使故事發展更爲傳奇曲折以及富戲劇性。因果關係也包含因果報應，因果報應是百姓最習慣的理解法則。當讀者一面閱讀，一面驗證，一方面詮釋，他們從歷史中找到驗證，可以增加自信，也從詮釋中恍然大悟，以「原來如此」來增進自己的智慧。史料與史料間最模糊的地帶就是因果關係，建構因果，無疑是彌補史料間的不足。

例如，齊襄公之死與公子彭生的冤魂是否有關，史傳並無具體言明。而演義在第十四回，卻斬釘截鐵寫出彭生的冤魂導致齊襄公之死。彭生受齊襄公的指使暗殺了魯桓公，後被齊襄公處死是一件史實；齊襄公遇鬼是一件史實；齊襄公被殺又是一件史實。《左傳》莊公八年記載：

> 冬十二月，齊侯游於姑棼，遂田於貝丘，見大豕，從者曰：「公

子彭生也。」公怒曰：「彭生敢見！」射之。豕人立而啼，公懼，墜於車，傷足喪屨，反，誅屨於徒人費，弗得，鞭之，見血。走出，遇賊於門，劫而束之。費曰：「我奚御哉？」袒而示之背，言之，費請先入，伏公而出鬥，死於門中，石之紛如死於階下，遂入殺孟陽於床，曰：「非君也，不類。」見公子之足於戶下，遂弒之而立無知。

《左傳》僅記載齊襄公到貝丘田獵，見一野豬，襄公害怕，墜車傷足，同時也丟了鞋；丟鞋與齊襄公被殺並無關聯，《左傳》只記載賊人看見門下有隻足，才發現襄公。丟鞋與襄公被殺是兩碼事。然而馮夢龍添加細節，將二事互爲因果，且看第十四回，小說家之筆：

忽有大豕一隻，如牛無角，似虎無斑，從火中奔出，竟上高阜，蹲踞於車駕之前。時眾人俱往馳射，惟孟陽立於襄公之側。襄公顧孟陽曰：「汝為我射此豕。」孟陽瞪目視之，大驚曰：「非豕也，乃公子彭生也！」襄公大怒曰：「彭生何敢見我？」奪孟陽之弓，親自射之，連發三矢不中。那大豕直立起來，雙拱前蹄，效人行步，放聲而啼，哀慘難聞。嚇得襄公毛骨俱竦，從車中倒撞下來，跌損左足，脫落了絲文屨一隻，被大豕銜之而去，忽然不見……徒人費被鞭，含淚出門，正遇連稱引著數人打探動靜，將徒人費一索捆住，問曰：「無道昏君何在？」費曰：「在寢室。」又問：「已臥乎？」曰：「尚未臥也。」連稱舉刀欲砍，費曰：「勿殺我，我當先入，為汝耳目。」連稱不信。費曰：「我適被鞭傷，亦欲殺此賊耳。」乃袒衣以背示之。連稱見其血肉淋漓，遂信其言，解費之縛，囑以內應。隨即招管至父引著眾軍士，殺入離宮。且說徒人費翻身入門，正遇石之紛如，告以連稱作亂之事。遂造寢室，告於襄公。襄公驚惶無措。費曰：「事已急矣！若使一人偽作主公，臥於床上，主公潛伏戶後，幸而倉卒不辨，或可脫也。」孟陽曰：「臣受恩逾分，願以身代，不敢恤死。」

> 孟陽即臥於床，以面向內，襄公親解錦袍覆之。伏身戶後，問徒人費曰：「汝將何如？」費曰：「臣當與紛如協力拒賊。」襄公曰：「不苦背創乎？」費曰：「臣死且不避，何有於創？」襄公嘆曰：「忠臣也！」徒人費令石之紛如引眾拒守中門，自己單身挾著利刃，詐為迎賊，欲刺連稱。其時眾賊已攻進大門，連稱挺劍當先開路。管至父列兵門外，以防他變。徒人費見連稱來勢兇猛，不暇致詳，上前一步便刺。誰知連稱身被重鎧，刃刺不入。卻被連稱一劍劈去，斷其二指，還復一劍，劈下半個頭顱，死於門中。石之紛如便挺矛來鬥，約戰十餘合，連稱轉鬥轉進。紛如漸漸退步，誤絆石階腳蹉，亦被連稱一劍砍倒。遂入寢室。侍衛先已驚散。團花帳中，臥著一人，錦袍遮蓋。連稱手起劍落，頭離枕畔，舉火燭之，年少無鬚。連稱曰：「此非君也。」使人遍搜房中，並無蹤影。連稱自引燭照之，忽見戶檻之下，露出絲文屨一隻，知戶後藏躲有人，不是諸兒是誰？打開戶後看時，那昏君因足疼，做一堆兒蹲著。那一隻絲文屨，仍在足上。連稱所見之屨，乃是先前大豕銜去的，不知如何在檻下。分明是冤鬼所為，可不畏哉！（第十四回）

野豬、喪屨、襄公之死，本是沒有關聯的元素，馮夢龍卻將它們串聯在一起，說野豬將一隻鞋叼去，後來賊人入宮殺人，找不到齊襄公，卻發現門下有一隻鞋，最後殺了齊襄公，作者特別強調這隻鞋就是野豬叼去的那一隻，證明了彭生索命的報應。因果報應是民間的基本觀念，馮夢龍抓住這個因果關係，使歷史故事更平民化。清朝李元復《常談叢錄》就說：「不拘泥於左氏見公足戶下之言，斯為善解左文者也，豈妄為添飾之筆哉」[39]。

另一個案例，晉景公夢見鬼物，生了一場重病，派人前往秦國，請名醫來醫治。這件事情發生在《左傳》成公十年，秦國名醫來晉國為晉景公醫病，原本很單純，過程中未興任何波瀾。但演義為了凸顯秦晉關係的複雜，卻將晉景公死後三年發生的「呂相絕秦」事件，與之發生因果關係，寫秦國本不答應派名醫前往醫治晉景公的病，而魏相慷慨痛陳秦國的不是，秦伯不得不派醫前往。這兩件都是史實，卻不相干，演義則將前後事件加以雜串，在不違背史實的情況下，秦國最終是派了良醫前往晉國，爲晉景公診斷[40]。字裏行間因而充滿曲折、刺激。

又如：第六十七回，寫公孫黑正與公孫楚爭取徐吾犯之妹，良宵欲遣公孫黑往楚修聘，故率家甲圍攻良宵，縱火焚其宅第，《左傳》記公孫黑攻良宵於襄公三十年，後二年即昭公元年，《左傳》載「鄭徐吾犯之妹美，公孫楚聘之矣，公孫黑又使強委禽焉。」時間顛倒，換句話說，史傳裡這兩件本不是因果關係，最後卻變成因果關係了[41]。

另外，也有壓縮時間，凸顯因果關係。例如：第十七回，宋南宮長萬弑君，《左傳》與《史記》都有記載，《左傳‧莊公十一年》記載：

> 魯是南宮長萬返宋，宋閔公譃之曰：「始吾敬子，今子魯囚也，吾弗敬子矣！」南宮長萬慚怒。

《左傳‧莊公十二年》：

> 「南宮長萬弒閔公。立公子游。」

在史傳中，宋閔公嘲笑南宮長萬爲魯囚一事在莊公十一年。到了第二年，南宮長萬才殺了閔公，至於南宮長萬是否單純因爲宋閔公的嘲笑而弑君，史傳也無清楚記載。而演義則壓縮時間，杜撰決賭情節，寫閔公與長萬同遊，妒長萬擲戟之技，乃命內侍取博局與長萬決賭，以大金斗盛酒爲罰，長萬連負五局，罰酒五斗。閔公辱長萬爲常敗之家，又拒長萬弔賀周立君之請。長萬乃一介武夫，一再受窘，在以酒醉亂性，直至宮人大笑，終於面頰發赤，擲戟殺君。此一鋪陳，在同一時間內，因賭，因酒，因武夫，因戲譃，終於爆發弑君的大事，不僅交代了長萬弑君的前因後果，南宮長萬的形象生動，也使故事更爲精采[42]。諸如此類的故事不勝玫舉。

（三）豐富化

對人物形象的描寫，馮夢龍不遺餘力，有時以神怪色彩點綴人物的傳奇性格，有時用小故事來增加人物的形象。

小故事，易被人忽略，有時卻能產生突如其來的遐思。小故事的深情，是馮夢龍以小說家的角度增添在人物故事中，使人物形象生動的效果。《左傳》、《史記》、《戰國策》和《國語》都有十分可讀的小故事。這些小故事本身人情味十足，很能領略人物的本真，將高高在上帝王將相，瞬間化爲個人，讀者可以清楚領略大人物的弱點和轉捩，對讀者有很好的勵志作用。

楚莊王的小故事特別多，《左傳》早有「一鳴驚人」、「蹊田奪牛」等故事，馮夢龍一一將它帶入情節中。更蒐羅雜史中的小故事，豐富楚莊王的性格，使得史上赫赫有名，五霸中最強悍的楚莊王，有了溫馨近人的一面。在此舉絕纓報恩的故事的例子，來說明馮夢龍對小故事的運用自如。

第五十一回，馮夢龍在楚莊公發憤圖強，平定了鬥越椒的叛亂，設宴招待群臣時，放入「絕纓會」的小故事，這則小故事的梗概大約是說楚莊王賜宴群臣，夜深燭滅，有臣子拉美人衣，反被美人扯斷帽纓，訴君王查明，楚莊王竟要群臣絕纓盡歡，不與追究。史傳中並無此則故事，引用《說苑•復恩》而來。作者自行增添細節，將楚莊王不因小失大的胸襟和氣度表露無疑，也讓讀者見識果斷的處置，可以看到一國之君的謀略。第五十一回，馮夢龍的描寫是這樣的：

> 忽然一陣怪風，將堂燭盡滅，左右取火未至。席中有一人，見許姬美貌，暗中以手牽其袂。許姬左手絕袂，右手攬其冠纓，纓絕，其人驚懼放手。許姬取纓在手，循步至莊王之前，附耳奏曰：「妾奉大王命，敬百官之酒，內有一人無禮，乘燭滅，強牽妾袖。妾已攬得其纓，王可促火察之。」莊王急命掌燈者：「且莫點燭！寡人今日之會，約與諸卿盡歡，諸卿俱去纓痛飲，不絕纓者不歡。」

> 於是百官皆去其纓，方許秉燭，竟不知牽袖者為何人也。席散回宮，許姬奏曰：「妾聞『男女不瀆。』況君臣乎？今大王使妾獻觴於諸臣，以示敬也。牽妾之袂，而王不加察，何以肅上下之禮，而正男女之別乎？」莊王笑曰：「此非婦人所知也！古者，君臣為享，禮不過三爵，但卜其晝，不卜其夜。今寡人使群臣盡歡，繼之以燭，酒後狂態，人情之常。若察而罪之，顯婦人之節，而傷國士之心，使群臣俱不歡，非寡人出令之意也。」許姬嘆服。後世名此宴為「絕纓會」。

到第五十三回，楚莊王的絕纓之舉，也有回報，群臣對他的忠心耿耿。在後來攻打鄭國的戰役上，有位副將自告奮勇，一馬當先立了大功。一問方知，此人就是絕纓會上調戲美人者，爲了報答楚莊王不追究之恩，才捨命相報。馮夢龍將《說苑》的一則故事，拆開來，使故事融入歷史的時間裡，並寫出美人名叫許姬，副將爲唐狡，有名有姓，使得故事更真實，爲了使這則人物不致影響後來的史實，對唐狡的後來發展也用心地交代。

第五十三回，作者是這樣寫的：

> 莊王即召唐狡，欲厚賞之。唐狡對曰：「臣受君王之賜已厚，今日聊以報效，敢復叨賞乎？」莊王訝曰：「寡人未嘗識卿，何處受寡人之賜？」唐狡對曰：「絕纓會上，牽美人之袂者，即臣也。蒙君王不殺之恩，故舍命相報。」莊王嘆息曰：「嗟乎！使寡人當時明燭治罪，安得此人之死力哉？」命軍正記其首功，俟平鄭之後，將重用之。唐狡謂人曰：「吾得死罪於君，君隱而不誅，是以報之。然既已明言，不敢以罪人徼後日之賞。」即夜遁去，不知所往。莊王聞之，嘆曰：「真烈士矣！」

另外，晏嬰的小故事也不少，第六十九回「晏平仲巧辯服荆蠻」有精采的小故事，如「使狗國者，從狗門入」的譏諷，有「小人使小國」的精采妙答；更有「南橘北枳」之譏，這些故事全不在史傳中。而馮夢龍利用這些小故事，將晏嬰犀利的辯才，過人的膽識，給予最生動的表現。晏嬰雖長得矮，其貌不揚，卻善用通變之智，維護了齊國和自己的尊嚴，也贏得楚王的敬重。至於「二桃殺三士」，馮夢龍將這段故事安排在兩三處（七十回），使得晏嬰借敵之力使敵自殺，剪除齊國大患的機巧，得到讀者的認同，而不認為是一則單純的文字故事。

有時為了讓人物更豐富，作者也會將史實移花接木，張冠李戴，為的是凸顯人物的身影。如：《左傳》成公十七年，寫晉厲公鄢陵勝楚後，奢侈愈甚，寵信佞臣胥童，欲除三郤而立之。中軍元帥欒書也怨恨郤至，因為郤至自行主張打敗楚軍，對他構成威脅，所以孫史被俘的楚公子誣陷郤至與楚王私通。厲公發難殺掉三郤，弄得晉國大亂。小說第五十九回，為了凸顯胥童的奸惡，把欒書唆使楚公子的情節完全移植到胥童頭上，也渲染了晉厲公的昏庸。然而這種筆法畢竟少數。

馮夢龍在強化故事的過程中，多著重在細節的增添，人物的潤色，雖是虛構手筆，但很仔細不逾越史實的範疇。馮夢龍希望做到在穿針引線之時，不讓讀者察覺彌縫的痕跡。所以，僅從事局部的改動。

四、現場感的營造

馮夢龍編寫東周演義雖有求真精神，但他不純粹追尋歷史的真相，而是盡力還原一個大時代的現場。雖說歷史現場根本無法還原，但是歷史的現場感卻是可以營造的。營造歷史現場感有諸多好處，一可以使讀者身臨其境，二可以幫助讀者看待歷史發展過程的真相，三可以看到事件的發展不是獨立的，甚至可以凸顯事件的爭議性。這種現場感的營造，司馬遷運用得最好，馮夢龍幾乎根據司馬遷的模式再添加細節。現場的意義在於透明、逼真，使讀者對歷史事件有真實的感覺，而不是冷冰冰的文字而已。營造現場感不外乎使用你來我往的對話，這不但是一般庶民最容易的理解的方式，也最能表現歷史的真實面，經由現場的情境可以使讀者對歷史事件的發生有進一步的參與感。如此一來，歷史人物的原始生命就容易被讀者認同，進而影響讀者。

馮夢龍企圖還原歷史現場，最常見的手法就是編寫君臣的對話。舉周鄭交質爲例，《左傳》對周鄭交質的描寫，在隱公三年僅言：「王貳於虢，鄭伯怨王，王曰：無之，故周鄭交質。」王偏心於虢，鄭伯埋怨，周王澄清，最後以交質來表白心意。一個「怨」字，本來就具有故事性，周王爲何偏向虢？鄭爲何怨？如何怨？王何以要否定？最後爲什麼又會演變成周鄭交質？這一連串的問題，暴露《左傳》的紀錄連基本的故事，都未能完整呈現，遑論真相？這些隱藏在歷史文字底層的故事，才是真正動人的情愫。且看作者如何還原歷史現場？第五回：

> 卻說周平王因鄭莊公久不在位，偶因虢公忌父來朝，言語相投，遂謂虢公曰：「鄭侯父子秉政有年，今久不供職，朕欲卿權理政務，卿不可辭。」虢公叩首曰：「鄭伯不來，必國中有事故也。臣若代之，鄭伯不惟怨臣，且將怨及王矣。臣不敢奉命！」再三謝辭，退歸本國。原來鄭莊公身雖在國，留人於王都，打聽朝中之事，動息傳報。今日平王欲分政於虢公，如何不知。即日駕車如周，朝見已畢，奏曰：「臣荷聖恩，父子相繼秉政。臣實不才，有忝職位，願拜還卿士之爵，退就藩封，以守臣節。」平王曰：「卿久不涖任，朕心懸懸。今見卿來，如魚得水，卿何故出此言耶？」莊公又奏曰：「臣國中有逆弟之變，曠職日久。今國事粗完，星夜趨朝，聞道路相傳，謂吾王有委政虢公之意。臣才萬分不及虢公，安敢尸位，以獲罪於王乎？」平王見莊公說及虢公之事，心慚面赤，勉強言曰：「朕別卿許久，亦知卿國中有事，欲使虢公權管數日，以候卿來。虢公再三辭讓，朕已聽其還國矣。卿又何疑焉？」莊公又奏曰：「夫政者，王之政也，非臣一家之政也。用人之柄，王自操之。虢公才堪佐理，臣理當避位。不然，群臣必以臣為貪於權勢，昧於進退。惟王察之！」平王曰：「卿

父子有大功於國，故相繼付以大政，四十餘年，君臣相得。今卿有疑朕之心，朕何以自明！卿如必不見信，朕當命太子狐，為質於鄭，何如？」莊公再拜辭曰：「從政罷政，乃臣下之職，焉有天子委質於臣之禮？恐天下以臣為要君，臣當萬死！」平王曰：「不然。卿治國有方，朕欲使太子觀風於鄭，因以釋目下之疑。卿若固辭，是罪朕也。」莊公再三不敢受旨。群臣奏曰：「依臣等公議，王不委質，無以釋鄭伯之疑；若獨委質，又使鄭伯乖臣子之義。莫若君臣交質，兩釋猜忌，方可全上下之恩。」平王曰：「如此甚善！」莊公使人先取世子忽待質於周，然後謝恩。周太子狐，亦如鄭為質。

作者以對話來還原現場，寫出鄭莊公久不在朝，有驕傲之氣，周王不悅。莊公握有情報，以退爲進，提出辭呈，點出周王的心中事。王安撫，莊公又以理明志，爲了澄清，取信鄭君。周王以太子爲質，莊王以君上臣下無禮，不接受，群臣則幫腔，雙方互質，才落幕。周平王與鄭莊公一來一往的對話，委曲、謀略、懦弱，歷歷如繪。加上以退爲進的政治手法，層出不窮。群臣敲邊鼓的情形，也屢見不鮮，印證現實政治環境的複雜多變。演義中描寫周鄭交質的可信度，自然就大大提昇了。又如第五十八回，楚王與伯州犁的對話：

卻說楚共王直逼晉營而陣，自謂出其不意，軍中必然擾亂。卻寂然不見動靜，乃問於太宰伯州犁曰：「晉兵堅壘不動，子晉人也，必知其情。」州犁曰：「請王登轈車而望之。」楚王登轈車，使州犁立於其側。王問曰：「晉兵馳騁，或左或右者何也？」州犁對曰：「召軍吏也。」王曰：「今又群聚於中軍矣。」州犁曰：「合而為謀也。」又望曰：「忽然張幕何故？」州犁曰：「虔告於先君也。」又望曰：「今又撤幕矣。」對曰：「將發軍令也。」又望曰：「軍中為何喧嘩，飛塵不止？」對曰：「彼因不得成列，將塞井平灶，為戰地耳。」又望曰：「車皆駕馬矣，將士升車矣。」

> 對曰：「將結陣也。」又望曰：「升車者何以復下？」對曰：「將戰而禱神也。」又望曰：「中軍勢似甚盛，其君在乎？」對曰：「欒范之族，挾公而陣，不可輕敵也。」楚王盡知晉國之情，乃戒諭軍中，打點來日交鋒之事。

這段描寫本於《左傳‧成公十六年》，從兩人的對話中，表現了伯州犁洞察風雲的智慧和楚王親臨戰場的情態，也寫出晉營中緊張而有秩序的臨戰氣氛，正如蔡元放評點此段，說：「一君一臣，一問一答，極委曲，極明白，千載而下，令人閱之，如見其手、口、耳、目，歷歷紙上。[43]」

又如第八回，華督殺孔父嘉，把現場還原，《左傳》及《史記》皆未寫如何殺，而演義裡將華督殺孔父嘉的現場一一重現，逼真讓人覺得事件就是這樣發生的：

> 華督故意將門閉緊，但遣閽人於門隙中，以好言撫慰。軍士求見愈切，人越聚得多了，多有帶器械者。看看天晚，不得見太宰，吶喊起來。自古道：「聚人易，散人難。」華督知軍心已變，衷甲佩劍而出，傳命開門，教軍士立定，不許喧嘩。自己當門而立，先將一番假慈悲的話，穩住眾心。然後說：「孔司馬主張用兵，殃民毒眾。主君偏於信任，不從吾諫。三日之內，又要大舉伐鄭。宋國百姓何罪，受此勞苦！」激得眾軍士咬牙切齒，聲聲叫：「殺！」華督假意解勸：「你們不可造次，若司馬聞知，奏知主公，性命難保！」眾軍士紛紛都道：「我們父子親戚，連歲爭戰，死亡過半。今又大舉出征，那鄭國將勇兵強，如何敵得他過？左右是死，不如殺卻此賊，與民除害，死而無怨！」華督又曰：「『投鼠者當忌其器』。司馬雖惡，實主公寵幸之臣，此事決不可行!」眾軍士曰：「若得太宰做主，便是那無道昏君，吾等也不怕他！」一頭說，一頭扯住華督袍袖不放。齊曰：「願隨太宰殺害民賊！」當下眾軍士幫助輿人，駕起車來。華督被眾軍士簇擁登車，車中自有心腹緊隨。一路呼哨，直至孔司馬私宅，將宅子團團圍住。

> 華督吩咐：「且不要聲張，待我叩門，於中取事。」其時黃昏將盡，孔父在內室飲酒，聞外面叩門聲急，使人傳問。說是：「華太宰親自到門，有機密事相商。」孔父嘉忙整衣冠，出堂迎接。才啟大門，外邊一片聲吶喊，軍士蜂擁而入。孔父嘉心慌，卻待轉步。華督早已登堂，大叫：「害民賊在此，何不動手？」嘉未及開言，頭已落地。華督自引心腹，直入內室，搶了魏氏，登車而去。魏氏在車中計無所施，暗解束帶，自繫其喉，比及到華氏之門，氣已絕矣。華督嘆息不已。吩咐載去郊外藁葬，嚴戒同行人從，不許宣揚其事。

另外，還原現場還可以看到政治的背後推手。初讀歷史的人只會看表象，例如第十九回，鄭厲公復國。《左傳》只單純的說「鄭厲公自櫟侵鄭」。演義中則在第十九回將鄭厲公復國，寫成是齊桓公得霸的步驟之一，是管仲的一步棋。還原現場也可以看見政策的透明化。第十四回，王子突救衛，政治上的對話，可見政策的透明化。《左傳》莊公六年寫到王人子突救衛。怎麼救？成敗如何？並未說明。但在演義裡，有對話，有陰謀，使得王子突義正嚴詞的一套說理，在現場的呈現中，一一露出狡辯的痕跡。

營造現場感的寫作方式，常讓人質疑，不是當事人如何能知道細節？因此，學術界許多學者專家對這種寫作筆法並不苟同。然而對通俗作家而言，這樣的寫法最能撼動人心。讀者往往以自身的經驗來解讀歷史，如果歷史不做如此的模擬，讀者較難印證，也較難融入感情。演義中經常以對話方式，企圖還原當時的現場狀態，使得歷史事件的發生有了當下的驚悚、忿怒和情緒，這是演義者最常用的方式之一。必須把高高在上的帝王將相恢復成有七情六慾的平凡人，將豐功偉業當成生命故事，壯似空洞的歷史人物和疏離的事件才會具象呈現。如此就能縮短與讀者的距離，要讓讀者自然地感到憤怒和哀痛。營造情節的現場感，是相當高明的手段。

五、人物的臉譜化

《東周列國志》的人數千百人，事件複雜，爲了讓讀者很快的進入情節中，馮夢龍則將特殊人物臉譜化，如此，讀者就很容易地辨別出忠奸、君子或小人。中國傳統戲曲與小說是孿生兄弟，都以塑造人物爲創作原則。馮夢龍既會寫小說也會寫劇本[44]，可以說是戲曲、小說「兩門抱」（戲曲術語）的通俗文學大家。在中國傳統社會裡，看戲一向是重要的社會活動，百姓從戲曲中學習歷史，認識文學和理解人情世故。他們即使不識字，談起歷史事故，宛如事後諸葛，一清二楚；戰國趙氏孤兒也好，伍子胥復仇故事也罷、甚至三國孔明計設空城，他們都能侃侃而談，如數家珍。戲曲，可以說千百年來中國人的精神食糧，在明代更是進入高峰期，連平日的生活語彙都受戲曲的影響，舉凡「一板一眼」、「長袖善舞」、「舊調重彈」、「油腔滑調」、「荒腔走板」等辭語。其實，章回小說的寫作模式受到民間說書、戲曲的影響本來就很深遠。利用戲曲手法來編寫小說，馮夢龍不是第一個，然而馮夢龍卻擅長運用民間熟悉的樣貌來編寫演義，也是拉近讀者與歷史距離的手法之一。

人物臉譜化，是凸顯歷史人物的剪影。尤其在情節複雜，人物眾多的歷史演義中，人物的臉譜化可以讓讀者輕鬆地閱讀。簡單的說，戲曲中的臉譜是一種圖案式的化妝藝術，以寫實和象徵融合的誇張手法，鮮明地表現人物的面貌特徵。有一種預告性的作用，不待表演，演員一亮相，便可從臉譜斷定角色的性格和忠奸，一目了然，不必費心猜疑。馮夢龍也利用戲曲臉譜的作用，在演義裡，當重要人物一出場時，即給予簡短的描繪。例如管仲一出場，作者即以「生得相貌魁梧，有經天緯地之才」，這一說，讀者已經先了解此人的遭遇不論如何悽慘，最終是要闖出一番大事業的。這與戲曲人物一出場亮相，即可以從他的臉譜得知此人性格忠奸，有異曲同工之妙。第三十五回，曹共公一出場，作者即寫到：

卻說曹共公為人，專好遊嬉，不理朝政，親小人，遠君子，以諛

佞為腹心，視爵位如糞土。朝中服赤芾乘軒車者，三百餘人，皆里巷市井之徒，脅肩諂笑之輩。

未上演就能將性格剖析出來的情形，就是依據戲曲的臉譜架構而來，從這樣的描繪就可以知道曹共公絕非是一個好君王。又如：第八十六回寫嚴遂在屠牛場見識了聶政的力道，作者是這樣的的形容：

細看其人，身長八尺，環眼虬鬚，顴骨特聳，聲音不似齊人。

第七十八回寫孔子的長相：

孔子生有異相，牛唇虎掌，鴛肩龜脊，海口輔喉，頂門狀如反宇……身長九尺六寸，人呼為「長人」。有聖德，好學不倦。

第九十三回，寫趙武靈王：

話說趙武靈王身長八尺八寸，龍顏鳥喝，廣鬢虬髯，面黑有光，胸開三尺，氣雄萬夫，志吞四海。

人物臉譜化是《東周列國志》普遍現象，剛成君蔡澤，武安侯白起，文信侯呂不韋，都有不同的臉譜說明。這樣簡易的描繪對大眾讀者而言，無非是一種既快速又能清楚辨別善惡的絡印法。

除此之外，小說家的用語也頗能貼近人物的性格，例如：楚國有名大將成得臣，性情剛烈而急躁，在晉楚交鋒的過程，作者以語言塑造他的形象。當他得知晉國拘執楚國使臣，便咆哮叫跳，大罵：

晉重耳，你是跑不傷餓不死的老賊！當初在我國中，是我刀砧上一塊肉，今才得返國為君，輒如此欺負人！自古「兩國相爭，不罪來使。」如何將我使臣拿住? 吾當親往與他講理。（第四十回）

「跑不傷餓不死的老賊」多麼生動的語言。當他看到曹衛來函要從晉絕楚，更是火冒三丈，大罵：「這兩封書，又是老賊逼他寫的? 老賊，老賊！今日不是你就是我，定要拚個死活！」（第四十回），這些語言作者頗能掌握了子玉的火爆脾氣，讀者也能真實感受到人物的生動鮮活。

吳沃堯在《兩晉演義》第一回批語有這樣一段話：

> 作小說難，作歷史小說尤難；作歷史小說而欲不失歷史之真相尤難；作歷史小說不失其真相，而欲其有趣味，尤難之尤難。[45]

通俗作家編寫演義，利用故事，利用傳說，利用神鬼，淡化史家嚴肅的色彩，是一種小說家文筆。要追求史實不失真，又要兼得故事趣味，編寫的手法真的是難上加難。綜觀《東周列國志》，情節約百分之九十符合史實，約百分之十是虛筆，主要強化史料中的傳奇故事或雜串史實，密縫史料間的空隙，使之合理性、緊湊性。故事裡的傳奇因子，自然隨著情節的起伏跳躍散佈，扣緊人心。增添細節，潤色人物，使得東周演義更具傳奇性、趣味性和真實感。整體而言，《東周列國志》還是一部通俗演義，而且是相當用心的編寫手法。雖不同於杜撰式的章回小說，但有小說家特有的關注，細心的讀者會看見小說家的用心。

第四節　演義中的失誤

《東周列國志》雖然經過三個人之手方得完成，余邵魚、馮夢龍和蔡元放也都是通俗大家。然而這一部一百零八回的演義，寫盡春秋戰國五百多年的歷史。面對人物浩繁，事件多樣的局勢，即使三個人都有旁徵博引的功力，整部書難免也有失誤之處。上一節在「小說家文筆」中，談及虛構之巧，需要有作者的想像和解釋[46]，夾以想像和解釋，難免武斷，附會和詐僞的現象。為了情節緊湊，也有雜串編寫史實。除了這些避免不了的錯誤外，最常出現問題的是時間、人物和關係。三民書局於民國六十五年出版《東周列國志》一書，請劉本棟教授校定此書，發現若干錯誤，劉教授都在〈引言〉

中細細羅列出來。劉教授的考證極爲詳實，一字之誤，也不放過。

一、時間之誤

東周年代久遠，諸多史料記載的時間也有差異，很容易造成時間的錯誤，《史記》本身，同一件事因本紀或列傳的記載，會與年表相差一年不等。所以，《列國志》的時間之誤也最多。例如第二回周幽王娶褒姒一事，《史記》裡記載周幽王納褒姒，在周幽王三年，演義寫在周幽王四年。又褒姒的出生，演義根據《史記》，參考《國語》，寫出源於夏朝龍漦，由宮人懷孕，至今四十年，才生下褒姒。《史記考證》說：「陳錫仁說幽王三年嬖褒姒，若以其年爲二十歲，則褒姒生于宣王三十年也。自宣王三十年尙距厲王末年，凡四十六年，時童妾方七歲……孕後尙四十餘年，方生褒姒，未可信也。[47]」演義也完全根據《史記》的記載寫宮女不夫而孕，經四十年始生下褒姒。然而《史記》並沒有將褒姒的出生寫明哪一年，也就是對褒姒的年齡並沒有透露，只說周幽王三年娶褒姒。對褒姒的出生，乃是插敘法，而演義卻寫明褒姒出生在周宣王三十九年，(前789年)，到周幽王三年(前779年)，褒姒才十歲，所以，時間不正確。

第四回秦文公郊天應夢，演義寫文公夢黃蛇自天而降，頭如車輪，下屬於地，其尾連天，一會功夫化爲小兒，對文公說：

> 「我上帝之子也。帝命汝為白帝，以主西方之祀。」言訖不見。明日，召太史敦佔之。敦奏曰：「白者，西方之色。君奄有西方，上帝所命，祠之必當獲福。」乃於鄜邑築高臺，立白帝廟，號曰鄜畤。

這個資料是馮夢龍根據《史記•封禪書》而來，本來也無誤，但是《史記•十二諸侯年表》已經寫出秦襄公八年就已經祠白帝了[48]。並非秦文公才開始祠白帝。換句話說，早在齊襄公獲爲諸侯的時候，就已經開僭端了。

另外，壓縮時間使故事更緊湊，卻造成與史實的時間不吻合。例如：第三回，申侯見鄭武公英勇，便以女妻之。演義裡寫這個時段是在鄭武公元年之事。可是《史記》裡，記載鄭武公十年，才娶申侯女。這種壓縮時間的寫法在演義裡相當普遍。第十七回，宋南宮長萬弒君的時間也從一兩年壓縮到一兩天。如第六十七回，寫公孫黑正與公孫楚爭取徐吾犯之妹，良宵欲遣公孫黑往楚修聘，故率家甲圍攻良宵，縱火焚其宅第，也與《左傳》的時間顛倒，諸如此類的故事不勝枚舉。而這些錯誤，都是作者有心之作。

至於時間，《史記》在晉景公時代立趙武，演義則寫在晉悼公時代。演義在第五十一回，寫成公既立，專任趙盾以國政，以其女妻趙朔是爲莊姬。再第五十七回，又寫「景公曰：吾姑乃母夫人所愛」，彷彿又成了成公姐。這是有失誤之處。

二、人物之誤

褒姒不愛笑，第二回，周幽王舉烽火戲諸侯，以博得褒姒一笑，書中寫道褒姒雖篡位正宮，「從未開顏一笑」。然而卻在同一回稍前，寫褒姒生下伯服，虢石父與尹球協助幽王廢嫡立庶，讓褒姒之子伯服取得太子之位。書中寫道「褒姒大喜，笑言：『全仗二卿用心維持，若得伯服嗣位，天下當與二卿共之。』」這雖是小事，卻也前後不一。

第八回，「敗戎師鄭忽辭婚」，寫鄭世子忽辭婚一事。鄭世子忽辭婚，是春秋引爲話題的大事，演義裡三番兩次提及鄭忽兩度辭退齊國的婚事。第一次，小說寫在第五回中，齊僖公赴石門之約，向鄭莊公提議結親家，鄭世子忽卻拒絕齊國的請婚，他的理由是「妻者齊也，故曰配偶，今鄭小齊大，大小不倫，不敢仰攀。」以爲「丈夫志在自立，豈可仰仗于婚姻」，鄭忽的豪氣十足，頗得鄭莊公賞識。在當時齊國是個大國，鄭國則爲小國，放眼望去春秋戰國，能拒絕大國婚姻的僅此一人。第八回再寫鄭忽敗北戎救齊，齊僖公又來議婚，鄭忽仍然堅持辭婚。鄭忽辭婚，大臣議論紛紛，多認爲鄭忽是自剪羽翼。後來由大臣祭足策劃娶了陳國嬀氏，齊僖公不得已才將女兒文姜許配給魯桓公。然而《左傳》記載鄭忽辭婚卻與小說有出入。魯桓公六年傳曰：「齊侯欲以文姜妻鄭大子忽，大子忽辭。人問其故，大子曰：人各有耦，齊大非吾耦也，詩云：自求多福。在我而已，大國何爲！君子曰：善自爲謀。及其敗戎師也，齊侯又請妻之，固辭，人問其故，大子曰：無事於齊，吾猶不敢，今以君命奔齊之急，而受室以歸，是以師昏也，民其謂我何。」按：齊文姜嫁給魯桓公是在魯桓公三年，鄭忽敗戎師是在魯桓公六年。因此，此處齊僖公說親的女兒不是文姜，而是佗女。而且此時，鄭忽早已娶了陳國嬀氏爲妻了。鄭忽娶嬀氏是在魯隱公七年，也就是鄭忽救齊時已經結婚了。另外，小說裡，祭足爲鄭忽求婚於陳侯，正史裡，則是寫鄭忽在王所，故陳侯請妻之，鄭伯許之，乃成婚。也就是歷史上，陳侯主動求親；小說裡，則寫鄭國主動求親。

第十八回，曹沫手劍劫齊侯，魯國出現一位大將名叫曹沬，而第十六回又出現一位曹劌，他出場時，作者寫道「真將相之才也」，而這位曹劌以「一鼓作氣，再而衰，三而竭，彼竭我盈」的理論，贏得長勺之戰。演義裡將曹沬與曹劌視爲兩個人，這是因爲小說家根據不同史料所造成的結果。因爲《左傳》寫作曹劌，《史記》寫成曹沬，《左傳•莊公十年》有曹劌論戰的故事，而《史記》未載；《史記•刺客列傳》有「曹沬手劍劫齊侯」的故事，而《左傳》未記載。因爲《史記》與《左傳》各有一則故事，演義很自然就認定是兩個人，然而根據《管子•大匡》也記劫齊侯故事，而主角卻是曹劌；再加上穀梁傳莊公十三年，記載「公會齊侯，盟于柯」，「曹劌之盟，信齊侯也。」證明《史記》的曹沬，與《穀梁傳》的曹劌是同一個人。顯示歷史上，曹沬與曹劌其實指的是同一個人[49]。馮夢龍不察，才犯這個錯誤。

第八十七回寫鬼谷先生以馬門玲花爲龐涓占卜，說此花「採於鬼谷，見日而萎，鬼旁著魏，汝之出身，必於魏國。」龐涓還暗自稱奇。龐涓從鬼谷先生三年，豈有不知他是魏人之理？演義在第十四回寫齊襄公在位只五年，而《史記》卻記載齊襄公在位十二年。這也是一項明顯的錯誤

三、關係之誤

小說裡，最常出錯的就是人際關係，有的本來是父子關係，變成兄弟關係；有的是父女關係變成姐弟關係，也有不同時段的人變成關係人等，由於全書一百零八回中人物複雜，關係多元，關係之誤總是難免的。例如：第二十四回，寫子蘭是鄭文公之子，第四十四回又說他是文公之庶弟[50]，這可能只是作者筆誤而已。

演義在第五十一回，寫成公既立，專任趙盾以國政，以其女妻趙朔是為莊姬，換句話說，莊姬應該是成公的女兒。但在第五十七回，寫道屠岸賈得知莊姬入宮，要晉景公處理，景公卻說：「吾姑乃母夫人所愛，不可問也。」一句「吾姑」，莊姬彷彿又成了成公之姐，斯乃失誤之處。

孫臏是否是孫武的孫子？《史記》只說孫臏是孫武的後世子孫，並沒有指明孫臏就是孫武的孫子。如果是孫子頂多相差三世六七十年。孫武活動的時間在吳越交戰時期，大約在公元前五百年前後，而孫臏活動於齊威王時期，大約在公元前三百五十年前後，兩人相隔一個半世紀，所以說，不可能是祖孫關係[51]。然而演義卻說或說孫臏是孫武的孫子，第八十七回，演義寫鬼谷子交給孫臏一部兵書曰：「此乃汝祖孫武子《兵法》十三篇。昔汝祖獻于吳王闔閭，闔閭用其策，大破楚師。後闔閭惜此書，不欲廣傳于人，乃置以鐵櫃，藏于姑蘇臺屋楹之內。自越兵焚臺，此書不傳。吾向與汝祖有交，求得其書，親為注解；行兵祕密，盡在其中，未嘗輕授一人。今見子心術忠厚，特以付子。」臏曰：「弟子少失父母，遭國家多故，宗族離散，雖知祖父有此書，實未傳領。吾師既有注解，何不並傳之龐涓，而獨授于臏也？」演義裡孫臏與孫武的關係，應該有

誤。

也有的是史料錯誤，如第九十一回齊滅燕的事件。當《史記》與《戰國策》有別之時，馮夢龍捨《戰國策》而從《史記》。例如第九十一回，演義寫齊滅燕，爲齊湣王時期，本之《史記•燕召公世家》，而《戰國策》與《孟子》書同記此事，卻寫齊宣王時期，齊滅燕到底是哪個時期，後世眾說紛紜，《史記考證》認爲根據趙翼的說法，《戰國策》的說法應是正確的，而司馬遷失於詳考[52]，然而此事索隱和集解都不曾對此事表達看法，所以，馮夢龍的編寫還是依照《史記》。

總之，《東周列國志》雖然經過三位作者的接力編寫，而每位作者都奮力尋求歷史的客觀性，仍然有一連串的錯誤，對一部長達一零八回的演義來說，其實瑕不掩瑜，在通俗演義中，《東周列國志》應該算是相當嚴謹的一本了。

其實，史料愈多，編排愈難，要能有條不紊，非得有史才不爲功。馮夢龍既有史學家徵實史料的精神，也有經學家解經的意圖，更有小說家敏銳的觀察。識其全，觀其遠，察其深，又能見人所不見的地方，這是《東周列國志》的作者群用心的所在。此書已無法清楚分別歷史與小說，因爲作者盡全力將歷史與小說融合一體。歷史中有小說，小說中有歷史；嚴肅性中有趣味，趣味中有真實感。事實上，歷史殆亦小說也。蔡元放讀了《東周列國志》，下了一個結論說：

> 我今所評列國志，若說是正經書，卻畢竟是小說樣子，子弟也喜去看，不至扞格不入；但要說他是小說，他卻件件都從經傳上來，子弟讀了，便如將一部《春秋》、《左傳》、《國語》、《國策》都讀熟了，豈非快事！[53]

讀了《東周列國志》，能將《春秋》、《左傳》、《國語》、《國策》都讀熟，蔡元放的這席話一點都不誇張，《東周列國志》是一部相當用心的通俗演義。

【註解】

1 、明•馮夢熊，《麟經指月•序》，（《馮夢龍詩文》中的影本，）

2、明•李長庚，《春秋衡庫•序》，（天啟刻本，國家圖書善本室藏）

3、《左傳》，（十三經注疏本，台灣：藝文印書館出版，民國71年），頁一八零。

4、 同註3，頁四二二。

5 、闡明舊注的分析，參考凌亦文，《新列國志研究》，（文化大學博士論文，民國76年），頁六七九。

6、參考凌亦文的《新列國志研究》，頁二三一。

7、同註5，頁四九六～四九八。

8、《左傳》，頁六零三。

9、同註5，頁三零三。

10 同註5，頁四七七。

11、清朝翟灝撰《通俗編》，（世界書局，民國52年出版），卷一，頁二。

12、寒食節與介之推發生關係的這個傳說，在明代一般人都不去考證它的史實，後人考證，清明節前一日禁火寒食三天的風俗與介之推的死無關，是起由於周朝一項季春禁火制度而來，《周禮》秋官記司烜氏有一項任務，就是每年中春二月「以木鐸修火禁於國中，」木鐸是一種大鈴，司宣氏每年二月搖這種大鈴，向全國宣告禁火的規定，二月份通知禁火，而是三月才禁的，鄭玄注：為季春將出火也，原來古代天文家把天上蒼龍七宿中的房、心、尾，三個星座定為大火，大火在每年季春的黃昏時節出現在地平線上，提醒人民，要稍荒耕種了。所以，大火本事舉火焚燒草莽以耕種的信號，後來統治者，制定了季春禁火的規定。

13 同註5，頁二八六～二八七。

14、胡楚生，〈清初諸儒論「管仲不死，子糾」申義〉，對此一問題有詳細考證。舉毛奇齡論語稽求篇：「子糾小白，皆齊僖之子，齊襄之弟，然子糾兄也，小白弟也。春秋傳書『齊小白入於齊』《公羊傳》曰『簒』；《穀梁傳》曰：『不讓』，皆以糾兄白弟之故，故經又書『齊人取子糾而殺之』。而公羊曰：『子糾貴，宜為君者也』；穀梁以為『病魯不能庇糾而存之』，皆以兄弟次第而為言，故荀卿有言：『桓公殺兄以返國』，又曰『前事則殺兄而爭國』」（孔孟學報第五十二期），頁一三七～一四七。

15、同註5，頁六八零。

16、同註3，頁六一八。

17 、《史記會注考證》（洪氏出版社，民國71年），頁五五九。

18 、同註5，頁五零二～五零五。

19 、同註5，頁二六五。

20、同註5，頁三零四。

21、《通鑑集覽》云：蘇軾謂周之失計，未有如東遷之謬，此言誠然，但謂平王若不遷以行勢，東臨諸侯，諸侯尚未敢貳，此則不然，平王本非撥亂反正之才，並無奮發有為之志，縱使仍都豐鎬，亦惟苟安旦夕，終於不振，其能西卻犬戎，東撫諸夏乎，且當時亦有必不得不遷之勢。

22、同註5。頁四五一。

23、同註5，頁五一三。

24、同註5，頁三三七。

25 、參閱楊振良的碩士論文《孟姜女故事研究》，（師大國文研究所碩士論文，民國七十年）

26 、此文在《孟姜女故事研究集三集通訊第十二》，轉錄自楊振良的《孟姜女故事研究》，頁三一。對杞梁之名在時代中遞嬗，有圖說明如下：

時代	遞變情形
春秋到漢	杞梁
漢到唐	杞梁
唐到宋	杞梁，犯梁，范梁
宋到元	范杞梁，萬喜良

27、同註25。

28、《莊子•天運篇》，有西施捧心的故事。（三民書局，民國70年），頁一八二。《墨子•親士》篇有「西施之沉，其美也。」

29 參閱胡萬川校注的《新列國志》（聯經出版事業公司，民國70年）注釋部分。

30、參見王爾敏著：《明清社會文化生態》，第四篇〈中國傳統記誦之學與詩韻口訣〉，（台北：商務印書館，1997年7月初版），頁一二五。

31、參見蔡元放，《東周列國志》讀法第二條。（書成山房版，咸豐四年），藏於中央研究院傅斯年圖書館。

32、《史記•秦本紀》，（洪氏出版社，民國71年）頁九二。

33、參見《論語•憲問篇》：子貢曰：管仲非仁者與? 桓公殺公子糾，不能死，又相之。子曰：「管仲相桓公，霸諸侯，一匡天下，民到于今受其賜：微管仲，吾其被髮左衽矣！豈若匹夫匹婦之為諒也，自經於溝瀆，而莫之知也！」

34、余邵魚，《列國志傳》，第卷四「十英傑輔重耳逃難」：卻說賈華既逐重耳。遂率兵至屈伐夷吾。吾問其臣郤芮曰：『吾亦走於翟，與重耳同處! 何如? 』芮曰：『不可！ 兄弟同難，其後必爭，不如走入梁。梁近於秦，秦與晉婚姻之國，日後或見有助。』夷吾聽罷，遂同芮走入梁。賈華追夷吾不及，回奏獻公。獻公欲起大軍伐翟梁。群臣皆諫曰：『父子無絕恩之理，今二公子罪惡未彰，既出奔外，而必欲殺之，恐見笑於鄰國也。』公意稍回曰：『今群鼠狐謀不可留于國內。』傳令盡逐公孫宗族，詔立驪姬之子奚齊為太子。令上大夫荀息傳之。群臣見逐公孫宗族而立奚齊，皆稱疾不朝，亦有辭官去位者。……」

35、同註5，頁五零二。

36、《東周列國志》第三十二回：「忽然桓公疾病，臥於寢室。雍巫見扁鵲不辭而去，料也難治了。遂與豎刁商議出一條計策，懸牌宮門，假傳桓公之語。牌上寫道：寡人有怔忡之疾，惡聞人聲，不論群臣子姓，一概不許入宮，著寺貂緊守宮門，雍巫率領宮甲巡邏。一應國政，俱俟寡人病痊日奏聞。巫、刁二人，假寫懸牌，把住宮門。單留公子無虧，住長衛姬宮中，他公子問安，不容入宮相見。過三日，桓公未死，巫、刁將他左右侍衛之人，不問男女，盡行逐出，把宮門塞斷。又於寢室周圍，築起高牆三丈，內外隔絕，風縫不通。止存牆下一穴，如狗竇一般，早晚使小內侍鑽入，打探生死消息。一面整頓宮甲，以防群公子之變。不在話下。再說桓公伏於床上，起身不得，呼喚左右，不聽得一人答應，光著兩眼，呆呆而看。只見撲蹋一聲，似有人自上而墜，須臾推窗入來。桓公睜目視之，乃賤妾晏蛾兒也。桓公曰：「我腹中覺餓，正思粥飲，為我取之！」蛾兒對曰：「無處覓粥飲。」桓公曰：「得熱水亦可救渴。」蛾兒對曰：「熱水亦不可得。」桓公曰：「何故？」蛾兒對曰：「易牙與豎刁作亂，守禁宮門，築起三丈高牆，隔絕內外，不許人通，飲食從何處而來？」桓公曰：「汝如何得至於此？」蛾兒對曰：「妾曾受主公一幸之恩，是以不顧性命，逾牆而至，欲以視君之瞑也。」桓公曰：「世子昭安在？」蛾兒對曰：「被二人阻擋在外，不得入宮。」桓公嘆曰：「仲父不亦聖乎？聖人所見，豈不遠哉！寡人不明，宜有今日。」乃奮氣大呼曰：「天乎，天乎！小白乃如此終乎？」連叫數聲，吐血數口，謂蛾兒曰：「我有寵妾六人，子十餘人，無一人在目前者。單只你一人送終，深愧平日未曾厚汝。」蛾兒對曰：「主公請自保重，萬一不幸，妾情願以死送君！」桓公嘆曰：「我死若無知則已，若有知，何面目見仲父於地下？」乃以衣袂自掩其面，連嘆數聲而絕。計桓公即位於周莊王十二年之夏五月，薨於周襄王九年之冬十月，在位共四十有三年，壽七十三歲。」

37、《莊子•盜跖》：「介子推至忠也，自割其股以食文公；文公後背之，子推怒而去，抱木而燒死。」（台北：三民書局，民國70年），頁三三九。

38、同註3，頁七八一。

39、同註5轉引，頁一七六。

40、參閱曾良《東周列國志研究》中的〈《東周列國志》的史實與虛構〉

一文，（大陸：巴蜀書社，一九九八年），頁八十一～八十二。

41、同註5，頁五零九。

42、同註5，頁一七九。

43 《東周列國志》，第五十八回回評。（書成山房版，咸豐年間，藏中央研究院傅斯年圖書館館藏）

44、馮夢龍的傳奇有十九種，參見凌亦文的《新列國志研究》及陸樹崙的《馮夢龍研究》：

- 雙雄記二卷三十六出，馮夢龍自作。
- 萬事足二卷三十六出，馮夢龍自作。
- 新灌園二卷三十六出，據張伯起《灌園記》改訂。
- 酒家佣二卷三十七出，據陸無從與欽虹江二稿改訂。
- 女丈夫二卷三十六出，具紅拂記、虯髯翁及劉晉充某曲改訂。
- 量江記二卷三十六出，據於余聿雲量江記改訂。
- 精忠旗二卷三十出，據李梅實精忠記改訂。
- 夢磊記二卷三十五出，據史槃夢磊記改訂。
- 灑雪堂二卷四十出，據梅孝己原稿改訂。
- 楚江情二卷三十六出，據袁蘊玉西樓記改訂。
- 風流夢二卷三十五出，據湯顯祖牡丹亭改訂。
- 邯鄲夢二卷三十四出，據湯顯祖邯鄲記改訂。
- 人獸關二卷三十三出，據李玉原本改訂。
- 永團圓二卷三十二出，同上。
- 一棒雪，同上。
- 占花魁，同上。
- 雙丸記，據史槃雙丸記改訂。
- 殺狗記，據徐町原本改訂。
- 三報恩二卷三十六出，馮夢龍桭據畢魏改訂。

45、吳沃堯在《兩晉演義》第一回批語之語，（台北：廣雅圖書公司）

46、杜維運《史學方法論》〈第十二章歷史想像與歷史真理〉，（三民書局印行，民國八八年第十三版），頁二一零。

47、參見瀧川龜太郎，《史記會注考證》，（台灣：洪氏出版社，民國

71年）頁七十九。

４８、《史記•十二諸侯年表》，（洪氏出版社，民國71年）頁三一。

４９、有關曹沫與曹劌的指認，完全根據《東周列國大觀》，「百科鉤沉」裡第十二個問題：「曹沫與曹劌是兩個人嗎？」的考證結果，此書考證曹沫與曹劌是同一人。（大陸：上海古籍出版社，1996年）頁二三五到二三七。

５０、參閱《東周列國志》劉本棟的考證。（台北：三民書局）

５１、參閱《東周列國大觀》，「百科鉤沉」裡第五十五個問題「孫臏、龐涓是鬼谷子的學生嗎？」頁三五零。

５２、《史記•燕召公世家》，（洪氏出版社，民國71年），頁五八三。

５３、參閱蔡元放〈東周列國志讀法〉第四十四條。

第五章

思想義涵

《東周列國志》歷來評價並不高，有人認爲此書不過是一部「白話歷史」[1]。「白話歷史」這句話貶意甚明，彷彿全書只是翻譯，沒有獨創性，毫無藝術價值可言，持此論調者不在少數。筆者好奇通俗文學大家馮夢龍編寫列國演義，僅成就一部翻譯式的演義小說，他何苦費勁搜羅龐雜的史料？既搜羅浩繁的史籍，大可割裂史籍，分類排序，毋須大費周章編寫。仔細來看，馮夢龍寫東周演義，不是純然紀錄忠佞奸賢的行事，或國家興廢存亡的事跡。只見整部演義充滿錯綜複雜的人事糾葛，大大小小的陰謀陽謀，起起落落的諸侯將相，素材幾乎來自史料。但馮夢龍重組這部東周歷史演義時，絕不同於一般稗官敘事了結。他不甘心只作一位純資料的輯錄者，在刪減繁瑣，補充闕漏的同時，他也在史料的逢隙間，建構起自己對歷史獨特的洞察。

他有一個宏偉的創作觀，即爲自己讀書，爲天下人讀書，更要爲後代子孫讀書。當馮夢龍編寫《春秋衡庫》時，既已表明他這種創作觀。楚黃門人周應華作〈跋・春秋衡庫〉曾說

> 吾師嘗有言曰：「凡讀書須知不但為自己讀，為天下人讀；即為自己，亦不但為一身讀，為子孫讀；不但為一世讀，為生生世世讀，作如是觀，方鏟盡苟簡之意，胸次才寬，趣味才永。」[2]

這個願景是馮夢龍編寫《春秋衡庫》的心志，也是纂寫東周演義的理念。《新列國志》是他寫《春秋衡庫》的副產品，自然存有他的思想。

首先，馮夢龍要為自己讀書，當他讀書時，史料難明就是首要面對的課題，這個問題也一直困惑著中國的讀書人。史料因年代久遠，或因古義奧衍，或一事二義，或註解矛盾，尋找答案就成為讀書人努力的方向。馮夢龍在比對史料時，自然有他的困惑。當他在編寫的過程中，決定採用何者說法，基本上已經為自己解答了若干疑惑。而當他不斷以解釋、澄清或呼籲等筆法，來編寫列國志時，正因為他心中存有天下人。心存天下人才會教育天下人，馮夢龍教育天下人的意圖，正表現在他經解模式的寫作上。最後，當他考慮為後世子孫讀書時，馮夢龍不是以論證、考述的方法為之，而是企圖重返一個大時代的複雜環境，讓幾世幾代的讀者，看清每位歷史人物發聲的位置狀態，自然明白歷史發生的緣由，及體會歷史人物的限制與突破。朱熹說：「萃百物，然後觀化工之神；聚眾材，然後知作室之用。須敞開心胸去理會，萬理雖只是一理，學者且要去萬理中千頭萬緒都理會，四面湊合來，自見得是一理；不去理會哪萬理，只管去理會哪一理，只是空想。不知萬殊各有一理，而空言理一，不知理一在何處。[3]」朱熹的這一番話，正是馮夢龍創作演義的寫照；他不忙著抓原則，分析道理，道理卻處處可見。「四面湊合來，自見得是一理」，馮夢龍寫各種事件，各樣人物，紛紛擾擾，四面湊來卻能自見道理。馮夢龍不必費口舌說明東周「世衰道微」的原委，讀者自然從故事的情節中，讀出「衰微」的道理，不刻意強調資鑑，資鑑之情自然而升。馮夢龍請讀者讀演義，是邀請讀者走進東周的現場。換句話說，小說家不在意齊桓公、晉文公到底如何稱霸？在意的是他在什麼環境下做出何事？有何影響？

人物是歷史的點，事件是歷史的線，而環境就是歷史的面，點線面的架構是一種整體的座標概念。還原歷史現場，不能只單純的呈現人物與事件，還必須將他們所處的歷史環境都一一寫明。然而還原一個大時代的歷史環境，難度極高，尤其透過經典史籍的還原更加困難。典籍中的史料都是史家精心整理、或條理化、或系統化，歷史已經呈現井然有序的面貌。如今通俗小說家要將整理後的歷史文獻，重新還原成一個紛亂無序的現實世界，而這個還原又不能是雜亂無章，必須以合理的思考邏輯重新組合成具有錯綜複雜的現實世界，使得人物不虛設，事件不孤立，顯現龐大而錯綜複雜的時代，才是通俗作家的創作重點。因此，馮夢龍編寫東周演義不是翻譯史傳，不是將每個故事串聯起來而已，而是架構一部直指亂源和亂象的小說。

第一節　直指亂源與亂象

東周歷史是古今第一大變局，也是天下一盤大亂局，錯綜複雜就是東周歷史的真相。五百多年的龍爭虎鬥，留下了春秋五霸、戰國七雄的名號。歷來史家和文人都喜歡以「世衰道微」來明說東周情勢。一句「世衰道微」，乍看之下，彷彿說明了歷史的底蘊，仔細分析卻是渾沌不清。東周世運爲什麼衰敗？道德爲什麼微弱？這些「爲什麼」被簡化成「理所當然」；「世衰道微」成了東周歷史理所當然的代名詞。其實，探討歷史底蘊是史家的工作，通俗作家編寫歷史演義，只要反映世衰道微的真實面就可以了。於是《東周列國志》出現不少臣弒君、子弒父的事件；君不君、臣不臣、父不父、子不子的現象更是充斥全書。五百多年的東周歷史，惟一「亂」字可以形容。在一百零八回中，要將「亂」字鋪張出來，不是容易的事。作者必須了解亂象之源，才能鋪寫亂象。作者第一回即寫周天子，直寫到十回，如此佈局不是沒有意圖的，而是直指東周之亂，先亂於周王室。可以說，周天子是整部《《東周列國志》》的亂源所在，導致各諸侯一一效法，探索歷史的因果循環是作者編寫的用心。

一、「亂自上作」的指控

《論語•季氏》篇，孔子云：

> 天下有道，則禮樂征伐自天子出；天下無道，則禮樂征伐自諸侯出。自諸侯出，蓋十世希不失矣。自大夫出，五世希不失矣。陪臣執國命，三世希不失矣。天下有道，則政不在大夫，天下有道，則庶人不議。

孔子這段話，道出當時天下有道與無道之別在於君權是否旁落。當君權握在天子手裡，天下有道；君權旁落，天下無道。臣弒君有之，子弒父有之，天下的紛亂無止盡。而君權旁落的因果是誰造成？是君？是臣？該由誰負責？孔子非常憂心當時的亂象，因而寫了《春秋》。莫不希望亂臣賊子能心生恐懼，進而消弭社會亂象。馮夢龍編寫《列國志》也有一分用心--替後世子孫讀書，爲子孫探詢歷史的因果及可資鑑的明鏡。他以「亂自上作」的思想佈陳全書的架構，東周整個局勢的亂象，周天子的所作所爲是主要關鍵。亂自上作，幾乎是所有通俗作家一貫的立場，《水滸傳》也是標榜「官逼民反」，上位者言行不當，導致民間疾苦。馮夢龍在增補《三遂平妖傳》時也出現「亂自上作」的主題，直指王則之所以造反，皆因宋真宗僞造天書所造成[4]。在位者的所作所爲，實牽繫著整個社會的動向。《列國志》在編寫的同時，也出現這個深義。馮夢龍在鋪陳故事的時候，一直扣緊周天子壞禮之後的社會發展，天下之所以如此混亂，周天子要負絕對的責任。

（一）周天子

小說一開頭即全力寫周王室，從第一回到第十回，周王室一直是主線。故事從周宣王料民說起，繼之便是周幽王被殺，平王東遷，一直到鄭周交質，喪失體統。周王室的一切作爲，主導了東周列國的局勢。「亂自上作」是《東周列國志》前十回的主題，也是全書論春秋戰國亂象的主因。當王室的權威墮落後，諸侯就各憑本領稱霸天下了。正統史家論東周歷史，都從周平王東遷開始談起。可是，馮夢龍這位通俗作家寫東周歷史，卻從西周的中興主周宣王正式說起。這個切入點，是小說家的史識。蔡元放說周宣王是東周禍事的根源，必得從此處說起，否則不能明白。馮夢龍直接從周宣王料民說起，一句「料民」，在《史記》裡並沒有掀起多大的波濤，但在小說家眼裡，料民的舉動，已經可以嗅到周王室衰微的前兆。

1、失德的周宣王

歷史上的周宣王，有兩種不同的形象，據《詩經》吟誦，宣王是一個道道地地的明君，曾力挽周朝的狂瀾，將西周帶入一個嶄新的時代，被喻爲西周中興英主；然而據《國語》所述，宣王簡直是一位昏君[5]，頻傳失德。在《詩經》裡，看不到周宣王失德的一面；在《國語》裡，也看不到周宣王中興的一面。何以如此？據《史記考證》，早年的周宣王的確多有作爲，然而晚年的周宣王卻江河日下。所以，《詩經》歌頌宣王的早年作爲，而《國語》記錄宣王晚年的風格，兩者都真切反映實情[6]。馮夢龍將周宣王的兩種形象雜揉在一起，《東周列國志》第一回，一開始既說明周宣王任用賢臣，英明有道，還引詩爲證。「夷厲相仍政不綱，任賢圖治賴宣王，共和若沒中興主，周厲安能八百長。」換句話說，小說家認爲周宣王是周王朝能續存八百年的關鍵人物。可是，仔細觀察周宣王的中興大業，在小說裡並沒有得到彰顯，只輕描淡寫「宣王雖說勤政，也到不得武王丹書受戒，戶牖置銘；雖說中興，也到不得成康時教化大行。」（第一回），其實，小說家並非對周宣王感興趣，純粹為探討周朝東遷而寫。小說家對周宣王的中興英主持保留態度，卻充分著墨宣王失德的一面。而宣王最大的失德，就是因童謠小事處置不當，錯殺忠臣成為一名昏君。昏君的第一要義就是錯殺忠臣，杜伯與左儒因周宣王的昏昧而相繼被殺或自殺。周宣王所種下的惡果卻報應在周幽王身上，導致周平王東遷。而平王東遷引發時代變革。

作者寫姜戎抗命，宣王御駕親征，不幸敗績於千畝，遂親自料民於太原。所謂「料民」，就是人口普查，按籍查閱，調查兵員的多寡，好準備徵調出征。周宣王料民一事，《史記・周本紀》只是輕描淡寫的記上一筆，並沒有鋪陳。而小說家編寫東周演義，卻選擇從周宣王的料民開始說起，因為小說家已經從周宣王料民的動作，嗅到周朝腐敗的氣味了。料民的目的是為了作戰，而人民是國家最後防線，此時，周宣王已經動搖國本了。另外，周宣王失德之作，就是處置童謠一事。童謠之事，乍看是小事，卻極其荒謬，在君王不善處理的情形下，釀成大禍。童謠：「月將升，日將沒，檿弧箕箙，幾亡周國」，隨後故事引出褒姒的出生，因為夏朝曾藏龍漦，到周朝被打開，因侍臣一時失手墜地，所藏涎沫，橫流庭下，忽化成小小元黿一個，盤旋於庭中，進入後宮。忽然不見，那時婢人才十二歲，偶踐黿跡，心中如有所感。從此肚腹漸大，如懷孕一般。先王怪婢人不夫而孕，囚於幽室四十年之久。夜來腹中作痛，忽生一女就是褒姒。雖是荒謬無稽，《史記・周本紀》卻也詳實記載，而後世《論衡》也有幽王發出龍漦；《楚辭・離騷經》、王逸〈序天問〉都有此一記載。

周宣王因為童謠之語，錯殺杜伯而左儒自刎。小說有一段對話，將宣王失德形象表露無遺。下大夫左儒見宣王要殺杜伯，前來諫言：「臣聞堯有九年之水，不失為帝，湯有七年之旱，不害爲王，天變尚然不防，人妖寧可盡信，吾王若殺了杜伯，臣恐國人將妖言傳播，外夷聞之，亦起輕慢之心。」（第一回），此言甚爲明理，而宣王卻說：「汝爲朋友而逆朕命，是重友而輕君也。」左儒更進一步說明：「君是友非，則當逆友而順君，友是君非，則當違君而順友，杜伯無可殺之罪，吾王若殺之，天下必以王爲不明，臣若不能諫止，天下必以臣爲不忠，吾王若必殺杜伯，臣請於杜伯俱死。」杜伯死，左儒也自刎而死。周宣王在位四十六年，南征北伐，四海安寧，卻不以罪殺杜伯。這一殺，形象立刻從英主降成昏君。當時人民無力反抗，卻在杜伯死後，立祠於杜陵，稱「右將軍廟」，小說裡特別強調立廟之事，也算紀錄百姓一種無言的抗議。

周宣王錯殺忠臣，埋下了動盪的種子。動盪的種子，經由周幽王的廢嫡立庶，終於引起禍端。禍端在宣王時生根，所以，必須從宣王敘起。

2、廢嫡立庶的周幽王

周幽王寵信褒姒，廢嫡立庶，破壞宗法制度，最後，結束了西周的歷史。

褒姒是老宮女踏龍漦而生，出生後被丟棄在水中，由鳥兒保護，後被人收養，長大成人，惑亂後宮。這樣的故事不是小說家憑空虛構的，而是根據史傳而來。然而小說家寫褒姒的傳奇出生，並不是凸顯天命，而是強調人事。從褒姒到人間，以及褒姒爲何能進入周王室，都與周天子的所作所爲牽連在一起。如果，周宣王不殺忠臣，不黜賢臣，褒享不會被捉，他的兒子不會爲了營救父親，使用美人計來迷惑君王。可見，整件事情的發展，得歸咎於周天子的所作所爲。

再仔細看，小說家並沒有將褒姒刻畫成九尾狐狸般的惡毒，甚至對褒姒如何媚惑君王都沒有描寫。因此，小說家並沒有把矛頭對準褒姒這個女性。至於周幽王寵愛褒姒，也屬天經地義，並沒有批判意圖。然而小說家對周幽王批判最厲害的是周幽王的廢嫡立庶，以及戲弄諸侯等事。當周幽王預備廢嫡立庶時，太史伯陽父嘆曰「三綱已絕，周亡可立而待。」（第二回）；申侯聽說幽王要廢申后立褒姒，上疏諫曰：「昔桀寵妹喜以亡夏，紂寵妲己以亡商。王今寵信褒妃，廢嫡立庶，既乖夫婦之義，又傷父子之情。桀紂之事，復見於今，夏商之禍，不在異日。望吾王收回亂命，庶可免亡國之殃也。」（第二回），周幽王的舉動破壞了宗法制度，也破壞了血緣關係，更打破了尊尊、親親的格局，開啓了你爭我奪的局面。中國的禮樂制度維繫著君君、臣臣，父父，子子等倫常關係，君位的傳承就是禮樂制度的一部分，君王本該努力維護這套制度，而周幽王卻成爲禮樂制度的破壞者。禮樂制度一旦瓦解，君君臣臣的關係蕩然無存。然而這個影響是逐漸擴散，逐漸動搖的。

周幽王之死，真正的導火線卻是君王戲弄諸侯。幽王爲了博褒姒的笑顏，不惜犧牲君王的威信。君無戲言，乃千古名言，周幽王最後敗在自己的手裡。褒姒只不過是催化劑。周幽王被殺在驪山，史家都強調是犬戎入侵而引起的亂事。而小說家卻強調犬戎之亂，亂在王宮，亂在天子廢嫡立庶，亂在天子戲弄諸侯，才導致申侯引犬戎來犯。犬戎之亂是表象，引動犬戎之亂的因素就是周天子。周王朝的變遷，從歷史現象來看，是犬戎亂華，追根究底卻是王室之亂。犬戎亂華後，鎬京毀壞不堪，使得周平王不得不東遷。

3、東遷的周平王

周平王名宜臼，一作宜咎，在位五十一年，是春秋時期第一位周王。周平王不是創業天子，也不是守成天子，他的形象在小說中並不特別描繪。在歷史上，他決定遷都，創造了東周歷史，他本來可以開展新頁，卻一無所成。

演義裡寫周幽王廢嫡立庶，廢后立妃，王后之父申侯借犬戎兵救王后，犬戎殺幽王於驪山，鎬京被破。平王有遷都之意，群臣皆附和，唯有司徒衛武公低頭長嘆。他說：「鎬京左有殽函，又有隴蜀，披山帶河，沃野千里，天下形勝，莫過於此。洛邑雖天下之中，其勢平衍，四面受敵之地，王若棄鎬京而遷洛，恐王室自是衰落。」（第三回），平王口口聲聲說，遷都是不得已的舉動。衛武公說：「昔堯舜在位，茅莿土階，禹居卑宮，不以為陋，京師壯觀，豈在宮室。」一番振振有詞的話語並沒有打消平王東遷的念頭。反而在安常與通變之爭中，平王選擇去豐鄗，而東徙洛邑。

平王東遷，當時有人支持，有人反對，甚至到後世，周平王東遷的舉動，褒貶評價還是不一[7]。然而不論何種看法，東遷是事實，周王室逐漸衰弱也是事實，列國勢力逐漸強大更是事實。小說家並沒有將「遷徙」當成東周衰弱的主要原因，反而鎖定周王室本身。如果周平王是位有所作為的君王，即使被迫遷都，也可以有所作為。可惜，周平王既無撥亂反正之才，也無奮發圖強之志，演義在第四回特別寫到秦襄公郊天應夢，僭祀上帝一事。魯惠公聞聽，也要請用郊禘之禮，周平王不許，魯惠公不聽，惠公曰：「吾祖周公有大勛勞於王室。禮樂吾祖之所制作，子孫用之何傷？況天子不能禁秦，安能禁魯？」遂僭用郊禘，比於王室。平王知之，不敢多問。明知僭越，卻不敢多問，周平王已經失勢了。加上周平王自毀君臣之分，喪失主導地位，導致周鄭交質。第五回演義寫到鄭莊公是王室公卿，居功自恃，引起周天子的不滿，平王想削弱莊公的權力，欲分政與虢公。鄭莊公以計迫周平王，周平王被逼同意「周鄭交質」，周王室居然主動與諸侯交換人質，小說家企圖還原當時的現場：

> 莊公又奏曰：「夫政者，王之政也，非臣一家之政也。用人之柄，王自操之。虢公才堪佐理，臣理當避位。不然，群臣必以臣為貪於權勢，昧於進退。惟王察之！」平王曰：

「卿父子有大功於國，故相繼付以大政，四十餘年，君臣相得。今卿有疑朕之心，朕何以自明！卿如必不見信，朕當命太子狐，為質於鄭，何如？」莊公再拜辭曰：「從政罷政，乃臣下之職，焉有天子委質於臣之禮？恐天下以臣為要君，臣當萬死！」平王曰：「不然。卿治國有方，朕欲使太子觀風於鄭，因以釋目下之疑。卿若固辭，是罪朕也。」莊公再三不敢受旨。群臣奏曰：「依臣等公議，王不委質，無以釋鄭伯之疑；若獨委質，又使鄭伯乖臣子之義。莫若君臣交質，兩釋猜忌，方可全上下之恩。」平王曰：「如此甚善！」莊公使人先取世子忽待質於周，然後謝恩。周太子狐，亦如鄭為質。史官評論周鄭交質之事，以為君臣之分，至此盡廢矣。

只見鄭莊公以退爲進，周平王滿臉歉意，加上群臣的敲邊鼓，完成了史上摧毀周王室置位的交易。當君臣上下關係變成對等關係，諸侯挑釁的行爲就無是無非了。周平王缺乏長遠目光，甚至胸中無氣度，周王室已經無法統領天下諸侯了。以後諸侯內亂，如衛州吁弑其君完，魯公子翬弑隱公，宋華都弑其君與夷，天子均不能討，諸侯輕視王室，則日益放肆。

4、周桓王中箭

周王室的尊嚴與權威徹底被摧毀，是在周桓王伐鄭中箭那一刹那。這一箭傳達臣弑君的蠢動之心，然而處境危急，周王室仍然懵懂，無招架之力。何以如此不堪？小說家以爲周桓王這位小眼睛、小鼻子的君王要負全責。作一位君王，要有作君王的氣度，不與臣子一般見識。鄭莊公挑釁周王室，搶周禾一事，鄭莊公也派人致歉。然而周桓王不喜歡鄭莊公，對搶禾一事耿耿於懷。事過境遷，當鄭莊公來朝賀正，周桓王居然調侃鄭莊公。第六回，寫周桓王有意讓鄭莊公難堪，特別問了鄭國今歲收成時：

莊公對曰：「託賴吾王如天之福，水旱不侵。」桓王曰：「幸而有年，溫之麥，成周之禾，朕可留以自食矣。」莊公見桓王言語相侵，閉口無言，當下辭退。桓王也不設宴，也不贈賄，使人以黍米十車遺之曰：「聊以為備荒之資。」莊公甚悔此來……（第六回）

周桓王以牙還牙，看不到君王的氣魄，只看見尖酸狹隘，難怪無法化解危機。後鄭伯一連五年不朝，周桓王忿然作色：「寤生欺朕，非止一次。朕與寤生誓不兩立！」遂召蔡、衛、陳三國，親自興師伐鄭。周桓王要名正言順行使君王的職權，興師問罪，卻被鄭將祝聃射中肩膀，王室顏面盡失。最後，鄭國賠罪了事，周天子徒呼奈何！如此大逆不道的事，周天子居然和解了事。從此，周王朝對諸侯喪失懲戒權。

真正說出周王室衰微的原因，是作者在第十回，安排楚國熊通說出周王室的衰微原委。「無賞無罰，何以爲王？」熊通是這樣說的：

吾先人熊鬻，有輔導二王之勞，僅封微國，遠在荊山。今地辟民眾，蠻夷莫不臣服，而王不加位，是無賞也，鄭人射王肩，而王不能討，是無罰也。無賞無罰，何以為王！且王號，我先君熊渠之所自稱也。孤亦光復舊號，安用周為？（第十回）

楚國，羋性，子爵。熊通見周桓王兵敗於鄭，更加放肆，自立爲楚武王。而漢東諸國，各遣使稱賀，周天子敢怒不敢言。周天子名存實亡，天下日益混亂。就在周王室存亡之秋，齊國管仲提出「尊王攘夷」的口號，把日趨衰微的周王室，鞏固成一個神主牌，當尊王成了春秋各諸侯國彼此間的默契時，神主牌雖然沒有實際效用，卻足以制衡各諸侯間的角力戰。

然而神主牌下的周王室並沒有因此而安居，反而每下愈況，常搞內鬥，如莊王時有周公黑肩之亂，惠王時有子頹之難，襄王時有王子帶之亂，尤其，惠王偏愛子頹，要廢嫡立庶，而齊國擁立太子，周惠王居然要鄭國背齊親楚，完全是意氣用事，早已忘了齊桓公尊王之功，也忘了自己還是周天子的身分（二十四回）。

另外，周襄王的隗后與太叔之曖昧關係（三十七回），周襄王避亂居鄭，自貶身價。作者特別加入周天子自嘆天子不如民一段。襄王避亂入鄭界，借宿於農民封氏草堂之內。封氏得知天子光臨寒舍，即命二郎殺雞為黍。襄王問：「二郎何人？」對曰：「民之後母弟也。與民同居於此，共爨同耕，以奉養後母。」襄王嘆曰：「汝農家兄弟，如此和睦，朕貴為天子，反受母弟之害，朕不如此農民多矣！」（第三十八回）天子不如民的感嘆正因為傳位之苦。

第七十三回，寫周景王崩，有嫡世子曰猛，次曰芒，長庶子曰朝，景王寵愛朝，告訴大夫賓孟想更立世子，未行而崩。劉獻公摯也死了，他的兒子與賓孟有隙，同單穆公殺賓孟，立世子猛。世為悼王，尹文公合三家公劉眷，出奔，單旗奉王猛立子朝。沒想多久，王猛死，立芒，為敬王。周人呼芒為東王，朝為西王，兩王相攻，六年不決。後來朝出奔楚，諸侯遂城成周而還[8]。此時的周王室已經是個小土地廟，還搞爭位。後來周考王封其弟揭于河南王城，以續周公之官職。號西周公；十五年又封少子班于鞏。因鞏在王城之東，號曰東周公，此東西二周之始（第八十五回）。到了周赧王，東西周分治，雖居天子之位，徒守空名，不能號令。韓趙分周地為二，以雒邑之河南王城為西周，以鞏附成周為東周，使兩周公治之。赧王自成周遷于王城，依西周公以居，拱手而已（第一百零一回）。周王室在最微弱的時候，還是因為廢嫡立庶的問題，而造成分崩離析。

宗法是禮樂制度的重要綱領，也是維護皇權的機制，「立子以嫡不以長，立嫡以長不以賢」符合這一原則就是正統，就是名正言順，反之，則非正統，名不正則言不順，將受到非難。演義裡從一回到第十回直寫王綱廢弛，禮樂崩壞，而周天子就是禮樂制度的破壞者。周天子還有封命權的價值，一旦濫用，周天子無異成了橡皮圖章。春秋時期，在周王的封命下，各諸侯都是世襲的，雖有弒君之事發生，但繼承者都是公室子孫，權臣的勢力無論怎麼強大，都照例無法得到王室的封命。到了晉、齊兩國的君位，被權臣所篡，周王室竟然承認，加封竊位的權臣爲諸侯，周代的封建制度至此便完全崩潰了。東周局勢的走向，帝王本身的所作所爲都是關鍵。

馮夢龍在「引首」指出「史觀論謂幽、厲，必有東遷，有東遷，必有春秋戰國，雖則天運使然，然歷覽往跡，總之得賢者勝，失賢者敗，自強者興，自怠者亡，勝敗興亡之分，不得不歸咎於人事也。」這人事最大禍源就是君王本身。從第十回起，周天子變成了神主牌，只供奉，但不奉命。以後的章回就竭盡所能描述東周的亂象。看乾綱解鈕，看諸侯放恣，看陪臣執國，看天下變成爭城以戰，殺人盈城，生靈塗炭。

（二）諸侯

在周天子的錯誤示範下，上行下效，爭權奪利更變本加厲，諸侯也紛紛加入破壞禮樂宗法的行列。諸侯位居政治核心，擁有權力，在王權旁落之時，如出柙猛虎，行徑類比周天子，好色、廢嫡立庶、不敬大臣等，甚至有過之而無不及。諸侯的亂行，導致東周社會的亂象。第二十六回，秦穆公要請西戎之臣由余遊苑囿，登三休之台，正向由余誇耀中國的文明之美。由余不經意的道出中國的亂源所在，演義寫道：

> 時西戎主赤斑見秦人強盛，使其臣由余聘秦以觀穆公之為人。穆公與之遊於苑囿，登三休之臺，夸以宮室苑囿之美。由余曰：「君之為此者，役鬼耶，抑役人耶？役鬼勞神，

役人勞民！」穆公異其言，曰：「汝戎夷無禮樂法度，何以為治？」由余笑曰：「禮樂法度，此乃中國所以亂也！自上聖創為文法，以約束百姓，僅僅小治。其後日漸驕淫，借禮樂之名，以粉飾其身，假法度之威，以督責其下，天下怨望，因生篡奪。若戎夷則不然，上含淳德以遇其下，下懷忠信以事其上，上下一體，無形詠之相欺，無文法之相擾，不見其治，乃為至治。」

「其後日漸驕淫，借禮樂之名，以粉飾其身，假法度之威，以督責其下，天下怨望，因生篡奪。」這一段話，由余一針見血點出當時的亂象，令秦穆公啞口無言。篡奪之事在演義中不斷上演，史家幾乎口徑一致認爲亂臣賊子衆之故。殊不知多少篡奪，多少殺戮，都是因諸侯不當的言行而引起。昏君誤國喪國，比臣子亂國還要嚴重。而君王的言行最容易惹禍的不外乎淫縱、無信、不敬大臣，小說家更直指廢嫡立庶是破壞禮樂宗法的元兇。

1、淫縱

演義中諸侯淫亂放縱的情事，皆本之史傳，不是憑空杜撰，荒淫無道之行，導致政局亂象叢生。第九回，寫到齊襄公與同父異母妹文姜有曖昧關係，作者歸罪於齊僖公。文中說到：「也是齊侯夫婦溺愛子女，不預爲防範，以致兒女成禽獸之行，後來諸兒身弒國危，禍皆由此。」文姜嫁給魯桓公，後文姜隨桓公如齊，與齊襄公私通，齊襄公因此謀害魯桓公和公子彭生兩條性命。彭生臨死前，大聲吶喊「淫其妹而殺其夫，皆出汝無道昏君所爲，今日又委罪於我！死而有知，必爲妖孽，以取爾命！」連稱因齊襄公失信，數落齊襄公的死罪，第十四回寫道：

無道昏君！汝連年用兵，黷武殃民，是不仁也；背父之命，疏遠公孫，是不孝也；兄妹宣淫，公行不忌，是無禮也；不念遠戍，瓜期不代，是無信也。仁孝禮信，四德皆失，

何以為人？吾今日為魯桓公報仇！（第十四回）

小說家寫道：「當是襄公惡貫已滿，假手二人耳。」反而對連稱、管至父二位亂臣無指責。卻對孟陽、徒人費等人視死如歸的表現，小說家不以爲然，寫出他們「不得爲忠臣之大節」。起因齊襄公之死，蓋咎由自取。

再如第十二回，寫父奪兒媳，引起一連串的殺機，這位主角就是淫縱不檢的衛宣公。衛宣公身爲公子時，就與父妾夷姜私通，還生下一子，名急子，寄養在民間，後立急子爲世子。當急子長大，衛宣公本爲急子聘齊僖公長女宣姜爲妻，但聽聞宣姜之美，竟派人迎宣姜於新台，納爲己妃。宣公與宣姜婚後生下壽與朔。公子壽與急子友善，而公子朔卻千方百計要除急子，後來公子壽與急子被殺，宣公驚嚇過度亦死。衛宣公的行爲，導致二子死亡，也引發公子朔登位成惠公的不當性，諸公子咸恨惠公，伺機報仇。趁惠公伐鄭之時，另立黔牟。惠公奔齊，欲借齊力返國，又造成四國聯合攻打衛國，導致一場國家之亂，而始作俑者就是衛宣公奪兒媳所造成的結果。所以作者在第十二回，花了相當的篇幅寫了「衛宣公築臺納媳」的醜事。

另一椿父奪兒媳，致使子弒父的悲劇發生。第六十七回，蔡景公本爲世子娶楚女羋氏爲妻，竟然自己先與羋氏私通。其子得知，非常憤怒，僞裝出獵，反殺了景公。這種子弒父的人倫大悲劇，是誰造成的？小說家寫到：「史臣論般以子弒父，千古大變！然景公淫於子婦，自取悖逆，亦不能無罪也。」君王的無道在小說家眼中，一直是製造亂臣賊子的關鍵。

第五十三回，陳靈公受大夫孔寧和儀行父的影響，與夏姬私通，一君二臣在朝堂上宣淫戲謔，陳靈公的荒淫終致夏姬之子夏徵舒弒君。陳國的亂事引發楚莊王伐陳，捉拿徵舒、夏姬，楚莊王車裂徵舒，楚莊王滅陳。在這個情節上，小說家寫著：「恰好孔寧儀行父二人逃到，見了莊王，瞞過君臣淫亂之情，只說：『夏征舒造反，弒了陳侯平國。』與使臣之言相合。」可見，君臣淫亂之事都被隱瞞，只說了亂臣造反，然而咎由自取，君臣淫亂方是禍首。如果陳侯沒有如此淫心，國家還不至於快速滅亡。君王的言行對一個國家有多重要。第六十三回，寫齊莊公看上崔杼的繼室棠姜，私通，也惹來亂臣賊子弒君，最後史家寫上「崔杼弒其君」。荒淫之君比比皆是，楚成王、鄭文公等都是，不勝枚舉。

另外，還有好鶴亡國，殺人爲樂的君王，皆因放縱太過所致。第二十二回，寫衛懿公不恤國政，好鶴，凡獻鶴者皆有重賞，而所畜之鶴，皆有品位俸祿，而常厚歛於民，以充鶴糧，民有凍飢，全不撫恤。終致狄人入侵，衛懿公被戮，衛國滅亡，遺民只剩七百二十人，後由齊國復國。 百姓無辜犧牲，皆因君王的放縱。第五十一回，晉靈公縱犬噬人，放彈打人，又以小過肢解膳夫，終遭趙穿所弒。趙盾說了一段話：「今主公縱犬噬人，放彈打人，又以小過支解膳夫，此有道之君所不爲也，而主公爲之。人命至重，濫殺如此，百姓內叛，諸侯外離，桀紂滅亡之禍，將及君身！」《孟子•公孫丑上》說的好，這就叫做：「自作孽，不可活。[9]」

2、君王不當的言行

「君子一言既出，駟馬難追」，要說到做到，一諾千金，是何等的重要。尤其對在位者而言，言而無信，禍事之端。第十四回，齊襄公被殺，除了與文姜私通外，導火線是言而無信。齊襄公與連稱、管至父約定瓜熟即將他們調職回京，然而齊襄公竟失信，終導致一場亂事。另外，「君無戲言」是一句普通話，人人都會說，然而真實感受到這話的嚴重性，可能需要看看這個案例。第十七回，南宮長萬自恃其勇，輕敵而被魯國擄獲，成了階下囚，後被釋放回國。宋閔公嘲笑他：「始吾敬子，今子魯囚也，吾弗敬子矣！」說得長萬無地自容。大夫仇牧私諫閔公曰：「君臣之間，以禮相交，不可戲也。戲則不敬，不敬則慢，慢而無禮，悖逆將生，君必戒之！」閔公曰：「孤與長萬習狎，無傷也。」後來長萬與宋閔公玩博局，長萬連負五局，罰酒五斗，已醉到八九分了，心中不服，再請覆局。閔公曰：「囚乃常敗之家，安敢復與寡人賭勝?」長萬心懷慚忿，嘿嘿無言。忽宮侍報道：「周王有使命到。」閔公問其來意，乃是報莊王之喪，且告立新王。閔公曰：「周已更立新王，即當遣使弔賀。」長萬奏曰：「臣未睹王都之盛，願奉使一往！」閔公笑曰：「宋國即無人，何至以囚奉使?」三番兩次，宋閔公以「魯囚」來譏諷南宮長萬，導致長萬殺了宋閔公。作者寫到「宋閔公即位共十年，只因一句戲言，遂遭逆臣毒手。春秋世亂，視弒君不啻割雞，可嘆！可嘆！」（第十七回）。也有君王不敬大臣，自取奔亡。第六十一回，對孫林父逐衛獻公一事，衛獻公親近讒諛之人，好鼓樂田獵之事，有日獻公約孫寧二卿共進午餐，自朝至午，未見使命來招，眼看日斜，請通報，獻公才因射獵而忘了此事。二卿含羞而退，因而導致孫林父臣弒君。第六十二回，作者寫到：「宋儒有詩謂獻公不敬大臣，自取奔亡。詩曰：『尊如天地赫如神，何事人臣敢逐君？自是君綱先缺陷，上梁不正下梁蹲。』」孫林父既逐獻公，遂與寧殖合謀迎公子剽為君，是為殤公。不責怪臣子，乃因君綱有缺陷。

第九十四回，寫宋康王於周顯王四十一年逐兄自立，經營宋國為強國，在很短的時間內，與齊、楚、三晉並立。自謂天下英雄，演義則描繪他以恐嚇遠人，又喜長夜縱飲及淫樂，後強娶韓憑之妻息氏，韓憑自殺，息氏亦死，夫婦化為「相思樹」。宋王暴虐，射殺多位勸諫者，齊湣王遂約楚、魏攻宋國，齊湣王採布其罪惡的檄文，使民不樂附宋，這篇檄文昭告桀宋十大罪過：

> 一、逐兄篡位，得國不正；二、滅滕兼地，桀強凌弱；三、好攻樂戰，侵犯大國；四、革囊射天，得罪上帝；五、長夜酣飲，不恤國政；六、奪人妻女，淫蕩無恥；七、射殺諫臣，忠良結舌；八、僭擬王號，妄自尊大；九、獨媚強秦，結怨鄰國；十、慢神虐民，全無君道。

宋康王因此成為宋國的末代君王，齊、楚、魏共滅宋國，三分其地。君王的所作所為，都關係著國家的安危，怎可不慎呢?

《論語•顏淵篇》記載，季康子問政於孔子：孔子對曰：「政者正也；子帥以正，孰敢不正?」〈子路篇〉又說：「子曰：其身正，不令而行；其身不正，雖令不從。」如果要國家好，君王必須要正，孔子更進一步說明「君子之德，風；小人之德，草，草上之風必偃。」在位者的德行像風，老百姓的行為像草，草上有風，草就隨風搖曳。因此列國紛擾多事，不能全怪亂臣賊子。《論語•顏淵篇》：「季康子問政於孔子：如殺無道，以就有道，何如? 孔子對曰：子為政，焉用殺? 子欲善，而民善矣！」為政者的責任難道不重嗎?

3、廢嫡立庶的衝突

政局中衝突最厲害的就是傳位問題，傳位一直是難度最高的政治課題，因為利益衝突太大。封建社會早就有一套宗法制度，殷商時代例行「兄終弟及」制，姬周例行「父死子傳」制。然而破壞宗法制度最有力的人卻是君王本身，廢嫡立庶又是最大的致命傷。如周幽王寵信褒姒廢嫡立庶，招來犬戎之亂。這個案例卻沒有讓諸侯警惕，也常犯這樣致命的錯誤。例如第五回，州吁弒君的膽子，就是因為溺愛而造成的。衛莊公溺愛州吁，任其所為，石碏曾勸諫莊公，「臣聞愛子者，教以義方，費納於邪。夫寵過必驕，驕必生亂。主公若欲傳位於吁，便當立為世子。如其不然，當稍裁抑之，庶無驕奢淫佚之禍。」衛莊公不聽，因而埋下州吁弒兄篡位的史實。在宗法制度上，並不是每一國家都相同，各國有各國傳統，違背這個傳統很容易生亂子。晉國講究「論嫡庶，不論長幼」，晉申生為太子就是一例（二十回）；楚國「傳位立於少，不立於長」（四十六回）；魯國「立子以嫡，無嫡方立長」（五十回）；吳國「傳弟不傳孫」（六十一回）。吳國之制，兄終弟及（七十七回），但後傳子，引起爭位之亂（七十七回），而每個國家或多或少都發生過傳位問題。

傳位紛擾，使強國大幅衰敗，鄭國和齊國都是典型的例子。鄭國本是春秋初葉的小霸主，周王室都得讓他三分。鄭莊公去世後，鄭國就陷入內亂，原因就出在鄭莊公生前欲廢嫡立庶，遭到臣子祭足的反對。祭足堅持立嫡長子忽，莊公則認爲子突有野心，若立忽就得外放子突。事情的演變果然正如鄭莊公所料，子突利用外家宋國的力量，奪取君權成爲厲公；後厲公欲殺祭足，祭足又迎昭公忽復位。祭足逐君的出發點是「吾不失信於舊君也！」而高渠彌卻趁祭足遠行，殺了昭公，奉公子亹爲君。公子亹被齊國所殺，祭足又立公子儀。當齊桓公欲勦楚之際，寧戚進言說，欲勦楚必先得鄭。寧戚說了鄭國的背景：「鄭公子突爲君二載，祭足逐之而立子忽；高渠彌弒忽而立子亹；我先君殺子亹，祭足又立子儀。祭足以臣逐君，子儀以弟篡兄，犯分逆倫，皆當聲討。」（十九回），這一連串糾結的事件，造成鄭國內亂不停。從此，鄭國無法東山再起，淪爲大國的附庸。

五霸之首齊桓公斷送霸主之業，最後死於非命，也是出在傳位問題。齊桓公有三位夫人，又有六位如夫人，皆得寵愛，六位如夫人各生一子，群公子各樹黨羽，互相猜忌，各使其母求爲太子，桓公一味含糊答應，全沒個處置。作者在第二十四回寫到：

> 齊桓公在路上，偶與管仲論及周事。管仲曰：「周室嫡庶不分，幾至禍亂。今君儲位尚虛，亦宜早建，以杜後患。」桓公曰：「寡人六子，皆庶出也，以長則無虧，以賢則昭。長衛姬事寡人最久，寡人已許之立無虧矣。易牙、豎貂二人，亦屢屢言之。寡人愛昭之賢，意尚未決。（第二十四）

齊桓公猶豫不決，造成群公子爲了君位，不顧齊桓公的死活。齊國國內大亂，孝公嗣位，又附楚仇宋，紛紛多事。齊桓公對嗣位的傳承沒有及早規劃，竟至死無葬身之地，諸如此類的事件，沒完沒了。

《論語•顏淵篇》記載，齊景公問政於孔子，孔子回答：「君君、臣臣、父父、子子。」宗法制是中國封建設社會普遍遵循的政治模式，以血緣關係爲鈕帶，國體是宗法體系的放大，政治結構是等級親族結構的擴大，亦儒家所提倡的君君、臣臣、父父、子子。當君不君，亂事容易出現，春秋戰國的亂象何其多，君王的一舉一動才是真正的亂源。而這個亂源又產生什麼亂象呢?

二、　亂局現象的驚悚

國家是一個整體結構，這個整體結構中有位置，有中心，有邊緣，有關係；當關係發生連結或延伸時，位置就會改變；位置改變，中心立刻產生變化；中心一旦生變，邊緣也立刻轉移。在這個整體結構裡，沒有單純的位置、中心、邊緣和關係，而是彼此相互牽制。沒有單純的君王或臣子，二者相互依存，只要失去任何一方，另一方也就失去它的意義。當君盡到爲人君的本分，那麼，臣子一定竭盡所能當一個臣子；當父親盡到作父親的職責，作兒子的一定竭盡所能盡孝。孟子將君臣的關係說得最好：

> 君之視臣如手足，則臣視君如腹心；君之視臣如犬馬，則臣視君如國人；君之視臣如土芥，則臣視君如寇讎。[10]

是的，君臣關係是一種以義爲表，以恩爲裡，表裡相應的關係。當社會出現「父不父，君不君」的現象，義的關係就斲喪殆盡，「臣不臣，子不子」的亂象自然而然出現。《列國志》全書寫進四十餘個國家，超過一百五十位諸侯，五六百位大夫，數十位賢士，幾十場大大小小的戰役。全書寫人物，寫國家，也寫整個時代的亂象。以人物爲中心，所產生的邊緣和關係糾結成的事件，形成整個政治環境。五霸、七雄各諸侯間，他們的事跡只是櫥窗，作者要表現不是亂臣賊子本身的作爲，而是他們身後的時代亂象。

（一）臣弒君、子弒父

東周這個時代，最大的亂象就是亂臣賊子眾。《孟子·滕文公下》說：

> **世衰道微，邪說暴行有作。臣弒其君者有之，子弒其父者有之。孔子懼，作《春秋》。**

根據清人顧棟高的統計，春秋弒君有二五例，也有說三十六起[11]，而逐君篡奪者更多[12]。僭國和篡奪的戲碼持續不斷上演五百多年，最後，根本分不清誰是誰非。周天子無力討伐，霸主也養亂為功，各憑本事利用關係，展開權力的血腥爭奪戰。演義中從衛州吁弒君開始，一連串的臣弒君就紛紛上演。當他們成功後，為了掩人耳目，也使盡心力，化解臣弒君的不當性。於是衛州吁欲立威鄰國以壓國內反彈之眾，假借王命發動戰事，採遠交近攻的方式，賄賂魯國參加戰役，為的就是消弭國人的議論。個人的權力慾望，導致全面大規模的國際戰爭，無辜的老百姓，尚不知為何而戰？第六回，作者寫下這樣的野人之歌：「一雄斃，一雄興。歌舞變刀兵，何時見太平？恨無人兮訴洛京！」周天子也無力主持公道。

第七回魯國公子翬弒隱公；第八回宋華督弒殤公；第十回蔡人殺陳佗；第十二回鄭高渠彌弒昭公忽；第十四回齊無知弒其君諸兒；第二十八回里克弒二君；第四十六回楚世子商臣弒父；第四十九回齊公子商人弒其君舍；第五十回趙盾弒其君；第五十二回鄭公子歸生弒其君夷；第五十三回夏徵舒弒其君平國；第六十五回崔杼弒其君光；第六十七回蔡世子般弒其君固；第七十回楚平王弒君於乾谿；第七十二回吳公子光弒王僚等。弒君弒父的情節，都是演義中鋪陳的重點。而這些臣弒君的亂行，都是國家大事，影響層面相當廣泛，關係的對立，戰爭的頻仍都與此事脫不了干係。

以下舉幾個例子，來說明臣弑君所引發更多的殺戮和是非，

晉獻公受驪姬蠱惑，殺太子申生，立驪姬之子奚齊，逐群公子。後世有人爲此評論晉獻公是一位有作爲的晉國君主，建立無公族制度，讚揚他逐群公子的作法[13]。然而小說家並沒有針對他尙賢、尙功、尙法的路線來描繪，反而認爲：「獻公疑群公子多重耳、夷吾之黨，異日必爲奚齊之梗，乃下令盡逐群公子。晉之公族，無敢留者。於是立奚齊爲世子。百官自「二五」及荀息之外，無不人人扼腕，多有稱疾告老者。」（第二十七回），小說家描寫晉獻公的做法，在當時並沒有得到大家的認同，終遭來一場世紀大災難。荀息受晉獻公臨終遺託，要輔佐奚齊，奚齊是他的君王，但是其他臣子以爲奚齊年幼又得位不當，亡公子長且賢，群臣就各爲其主，各成其志。里克殺了奚齊爲先太子申生報仇，後又殺了卓子，荀息亦死。作者卻說荀息從君之亂命，而立庶孽，雖死不足道也！庶孽、亂臣，何者爲是？何者爲非？當夷吾繼位，郤芮要夷吾殺里克，他說：「克弑奚齊，又弑卓子，又殺顧命之臣荀息，其罪大矣！念其入國之功，私勞也。討其弑逆之罪，公義也。明君不以私勞而廢公義」。里克說：「不有所廢，君何以興？欲加之罪，何患無辭？里克拔佩劍躍地大呼曰：「天乎冤哉！忠而獲罪，死若有知，何面目見荀息乎？」遂自刎其喉而死（二十九回）。而惠公殺了里克，群臣多有不服。里克是忠臣？還是亂臣？作者寫群臣不服，顯然也認同里克的做法。以後晉國亂事多多，夷吾的登基與秦國發生摩擦；重耳流亡十九年，與秦、鄭、宋、楚等國都發生密切的關係，導致後來發展的侵鄭、伐曹的各種國際戰爭。直到十九年後重耳返國，才開拓晉國的霸業。

第四十九回，齊公子商人乃齊桓公之妾所生，演義寫他素有篡位之志，弑其君舍，還對公子元說，這一切弑君行爲皆是爲他所作，公子元不齒商人所爲，終身不朝。商人即位爲懿公，昭姬喪其子舍，被懿公囚禁。魯國告匡王，欲借天子恩寵，以求昭姬

之囚，匡王命單伯往齊國，結果被囚禁。齊懿公恨魯人以王命壓之，興兵罰魯。齊懿公弒幼主、囚國母、拘天使、虐鄰國，窮凶極惡，卻無人可討伐。齊公子商人公然爲惡，王室也噤若寒蟬，諸侯也放縱凶惡。這樣的不倫的行徑已經凌遲整個社會的正義。

因此，在不斷的臣弒君、子弒父的情況下，已分不清何者爲亂臣？何者爲忠臣？第四十二回，寫衛國大夫元咺控告君王殺弟的亂行。他先逃奔晉國，見了晉文公，哭訴衛侯疑忌叔武，遣前驅射殺之事，要晉侯主持公道。此時，晉文公正準備朝周王活動，播告諸侯，俱約冬十月朔，於溫地取齊。至期，齊昭公潘，宋成公王臣，魯僖公申，蔡莊公甲什，秦穆公任好，鄭文公捷，陸續俱到。衛侯鄭自知有罪，意不欲往。寧俞諫曰：「若不往，是益罪也，晉討必至矣。」成公乃行。寧俞與鍼莊子、士榮，三人相從。小說家是這樣寫的：

> 晉文公將衛叔武冤情，訴於襄王，遂請王子虎同決其獄。襄王許之。文公邀子虎至於公館，賓主敘坐。使人以王命呼衛侯。衛侯囚服而至。衛大夫元咺亦到。子虎曰：「君臣不便對理，可以代之」。乃停衛侯於廡下。寧俞侍衛侯之側，寸步不離。鍼莊子代衛侯，與元咺對理；士榮攝治獄之官，質正其事。元咺口如懸河，將衛侯自出奔襄牛起首，如何囑咐太叔守國，以後如何先殺元角，次殺太叔，備細鋪敘出來。鍼莊子曰：「此皆歂犬讒譖之言，以致衛君誤聽，不全由衛君之事。」元咺曰：「歂犬初與咺言，要擁立太叔。咺若從之，君豈得復入？只為咺仰體太叔愛兄之心，所以拒歂犬之請，不意彼反肆離間。衛君若無猜忌太叔之意，歂犬之譖，何由而入？咺遣兒子角，往從吾君，正是自明心跡，本是一團美意，乃無辜被殺。就他殺吾子角之心，便是殺太叔之心了。」士榮折之曰：「汝挾殺子之怨，非為太叔也。」元咺曰：「咺常言：『殺子私

怨，守國大事。』咺雖不肖，不敢以私怨而廢大事。當日太叔作書致晉，求復其兄，此書稿出於咺手。若咺挾怨，豈肯如此？只道吾君一時之誤，還指望他悔心之萌，不意又累太叔受此大枉。」士榮又曰：「太叔無篡位之情，吾君亦已諒之。誤遭歂犬之手，非出君意。」元咺曰：「君既知太叔無篡位之情，從前歂犬所言，都是虛謬，便當加罪；如何又聽他先期而行？比及入國，又用為前驅，明明是假手歂犬，難言不知。」鍼莊子低首不出一語。士榮又折之曰：「太叔雖受枉殺，然太叔臣也，衛侯君也。古來人臣，被君枉殺者，不可勝計。況衛侯已誅歂犬，又于太叔加禮厚葬，賞罰分明，尚有何罪？」元咺曰：「昔者桀枉殺關龍逢，湯放之。紂枉殺比干，武王伐之。湯與武王，並為桀紂之臣子，目擊忠良受枉，遂興義旅，誅其君而吊其民。況太叔同氣，又有守國之功，非龍逢、比干之比。衛不過侯封，上制於天王，下制於方伯，又非桀紂貴為天子，富有四海之比。安得雲無罪乎？」士榮語塞，又轉口曰：「衛君固然不是，汝為其臣，既然忠心為君，如何君一入國，汝便出奔？不朝不賀，是何道理？」元咺曰：「咺奉太叔守國，實出君命；君且不能容太叔，能容咺乎？咺之逃，非貪生怕死，實欲為太叔伸不白之冤耳！」晉文公在座，謂子虎曰：「觀士榮、元咺往復數端，種種皆是元咺的理長。衛鄭乃天子之臣，不敢擅決，可先將衛臣行刑。」喝教左右：「凡相從衛君者，盡加誅戮。」子虎曰：「吾聞寧俞，衛之賢大夫，其調停於兄弟群臣之間，大費苦心，無如衛君不聽何？且此獄與寧俞無干，不可累之。士榮攝為士師，斷獄不明，合當首坐。鍼莊子不發一言，自知理曲，可從末減。惟君侯鑒裁！」文公依其言，乃將士榮斬首，鍼莊子刖足，寧俞姑赦不問。衛侯上了檻車，文公同子虎帶了衛侯，來見襄王，備陳衛家君臣兩造獄詞：「如此冤情，若不誅衛鄭，天理不容，人心不服。乞命司寇行刑，以彰天罰！」襄王曰：「叔父之斷獄明矣；雖然，不可以訓。朕聞：『《周官》設兩造以訊平民，惟君臣無獄，父子無獄。』若臣與君訟，是無上下也。又加勝焉，為臣而誅君，為逆已甚！朕恐其無以彰罰，而適以教逆也。朕亦何私於衛哉？」文公惶恐謝曰：「重耳見不及此。既天王不加誅，當檻送京師，以聽裁決。」文公仍帶衛侯，回至公館，使軍士看守如初。（第四十二回）

君臣對簿公堂，衛侯理虧，元咺理長，晉文公斷案將衛侯囚禁，斬士榮，刖足鍼莊子，命元咺回衛國另立君王。周天子以爲「君臣無獄，父子無獄。」故此案例不可訓。於是，釋放衛侯回國，而衛侯在寗俞和周歂的協助下，殺了元咺，復位。演義是這樣評論著：

後人論寗武子，能委曲以求復成公，可謂智矣！然使當此之時，能諭之讓國於子瑕，瑕知衛君之歸，未必引兵相拒，或退居臣位，豈不兩全？乃導周歂冶廑行襲取之事，遂及弒逆，骨肉相殘，雖衛成公之薄，武子不為無罪也！（四十三回）

在一場混亂中，要證明誰是誰非，非常困難，要能做到兩全更爲不易。小說家的編排有小說家的看法，且看他對周歂的下場就可以知其意指：

衛成公復位之後，擇日祭享太廟。不負前約，封周歂冶廑並受卿職，使之服卿服，陪祭於廟。是日五鼓，周歂升車先行，將及廟門，忽然目睛反視，大叫：「周歂穿窬小人，蛇豕奸賊！我父子盡忠為國，汝貪卿位之榮，戕害我命。我父子含冤九泉，汝盛服陪祀，好不快活！我拿你去見太

> 叔及子瑕，看你有何理說？吾乃上大夫元咺是也！」言畢，九竅流血，僵死車中。冶廑後到，吃一大驚，慌忙脫卸卿服，託言中寒而返。衛成公至太廟，改命寧俞孔達陪祀。還朝之時，冶廑辭爵表章已至。衛侯知周歂死得希奇，遂不強其受。未逾月，冶廑亦病亡。可憐周冶二人，止為貪圖卿位，幹此不義之事，未享一日榮華，徒取千年唾罵。豈不愚哉！（四十三回）

周嵩被元咺索命而死，這是小說家最嚴厲的指證。衛國的亂事不斷，皆源自名分不明。《論語‧子路》篇：

> 子路曰：衛君待子而為政，子將奚先？子曰：必也正名乎！子路曰：有是哉，子之迂也。奚其正？子曰：野哉，由也。君子於其所不知，蓋闕如也。名不正，則言不順，言不順，則事不成，事不成，則禮樂不興，禮樂不興則刑罰不中，刑罰不中，則民無所措手足。

另外，演義常詳細敘述臣子處心積慮竊位：闔閭派專諸刺王僚，先訓練專諸，伺機而動，趁王僚攻打楚國，國中空虛而動，以魚腸劍刺死王僚，爲求斬草除根，再殺王僚之子。闔閭殘忍是因爲有切膚之痛，他一定要除太子，否則將來太子必定報仇。刺殺太子，子胥推薦要離，要離行苦肉計親近太子然後殺戮。這一串的權謀都爲了保衛政權，殺戮不休，皆因爭位所致。

以後權臣的地位越來越高，諸侯的地位漸漸旁落，陪臣竊國就成了因果循環，毫無是非可言。且看陪臣的獨斷獨行；第五十六回，季孫行父等擁立世子黑肱，時年一十三歲，是爲成公。成公年幼，凡事皆決於季氏。季孫行父集諸大夫於朝堂，議曰：「君幼國弱，非大明政刑不可。當初殺嫡立庶，專意媚齊，致失晉好，皆東門遂所爲也。仲遂有誤國大罪，宜追治之。」諸大夫皆唯唯聽命。行父遂使司寇臧孫許，逐東門氏之族。後儒論仲遂躬行弒逆，擾立宣公，身死未幾，子孫被逐，作惡者亦何益哉?

第八十四回，寫三家分晉的過程，起初晉國有六卿，同執晉政。後范氏中行自取覆滅，尙存四卿。智伯是四卿中最有實權的卿大夫，有代晉之志。智伯求地於趙襄子，趙襄子不給，智伯於是邀韓魏二家共攻趙氏。智伯採取決水灌晉陽的卑劣手法，趙襄子派人與韓魏謀合，共同擊敗智伯，智伯於是被滅。爲了斬草除根，智伯的宗族俱滅，又將智伯的食邑，三家均分，無一寸土地留給晉室。可見當時陪臣眼中已無王室之尊。晉哀公薨，子柳立，是爲幽公，韓虎和魏合謀，只以絳州曲沃二邑，爲幽公俸食，餘地皆三分入於三家。雖號稱三晉，幽公微弱，反往三家朝見，君臣之分已倒置。再說齊相國田盤聽說三晉分公家之地，於是派人前往致賀，與之通好。小說家說了這樣的話:「齊晉之君，拱手如木偶而已！」周威烈王不以討賊爲要，反冊封三晉爲侯，趙都中牟，韓都平陽，魏都安邑，立宗廟社稷，列國紛紛遣賀。沒多久，三家廢晉靖公爲庶人。晉自唐叔傳至靖公凡二十九世，其祀遂絕。陪臣竊國，除了晉之外，還有齊國，田齊後來取代了姜齊。

《論語•子路》篇：「定公問：一言而可以興邦，有諸?」孔子簡短的回答曰：「爲君難，爲臣不易」，如果知道爲君的難處，爲臣不容易，不等於一言而興邦了嗎?「爲君難，爲臣不易」知易行難呀！如果真知真行，哪個國家會有亂事呢?君臣關係在混沌不明的狀態下，是非則難斷，一無是非，臣弑君、陪臣竊命就是因果報應。戰國時期的情況，劉向在〈戰國策•敘〉寫的很清楚：

> 仲尼既沒之後，田氏取齊，六卿分晉，道德大廢，上下失序，至秦孝捐禮讓而貴戰爭。棄仁義而用詐譎，苟以取強而已，夫篡盜之人，列為侯王。詐譎之國，興立為強，是以轉相仿效，後生師之，遂相吞滅。併大兼小，暴師經歲，流血滿野，父子不相親，兄弟不相安，夫婦離散，莫保其命，湣然道德絕矣。

漢劉向一席話，道盡戰國的亂象。

（二）上下交征利

當社會演變成君不君，臣不臣，父不父，子不子的時候，上下自然產生爭利的現象，國君只問：「何以利吾國？」大夫只問：「何以利吾身？」上下交征利的時候，各有立場，則各懷鬼胎。陽謀、陰謀盡出，結果就是犧牲了「仁」與「義」。君王如此，臣子如此，連國際關係也如此。導致戰國時期，賄賂的情形更是數不勝數。孟子說得很清楚：

> 為人臣者，懷利以事其君；為人子者，懷利以事其父；為人弟者，懷利以事其兄；是君臣，父子，兄弟，終去仁義懷利以相接也。然而不亡者，未之有也！（《孟子•告子》篇下[14]）

例如：第七回，公子翬弒魯隱公一事，魯隱公雖然謙讓寬柔，是一個賢君，還是遭到殺戮的命運，原因出在公子翬求太宰官，魯侯要他等公子軌登位再求，公子翬反而懷疑魯侯有忌軌之心，要魯侯殺掉公子軌。魯侯退斥公子翬口出亂言，也不加處置。公子翬恐魯侯將此話告訴公子軌，軌即位，必當治罪，反向公子軌控訴魯侯欲取而代之。公子翬說「他無仁，我無義」。結果，公子軌被公子翬煽動，設計殺了魯侯。小說家借髯翁之名，評論了這段史實：

> 論公子翬兵權在手，伐鄭伐宋，專行無忌，逆端已見；及請殺弟軌，隱公亦謂其亂言矣。若暴明其罪，肆諸市朝，弟軌亦必感德。乃告以讓位，激成弒逆之惡，豈非優柔不斷，自取其禍！（第七回）

而當魯隱公被弒，國際情勢的發展，都在評估何者對自己最有利。鄭莊公問群臣：「討魯與和魯，二者孰利？」祭仲曰：「魯鄭世好，不如好之。」也不追究公子翬的弒君行爲。

第十回，宋幫鄭厲公奪位，宋要鄭回饋，鄭國同意；第十一回，宋莊公因鄭不回饋，而出兵攻打鄭國。這是周桓王二十年(魯桓公十二年)魯鄭攻宋，宋向鄭索賄太多，鄭因而攻宋。過二年，在周桓王二十二年(魯桓公十四年)，宋與齊、蔡、衛、陳聯合，攻打鄭國。國際間承諾、索賄、回饋與不回饋，都是交征利所致的紛端。是非因各方利益而模糊，公理已不在世間。

第十六回，魯莊公欲助子糾返國，施伯諫曰：「齊、魯互爲強弱。齊之無君，魯之利也。請勿動，以觀其變。」莊公不聽，起兵助糾，卻敗給齊國。齊國要向魯國殺子糾，魯莊公得到鮑叔牙之書，問施伯：「殺糾與存糾，孰利？」施伯曰：「小白初立，即能用人，敗我兵於乾時，此非子糾之比也。況齊兵壓境，不如殺糾，與之講和。」政治現實都得往利益靠攏。

第二十八回，晉惠公爲了求入國，曾許秦國河西五城給秦國，以及丕鄭父負葵之田七十萬。當惠公成功入國，卻不與秦城，安肯與里丕二人之田？鄭父心中怨恨，告秦穆公。鄭父對曰：「晉之諸大夫，無不感君之恩，願歸地者，惟呂飴甥、郤芮二人從中阻撓。君若重幣聘問，而以好言召此二人，二人至，則殺之。君納重耳，臣與里克逐夷吾，爲君內應，請得世世事君。何如？」穆公曰：「此計妙哉！固寡人之本心也。」於是遣大夫隨丕鄭父行聘於晉。一場戰役正被上下的利益主導。穆公曰：「晉何與我事？寡人亦欲成名於天下耳。」公子縶曰：「君如憂晉，則爲之擇賢君。第欲成名於天下，則不如置不賢者。均之有置君之名，而賢者出我上，不賢者出我下，二者孰利？」後來秦晉大戰龍門山，主要因爲晉惠公不履行承諾，平晉亂，秦穆公要殺了晉惠公，公孫枝反對。穆公問：

> 「然則逐之乎？囚之乎？抑復之乎？三者孰利？」公孫枝對曰：「囚之，一匹夫耳！於秦何益？逐之，必有謀納者。

不如復之。」穆公曰：「不喪功乎？」枝對曰：「臣意亦非徒復之已也。必使歸吾河西五城之地，又使其世子圉為質於吾國，然後許成焉。如是，則晉君終身不敢惡秦，且異日父死子繼，吾又以為德於圉。晉世世戴秦，利孰大乎？」穆公曰：「子桑之算，及於數世矣！」乃安置惠公於靈臺山之離宮，以千人守之。（第二十八回）

各國的算盤都是爲自己，上下交征利，出現行賄的現象。第八回，寫到：「公子馮回宋，華督奉之爲君，是爲莊公。華督仍爲太宰，分賂各國，無不受納。齊侯、魯侯、鄭伯同會於稷，以定宋公之位，使華督爲相。史官有詩嘆曰：「春秋篡弒嘆紛然，宋魯奇聞只隔年。列國若能辭賄賂，亂臣賊子豈安眠！」又有詩單說宋殤公背義忌馮，今日見弒，乃天也。詩曰：「穆公讓國乃公心，可恨殤公反忌馮。今日殤亡馮即位，九泉羞見父和兄。」衛侯朔鳴鐘擊鼓，重登侯位。將府庫所藏寶玉，厚賂齊襄公。襄公曰：「魯侯擒三公子，其勞不淺！」乃以所賂之半，分贈魯侯。復使衛侯另出器賄，散於宋、陳、蔡三國。鄭國因宋使督促財賄，不絕於道，又遣人求魯侯。魯侯只得又約宋公於虛龜之境面會，以決平鄭之事。史官有詩嘆曰：

春秋篡弒嘆紛然，宋魯奇聞只隔年、列國若能辭賄賂，亂臣賊子豈安眠！（第八回）

天下霸主因爲受賄，喪失權威，第四十九回，齊公子商人弒幼主奪得君位，晉國聚集八國諸侯商議伐齊，「齊懿公納賄於晉」，晉不伐齊。幾乎同時宋國也發生弒君之亂，晉國命荀林父爲將，合衛、陳、鄭三國之師伐宋，也因宋國「斂金帛數車，爲犒軍之禮，求與晉和。」晉國遂不伐，鄭穆公言道：

晉惟賂是貪，有名無實，不能復伯諸侯矣。楚王新立，將有事於征伐，不如棄晉從楚，可以自安。」乃遣人通款於

楚，晉亦無如之何也！髯仙有詩云：仗義除殘是伯圖，興師翻把亂臣扶。商人無恙鮑安位，笑殺中原少丈夫！（第四十九回）

因國君受賄而亡國的例子，最典型的就是虞國。第二十五回，演義寫「智荀息假途滅虢」，虞、虢二國本是同姓比鄰，脣齒相依的小國，卻與晉國為界，晉獻公與之為敵。荀息為晉獻公獻策，因虞公愛寶，便以垂棘之璧，屈產之乘賄賂之，果然順利借道滅虢。唇亡齒寒之效應，虞國立即也被晉吞滅，虞公受賄亡國成了歷史上最好的借鏡。另外，大夫賄賂他國，也造成國家之亂，且看魯昭公客死，定公即位，因魯國大夫季氏與荀躒通賄，導致魯國事晉而不事齊，導致齊國屢侵魯境，魯國大亂而三卿大夫把政(七十八回)。越國能打敗吳國，也靠行賄。勾踐命文種以重幣賄伯嚭，引見吳王，伯嚭得越國好處，處處為越國作保，終致吳國滅亡。如果伯嚭不受賄，越國的計謀就不容易得逞（第八十二回）。第八十六回，有一則齊威王要勵精圖治的故事：他多次詢問臣子，在地方官中，誰最好？誰最壞？不少人說即墨大夫最壞，最好的要算阿大夫。齊威王派人查看實情，把即墨大夫和阿大夫傳喚，對即墨大夫說：你不受禮給上級大夫，所以，上級大夫說你壞。阿大夫，你完全沒有建樹，卻只會送禮，所以，大夫們都說你好。齊威王後來將阿大夫和受惠官員一律處斬。這說明了行賄在當時多麼普遍！

北宋蘇洵的《六國論》寫道：「六國破滅，非兵不利，戰不善，弊在賂秦」，「不賂者以賂者喪，蓋失強援，不能獨完。」道盡當時諸侯國的命運，行賄則拒聽忠諫，枉殺賢臣，分不清敵和友，辨不明利和害，造成人性的扭曲。最不可思議的是吳起殺妻的故事（八十六回），吳起居然為了功名，殺了自己的妻子，以求得齊國的信任，這成了什麼世界？

仔細來看，春秋戰國的政治局面混沌不堪，上下關係儼然失序，在位之君看不到典範，難怪，當時子貢問孔子：「今之從政者何如？」子曰「噫！斗筲之人，何足算也！」（《論語・子路》篇）好一句「斗筲之人」，算是對當時君王最貼切的形容詞！

第二節　　亂局中的詭譎

自從周幽王廢嫡立庶，爲犬戎所殺；平王東遷，諸侯專恣，封建瓦解，禮樂崩壞，政治一片亂象，作者寫完列國志，在卷尾詩感慨道「卜世雖然八百年，半由人事半由天。」一半人事，一半天意，道出實情。天子、諸侯、士大夫上下相爭，是人事；歸罪於上位者，點明整個東周亂源之所，整個局勢發展成五霸迭興，七雄鬥勝，六國爭衡，王降爲君，君降爲庶人，如此的錯綜複雜，一切就是天意了。

由於周王室對諸侯國的約束力降低，群雄以力假仁，以霸服人，憑藉著只是「權力」而已。諸侯國各憑本領，在追逐權力的過程中，爆發一場又一場血淋淋的戰爭，非敵即友，稱霸稱雄的場面時常上演。春秋各諸侯都有爭霸的野心，彼此比鄰相接，國際間因此產生錯綜複雜的關係。各國爲了富國強兵，擴張領土，大國幾乎憑自己的武力，壓制部分侯國，來號召其他侯國。孟子說「五霸者，摟諸侯以伐諸侯者也」（《孟子・告子》下[15]）。漸漸霸國產生，被摟被伐的侯國，對於霸國十分敬畏，而小國則拉攏大國作靠山，你爭我奪。在二百四十二年的春秋年間，各國發動的戰爭多達四八五次，戰國二百四十八年，戰爭也有五一九次[16]。仔細來看，春秋戰國時期目的只有兼、併、滅、亡的戰爭，殺人盈城，爲了只是闢地千里[17]，而保民之職何在？孟子非常無奈的說：「春秋無義戰。[18]」道盡當時違天逆道的戰爭本質。

劉向在《戰國策・序》對戰國時期也做了說明：「上無天子，

下無方伯，力功爭強，勝者爲右。」天下變成弱肉強食的局面，爲了生存，一切只能靠手段、權謀，不達目的絕不罷休，功利掛帥，棄置道義。作者赤裸裸地書寫國際間的各種傾軋，五霸也好，七雄也罷，只是暴露當時亂象。且看當時局勢的詭譎。

一、養亂為功

春秋五霸中，最爲人樂道的是齊桓公。當時，齊桓公存三亡國，立僖公以存魯，城儀夷以存邢，城楚邱以存衛。齊桓公因此奠定了五霸之首的基石。可是齊桓公的豐功偉業，小說家頗不以爲然，作者在第二十三回，寫了齊桓公和管仲的對話：

> 桓公問管仲曰：「邢可救乎？」管仲對曰：「諸侯所以事齊，謂齊能拯其災患也。不能救衛，又不救邢，霸業隕矣！」桓公曰：「然則邢、衛之急孰先？」管仲對曰：「俟邢患既平，因而城衛，此百世之功也。」桓公曰：「善。」即傳檄宋、魯、曹、邾各國，合兵救邢，俱於聶北取齊。宋曹二國兵先到。管仲又曰：「狄寇方張，邢力未竭，敵方張之寇，其勞倍，助未竭之力，其功少，不如待之。邢不支狄，必潰，狄勝邢，必疲。驅疲狄而援潰邢，所謂力省而功多者也。」桓公用其謀，託言待魯邾兵到，乃屯兵於聶北，遣諜打探邢狄攻守消息。（第二十三回）

管仲的計策，要力省功多，鷸蚌相爭，漁翁得利，可以不費吹灰之力，手到擒來，卻讓邢城百姓受戰爭之苦。站在「仁」的角度來看這樣的計策，就是一種「養亂爲功」的功利主義。作者對管仲不早救邢、衛，也提出強烈的批評：

> 史臣有詩譏管仲不早救邢衛，乃霸者養亂為功之謀也。詩云：救患如同解倒懸，提兵那可復遷延？從來霸事遜王事，

功利偏居道義先。（二十三回）

不顧百姓的死活，只為了省力功多，齊桓公如此，晉文公何嘗不是這樣！尊王的目的就是在於圖伯（第三十九回）。稱霸後，即僭越行六軍制，以強其國（第四十二回）[19]，這是霸業與王道最大的不同。難怪齊宣王問孟子，齊桓晉文之事，如何？孟子毫不客氣的說：「仲尼之徒，無道桓文之事者，是以後世無傳焉，臣未之聞也；無以，則王乎！[20]」

孟子更抨擊五霸，他說：「五霸者，三王之罪人也；今之諸侯，五霸之罪人也；今之大夫，今諸侯之罪人也。……長君之惡，其罪小，逢君之惡，其罪大，今之大夫，皆逢君之惡。」（《孟子‧告子》下[21]），顯然小說家深受孟子言論的影響，對齊桓公和晉文公的功業，敘述不多，反著墨宮闈的內門情節。

二、各懷鬼胎

權謀、詭計與智慧是一體三面，站在蒼生的立場，解決問題的謀略都是智慧；反之，不站在蒼生的立場，所有的權謀都是詭計。即使成功，也只是一個人成功，並不是蒼生的成功。而在一個上下交征利的環境裡，各懷鬼胎乃正常現象。在演義裡寫晉楚逐鹿中原，兩大強國勢均力敵，晉跟齊締結軍事同盟；楚跟秦締結友好同盟，皆因利結盟。且看第三十九回，晉郤縠獻計：「君之伐曹衛，本謀固以致楚也。致楚必先計戰，計戰必先合齊秦。秦遠而齊近，君速遣一使結好齊侯，願與結盟。齊方惡楚，亦思結晉。倘得齊侯降臨，則衛曹必懼而請成，因而收秦，此制楚之全策也。」文公立刻派遣使者通好於齊，願與結盟。其計謀之深，實因當時惡劣的局勢所致。

春秋國際情勢的複雜，莫過於鄭國的處境。鄭國時而與齊、楚之間發生三角關係；時而夾在晉、楚爭霸之中，可以說是四面受敵，險象環生。第十九回，管仲已分析當時的局勢：「東遷以來，莫強於鄭。鄭滅東虢而都之，前嵩後河，右洛左濟，虎牢之險，聞於天下，故在昔莊公恃之，以伐宋兼許，抗拒王師。今又與楚爲黨。楚，僭國也，地大兵強，吞噬漢陽諸國，與周爲敵。君若欲屏王室而霸諸侯，非攘楚不可；欲攘楚，必先得鄭。」第二十三回，楚成王熊惲有志爭霸。子文建議：「齊侯經營伯業，於今幾三十年矣。彼以尊王爲名，諸侯樂附，未可敵也。鄭居南北之間，爲中原屏蔽，王若欲圖中原，非得鄭不可。」齊楚兩大國欲爭霸，都以「得鄭」爲藉口，只因爲鄭國地處中國咽喉。當晉楚爭霸之時，晉文公也以得鄭爲由。而鄭國只好時而附齊，時而附晉，時而附楚。第六十一回，演義寫盡鄭國艱苦的處境。當鄭國附楚時，晉國來攻打，楚國來救；當晉國勝利，鄭國又與晉結盟，楚國得知，又來攻打鄭國，鄭簡公招集群臣會商：

> 諸大夫皆曰：「方今晉勢強盛，楚不如也。但晉兵來甚緩，去甚速，兩國未嘗見個雌雄，所以交爭不息。若晉肯致死於我，楚力不逮，必將避之，從此可專事於晉矣。」公孫舍之獻策曰：「欲晉致死於我，莫如怒之。欲激晉之怒，莫如伐宋。宋與晉最睦，我朝伐宋，晉夕伐我。晉能驟來，楚必不能，我乃得有詞於楚也。」諸大夫皆曰：「此計甚善！」正計議間，諜人探得楚國借兵於秦的消息來報。公孫舍之喜曰：「此天使我事晉也！」眾人不解其意。舍之曰：『秦楚交伐，鄭必重困。乘其未入境，當往迎之，因導之使同伐宋國。一則免楚之患，二則激晉之來，豈非一舉兩得？』」（第六十一回）

在春秋時期，鄭國境內就發生約八十次的戰爭。有泓之戰，殽之戰，邲之戰，鄢陵之戰等[22]，「得鄭」成了列強圖霸的必爭之地，時間長達二百餘年[23]，鄭國百姓苦不堪言。各國眼中只有自己的利益，根本沒有考慮蒼生，最大的受害者就是百姓了。

興滅國，繼絕世，本是霸者之職責。然而各霸主基於功利，都打著如意算盤：第四十回，子文說：「晉之救宋，志在圖伯；然晉之伯，非楚利也。能與晉抗者惟楚。楚若避晉，則晉遂伯矣。且曹衛我之與國。見楚避晉，必懼而附晉，姑令相持，以堅曹衛之心，不亦可乎？」晉楚之爭是春秋間大事，在你爭我奪中，只見詭計盡出，各方無不使盡全身解數，鬥得你死我亡。這些君王，這些政客，心中也全沒個蒼生。楚將得臣與晉國談條件，他要晉文公復衛封曹，楚得臣也願意解圍去宋。晉國大夫狐偃卻罵道：「子玉好沒道理！你釋了一個未亡之宋，卻要我這裡復兩個已亡之國，你直恁便宜！」先軫也爲晉文公分析局勢，說：「宛春此來，蓋子玉奸計，欲居德於己，而歸怨於晉也。不聽，則棄三國，怨在晉矣；聽之，則復三國，德又在楚矣。爲今之計，不如私許曹衛，以離其黨，再拘執宛春以激其怒，得臣性剛而躁，必移兵索戰於我，是宋圍不求解而自解也。倘子玉自與宋通和，則我遂失宋矣。」而這些權謀最後演變成晉楚之間的城濮大戰。政治詭譎，就在於它是沒有規則的遊戲，「居德於己」、「歸怨于晉」等招數，紛紛亮相。演義以計中計，大小計謀的串聯，凸顯當時環境的惡劣。諸侯爭雄，明爭暗鬥，卿大夫爭權，混戰，廝殺，牽一髮則動全身。

第六十六回，宋向戌提倡弭兵之會，晉正卿趙武，楚令尹屈建，俱至宋地。各國大夫陸續俱至，演義寫道：「晉之屬國，魯、衛、鄭從晉營于左；楚之屬國，蔡、陳、許從楚營於右，以車爲城，各據一偏。議定：照朝聘常期，楚之屬朝聘於晉；晉之屬亦朝聘於楚，其貢獻禮物，各省其半，兩邊分用。大國齊、秦，算作敵體與國，不在屬國之數，各不相見。晉屬小國，如邾、莒、滕、薛；楚屬小國，如頓、胡、沉、麇，有力者自行朝聘，無力者從附庸一例，附於鄰近之國，遂於宋西門之外，剁血定盟。」

然而這場弭兵之會，諸侯們各打算盤。演義寫楚屈建欲暗襲趙武，伯州犁諫止；趙武也預備對敵之計，誰先歃？也吵翻天。楚屈建說：「若論王命，則楚亦嘗受命於惠王矣。所以交見者，謂楚晉匹敵也。晉主盟已久，此番合當讓楚。若仍先晉，便是楚弱於晉了，何云敵國？」趙武不肯從，羊舌肸謂趙武曰：「主盟以德不以勢，若其有德，歃雖後，諸侯戴之。如其無德，歃雖先，諸侯叛之。且合諸侯以弭兵爲名，夫弭兵天下之利也，爭歃則必用兵，用兵則必失信，是失所以利天下之意矣。子姑讓楚。」趙武乃許楚先歃，定盟而散。

總之，在上下交征利的環境裡，毫無誠信可言。演義中有相當多的地方都在陳述各國的權謀，凸顯當時環境的惡劣。

三、見死不救

在一個各懷鬼胎，各私其利的環境裡，往往有不可思議的情形發生，背信忘義，見死不救隨處可見。

第三十回，寫晉惠公即位，國內發生飢荒，向秦國乞糧。有人建議秦穆公趁此機會，攻打晉國，有人則建議要援救晉國。最後秦穆公考量晉國失信者是君王，而受飢荒者是百姓，於是慷慨解囊，運粟數萬斛於渭水，直達河、汾、雍、絳之間，舳艫相接，以救晉饑，晉人無不感悅。然而第二年，秦國發生年荒而晉國反而大豐收。秦國於是向晉國乞糧。原以爲晉國會感念秦國施糧的德政，會以同理心報答，沒想到晉國居然拒絕施糧。晉大夫虢射說：

> 去歲天饑晉以授秦，秦弗知取，而貸我粟，是甚愚也！今歲天饑秦以授晉，晉奈何逆天而不取？以臣愚意，不如約會梁伯，乘機伐秦，共分其地，是為上策。」惠公從虢射之言。乃辭冷至曰：「敝邑連歲饑饉，百姓流離，今冬稍

> 稔，流亡者漸歸故里，僅能自給，不足以相濟也」。（第三十回）

晉侯背棄仁義，背德怒鄰，已失大國風範，晉侯無道至此，終引起秦晉大戰龍門山。國際關係墮落至此，可歎！亦復可憐！第三十九回，齊孝公欲圖霸，想趁魯國歲饑之時，加兵攻打魯國。幸好，魯國派出柳下惠進行外交，化解一場干戈。趁人之危，見死不救，毫無仁義道德可言。孟子非常不屑當代所謂的「良臣」，《孟子•告子下》有這樣的話：

> 孟子曰：今之事君者曰：「我能為君辟土地，充府庫」。今之所謂良臣，古之所謂民賊也。君不鄉道，不志於仁，而求富之，是富桀也。「我能為君約與國，戰必克」。今之所謂良臣，古之所謂民賊也。君不鄉道，不志於仁；而求為之強戰。是輔桀也。由今之道，無變今之俗，雖與之天下，不能一朝居也。[24]

國際間，挾怨報私仇，完全不理會鄰國百姓的死活，屢見不鮮。如第三十九回，齊孝公因魯侯曾謀救過公子無虧，因此結仇甚深，加上魯國與衛、楚交好，如果他們聯合攻打齊國，後果不堪設想。後聽聞魯國鬧飢荒，因而想乘此機會出兵，觀望諸侯離合的態勢。趁火打劫，是當時常見的政治手腕。

春秋以後，張儀、蘇秦等人遊說諸侯，各有盤算，都因爲國際紛爭已無是非，置黎民蒼生生死於不顧，五霸、七雄逐霸，只圖領土的擴大，無視顛沛流離的老百姓。第九十回，秦相國公孫衍出師攻魏，擒其大將龍賈，斬首四萬五千，魏王割河北十城以求和。衍又欲移兵攻趙。第九十一回，懷王曰：「本欺楚者，秦也，齊何罪焉？合秦而攻齊，人將笑我。」即日拜屈丐爲大將，逢侯丑副之，興兵十萬，取路天柱山西北而進，徑襲藍田(今藍田縣)。秦王命魏章爲大將，甘茂爲副，起兵十萬拒之。一面使人征兵于齊。齊將匡章亦率師助戰。屈丐雖勇，難當二國夾攻，故連戰俱北。秦齊之兵，追至丹陽，屈丐聚殘兵復戰，被甘茂斬之。前後獲首級八萬有餘，名將逢侯丑等死者七十餘人，盡取漢中之地六百里，楚國震動。第九十四回，魏昭王與韓釐王奉周王之命，「合從」伐秦。秦使白起將兵迎之，大戰于伊闕，斬首二十四萬，一場戰爭斬首二十四萬人。看看！當時人以斬首為功勞。第九十八回，趙括對趙王說：「武安君數將秦軍，先敗韓魏于伊闕，斬首二十四萬；再攻魏，取大小六十一城；又南攻楚，拔鄢郢，定巫黔；又復攻魏，走芒卯，斬首十三萬；又攻韓，拔五城，斬首五萬；又斬趙將賈偃，沉其卒二萬人于河；戰必勝，攻必取，其威名素著，軍士望風而栗，臣若與對壘，勝負居半，故尚費籌畫。如王齕新為秦將，乘廉頗之怯，故敢于深入；若遇臣，如秋葉之遇風，不足當迅掃也。」趙王大悅，拜趙括為上將，沒想到趙括紙上談兵，被白起在長平坑趙卒四十萬軍（九十九回），人命如蟻命，故孟子才大聲疾呼:「民為貴，社稷次之，君為輕。」[25]

第三節　尊王與大一統

東周混亂的歷史長達五百多年，仁義殆喪，權謀盡出，各懷鬼胎。作者也不盡然全表現負面的亂象，而是真誠的看待整個局勢的發展，作者認為在一半人事，一半天意的情況底下，造就了這樣一個千古奇局。二千多年之後的清人蔡元放說:「列國之事，是古今第一個奇局，亦是天地間第一個變局，世界之亂亂到極處，卻越亂越有精神，周室之弱，已弱到極處，卻弱而不亡，淹淹纏纏也還作了兩百年天子，真是奇絕。」周王室弱而不亡，的確是奇蹟。後代對此事有許多看法，有人認為周王室因有德之故而得庇祐。有人認為是諸侯國之間有制衡的力量存在。但在東周演義的作者心理，真正讓周王室不亡的是管仲的「尊王攘夷」政策。尊王，讓周王室成爲神主牌，是一種精神象徵。當東周各諸侯相爭之時，有一股隱藏而奇妙的力量平衡各方勢力，周王室有時還是受到諸侯的顧忌。作者在第十六回寫管仲談霸的觀念時，已經讓這股勢力影響全書的佈局。

> 桓公曰：「兵勢既強，可以征天下諸侯乎？」對曰：「未可也。周室未屏，鄰國未附，君欲從事於天下諸侯，莫若尊周而親鄰國。」桓公曰：「其道若何？」對曰：「審吾疆埸，而反其侵地，重為皮幣以聘問，而勿受其貲，則四鄰之國親我矣。請以遊士八十人，奉之以車馬衣裘，多其貲帛，使周遊於四方，以號召天下之賢士。又使人以皮幣玩好，鬻行四方，以察其上下之所好。擇其瑕者而攻之，可以益地，擇其淫亂篡弒者而誅之，可以立威。如此，則天下諸侯，皆相率而朝於齊矣。然後率諸侯以事周，使修職貢，則王室尊矣。方伯之名，君雖欲辭之，不可得也。」桓公與管夷吾連語三日三夜，字字投機，全不知倦。桓公大悅。乃復齋戒三日，告於太廟，欲拜管夷吾為相。（第十六回）

一、尊王

齊桓公信任管仲，以管仲爲相，管仲秉政三年，齊國大治。第十八回，管仲告知齊桓公要稱霸，首先必須尊周。

> 管仲對曰：「當今諸侯，強於齊者甚眾。南有荊楚，西有秦晉。然皆自逞其雄，不知尊奉周王，所以不能成霸。周雖衰微，乃天下之共主。東遷以來，諸侯不朝，不貢方物，故鄭伯射桓王之肩，五國拒莊王之命，遂令列國臣子，不

知君父。熊通僭號，宋鄭弒君，習為故然，莫敢征討。今莊王初崩，新王即位，宋國近遭南宮長萬之亂，賊臣雖戮，宋君未定，君可遣使朝周，請天子之旨，大會諸侯，立定宋君。宋君一定，然後奉天子以令諸侯，內尊王室，外攘四夷。列國之中，衰弱者扶之，強橫者抑之，昏亂不共命者，率諸侯討之。海內諸侯，皆知我之無私，必相率而朝於齊。不動兵車，而霸可成矣。」桓公大悅。

齊桓公糾合諸侯，共獎王室，濟弱扶傾。第二十回，周王特地賜齊侯為方伯，修太公之職，得「專征伐」。順理成章，齊桓公成了春秋第一霸主。晉文公也曾繼承齊桓公的遺業，繼續尊王。第三十八回，狐偃對晉文公說：「昔齊桓之能合諸侯，惟尊王也。況晉數易其君，民以為常，不知有君臣之大義。君盍納王而討太叔之罪，使民知君之不可貳乎？繼文侯輔周之勛，光武公啓晉之烈，皆在於此。若晉不納，秦必納之，則伯業獨歸於秦矣。」君王更替太頻繁，老百姓習以為常，不知有君臣之義，正是臣弒君的亂象一直上演的原因。晉文公為了阻止政權交替的不安，不得已採納尊王的建議和征伐楚國。於是，晉文公大會諸侯於踐土，被周襄王正式冊封為霸主。宣命曰：「俾爾晉侯，得專征伐，以糾王慝。」晉侯遜謝再三，然後敢受。遂以王命布告於諸侯。襄王復命王子虎，冊封晉侯為盟主，合諸侯修盟會之政。晉侯於王宮之側，設下盟壇，諸侯先至王宮行覲禮，然後各趨會所（第四十一回）。周天子就在這樣尊王的政策下，苟且偷安，擁有九鼎，還有一點剩餘價值，王命之所在，正義之所在。尊王的口號使得東周得以維持五百多年的名分，而各諸侯國也在這樣惡質的環境下，彼此競爭。本質上，東周是一個失序的時代，營運出春秋五霸和戰國七雄，各諸侯國靠智力打天下，惡質現實的環境充滿殺戮戰場。各國的處境，君王的野心，大臣的盤算，各有各的打算，各有各的關係，因而變得錯綜複雜。尊王就是一種正名，尊王就是一種王道，尊王就是一種禮法。演義透過子突說出尊王的價值：

> 子突曰：天下之事，理勝力為常，力勝理為變，王命所在，理所萃也。一時之強弱在力，千古之勝負在理，若滅理而可以得志，無一人起而問之，千古是非，從此顛倒，天下不復有王，諸公何面目號為王朝卿士乎。

孔子認爲商禮是因循夏禮，周禮因循商禮，既然制度是因循，就不是照樣畫葫蘆，而是依時代的需要內容可以更替的。所以在孔子心目中，王不是一家姓，而是一個體制。只是當時既然是周天子的體制，在這個體制內，因周王室的衰微，諸侯如同軍閥割據，擁權自重。孔子編訂《春秋》，其實就是正名。正名就是先尊王，如果管仲沒有提出尊王的政策，周王室很早就不存在了。管仲的尊王攘夷政策，是維護時局的一股正氣。也因爲這樣，中國不致淪爲夷狄之邦，孔子才會以「仁」許管仲。

雖然周王室衰弱，政令不出王室，然而名分尚在，還是政權的表徵，是天下的共主，對諸侯還是具有統治權。例如：衛州吁弒君，國人不服。如何化解這場危機？石碏建議州吁說：「諸侯即位，以稟命於王朝爲正。新主若能覲周，得周王錫以黻冕車服，奉命爲君，國人更有何說？」(第六回)。能得到周王的任命，就是得到正名，正名之後，國人不再質疑。可見，周王的真除還是具有一定的效用。當周襄王避亂鄭國，狐偃建議晉文公勤王，他說：「周室雖衰，天命未改。今之王，古之帝也，其克叔帶必矣。」（第三十八回）狐偃提醒晉文公「天命未改」的事實，不可造次；當楚國得不到周王室的欽命，自立爲王，但楚國還是想要九鼎。莊王問曰：「寡人聞大禹鑄有九鼎，三代相傳，以爲世寶，今在雒陽。不知鼎形大小與其輕重何如？寡人願一聞之！」王孫滿曰：「三代以德相傳，豈在鼎哉！昔禹有天下，九牧貢金，取鑄九鼎。夏桀無道，鼎遷於商。商紂暴虐，鼎又遷於周。若其有德，鼎雖小亦重，如其無德，雖大猶輕！成王定鼎於郟鄏(即洛陽)，卜世三十，卜年七百，天命有在，鼎未可問也？」莊王慚而退，自是不敢復萌窺周之志（第五十一回）。又如第七十回　楚靈王既滅陳蔡，又遷許、胡、沈、道、房、申六小國於荊山之地，百姓流離，靈王自謂天下可唾手而得，日夜宴息於章華之臺，欲遣使至周，求其九鼎，以爲楚國之鎮。楚國覬覦九鼎已經很久了，即使周王室畏懼楚國，但求九鼎會遭諸侯非議，楚國仍然無法得逞。同一回，齊景公見晉楚多事，也有意乘隙圖伯。晉國大夫認爲諸侯有離心之意，必須加以威脅，否則霸業必失。然而如何威嚇，才能達到效果呢？晉大夫羊舌肸建議晉侯先遣使者到周，請王臣降臨，再請諸侯，約以秋七月俱集平丘(衛地)相會。各諸侯聞聽有王臣在會，無人敢不赴會！可見，周王室雖衰微，因爲名分尚在，對各諸侯國還有一定的約束力。第八十二回吳王夫差自封爲王，欲與中國會盟，約諸侯大會於黃池，與晉爭盟主之位。晉侯讓位給夫差，唯一條件就是要吳王去王號。演義寫董褐入吳軍致晉侯之命：「君以王命宣布于諸侯，寡君敢不敬奉！然上國以伯肇封，而號曰吳王，謂周室何？君若去王號而稱公，惟君所命。」夫差以其言爲正，乃斂兵就幕，與諸侯相見，稱吳公，先歃。晉侯次之，魯衛以次受歃。到了第八十五回，寫周威烈王二十三年，三家分晉，周王室居然冊封三家大夫爲諸侯。演義是這樣描寫的：

> 有雷電擊周之九鼎，鼎俱搖動。三晉之君，聞此私議曰：「九鼎乃三代傳國之重器，今忽震動，周運其將終矣。吾等立國已久，未正名號，乘此王室衰微之際，各遣使請命于周王，求為諸侯，彼畏吾之強，不敢不許。如此，則名正言順，有富貴之實，而無篡奪之名，豈不美哉？」……威烈王又曰：「三晉既欲為諸侯，何不自立？乃復告于朕乎？」趙使公仲連對曰：「以三晉累世之強，自立誠有餘，所以必欲稟命者，不敢忘天子之尊耳。王若冊封三晉之君，

俾世篤忠貞，為周藩屏，于王室何不利焉？」威烈王大悅。（第八十五回）

看來，周王室還是有一點賸餘價值，聰明之士則竭盡所能，善用此一價值。又如第八十六回，田和篡侯，其孫因齊登位，見吳越俱稱王，也不甘爲下，亦僭稱齊威王。魏侯聞齊稱王，也稱魏王，就是孟子所見的梁惠王。齊國啓用騶忌後，國內大治，諸侯畏服，騶忌建議齊威王要尊周。他說：

昔齊桓晉文，五霸中為最盛，所以然者，以尊周為名也。今周室雖衰，九鼎猶在，大王何不如周，行朝覲之禮，因假王寵，以臨諸侯，桓文之業，不足道矣。」威王曰：「寡人已僭號為王，今以王朝王可乎？」騶忌對曰：「夫稱王者，所以雄長乎諸侯，非所以壓天子也。若朝王之際，暫稱齊侯，天子必喜大王之謙德，而寵命有加矣。」威王大悅。即命駕往成周，朝見天子。時周烈王之六年。王室微弱，諸侯久不行朝禮，獨有齊侯來朝，上下皆鼓舞相慶。烈王大搜寶藏為贈。威王自周返齊，一路頌聲載道，皆稱其賢。（第八十六回）

戰國各國皆僭越稱王，僭越是一種手段，藐視之後再取而代之。戰國時期，周王室岌岌可危，各國虎視眈眈。秦昭襄王想立帝號，又怕太招搖，遂尊齊湣王爲東帝。齊湣王受帝號而不稱，秦昭襄王稱帝二個月，聞齊仍稱王，也去帝號，不敢稱。第九十四回，寫齊湣王想要取周而代之，他說：「寡人殘燕滅宋，闢地千里；敗梁割楚，威加諸侯。魯衛盡已稱臣，泗上無不恐懼。旦晚提一旅兼併二周，遷九鼎于臨淄，正號天子，以令天下，誰敢違者？」孟嘗君田文諫曰：「宋王偃惟驕，故齊得而乘之，願大王以宋爲戒！夫周雖微弱，然號爲共主。七國攻戰，不敢及周，畏其名也。大王前去帝號不稱，天下以此多齊之讓。今忽萌代周之志，恐非齊福！」可惜，齊湣王不聽，孟嘗君走大梁。

第一百一回，秦王滅周遷九鼎，演義裡描寫周滅亡的過程，對周天子的名號，還是充滿敬畏之意，不斷以神怪情節來著色，刻意凸顯天命所在。當韓趙分周地為二，遂有東周公和西周公的分別，周赧王依西周公而居，僅拱手而已。當秦兵來攻西周，西周公建議周赧王投降，周赧王無計可施，率領群臣子姪，到文武之廟痛哭，後捧輿圖親到秦軍投獻，秦王以梁城封赧王，將為周公，比於附庸。西周公則降為家臣。不到一個月，周赧王病死，秦王命除其國，燬周宗廟，搬運九鼎，安放咸陽。遷鼎之前，居民聽到鼎中有哭泣聲，運到泗水，一鼎忽然沉到水底。使人潛水，不見有鼎，但見蒼龍一條：

> 鱗鬣怒張，頃刻波濤頓作，舟人恐懼，不敢觸之。嬴樛是夜夢周武王坐于太廟，召樛至，責之曰：「汝何得遷吾重器，毀吾宗廟？」命左右鞭其背三百。嬴樛夢覺，即患背疽，扶病歸秦，將八鼎獻上秦王，並奏明其狀。秦王查閱所失之鼎，正豫州之鼎也。秦王嘆曰：「地皆入秦，鼎獨不附寡人乎？」欲多發卒徒，更往取之。嬴樛諫曰：「此神物有靈，不可復取。」秦王乃止。嬴樛竟以疽死。秦王以八鼎及祭器，陳列于秦太廟之中，郊祀上帝于雍州，布告列國，俱要朝貢稱賀，不來賓者伐之。（第一百一回）

九鼎為神物，不見有鼎，但見蒼龍，嬴樛又夢周武王鞭背，竟以疽死。最後，秦王僅以八鼎陳列秦太廟中。九鼎與八鼎之別，王者受命於天，是作者用心，路人皆知。

作者以尊王作為評定歷史人物的尺規，對後世讀者也是一種良心的教育。尊王就是要喚醒人民要有君臣之義的觀念，防止危及社會百姓安寧的政爭。

二、大一統

孔子作《春秋》為的就是撥亂反正，先決條件就是正名，正名的前提就是尊王，而尊王就是實踐大一統的思想。公羊高為《春秋》作傳，即強調《春秋經》的大一統思想[26]，且不斷以大一統思想來解釋《春秋》，以致《公羊傳》被後世喻為有濃厚的革命色彩，晚清末年基於革命理念，《公羊傳》研究成為顯學，就是明例。然而何謂「大一統」？大一統的宗旨，見於《春秋經》隱公元年：「春王正月。」《公羊傳》解釋：「何言乎王正月？大一統也」。董仲舒在《春秋繁露》也解釋「王正月」的意義：「王者必受命而後王，王者必改正朔，易服色，制禮樂，一統於天下。」又解釋：「仁之美者在於天。天，仁也。」奉天就是行仁，大一統的思想不是以霸權統領天下，而是必須尊生貴民，與天人合德的精神。人君要以德治天下，正己正人，修己安人，要使天下一歸於仁。天下歸仁即是大一統，大學的三綱--「明明德」、「在親民」、「在止於至善」；八條目--格物、致知、誠意、正心、修身、齊家、治國、平天下都是大一統的步驟[27]。如此一來，居正的治統方能形成親親、尊賢、君君、臣臣、父父、子子的人倫次序。大一統是一個很廣的思想，具有哲學、歷史、政治、道德的意涵[28]，大一統思想，可以說是中國儒家的基本理念。

大一統的觀念後來被簡化為正統論，有人曾質疑孔子作《春秋》有「黜周王魯」之嫌，杜預在《左傳•序》裡，對這項質疑提出澄清，說孔子絕對沒有「黜周王魯」的思想，否則絕不會有「春王正月」的寫法[29]。主要是孔子作《春秋》時採魯紀元，不以周紀元，遂引起後人的討論[30]。以後司馬光編纂《資治通鑑》敘述三國史事，以曹魏的年號來編年，其意涵就是承認了曹魏的正統地位。而南宋朱熹的《通鑑綱目》卻改用蜀漢編年，意謂著承認蜀漢為正統[31]。從這些現象來看，紀元本身，絕不是一件單純的編年工具，而是一個龐大而複雜的史識。紀元的選擇，就是大一統的思想表現。通俗作家也是受過傳統儒家洗禮的文人，自然也受大一統思想的影響。羅貫中這位通俗大家就是徹頭徹尾將以曹魏爲正統的《三國志》轉換成以蜀漢爲正統的《三國演義》，人物上除了尊劉貶曹外，他則採蜀漢紀元。所以，毛宗崗在《讀三國志法》時，立刻指出「正統者何? 蜀漢是也；僭國者何? 吳、魏是也。」[32]《東周列國志》的作者也同樣有大一統的觀念，從他以周紀年就可看出端倪，講究大一統，就講究名分，通俗作家以大一統的觀點來看待整個東周歷史，便覺得當時國際間失序，一片亂象。當然如果不從大一統的觀點來解讀東周列國的情勢，權力鬥爭本是「勝者爲王，敗者爲寇」的自然現象。

作者從第一回起，周宣王三十九年料民開始，一直以周紀元，當諸侯立或薨，或戰爭或有事故，作者都會標示紀元，例如第四回秦襄公薨，子文公立，演義就會寫出「時平王十五年也」。第五回州吁弒桓公，時間是「周桓王元年春三月戊申也。」第四十三回，寫晉文公要興師問罪，伐鄭國，作者就將時間標示「時周襄王十二年」，第四十四回，寫「周襄王二十四年，鄭文公捷薨。群臣奉其弟公子蘭即位，是爲穆公。」第四十六回，寫成王以弟弒兄，其子商臣遂以子弒父。時間是「周襄王二十六年，冬十月之丁未日也。」在戰事發生之時，作者也會有紀元。第四十六回，寫「周襄王二十七年，春二月，秦孟明視請於穆公，欲興師伐晉，以報崤山之敗。穆公壯其志，許之」。第四十七回，寫秦穆公仙逝，時間爲「周襄王三十一年春二月望日」第四十八回，寫「此周頃王二年事。是時楚最強橫，遣斗越椒行聘於齊魯，儼然以中原伯主自待，晉不能制也」。第四十九回，寫「周頃王六年，崩，太子班即位，是爲匡王。即晉靈公之八年也。時楚穆王薨，世子旅嗣位，是爲莊王。趙盾以楚新有喪，乘此機會，思復先世盟主之業，乃大合諸侯於新城。」有時，作者會將兩種紀元一起寫，例如第五十三回，夏徵舒弒君，楚王要伐陳國，演義的紀元就採兩種，「周定王九年，陳成公午之元年也。」第八十二回，寫孔子遂得疾不起，年七十有三歲。也有紀元「時周敬王四十一年」。第九十五回，樂毅滅齊，時間是「周赧王三十一年事也。」田單破燕，時間是「周赧王三十六年事也。」第九十三回，趙武靈王傳位太子，此時爲「周赧王十七年事也。」在九十七回以前，周紀元一定放在前面，各諸侯國的紀元放在後面。到了第九十七回，紀元的寫法則改爲各諸侯國的紀元放在前，周紀元放在後。這個寫法其實就是作者認定周將被取代了，例如演義在九十七回寫到：「時秦昭襄王之四十一年，周赧王之四十九年也」。是時，魏昭王已薨，子安厘王即位，聞知秦王新用張祿丞相之謀，欲伐魏國，急集群臣計議。」第九十八回，寫上黨守臣馮亭獻上黨地圖于趙孝成王。演義寫到「時孝成王之四年，周赧王之五十三年也。」第一百回，演義寫春申君救趙，韓王乘機復取上黨。時間是「秦昭襄王之五十年，周赧王五十八年之事也。」從第一百一回起，也有採兩種紀元，例如：第一百零五回，趙王不用廉頗，時間是「趙悼襄王之九年，秦王政之十一年也。」從作者的紀元的寫法，就可以看出，作者的大一統思想。

孔子認爲「仁者人也，親親爲大，義者宜也，尊賢爲大，親親之殺，尊賢之等，禮所以生也。」（《中庸》），孔子希望能恢復一個「禮樂征伐自天子出」的禮制，在這樣的禮制下，君君、臣臣、父父、子子的倫理才能被遵循。

在第六十三回，講齊莊公謀納晉國大臣欒盈，欒盈欲謀反晉國，欣然答應齊國之請。欒盈家臣辛俞力阻欒盈親齊，要欒盈忠於晉國，欒盈不聽，辛俞以死勸諫。在演義中，辛俞的死，被視爲忠義之士，書中以史臣有贊云：「盈出則從，盈叛則死，公不背君，私不背主。卓哉辛俞，晉之義士！」這樣的讚許就是作者以大一統的思想來看待辛俞的作爲，方有義士之名。

陳繼儒曾說余邵魚所作《列國志傳》是：「此世宙間一大賬簿也。」然而仔細審查這一本大賬簿，只是一部流水賬。余邵魚將周朝的點點滴滴，風風雨雨，君王的言行，諸侯的舉止，一筆一筆的羅列，彼此沒有關聯。雖然清楚，卻無法在賬簿上看到盛衰成敗廢興的成因。換句話說，這一本流水賬是一部沒有試算功能，沒有分析功能的賬簿。馮夢龍根據這部流水簿，重新製作一部有運算功能，有資產負債功能，讓人透過此一賬簿，對出入原委能一目了然，不必親自操作及實際運作，即能掌握一切財貨的來去。攤開《東周列國志》，如同攤開周朝的歷史賬簿，從賬簿當中，不僅可以看出盛衰成敗興廢之跡，也能知其所以然。《東周列國志》直指東周之亂是「亂自上作」，釐清東周亂象的源頭，是一種儆戒。彰顯尊王和大一統的重要性是一種教育，作者選擇史料來編寫演義，不是依賴史料，也不是翻譯史料，而是編織史料。有作者強烈的教育及資鑑動機，更有份儒生的淑世關懷。

【註解】

1、孟瑤在《中國小說史》第三冊，寫到《東周列國志》這本書「實在是用白話寫成的列國歷史」（台北：傳記文學出版社，民國 69 年），頁三四七。又如鄭振鐸：「由俗而雅，由說書者的講談而到文人學士的筆削，由雜以許多荒誕鄙野的不經故事而到了基成為以白話文寫成的歷史或綱鑑，那演化的途徑是脫離小說而還就黏附歷史，這個演化，也許可以說是倒流，講史元是歷史小說，不料竟成了這樣的白話歷史的一個結果。」

2 、參見《馮夢龍詩文》，頁一八三。

3、《朱子語類》，（台北：文津出版社，民國 75 年）

4、筆者的碩士論文《三遂平妖傳研究》，（東吳大學中研所，民國 76 年）第三章「主題思想」第一節「妖由人興」談及亂自上作的問題。頁六十八。

5、瀧川龜太郎的《史記會注考證•周本紀》，有一段話：「其故有三：詩人之體主于頌揚，然大雅之述文武者多實錄，而魯頌閟公篇則專尚虛詞，荊舒是懲，莫我敢承」宣王之時，雖尚未至是，不免小事而張皇……詩言多溢美，未可盡信。國語主於數言，非紀事之書，故以語成其書名。而政事多不載，然其言非當日之言，乃後人取當日諫君料事之詞衍之者，諫由於君之有失道，故諫詞者必本其失道之事言之，非宣王之為君盡若是。古之人君，勤於始者多，免於終者少，《國語》所稱伐魯再三十二年，千畝之戰，在三十九年，皆宣王晚年，……宣王初年是無疑，宣王始終本異。（洪氏出版社，民國 71 年），頁七十九。

6、同註5，頁七十九。

7、《通鑑集覽》云：蘇軾謂周之失計，未有如東遷之謬，此言誠然，但謂平王若不遷以行勢，東臨諸侯，諸侯尚未敢貳，此則不然，平王本非撥亂反正之才，並無奮發有為之志，縱使仍都豐鎬，亦惟苟安旦夕，終於不振，其能西卻犬戎，東撫諸夏乎，且當時亦有必不得不遷之勢，（《四庫全書》•《歷代通鑑輯要》卷四）

8、賈虎臣編著，《中國歷代帝王譜系彙編》，「子朝作亂自立，如于王城，謂之西王，丏出居狄泉，謂之東王。晉定公納王于成周，從此，王城為西周，成周為東周。後逐王子朝，朝奉周之典籍以奔楚。」（台北：正中書局，民國55年），頁五十二，

9、《孟子・公孫丑上》（台灣：三民書局，民國65年），頁二九五。

10、（孟子・離婁篇下），同註九，頁三八四。

11、《說苑・建本》記載：春秋，國之鑒也，春秋之中，弒君三十六，亡國五十二，諸侯奔走不得保社稷者甚眾，未有不先見而後從之者也。參見《說苑今註今譯》（台北：商務印書館，民國66年）

12、根據朱冠華的博士論文《春秋弒君史實與書法之研究》，他已經統計出春秋弒君事跡一欄表，把、年份、國家、事由、結果都列了出來。以下摘錄此表。（珠海大學博士論文，民國81年6月），春秋弒君事跡：

	年份	國家	事由	結果
1	隱公四年（前719年）	衛	衛州吁弒其君完	九月，衛人殺州吁于濮
2	十一年(前712年)	魯	羽父使賊弒隱公于寫氏	壬辰，討寫氏
3	桓二年（前710年）	宋	宋督弒其君與夷及其大夫孔父	無討
4	十八年（前694年）	魯	公薨於齊	其人殺彭生
5	莊八年（前686年）	齊	齊無知弒其君諸兒	九年，齊人殺無知
6	十二年（前682年）	宋	宋萬弒其君捷	宋人醢宋萬
7	三十二年（前661年）	魯	共仲使圉人犖賊子般	無討
8	閔二年	魯	共仲使卜齊賊公於武闈	共仲縊，齊人殺，哀姜
9	僖公九年（前651年）	晉	里克殺其君之子奚齊	無討
10	僖十年（前650年）	晉	里克弒其君卓	晉人殺里克
11	魯文公元年冬（前626）	楚	世子商臣弒其君頵	
12	十四年（前613年）	齊	公子商人弒其君舍	無討
13	十六年（前611年）	宋	宋人弒其君杵臼	無討
14	十八年（前609年）	齊	齊人弒其君商人	無討
15	十八年	魯	襄仲弒子惡	無討
16	十八年	莒	莒弒其君庶其	無討
17	宣二年（前607年）	晉	趙盾弒其君夷皋	無討
18	四年（前605年）	鄭	公子歸生弒其君夷	宣十年鄭人斲子家之棺而逐其族

19	十年（前599年）	陳	夏徵舒弒其君平國	宣十一年楚人殺夏徵舒
20	成公十八年（前573年）	晉	晉弒其君州蒲	無討
21	襄公七年（前566年）	鄭	子駟使賊夜弒僖公	無討
22	二五年（前548年）	齊	崔杼弒其君光	襄二七年齊人滅崔氏，崔杼縊，棺尸於市
23	二六年（前547年）	衛	甯喜弒其君剽	襄二七年衛殺其大夫甯喜
24	二十九年（前544年）	吳	閽弒吳子餘祭	無討
25	三十年（前543年）	蔡	世子般弒其君固	招十一年楚子虔誘殺蔡侯般，殺之于申
26	三一年（前542年）	莒	莒人弒其君密州	無討
27	昭公元年（前541年）	楚	公子圍問王疾，縊而弒之	無討
28	十三年（前529年）	楚	公子比弒其君虔於乾谿	無討
29	十九年（前523年）	許	太子止弒其君買	無討
30	二七年（前515年）	吳	吳弒其君僚	無討
31	定公十三年（前497年）	薛	薛弒其君比	無討
32	哀公四年（前491年）	蔡	盜殺蔡侯申	無討
33	六年（前489年）	齊	陳乞弒其君荼	無討
34	十年（前485年）	齊	齊人弒悼公	無討
36	十四年（前481年）	齊	齊人弒其君壬于舒州	無討

１３、楊秋梅，〈晉國的始盛之君—晉獻公〉，（山西師大學報社會學版，第26卷第3期，1999年7月）頁七十五～七十九。

１４、《孟子‧告子篇》，（三民書局，民國65年修訂六版），頁四六二。

１５、同註１４，頁四六七。

１６、參考許進雄，《中國古代社會》，（台灣：商務印書館，民國77年。）

１７、據顧棟高的研究，〈春秋賓禮表敘〉：春秋之初，有國百四十餘，後乃併為十二諸侯，又併為七雄，統計春秋之時，魯兼九國，齊兼十國，晉兼二十二國，楚兼四十二國，宋兼六國，鄭兼三國，衛兼二國，吳滅五國，越又滅吳，秦霸西戎，益國十二，開地千里，後世併吞六國，首移周鼎。

18、《孟子•盡心下》，頁五零零。

19、演義中第四十二回：「此文公所以能伯諸侯也。文公與先軫等商議，欲增軍額，以強其國，又不敢上同天子之六軍，乃假名添作「三行」。以荀林父為中行大夫，先蔑、屠擊為左右行大夫。前後三軍三行，分明是六軍，但避其名而已。以此兵多將廣，天下莫比其強。」

20、《孟子•梁惠王上》，頁二五三。

21、同註20，頁四六六～四六七。

22、參見宋杰，〈春秋時期的諸侯爭鄭〉，（首都師範大學學報（社會科學版）1996年第6期），頁七十四。

23、參閱清朝學者顧棟高的《春秋大事表》，顧棟高說：「然自是而楚患與矣，齊晉迭伯，與楚爭鄭者二百餘年。」（台北：鼎文書局，民國63年）

24、《孟子•告子篇》下，頁四七零。

25、《孟子•盡心篇》下，頁五零五。

26、翁銀陶，《公羊傳漫談》，（頂淵文化世界有限公司，1997年）。

27、參考張永攜，〈春秋「大一統」述義〉，（《哲學與文化》第三卷第七期），頁二十七～三十四。

28、董仲舒的《春秋繁露》，即以天統、地統、人統全面性的詮釋大一統。參見張永攜的〈春秋「大一統」述義〉，（《哲學與文化》，第三卷第七期），頁二七～三四。

29、杜預所寫的〈春秋•序〉：「公羊者亦云黜周而王魯……曰：然則春秋何始於魯隱公？答曰：周平王，東周之始王也；隱公，讓國之賢君也。考乎其時則相接，言乎其位則列國，本乎其始則周公之祚胤也……書之王即平王也，所用之曆即周正也，所稱之公即魯隱也，安在其黜周而王魯乎？」孔穎達的疏則解釋「言公羊者，謂何休之輩，黜周王魯非公羊正文。」，可見當時一定有許多人對孔子以魯紀元，不以周紀元提出質疑，所以，杜預要在序言特別提出這個問題來說明。參見《左傳》，（台北：藝文印書館，民國71年）頁十六～十八。

３０、《水經注》引《竹書紀年》之文，其於春秋時，皆紀晉君之年，三家分晉以后，則紀魏君之年，未有用周王年者，蓋古者列國各有史官，紀年之體，各用其國之年，孔子修春秋，亦用其法，今俗本年改用周王之年，分注晉魏於下，此例起於《紫陽綱目》，唐以前無此式也，況在秦漢以上乎，紀年出於魏晉，故未可深信，要必不如俗本之妄，為明代人空疏無學而好講書法，乃有此等迂謬之識，故愚以為是書，必名人所輯，（《十駕齋養新錄》卷十三），頁二九八。

３１、齊裕焜著，《明代小說史》（浙江古籍出版社，1997 年），頁六十一，南宋朱熹的《通鑑綱目》又把帝魏偽蜀的案徹底翻了過來。綱目以蜀承漢祚，于「漢獻帝建安二十五年」之後，緊接著便是「漢昭烈帝章武元年」，為什麼這麼處理呢，正如劉友益綱目書法所說，大書章武何? 紹昭列於高光也，魏簒立，吳割據，昭烈親中山靖王之裔，名正言順，捨此安歸? 綱目揭章武之元而大書之，然後正閏順逆，各得其所，各曰統正於下而人道定矣。南宋偏安江南，朱熹以蜀漢為法定繼承人，目的為南宋的偏安製造正統的歷史依據。

３２、參閱劉敏忱編，《三國演義資料彙編》，（大陸：百花文藝出版社，1983 年）。

第六章

《東周列國志》蔡氏評點

《東周列國志》成書於明朝，盛行在清乾隆之後。從第二章版本介紹中，得知坊間流傳《東周列國志》的刊本多達四五十種，可見其流行風潮。直到今天，一般讀者對東周演義，只知道蔡元放的《東周列國志》，對於馮夢龍的《新列國志》相當陌生，遑論余邵魚的《列國志傳》。除了專研古典小說的學者專家外，一般大眾知之甚少。老一輩的人常說：「蔡元放的《東周列國志》。」筆者在沒有研究此書前，也一直認為此書的作者是蔡元放，根本沒聽過馮夢龍與此書的關係。著手收集資料時，方知此書真正組織架構的作者是馮夢龍，而不是蔡元放。然而，為什麼真正的作者被人遺忘，蔡元放反被視為作者呢？翻閱資料得知，由於蔡元放修潤及評點了《東周列國志》，使得此書成為暢銷的通俗演義。《東周列國志》這個書名就是蔡元放取的。余邵魚取名「列國志傳」，馮夢龍取名「新列國志」，蔡元放改名為「東周列國志」，其中「東周列國志」這個書名最吻合此書的內容大要，更具畫龍點睛之妙。清朝時期的《東周列國志》刻本，前不僅有序、讀法、地圖、古今地名說明，章回中還有回評和句評，所以，這樣的版本流通甚廣。然而現今出版的《東周列國志》只有章回文本，沒有讀法和回評等等評點內容，這些評點被刪除的理由，只有一項，就是太累贅了。沒有評點的《東周列國志》漸漸被冷落。當然，演義的沒落有時代因素，與評點無關，只是想了解蔡元放的評點本，何以能在清朝大放異彩？當時對讀者而言是累贅，還是一盞明燈？遂設計此章進行探討。筆者所用的版本是以魏師子雲珍藏的《繡像東周列國全志》爲主，這套巾箱本是乾隆十七年的刊本，有完整的評點內容。

第一節　概述蔡氏評點特色

蔡元放的《東周列國志》之所以取代馮夢龍的《新列國志》，與當時的小說評點風氣有密切關係。小說評點，最早出現在明中葉。萬卷樓本的《三國演義》和雙峰堂本的《水滸志傳評林》，在萬曆年間已經以評點形式出版。到了明末清初，評點式的小說成了出版界的主流商品[1]。評點，本是古人讀經的一種方式，由於經義深奧，向來以傳、注、疏、解、章句等方式進行經書上文字和句法的辨析，以徹底明瞭經義。爲了便於閱讀，出版時注解多放在相應的各句之後，更要避免經、傳相互混淆，出版商便將「經」和「傳」以大字爲之；「注」和「疏」則用小字區別，並將注疏之文改爲雙行。這種版面設計漸漸被擴大，凡古文、詩歌、小說、劇本均採此一模式出版，或自抬身價，或因應趨勢。總之，評點本成了當時出版界的寵兒，小說評點家應運而生。

早期的小說評點工作，都是書坊主人親自掛名，如：「書坊仰止余象斗批評」、「書林文台余象斗評梓」，後來有了「李卓吾」、「陳眉公」、「金聖嘆」等文人的名號，羅列在評點者的行列上。自從金聖嘆腰斬《水滸傳》，大受歡迎後，小說評點遂大行其道。明代四大奇書在清代廣爲流傳，靠的就是明末清初的評點本爲其定本，如毛宗崗父子評《三國演義》、張竹坡評《金瓶梅》等。書商因評點本而大獲其利，自然不斷邀約文人從事這項工作，蔡元放就是被邀約評點《東周列國志》的文人。

一、應書商之邀而寫評點

乾隆年間，蔡元放評點《東周列國志》時說：

> **為坊友周君深慮於此，囑予者屢矣。寅卯之歲，予家居多暇，稍為評騭，條其得失[2]。**

蔡元放屢受朋友周君之託，得閒暇才不得不評點此書。雖然「周君」這號人物身分待查，甚至無可考，然而推敲研判，此位周君應是一名書商。換句話說，蔡元放評點《東周列國志》，應是受書商之請而作。書商以評點來提昇小說的社會地位，或壯大書籍的聲勢，是當時出版界一種商業的包裝手法。《女仙外史》這部康熙五十年（1711）出版的百回小說，初步估計，評點者約有六十七人，其中不乏當時知名人士，如劉廷璣、葉南田等，評語總得二百六十四條[3]。這種自抬身價，以求賣點的做法，很能說明評點在當時的價值。凡評點過的章回小說如同被名人背書一樣，浩瀚書海，讀者當然樂意購買被名人認證過的書籍。況且評點家的說明和分析，是讀者閱讀的指南，不致使讀者如豬八戒吃人參果，囫圇吞下。有了評點，篇法、章句、著眼處，都清清楚楚，章回小說不僅容易推廣，也容易記憶。當時，熱門的書籍，都有數位評點者，以《三國志通俗演義》爲例，評點者就有李卓吾先生批評《三國志》、李笠翁評閱《繪像三國志第一才子書》（簡稱李漁評本《三國志》）、毛宗崗父子評改本《第一才子書三國演義》(簡稱毛批本)等。其中以毛氏父子的評改本最爲暢銷，現今坊間流傳的《三國演義》就是以毛批本爲定本。因評點本而備受矚目的章回小說不計其數，在這種評點風氣中，卻獨漏馮夢龍的《新列國志》。《新列國志》頭緒紛雜，人物眾多，敘述貼近史實，描寫卻不及《三國演義》精采。由於當時的評點重在描寫文字的賞析，《新列國志》的文字得不到文人的青睞，評點又曠日費時，此等無評點之書，遂無法吸引廣大的讀者群。

昔日書商良窳不一，傑出的書商幾乎具有一定的文史知識，品評書籍的能力也具水準。一百零八回的《新列國志》，寫盡東周五百多年間紛雜的歷史糾葛，沒有經學基礎的人，根本無法進入書中所描繪的情境。但對稍具文史常識的讀者而言，這紛雜的演義，實有文史通俗化的意義。認識歷史，不是一件容易的事，歷史的認識，可以增長智慧，可以借鏡，可以警惕，可以典範，歷史的意義無窮。可是，歷史難知，也是眾人皆知。歷史被包裹在高深的學術裡，有冠冕堂皇的說辭籠罩，當學者讚嘆歷史的價值和意義，大眾也難窺其面貌，因爲高深，所以有距離。要讓大眾對歷史產生興趣，本來就是一個難題，還要讓人了解歷史的價值，更是超高難度的課題。通俗作家大量創作歷史演義，就是將文史通俗化，刻意縮短與大眾的距離。然而發行量不普及，這個通俗化並沒有達到預期的效果。於是爲了彰顯演義中的價值，評點可能就是最直接最有效的方法之一。書商特邀蔡元放來評點此書，必然認知了此書的價值，於是借重他的學識淵博，重新包裝東周演義，而完成了《東周列國志》的評改工作。雖說受邀而評點，肯定有廣告宣傳性質，然而蔡元放的讀法，回評和句評都有他獨特的見解，或慷慨激昂，或咨嗟唱嘆，揮毫之間，心得幾乎成了讀者最佳的指引。何以見得?《東周列國志》有了蔡元放的評點以後，立刻成爲暢銷書籍，版本無數。

老實說，蔡元放的評點，增加了《東周列國志》這部演義小說的亮度。而且這部《繡像東周列國全志》，出版商也花了不少工夫，設置了地圖和和古今地名說明表，清楚而明白，不是虛應了事。如果沒有書商慧眼相識，沒有蔡元放語重心長的評點，此書也許早成爲覆缶之紙了。

二、尊重原著精神

蔡元放評改《東周列國志》，其做法相當尊重原著精神。他的評點造成當時評點風潮的轉向。從明萬曆年間到清乾隆期間，百餘年來，評點風氣瀰漫整個出版界，小說評點更是熱門。在小說評點的發展過程中，評點的手法出現不同的階段性。

明萬曆年間的評點家，僅單純地對小說內容進行簡約式的修訂和指引，修訂時也多標榜「講求古本，敦請名士，按鑑參考，再三讎校」。書商購買古本，再請有名的文士，根據史鑑仔細校對，如周曰校所評點《三國志通俗演義》，屬局部修正；又如容與堂本的《水滸傳》，修訂情節，並不直接刪除，而是在句旁設置刪節符號，並不更改文本。到了明末清初這個階段，評點逐漸發展成對整體架構的加工，和全面性的評析，在金聖嘆腰斬《水滸傳》，達到高峰。金聖嘆將百回本《水滸傳》的引首、第一回及第二回的部分修訂爲「楔子」，後把七十回以後情節全部刪除，以一百單八將被殺爲結局。金聖嘆批改的《第五才子書施耐庵水滸傳》，最後刪改成七十回。且金聖嘆的評點，首重文辭的寫法、句法之運用，讀者閱讀此書，對各種寫法，均有深刻的了解，這個模式，深受讀者的歡迎，書商才注意到整體架構的改造，也有賣點可期。因此，金聖嘆的評點手法，成了當時的評點典範，效法者眾。到了康熙年間，毛氏父子批改《三國演義》[4]，又創造出一套新的評點方式，有別於金聖嘆。金聖嘆對情節特別有要求，而毛氏父子則對個人的塑造有看法。毛氏父子的評點作法：有辨正史實、增刪文字、更換論贊、改回目爲對偶。對情節、人物塑造，乃至個別用詞都加以改造，並把書名定爲《三國演義》，也算是大刀闊斧型的評點手法。卷首有讀法，書中每回有回評、夾批等。當毛宗崗父子的評改本成爲炙手可熱的暢銷書後，毛氏父子的評點法，就成了當時評點者模仿的對象。

蔡元放評點《東周列國志》，時間大約在清康熙末年，其評點風格極可能受到毛批本的影響。檢視蔡元放評點《東周列國志》的模式，有五十條的讀法，每回有回評和夾評。也辨正史實、增刪文字、更換論贊、改回目，並把書名定爲《東周列國志》，幾乎與毛氏父子的評點形式大同小異，然而評改精神卻不同。毛氏父子在評改過程中，徹底鞏固「擁劉貶曹」的觀點，刪除原書對曹操讚賞的論贊，增加詆毀的文字，加重貶曹傾向。毛批本的《三國演義》絕對與羅貫中的《三國演義》，有相當大的差異性，起碼對曹操的論述就大大不同。然而蔡元放僅根據馮夢龍的《新列國志》稍加潤色，改定回目並刪除若干韻語和贊語，卻完全不更動馮夢龍的書寫主軸。換句話說，馮夢龍塑造的人物，蔡元放都沒有大幅度的刪改，只有修潤文辭而已。蔡元放的評點使得評點風氣又恢復到從前，大刀闊斧型的評點漸漸不見了，評點又回復到僅作局部的增刪，或刪除書中的韻語和贊語，或改定回目、書名，正文並沒有大肆修正。以後《紅樓夢》、《儒林外史》等書的評點，開始尊重原作者的創作權，在文本中不動手腳，也就是不直接增刪，而是標出刪節符號。

換句話說，《東周列國志》經過蔡元放的修潤，其主題思想還是馮夢龍的纂寫觀點。就這點而言，蔡元放深知馮夢龍纂寫的用心，可謂是馮夢龍百年後的知己。

三、論事不論文

從蔡元放評點風格來看，他並不是一位人云亦云的文人，也不是隨波逐流的評點家。當他人評點小說時，處處講究行文轉折，時時研究敘事視角的同時，蔡元放一改風格，只論「事」而不論「文」。當然他知道《東周列國志》的文字不及《水滸》、《西廂》，自然無從在文字上著力。於是，他在「讀法」裡，特別聲明他評點《東周列國志》，只評其事不論其文。這種只評事理不論文藝的觀點，也是當時評點風格下的新做法。然而蔡元放論事不論文的理論基礎，應是建立在朱熹的學理上。

朱熹對中國讀書人的影響很深遠，尤其明清兩代的學子。當時的科考範本就是以朱熹編注的《四書》爲主，其言論自然有相當的權威性。朱熹研讀歷史，對歷史有一套自己的觀點。他強調撰寫史書應該側重史實，不可側重文字。他認為歷史要「義理明，則利害自明。」何謂「義理」？朱熹認為義理就是亙古不變的天理。朱熹評論三傳時，曾說《左傳》記事雖詳，但於「道理上便差」。原因是這三傳不「本於義理之正」，而以成敗論是非。成敗之論只是世俗之見。他說：「只是以世俗見識斷當它事，皆功利之說。」（《朱子語類》卷八十三），他評論《史記》、《漢書》、和《後漢書》也說：「遷、固之史，大概只是計較利害；范曄更低，只主張作賊底。」此言均基於朱熹以義理來衡量，故大肆批評歷史。許多人以為朱熹不喜歡歷史，其實，他不喜歡的是為文而修史。他對歐陽修纂《新五代史》有這樣的批評：「五代舊史，溫公通鑑用之，歐公蓋以此作文，因有失實處。」（《朱子語類》卷一三四），《新五代史》之所以失實，主要因為歐陽修是為了作文而修史。所以，朱熹以為寫史不能因為文句的美化，而犧牲了史實的義涵。換言之，歷史重在事理，不在文理。《東周列國志》恰好也因文學性不足。因此，蔡元放對《東周列國志》的評點做法，就是只評其事而不論其文。雖然有違當時的評點風格，卻有朱熹的學理為基礎，仍能發揮很大的指南功用。

蔡元放以「理」作基礎，所論斷的是非必不謬於聖人，也不遺嗤於博識之士。他強調金聖歎批《水滸傳》、《西廂記》，對子弟有益者不過是作文方法。而列國志有無數實學，如用兵、出使和專對都是極難的學問。就連專家也未必知曉，而《列國志》中卻一一具備了。學子讀此書，必然在胸中添加許多實學。為了讓讀者閱讀此書，有助益自身的學問，蔡元放的評點不放在文句寫法的探討，也不著重褒貶忠奸的行事，和國家興亡的事蹟。興廢存亡的現象不是蔡元放關心的焦點，如何彰顯興廢存亡之所以然的得失和原委，才是他評點的重心。他認為倘若這些得失和原委都不能說明清楚，讀者對於事件的因由初衷尚且懵昧不明，怎能寄望讀者讀了此書，能有益於學問[5]？另外，他強調稗官也是史之支流，善讀稗官者，也可進於讀史。然而他強烈感受到世人讀史卻未有讀史的助益。基於此，他便將此書的學問之數，一一點明。如此一來，不僅可以圓融文字上的欠缺，更凸顯此書的實用價值與當代意義。如此，讀者閱讀此書，更能掌握古代與現代的融會，這是蔡元放評點的初衷。

四、強烈的儒家意識

任何一位評點家在評點文章時，都有獨特的個人見解。東周時期，局勢相當混亂，王室微弱不堪，周天下仍然維持五百多年，此一現象的解讀，眾說紛陳。有說周家忠厚開基，盛德之報；有說封建屏藩，互相牽制所致。這些議論雖有一定的道理，仍有些牽強附會。於是，蔡元放反而從個人獨特的角度剖析問題，他說：「若說周家忠厚開基，盛德之報，便該多出兩個賢王，赫然中興幾次，何以僅擁虛名絲毫不能振作；若說封建屏藩互相維制之力，則夏商兩代建國相同，何以沒有許多展轉變態。如此論來，則東周列國還是造物好奇，故此特奇至變之局，以標新立異耳，不必紛紛強為說也。」（讀法第八條）可見，蔡元放不是隨風起舞型的評點者，他有主觀的看法。

蔡元放是個傳統的讀書人，自然受到儒家的影響，儒家所關心的事，無非就是「人」在社會中如何自處，如何與人相處。維持社會秩序的能量就在政治，而政治的正統性與合理性，更是所有讀書人要學習的重要課題。《東周列國志》所描繪的東周政治局勢，正好提供讀書人學習的案例，因此，蔡元放也對東周局勢提出許多批評和議論。他的焦點放在正統的探討、王霸的爭議、君子與小人的分別等議題。這些焦點都可以看出蔡元放有非常強烈的儒家色彩。

舉申侯為例。申侯是《東周列國志》中第一位以臣子地位起兵反對周王室的人，後來卻沒辦法掌控事件的發展，導致犬戎殺死了周幽王。蔡元放在第三回回評對申侯評以「孟浪」二字。他說：

「申侯做事孟浪，毫無智術，自始至終無一可取處……」蔡元放說他不該在敏感時機諫言，已屬不智；當聽說王師來討，應該要上表明辯或約諸侯同諫，如果王師還不罷手，最後不得已才以兵諫悟主。然而申侯根本沒有經過這些程序，貿然起兵迎師，就是孟浪。當蔡元放評論申侯爲孟浪的時候，就可發現蔡元放的評論，完全站在一個清明有道的政治環境中發言。在一個有道之世，尋求正常管道解決問題是自然；若處於一個無道的非常時局，遵循正常管道根本無法解決問題。蔡元放要求申侯要遵循合法合理的方法來解決難題，又認爲王后太子無罪被廢，這件事的綱常公道自在人心，申侯不必借題發揮。這些要求和指責對申侯來說未免嚴苛，都說明了蔡元放的儒家理想色彩太濃郁，而革命意識卻極爲薄弱。一個無道時期，採取激烈的手段，甚至不惜流血，這是時勢所逼，也是迫於無奈。又如「公道自在人心」，此話正確，卻像遠水救不了近火一樣。人心是遠水，基本上，在那個時節，人心根本無法發揮作用，如果沒有作爲，公道便無法立即伸張。申侯借兵戎狄或出於無可奈何，既借兵又不能約束，導致禍事連連，申侯的確有「不得辭其責」的罪過。然而蔡元放的評論過於理想性，如果沒有強烈的儒家色彩，恐怕不會對申侯的行爲太過責難。

另外，東周政治一直有圖霸的慾望，蔡元放也用了相當篇幅談論此事，第十九回、三十四回、三十八回、四十回的回評都有論述圖霸的議題。第十九回講齊桓公攘楚霸諸侯時，蔡元放在回評則議論：「齊桓公圖霸的大題目專在尊周。」楚國一直威脅著周王室，因此，「圖霸的第一著在奉王命以合諸侯。」然而諸侯畏懼諸侯，要合諸侯必先攘楚。他又說：「攘楚實爲圖霸之樞紐。」攘楚、合諸侯都是圖霸的方法，最要緊的還是尊周。第三十四回，講宋襄公假仁失眾的故事，蔡元放在回評中則強調王、霸之別。王者以力以仁，霸者以力假仁，何謂假仁？他說：「非出本心，不過借以爲名以服人耳。」有強大的實力又有實行仁政的心，這樣才可以成其王，否則，有強力無仁心，只是「霸」而已。第三十八回，晉文公圖霸，蔡元放回評也說：「求霸必先尊王，此是第一要著。」，但對於晉文公圍攻「陽樊」和「原」兩個城邑，趙衰建議文公以信義示之，必然得城。果然，晉文公與「原」城居民有約，攻城以三日爲限，三日不下，解圍而去。晉文公三日後守信而去，原城居民以晉文公爲有道之君，紛紛跟隨，原邑遂投降。蔡元放則評論：「晉文之於樊、原，志在得地也。卻以信義之名動之，而因以取之，此即所謂以力假仁，霸者之術也。」蔡元放對王霸之界定，心裡自有一把尺，一把刻以儒家正統爲標準的尺。第四十回，城濮之戰，列國之中，只有楚最爲強橫。齊桓公之後，諸侯反而奉楚，楚雖爲伯，實與周爲敵，晉爲周的同姓，欲圖霸則必尊王。蔡元放回評說：「欲尊王則必表率列國，若不制楚則小國不可得而合，王室不可得而尊，而伯亦不可得而成。」由於楚人狡猾，道理說不通，禮義不服從，非得用兵不可，才不得不有城濮之戰。蔡元放更下個結論：「城濮之役，不特爲晉文圖霸之大關鍵，乃周室得以延國之續命。」蔡元放的評點依然遵循儒家的觀念，彰顯尊王的重要，強調正統的永續性。

蔡元放也喜談君子與小人的分界，如十七回講易牙、豎貂的故事，他在回評中相當主觀的認定看君子和小人，就看他如何進身。他說：「君子之進身也以道義，小人之晉身也以寅緣；觀其晉身之初，其人之人品心術已可概見。」在第二十五回，看驪姬之亂，蔡元放直截了當的批評優施和驪姬小人的行徑，他要讀者小心小人的把戲，他說小人害人的技倆是：「先把他說得好了，然後漸漸壞去，便使人易聽，小人害人自有許多方法，聽言者可不慎哉。」

王與霸，君子與小人，都是一線之隔，外表不容易區別，實質卻大不相同，這種分別的認知也是讀者需要學習之處，所以，蔡元放著墨甚深，同時也展現蔡元放理想的儒家觀點，企圖將自己思想傳遞給讀者，導讀的教育意義至爲明顯。中國傳統的評點家，都有相當強烈的個人觀點，蔡元放當然也不例外。

五、通俗化的論述角度

蔡元放的評點，導讀意義極為彰顯，不論在讀法或回評中，教育的宏圖如影隨形。然而教育的企圖很容易流於教條式的宣導，反而不容易得到讀者的認同。蔡元放是雅文學通俗化的高手，必然熟悉讀者的口味。因此，他的評點不走學術路線，而是從通俗的觀點來論述。如此，與大眾的鼻息就近了。換句話說，蔡元放即使對事件人物的批評，會讓讀者感同身受，而不至於只談空泛的理論分析。舉例而言，「亂自上作」是《東周列國志》前十回的主題。前十回的故事題材都從史料而來，蔡元放並沒有對史料加以評比，而是換個角度，從怪事談起。請看蔡元放的評論，第一回回評中，說：

> 此回中全是怪事，如市上忽有童謠，怪事；童謠竟說幾亡周國，怪事；童謠是紅衣小兒所傳，怪事；紅衣小兒是熒惑星所化，怪事；上天命熒惑星化小兒造謠言，怪事；宮女不夫而孕，怪事；懷孕四十餘年方產，怪事；宮女所說二龍降於王庭，怪事；龍作人言，怪事；龍言自己是褒城二君，怪事；太史忽然想到請龍漦而藏之，怪事；夏亡歷殷至周數經喪亂，而漦在櫝中無恙，怪事；櫝中忽然放光，怪事；先王接盤失手墜地，怪事；漦化元黿，怪事；直入王宮，忽然不見，怪事；偶踐黿跡如有所感，怪事；布司當面遇著夫婦二人，又是正應童謠者卻容一人走脫，怪事；鳥啣蓆包近岸中有女嬰，怪事；天子之尊，命官懸賞覓一新棄女嬰，卻不可得，怪事；只一褒姒出世，便先有無數怪事，在前雖曰天道玄遠，然期現變示儆至切至顯，無奈世人泛泛視之，不加修省以致不能挽回，歸於氣數而不能救，悲哉！列國傳中所載怪事，甚多，然無如此回之怪甚者。總之，東遷以後，乃天地間第一大

變奇亂，故天之示儆，亦不尋常也。

蔡元放的評論裡，一連串說了十九個怪事，真是怪事連連！而這些怪事，在常理上都是不可能發生，信史卻記載得明明白白。童謠、紅衣孩兒、龍漦生子、褒姒迷君，都是《史記》、《國語》等史籍記載的史實，完全沒有作者絲毫的造假。馮夢龍編寫此書，只是原原本本從史書上摘錄史料，編寫還原一個事件過程，他的旨意應是「亂自上作」的指控，然而蔡元放一開頭，並沒有長篇大論評論起東周的衰敗的原由，而是以說書人的口吻，道出此回何以有如何多的怪事，連環似的巧合，分明意指天意作祟，東周局勢的走向，彷彿冥冥中有天意，正呼應第一零八回的回末，髯仙讀列國志的心得是：「卜世雖然八百年，半由人事半由天。」天道與人事的依存關係，就在這一連串的「怪事」字眼中，被凸顯出來。經過蔡元放這一點撥，讀者再從怪事著眼，越發覺得「半由人事半由天」的無可奈何。

另外，爲了使讀者更清楚認知歷史事件的原委，有時蔡元放會採「以今證古」的方式爲之，例如：他在第九回回評中談及禮教。他說：「第九回聖人制禮，七歲坐不同席，食不共器，人常怪之，以爲弟兄姊妹骨肉至親，年使七歲甚爲幼小，何至分別如此之甚也。吾年數歲時，塾師初授禮記，使誦……吾有異母姐，長吾八歲，故常抱我持我，餔啜我者也，吾有一弟才週歲，尙不知弄具，日與吾周旋立則聯行，坐則並席，食則共器，正少吾二歲之同母妹也，吾性不好弄一切嬉戲之事，見他家兒群聚而嬉，輒厭惡之，稍近吾前，吾輒走避，凡自塾中歸，除誦讀之外，亦爲時與此妹週旋而已，吾此妹性頗慧，每當吾讀書時，吾妹或坐或立於側，只問書字，吾日間所聞於塾師之故，是有淺近者不論，其解與不解輒爲到知如此者，數年如一日也，因念如此者，有何妨礙而禮禁之非聖人之性情與人異，則此書非聖人之書也，即稍長略知有男女居士之事，始知所以尊別者，職此之故，因又竊念弟兄姊妹骨肉至親……防微杜漸。」他說出自己的體驗，來驗證演義中的史實，更能切合讀者的認知。更為了推廣閱讀，蔡元放所使用的文辭，經常以俚俗語彙，或生活常例來說明事理。例如：第五回回評，他的一番言語：「衛莊、衛桓、州吁、宋殤、公子翬等都是一般混帳、壞人，在黑漆桶中過日子，算不得大奸大惡。」他常使用「混帳」、「壞人」、「漢子」等字眼，頗符合庶民的習性，文辭遂有了親和力。為了舒緩天下懷才不遇者的怨氣，他以百里奚的故事為例，說明時運的重要性。他說：「凡人懷才抱志，誰不思見志於人，見用於世。只是時運未來，任你千樣營謀，偏要逢著困厄，不怕你氣死悶死。到時運來時，不知不覺便生出許多機會來。只看百里奚便是樣子。」（第二十五回回評）這樣的評點，是蔡元放捉住民間百姓的心態，一般讀者閱讀此書，本來就不是以研究史書的心態來閱讀。人事已成，歷史是非本非百姓可以評斷的，然而天意何為？傳統中國的百姓，普遍以宿命的概念生活著。人事可為，天命難違，人事與天命一直糾葛在百姓的心目中，如果評點者只論人事的是非，對百姓而言，可能只是隔靴搔癢；可是直指天意，反而更是百姓樂意傾聽的方向。蔡元放的論述有趣有味，自然增加不少可讀性。讀者既知天意與人事是相互依存，縱然有無可奈何的天意，人事的所作所為就要更加小心。以後則針對人事的作為進行評論，百姓也欣然接受，不致扞格不入。

小說評點之所以引人入勝，不在於理論上的邏輯論證，更重要的是評點者獨特的審美感悟，和藝術情趣。機動靈活，或長或短，自由發揮，談古論今，思想無限。蔡元放是以四書五經為根底的儒生。他帶著儒家的尺規及個人的好惡，品評人物，分析史事；有強烈的主觀性，有長篇議論型的論述，也有簡單扼要的心得，語意謙沖自信。《東周列國志》事多浩繁，卻有蘊玉懷珠之情，如何剖玉探珠？除了親自上山下海，還要有指引。蔡元放的評點，可謂是上山下海的指引手冊，影響深遠。

第二節　蔡元放的「讀法」

《東周列國志》在正文前，首列了蔡元放的五十條「讀法」，這五十條讀法可以說是蔡元放讀書心得的綜合。有長有短的條列式陳述法，隨興而無羈絆，簡單而明白。這些讀法不只是心得分享，也肩負著指南的工作，讀書指南除了要教讀者如何閱讀此書，也要引領讀者掌握演義的真諦，更要提供讀者更多的觀察角度。在這樣的需求下，讀法的陳述不能教條化，也不能流於空泛的說理。否則無法吸引大眾的興趣，抓住讀者閱讀的心理，恐怕是蔡元放在讀法中最重要的營造。以下作綜合分析：

一、心理建設的呼籲

由於《東周列國志》這部演義的寫法，啓人疑竇。演義中事事有據，句句編織，到底是小說？還是歷史？讀者該以何種態度來閱讀此書？當讀者面對百回浩繁的演義時，往往不知所措。於是，蔡元放寫「讀法」，首先，便呼籲讀者，要將《東周列國志》當作正史來讀。在讀法第一條，他即大聲疾呼：「列國志與別本小說不同。」這話說得俐落有勁，彷彿斬釘截鐵地回答讀者的疑惑。他說：「別本多是假話，如《封神》、《水滸》、《西遊》等書，全是劈空撰出，即如《三國志》，最爲近實，亦復有許多做作在內。」蔡元放認爲《三國演義》即使近實，仍然有許多造假的成分，然而此部演義卻大大不同。他說這是一部「有一件說一件，有一句說一句」的記實性小說。他爲讀者做了心理建設，希望讀者讀《列國志》時，「要把作正史看，莫作小說一例看了。」

《東周列國志》是部演義小說，蔡元放卻要讀者把此書當成正史，這是譁天下人之口。小說與歷史的分野在清朝是絕對清楚，不可混淆的。然而蔡元放這項呼籲，違背了文人的認知，難免給人一種宣傳廣告嫌疑，彷彿打著文史來抬高此書的價值。然而在讀法第四條，蔡元放更將《列國志》的本質點出，他說：「《列國志》是一部記事之書，卻不是敘事之書。」「記事之書」是歷史，「敘述之書」是小說，他認爲此書是以《左傳》、《史記》爲底本，兼採《國語》、《戰國策》、《吳越春秋》等書，所以是「記事之書」，是另類的史書本質。只是兼採的史籍太多，文氣不一，文字沒有假造的好看。他希望讀者不要在文字上打轉，而是要細心體會書中所表現的實學。而有些人以爲此書夾帶許多驕奢、淫佚、喪心沒理之事，將《列國志》視爲邪書。蔡元放在讀法第四十五條，大冽冽地批評這些人不是冬烘先生就是假道學。他認爲別本小說的善惡的確不夠分明，可是此書的善惡皆本於經書，可以達到「善足以爲勸，惡足以爲戒」（讀法第四十五條）的功效。明明就是一部勸懲之書，也是教育子弟的好教材。

蔡元放的呼籲，其出發點就是教育。他認爲教子弟讀書，是一大難事，子弟多不喜讀書，尤其是論道論學之書，但對於稗官小說卻沒有不喜去看的了。《列國志》若說是正經書，卻畢竟是小說樣子，子弟也不至扞格不入。但要說它是小說，卻件件都從經傳上來，子弟讀了等同將《春秋》、《左傳》、《國語》、《國策》都讀熟了。

讀法第十七條：

> 一切演義小說之書，任是大部，其中有名人物，縱是極多，不過十數百數。事蹟不過數十百件，從無如列國志中人物事蹟之至多極廣者，蓋其上下五百餘年，侯國數十百處，其勢不得不極多，非比他書，出於掃湊，子弟讀此一部，便抵讀他本稗官數十部也。

「羽翼信史」是蔡元放評點時強烈的訴求，不僅清楚界定了此書的定位，也指引一條閱讀的方向。讀者不致在小說與歷史兩條路線徘徊。此書雖是小說形貌，卻具有求真的歷史精神，這樣的認知必須在讀者內心建立，掌握了明確的方向，面對時代大變動下的種種亂象，讀者也能在錯綜複雜的事件中，理出頭緒，善者爲勸，惡者爲戒，閱讀方能有益無害。

蔡元放不斷的呼籲，要從「羽翼信史」的心態來閱讀此書，除了看重此書的價值，也扭轉當時讀小說者的心態。由於一般人讀小說，往往以娛樂爲歸趣，看重小說情節，忽略文本義涵，因爲義涵忽略，讀者往往關注在事件的表象，未能真正助益身心。以《水滸傳》爲例，《水滸傳》的表象講的是梁山一百零八條好漢的故事，善讀《水滸》者必能感受「官逼民反」、「亂自上作」的強烈控訴；然而不善讀《水滸》者，很容易將此書「誤風流而爲穢淫」。善讀與不善讀的結果差乎千里，因此，導引讀者就成了評點者重要的工作。評點者無不時時刻刻提醒讀者讀通俗演義，要注意作者的用心，不可流於表象的解讀。蔡元放說：「善讀書者，必有以深窺乎作者之用心，而後不負乎其立言之本趣。」他呼籲讀者要善讀稗官，閱讀通俗演義要能獲得「作者的用心」和「立言的本趣」，如此閱讀方有價值，否則讀與不讀，其作用都是於事無補，於身無益。

讀者的心理建設一旦具備，那麼，東周五百多年的變局裡，世運的升降，風俗的厚薄，人情的淳漓，制度的改革，都有了無窮的「大學問」。蔡元放在第四十三條讀法中，這樣說：「本書中批語、議論、勸人，著眼處往往近迂，殊未必愜讀者心；自然若肯信得一二分，於事未必無當，便可算我批書人於看書人有毫髮之益，不止如村瞽說彈詞，僅可供一時之悅耳。」，如果讀者能有一二分相信，那麼，他的毫髮助益甚於村瞽彈詞。有謙恭之詞，亦有自信之氣，十足讀書人的典型。

蔡元放的種種呼籲，都是一種心理建設。

二、實學益處的指導

蔡元放呼籲讀者要從「羽翼信史」的角度來閱讀此書，讀一部《列國志》勝讀數十部稗官野史，即使如此，要如何讀出效果呢?換句說話，蔡元放的呼籲只是先爲讀者建設心理，指導讀者閱讀才是蔡元放讀法的重點。

首先，蔡元放指導讀者要留心考察，由周到秦整個時代的變動，讀出變動的關鍵，就能找到處世的智慧。他在讀法第七條中提道：「列國之事，是古今第一個奇局，亦是天地間第一個變局。世界之亂，亂到極處，卻越亂越有精神；周室之弱，弱到極處，卻弱而不亡，淹淹纏纏也還作了兩百年天子，真是奇絕。」探究這個變局爲何能長達五百年？這奇局裡的變化，就值得仔細推敲。

要有處世智慧就要先懂得實用之學，蔡元放認爲《東周列國志》這部演義充滿無數實學。他指導讀者要處處留心這些實學，實學有哪些呢？蔡元放指出用兵、出使、專對和識人。尤其以用兵是國家第一大事，兵法卻是最難之學。他依據齊桓公和晉文公的用兵方法，而體會用兵不可規範。他認爲「春秋中，齊桓與晉文便有大假不同處。齊桓時，用兵還不過聲罪取服，其究竟不過請成設盟而已;到晉文時,便動輒以吞併爲事,這便是世變大端中之一小變了。」（讀法第十條），且兩個國家背景不同，君王特質相異，用兵之法也就差池萬里。「齊桓時用兵不過論百論千，到晉文時，兵便大盛，一戰之際，常以萬人。齊桓用兵還是堂堂之陣，正正之旗；到晉文時，便多行詭計了。子弟於此等處能細心理會，便是善讀稗官者。」（讀法第十一條）最後，他導引出這樣的結論：

> 用兵之法，變化多端，用少用眾用正用奇，最是不可方物，唯有列國志中卻是無體不備，前人於《左傳》中集其用兵計謀，便謂兵謀兵鑑已得要領，況又益之以戰國若干戰法乎！子弟理會得此等處，便不枉讀了此本稗官。（讀法第十二條）

> 用兵是第一件大事，兵法是第一件難事，其中變化無端，即專家也未必能曉徹，今既讀了列國志，便使子弟胸中

平添無數兵法，列國志有益子弟不小。（讀法第十三條）

戰爭是國家大事，多發生在國際間，由各國君王操控。東周列國間的國際戰爭不斷，在不斷的戰爭中，兵謀、兵鑑、兵法都有不同的案例，善讀此書，就掌握了實戰手冊。兵法的理論得到具體的落實，更增加讀者的印象。

又因爲國際紛爭不斷，外交工作更顯重要。國際情勢詭譎，出使應對都是學問。蔡元放說：「出使專對，聖人也說是一件難事，唯《列國志》中應對之法最多。其中好話歹話，用軟用硬，種種機巧，無所不備，子弟讀了便使胸中平添無數應對之法，真是有益子弟不少。」（讀法第十四條）蔡元放認爲讀小說要能讀出實學來，閱讀才有增益。而東周列國志所蘊含的實學甚過《水滸傳》、《西廂記》。

另一項實學，就是學習識人的本事。識人本是學子讀書的要義之一。「不知人，無以爲學」，正是先賢留給後世的智慧。孔孟學說一再提醒讀書人，學問之道要先知人、識人，否則無法舉賢才而用之。一般人幾乎都從簡單的二分法來識人，不是好人就是壞人；但蔡元放提醒讀者要留意好人與壞人的行徑，認爲看人不能只以好壞二字來分別。因爲裝模作樣的壞人太多，他說：「壞人明明作惡，還自好辨。偏是大奸大惡之人，他卻偏會依附名義，竟似與好人一般，在暗裡行其陰毒之計，這種人最是難認，觀人者不可不知。」（讀法第三十三），他提出識人之法，可從義、利二字著眼，「賢奸之變，雖有萬態，究其本，總不外義利二字而已。」（讀法第三十五條），他認爲好人有若干好，壞人有若干壞，須細加體察，方有益于學問。從戰國游士的人品來觀察，可練就一雙識人的好眼力。當君王感嘆乏才可用，蔡元放以爲人才到處都是，只怕君王有眼無珠不識才。他說：「一切人才，只患求之不力耳，何患無材哉！有國家者操用人之權，而輒曰：人才不足，吾不信也。」（讀法第三十五條）

從閱讀中體察實用之學，是閱讀的最高價值。實學是智慧之學，現實裡每個人都面臨各種挑戰，一旦有了挑戰，就要有處世智慧，智慧來自妥善解決問題的能力，難題怎麼產生，如何面對，運用何種應變措施，其效果如何。現實的人生只有一遭，許多事情不能重來，也就是許多事根本不容許我們有犯錯的時候，我們很難在錯誤的經驗中學習。這時候，從書中的案例就可以達到學習的效果。尤其小說，小說將整個故事還原歷史事件的處境，人們很容易進入事件的情境中，獲得歷史人物在怎樣的難題下作出解題的方法，有怎樣的效果，這些案例的人事都可以作為借鏡。現實的混沌如同亂局中的亂象，從閱讀者體察處世的智慧，而落實在實際生活中。如此，《東周列國志》的內容不再束之高閣，而同藥舖裡的藥方子一樣，善讀者可以對症取藥，歷史的實用性，讀者自可感受。蔡元放的指導，無非就是要導引讀者朝實用之學前進。

三、心得感想發表

在蔡元放的讀法中，不斷呼籲讀者要以讀史之心來閱讀此書，也指導讀者如何取用有用的知識。除此之外，大發議論，更是文人評點特色。由於東周五百多年間發生太多可悲可嘆、可憐可笑的情事，文人自然藉機發表自己獨特的看法，方見個人的學養深厚。發表高見，歷來都是文人的專利，評點的最大特色就是評點家可以擁有獨特的見解，無人可以干涉。可悲可歎者與可笑可憐者，各人界定不同，然而評點家的議論，是一個相當個人的批判角度，然而議論的思維卻可以啓迪人心。

蔡元放對《列國志》中的內容，議論最多的莫過於君臣的分際。東周篡弒之禍頻起，亂臣賊子孳生，亂象猖獗如此，蔡元放議論此事，提出兩點緣由，一是太放縱君父的行爲，一是對臣子過於嚴苛。他說：「父以慈而責孝；子以孝而望慈，已是不可，況又有父不慈而專責子之孝；子不孝而專望父之慈。君臣兄弟夫婦間總不自盡，一味責人，豈不可笑。居心如此，安得不作出把戲來，然世又偏多此一輩人，可歎也。」（讀法第三十條）。東周時局產生人倫之亂，亂在「望於人者深耳」（讀法第二十九條），不求自己自盡本分，反處處要求他人，豈不要生出許多事端來。又加上在位者偏私，不依天理人情行事，因溺愛，因私心，反而自尋禍亂。這樣的事件在「《列國志》中，此等不可枚舉，前車既覆，後車復然，甚有身與其禍而到，後來仍自蹈之者，此等愚人，真是愚得又可笑又可恨又可憐。」（讀法第三十一條），可笑、可恨、可憐，都因未能深慮歷史教訓所致。蔡元放以爲人倫之常，就得遵循聖人所言：「君君、臣臣、父父、子子」，君仁而臣義，父慈而子孝，兄友而弟恭，夫和而婦順；若君不仁則臣不義；父不慈難教子孝；兄不友則弟不恭；夫不和難求婦順，關係互動本爲天然。面對歷史的無奈，蔡元放以爲若能殷鑑前車之覆，便見智慧了。

在讀法中，蔡元放也針對君臣行徑發表議論，他以爲列國的君王多中等資材，中等資材者需濡沫以煦，他說「中材之主，得賢臣則可以爲賢君，與好佞讒諂之人處，則陷於惡而不覺矣。《列國志》中諸君大半是因臣下以爲轉移，而其名與美惡遂成千古話柄，天下故多中材之人，其尙擇所與哉。」（讀法第三十九條），君王要成爲賢君，只要好賢即可，且用賢君子，是極簡單便宜事，偏偏君王卻不肯用（讀法第三十七條），遂造成亂臣接踵而起。而臣子的處境，「忠而見疑」，「信而得謗」，蔡元放認爲是常態。他說：「忠而見疑，信而得謗，自是常事。只看自己所處之地，與所遇之人何如耳！《列國志》中此類甚多，其中有學有術，處之所方者，庶幾自全；若只是一味自信莽憨行去，個個身受其禍，如申生；叔武之類是也；讀之令人時生學術不多之懼，子弟於此等處須加意理會，萬勿草草看過。」（讀法第三十二條）蔡元放認爲臣子只要有學有術，自有自全之法；君王成名美惡，全看用賢奸。蔡元放深得馮夢龍的寫作立意，故他的提醒往往都是一針見血。

而朋友交往，更是人際關係的經營。蔡元放對此大發議論，他說：

> 常論正人最是難交，只是圖他有益耳，與不肖處煞是快意，只是相與到後來再沒個好收場。正人平日事事要講理、講法，起居飲食都要色色周到，已是令人生厭；若要作些不合道理之事，便要攔阻責備，使人絮煩，但是與他起作，卻也沒甚禍害出來；即或有意外之虞，他便肯用心，出力排難解紛，必期無事而後已。不肖之人平日或圖饕餮餐口腹，又或圖潤錢財，隨風倒柁，順水推船，任我頤指氣使。其實軟媚可喜，只是也到浸潤不著你的時節，稍拂其意，翻過臉來便可無惡不作。從前之快心，都是今日之口實。或遇你有別事，他便架空生波，於中取利事。若敗壞他，便掉臂不顧，還要添上許多惡能惡言。不怕你羞死氣死。即怪世人擇交，偏要取軟媚洗腆，及到事後，追悔已是無及。試看《列國志》中君相用人，士大夫交友，往往墜此套中而不悟，可悲可歎！（讀法第四十一條）

雖說正人難交，然而總比小人好，慎擇臣子朋友，也是智慧的展現。在現實環境裡，這些的議論也很管用，如果懷才不遇者，想想管仲、寧戚、百里奚等人，出身也微賤，然而最後他們能展翅飛高，也是機緣。蔡元放這一說，也提醒了懷才不遇者不致怨天尤人。

最後，蔡元放對《列國志》中謬誤，也提出指正。他說：「《列國志》中謬誤甚多，如《左傳》，《史記》，具言宋襄夫人王姬欲通公子鮑而不可，舊本乃謂其竟已通了，又說國人好而不知其惡，此事關係甚大，故不得不爲正之，他知彗星出於北斗，主宋齊晉三國之君死難，本是問內史未服之占，卻作齊公子商臣使人占之，此類甚多，不能偏及也。」（讀法第五十條）這類的錯誤當然很多，然而蔡元放只是點到爲止。

蔡元放的讀法，有多層的觀照，多元的角度。其議論思維，滿足了各類型讀者的需求，不喜讀史者容易近史；懷才不遇者，不再憤世嫉俗；爲官者學如何爲官，爲臣者習如何爲臣。總而言之，蔡元放的讀法沒有高深的學理，卻有與民眾相近的思維，以原則性的闡述拉近與讀者的間距。

第三節　蔡元放的「回評」

蔡元放在讀法中所概論是呼籲、指導和議論，幾乎是大方向大原則。進入回評，則偏重人事上的議論，純粹對章回裡的事件、人物提出個人的看法。蔡元放喜歡以個案來評析，有時採長篇議論型的論述，有時也採扼要的心得報告，然而重點幾乎都放在人物的品評上。品評人物，向來是中國讀書人慣有的習性。尤其是歷史上的帝王將相，他們的行爲影響歷史的發展，他們的舉止成爲眾人模仿的典範，他們的成敗自然成爲後世最好的教材。蔡元放在回評裡，對人物的品評不遺餘力，有他激賞的，有他唾棄的，有他鄙視的人物，他都一一評論，提供看法，也引導讀者識人。以下作綜合分析：

一、姬周王室的沉淪

從第一回到第十回，演義的主線一直放在周王室。故事從周宣王料民說起，接著寫周幽王被殺的始末，平王東遷的無奈，迨及周鄭交質，體統淪喪。這前十回已經將周王室衰微的緣由交代清楚了。以後姬周王室都處於「危而未亡」的局面，諸侯國反而躍升爲局勢的主導者。十回以後的回評裡，蔡元放很少評論姬周王室的成員。而前十回，蔡元放則集中火力評析了周天子的作爲，有周宣王、周幽王、周平王、周桓王等。

馮夢龍編寫《列國志》，從周宣王寫起，許多人看到這樣的寫法，深深不以爲然，質疑東周始於平王東遷，列國多事則於桓王開端。而演義卻從西周的宣王說起，且周宣王還是西周的中興英主。馮夢龍這樣的寫法，雖有許多人質疑，卻深得蔡元放的認同。蔡元放以爲周王室的衰微，周宣王要負很大的責任，因爲他執行了一個嚴重錯誤的決策，那就是親征姜戎，導致周王室自食惡果。他在第一回的回評中，數落了周宣王親征姜戎共有五項不是，他說：

> 輕萬乘之尊，蹈不測之險，一也。啟夷狄輕中國之心，二也。開諸侯慢王朝之漸，三也。王師敗績，深褻國威，四也。敗不報，貽笑四方，五也。

蔡元放以數落周宣王的不是，表示支持馮夢龍的寫法。他認爲從周宣王寫起，是一種倒樹尋根之法，有不得不然之理。他認爲禍端肇於宣王時期，亡國童謠也兆於宣王之世，故必須從宣王敘起。如此，來歷方得分明。提醒讀者，君王的任何決策都是影響深遠。

而周幽王在演義中的形象是「暴戾寡恩，動靜無常」（第一回），這個形象沒有背離社會大眾的看法。蔡元放卻有不同的觀點。他認爲周幽王的本質尚可，如果有賢臣相輔，情勢可能會好轉。可惜，好人被斥，奸佞小人終日在側。他的觀察角度是這樣的：「幽王雖然暗昧暴戾，然不以石父之言而加罪伯陽父、叔帶；不以擅打褒姒之故，而責王后太子，還算有分曉，有涵養，可與爲善之人；若有賢人輔相，未必不可轉凶爲吉。」（第二回回評），伯陽父、叔帶都曾勸戒過周幽王。伯陽父更以山崩地震，國變之兆，請君王儆戒；叔帶上表勸王勤政恤民，叔帶因而丟官，卻保住了腦袋。伯陽父無罪，叔帶不死，從這樣的結果來看，蔡元放認爲周幽王的本質還算可以造就，惜乎沒有賢臣輔佐，以致命喪驪山，這倒也是平實的看法。

周平王東遷開啓了東周的新局面，歷來都有文人對周平王東遷給予評論，宋儒蘇老泉父子就曾寫文章評論過平王東遷。至於周平王個人的評價，倒是很少有人評論過。蔡元放也是根據平王的所作所爲而評論此人。從周平王將岐豐之地盡賜給秦襄公，秦國因而有機會成爲大國。蔡元放評論周平王的做法：「平王與一班臣具是庸夫淺見，只圖目前之安，不顧長久之計。」（第三回回評），又說：「總之，平王質本昏庸，不識大體。」（第四回回評），周平王不喜鄭莊公目中無人，然而基於鄭莊公的功績和氣勢，又不願得罪他。因此，導致周鄭交質。姬周王室的權威在諸侯的心目中漸次降低，起始於周平王與鄭莊公交質，後來由於周桓王處理不善，導致周鄭交惡。鄭莊公跋扈挑釁周王室，竟在邊境搶周禾一事。這事鄭莊公也派人致歉，然而周桓王對搶禾一事耿耿於懷。事過境遷，當鄭莊公來朝賀正，周桓王居然調侃鄭莊公。鄭莊公惱羞成怒，伐周。周桓公中箭受傷，周王室的尊嚴與權威徹底被摧毀。蔡元放在第六回回評說：「桓王竟是孩子氣，不是天子身分。鄭伯無禮，力既不能往討，當日包容之意原不過望其悔悟來朝而已。今既來了，縱不加禮，亦只平常待之便了，許多閒言閒語說他則甚！此是鄉村中不知事體婦女孩子，身分豈有天子而出於此！天子而出於此，周室所以不振也。」沒有周詳考慮，演變成周鄭交質，使得周王室威嚴一落千丈。蔡元放認爲周桓王太稚氣，周幽王本有較好的發展，這些論點都是發前人所未發之論，可視爲一種新思維，給讀者更多的思考空間。除此之外，蔡元放對其他周王室倒沒有多大的評價。第三十三回，周王室有王子帶之亂，周襄王避亂於鄭國，天子地位不如一位諸侯，蔡元放只是評論周襄王「姑息從事，卒致翟人之禍。」，周襄王當斷不斷反受其亂，這麼輕描淡寫，直到第七十三回，蔡元放才又評了幾句：「周王嫡庶不分，群臣各以其黨，相擁用兵爭立，至有二王之號，綱紀蕩盡矣！猶得後亡，幸也。」一針見血，嫡庶不分，體統失序，周王室危而未亡，只是僥倖罷了。批評的力道都很薄弱，彷彿不值得一談。

二、「五霸」的功過

（一）齊桓公

齊桓公是春秋五霸的第一個霸主，保存了三個危國：立僖公以存魯，城儀夷以存邢，城楚丘以存衛，事蹟輝煌。興滅國，繼絕世，是霸主的基本工作之一。齊桓公一一做到，成了五霸之首。齊桓公又執行「尊王攘夷」的政策，鞏固了周王室的天下。在齊桓公稱霸的過程中，後世普遍認爲功勞最大的是臣子管仲，這一切都因鮑叔牙推薦管仲而形成的。鮑叔牙知人之功，朋友之義，最爲人津津樂道。但是，蔡元放對齊桓公、管仲、鮑叔牙三人的看法，與世俗不太相同。在第十六回回評中，蔡元放是這樣評論齊桓公的，他說：「鮑叔之薦管子不難，難在桓公之肯用。肯用不難，難在即用以爲相捐射鉤之恨而尊寵之，又專用之而不疑，不以小人之讒而生忌，宜管子之得以展布其才也。」此處蔡元放不表彰管仲之賢，鮑叔知人之能，反而推崇齊桓公用人不疑的情操。第十八回回評，又說齊桓公人品平常，因爲用賢、棄仇、用管子、爵寧戚，「用之勇而任之專」，所以成霸業。第二十一回，齊桓公兵定孤竹，蔡元放認爲這場戰役，齊桓公「精恤軍力，不戮降夷」，算是處置妥當，並教燕修貢爲周藩，甚至不惜割地以成禮，不失「尊周」之名。如此行事實爲盟主之體，不愧爲五霸之首，蔡元放大大讚美了齊桓公的作爲。蔡元放對齊桓公也有微辭，第二十四回，齊桓公伐楚一事。蔡元放認爲「費了許多經營氣力，卻不曾占得楚人分毫便宜，既不能震之以兵威，又不能屈之以口舌。」（第二十四回回評）導致齊楚並雄，未見強弱，這是齊桓公最出醜的事。至於最後易牙豎貂亂政，齊桓氣驕志滿，極端奢侈，他評：「齊桓雖是霸君，其心地卻本來不十分明亮，其所以成功立業者，管寧諸賢之力耳，只看不聽鮑叔之諫，而復用易牙等三人，便底裡盡露了。」（第三十一回回評），蔡元放倒認爲管仲難辭其咎。因爲管仲在世，身爲臣子，卻縱容君王如此揮霍，管仲未盡善責。這件事的評價，蔡元放反而不責怪齊桓公。

（二）宋襄公

宋襄公是否被列入五霸之一，一直倍受爭議。宋國是子姓國，是周封殷遺族的國家，與其他諸侯國相比，宋國的爵位最高，爲公爵，其次有侯爵、伯爵、子爵、男爵。宋襄公重要事蹟有幾項：一讓國。宋襄公即位前，擬讓國於公子目夷，目夷不受，遂贏得讓國的美名。二殺諸侯。齊桓公在世前曾將世子昭託宋襄公照管，後過世，齊國因眾子爭位，陷入困境，宋襄公遂聯合衛曹邾三軍，平定齊國內亂，世子昭繼位爲齊孝公。齊孝公感念宋襄公的大德，諸多事情皆仰仗宋君。平定齊亂這件事讓宋襄公自以爲是救世主，便要仿齊桓公糾合諸侯，會盟。宋襄公急欲立威得諸侯，特懲遲來的鄫小國，使邾文公執鄫子殺而烹之，以祭睢水之神。三假仁義，宋襄公一心求伯，與楚國爭霸。宋軍與楚軍在交戰於泓揚，宋襄公以仁義掛帥，戰場講求仁義，是不知戰爭主殺之意。泓水之戰，宋襄公講究仁義，不願乘人之危，故不擊渡河中的楚軍，反被楚軍擊敗。宋襄公一生的行事風格迥異，後人對宋襄公的作風，給予不同的評價。有人認爲襄公有尊禮重義的古風，司馬遷曾說：「襄公既敗於泓，而君子或以爲多，傷中國闕禮義，褒之也，宋襄之有禮讓也。[6]」。史家認爲襄公的尊禮之風，值得讚許。也有許多人站在實利的觀點對宋襄公的作戰態度極其嘲諷，認爲他完全是「假仁失眾」。評價宋襄公，向來眾議紛陳，該如何評價？且看蔡元放的評析。

宋襄公讓國，演義寫在第二十四回，然而此回主講管仲助齊桓公稱霸的事蹟，因此，蔡元放在此回中並未針對宋襄公讓國一事，作出回應。反而在第三十三及三十四回中，大力批宋襄公的自欺行為。第三十三回，主講「宋襄公圖霸虐殺鄫子」的故事，宋襄公為了立威諸侯，不聽公子目夷的勸阻，竟殺鄫子以媚妖神，導致東夷各小國不服。蔡元放批評宋襄公說：「夫果以仁義，雖於事勢為迂闊，猶不失為善人，今乃以後至之。故執藤君而殺鄫子，可以為仁義乎？既恃力以虐不如我者，又欲假仁義之名，以服強大於我者，將以欺人乎？抑自欺也。欺人則人未必皆愚，然則適以自欺而已。」蔡元放認為宋襄公最失誤之處就是想要圖霸，圖霸本無是非，然而力量太小，就應當借齊國力量，反而求了楚國（三十三回回評），這是宋襄公加快失敗的原因。蔡元放越說越氣憤，像宋襄公這樣「賢愚倒置，利害不分」的君王，至死能保持全屍，算是萬幸的。到了第三十四回回評中，才對宋襄公讓國之舉，提出批評。他說：「宋襄讓國之舉，似是賢人，及為君後，所行之事無一可取。」若從宋襄公凌虐小國，殺諸侯的舉動，來看當日讓國之事，就知道宋襄公當時只是好美名而已。因此，蔡元放告誡讀者，千萬不可「以一事之偶賢而概論其餘也。」

總體而言，蔡元放對宋襄公這位君王的評價是「志大才疏，識短性躁，即佈置小事，未畢妥當，況軍國重務？」（三十四回回評），另外，蔡元放也從他用才的情況來評斷宋襄公。第三十八回回評，蔡元放認為晉國人才之盛，有相才、謀臣、力士、大將和偏將，便知必定是個霸君。反觀宋襄公僅有公子目夷及公孫固。公子目夷勸宋襄公五次，宋襄公均不聽，便知宋襄公不能成「伯」了。宋襄公一生懵懂，唯一讓蔡元放肯定是當重耳周遊列國，宋襄公禮遇重耳一事，蔡元放以為宋襄公也有聰明的一面（第三十五回回評）。

（三）晉文公

晉國屬姬姓國，從晉獻公開始強大。演義裡第二十回，晉國才正式上場。晉國的故事從晉獻公娶驪姬開始，接著一連串的事件：申生被殺、里克兩弒孤主、晉惠公大誅群臣、重耳周遊列國，種種事故被稱作「驪姬之亂」。晉國的歷史最具戲劇性且最值得敘述的，就是重耳逃亡十九年及登基的危機伺伏。重耳先出亡於翟國，在翟國住了十二年。晉惠公派人刺殺，後逃到衛國，衛文公不禮遇他；在魯國住了五年，又從齊國到楚國。途中經過曹國、宋國、鄭國。曹共公與鄭文公均對他不禮遇，只有宋襄公以國賓禮待之。在楚國，楚成王也很器重他。晉惠公一死，秦國派兵把重耳送回國，此時，他已經是六十二歲了。重耳逃亡流浪的過程，演義以四回篇幅來描寫，最後在秦穆公的協助下取得政權。又以四個回目寫晉文公的恩仇錄，為了報宋襄公禮遇之恩，晉文公救宋，與楚國發生城濮之戰，趁機也對曹、衛兩國進行報仇行動，並且靖周王室之難，數合諸侯，行踐土之盟，請到周襄王共襄盛舉，鄭、宋、魯、衛、陳、蔡、齊各諸侯都赴會，這是晉文公稱霸的經過。周襄王二十四年，晉文公有疾，文公薨，在位八年，享年六十九歲。秦晉兩國的關係發生變化，春秋末年，晉國內部卻被六卿把持，有中行氏、范氏、智氏、趙氏、韓氏、魏氏。六家後來成為四家，四家中屬智氏最強，智氏想併吞韓趙魏三家，反被韓、趙、魏消滅了智氏。後來三家分晉，晉國成了歷史名詞。韓、趙、魏三國，周天子封為諸侯，正式出現在中國歷史上。

蔡元放對晉文公本人的評價不高，他認為晉文公之所以能稱霸，靠的是諸位賢臣，不是他個人的能力。他在第三十四回回評說：「論晉文公人品學問看來也只平常，安於逸樂，非有遠大之謀者也。其得國與成霸，大率皆諸臣之力。」第四十一回回評，對晉文公圖霸戰楚，蔡元放認為「雖以尊王為名，其實乃自為也」。第四十三回回評，晉文公報復曹、衛，迫使曹衛臣服於晉。蔡元放認為曹、衛只是畏其力，而非懷其德，出於無奈才臣服晉國，晉文公服人之德不能媲美齊桓公。然而晉文公人品學問見識，卻優於齊桓公。他自身的特質，賞罰論功，有容之德，且有知人之明。第四十四回回評，蔡元放認為從晉文公獎賞臣子的優先次序，可以看出晉文公是一個德義之君。晉文公獎賞從亡之功，先狐偃、趙衰而後魏犨、顛頡；狐偃趙衰雖為文臣，卻得上賞，實因晉文公之賞，上賞「賞德」，次賞「賞才」，又次賞「賞功」。城濮之績，也是首狐偃而次先軫，蔡元放認為晉文公是真知德義之君。晉文公退三舍以避子玉，是講信用；秦晉圍鄭，秦退不肯追擊，是講仁義。惜乎漏了介之推，左丘明卻記了一筆「介之推不言祿」，嘆之被焚於綿山。撫養傒負羈之妻，厚於報德；不誅勃鞮、頭須，不果殺叔詹，展現君王有容之能；斬顛頡、祁瞞、舟之僑，黜魏犨，可見用法嚴明。晉王室內無僻妾，朝無倖臣，是有知人之明，且不溺於私慾，這些特長備於一身，在五霸中是最特出的一位。

（四）秦穆公

秦國，嬴姓國，平王東遷，賜以岐豐之地，列為諸侯。是最晚分封的諸侯。第四回描寫「秦文公郊天應夢」，已經將秦國的野心暴露了。一直到第二十六回，寫百里奚認妻，演義才寫秦穆公愛賢才，任用了虞人百里奚和蹇叔。第二十八回到第四十三回，陸陸續續寫秦晉互助又相爭的過程。時而秦國被晉國打敗，時而晉國被秦國擊倒。第四十八回秦晉關係決裂。從此以後，秦國自棄晉國而附屬於楚，不通中國，中國亦以夷狄看待。

在秦國的歷代君王中，蔡元放最讚許秦穆公。第二十六回演義寫秦穆公重用百里奚，百里奚推薦蹇叔給穆公，回評說：「蹇叔初見秦穆公一篇說話，有大有小，有進有退，有次序，有權衡，有把柄，從來說為國者，必須威德並用，自是老生常談，至說德而不伐其國……蹇叔，王佐之才也。」讚美蹇叔，其實就是稱許秦穆公。又說：「秦穆聞百里奚之賢，則求之於楚而用之，聞蹇叔之賢，則聘之於宋而用之，至於由余雖賢，然既已用於戎矣，乃千方百計，必求致而用之，他如公孫枝、孟明、白乙丙，西乞術等皆一時人才之選，舉之村豎之中，升諸朝廷之上，高爵厚祿，信任不疑。如此之君，古今有幾及身而霸固所應當子，謂其實爲王業所基有識者，必不以爲河漢也。」（第二十六回回評）可見，君王尚賢用才的作爲，是多麼難得的事。因此，秦穆公任賢愛才，備受肯定。然而秦穆公身後以人殉葬的事件，蔡元放倒沒有評論。

（五）楚莊王

楚國向來被視爲蠻夷之邦，其實，楚國屬於羋姓國，鬻熊之後，而鬻熊曾爲周文王師，成王封其孫熊繹於荆楚。所以，楚國的君王同樣來自周王朝。楚國因地處偏僻，天高皇帝遠，在春秋時期是最早稱王的諸侯。演義在第二十三回才出現楚國的事蹟，楚國在楚莊王稱霸以來，即對中原蠢蠢欲動。始終與晉國爲敵，與齊國若即若離。鄭國夾在楚、晉之間，鄭國時常被楚國挾持。晉、楚爭霸，晉國爲了牽制，扶植了吳國，晉聯吳而楚聯越，吳國強大後，又與楚爭霸權。

楚莊王最爲人樂道的是「一鳴驚人」的小故事。蔡元放在第五十回回評上，這樣說：「楚莊王亦算是有爲之主，而初即位時卻像無知識者，然正不知其胸中是何主見？當時若無蘇從之諫，豈將以娛樂終其身乎？」蔡元放對楚國很有成見，一直認爲楚國是夷狄之邦，且「楚人桀傲不遜，不顧信義尙詐力」（第六十六回回評），而楚國居然也稱霸天下。在第五十四回寫鄭國服晉不服楚，楚伐鄭。回評上蔡元放看到楚國伐鄭過程，就知他一定可以稱霸。他說：「只看楚莊王伐鄭之役，便知必霸。夫因人之不從而加討，來服而含之，不因其城陷而遽入，恩威並著，烏得不霸！」同一回，蔡元放對孫叔敖的後代必須負薪維生的境遇，感到楚莊王不體恤賢才。他說：「楚莊亦賢主也，乃不知恤賢相之後人，令其困苦至此，何也？當時若無優孟之言，則叔敖之子，必將以負薪終其身矣！可歎！」

至於其他幾位諸侯，蔡元放的評價各不同，諸如：鄭莊公「慘刻少恩，非忠順之臣，最是論得的當。」（第五回回評）；而衛莊、衛惦、州吁、宋殤公子翬、「都是一般混帳人，算不得大奸大惡者。」（第五回回評）；對齊襄公的淫亂，歷史常將矛頭對準齊襄公和文姜，可是蔡元放卻在第十三回回評說「齊襄公與文姜之惡爲魯桓公之成，蓋魯桓公自取也。」這個觀點倒挺別致；又說魯莊公是「混帳沒分曉。只看他救紀一節，不約別國，而獨約鄭，試想鄭國新立之事是誰之力，他卻肯與齊爲仇，其說厲公謀襲不敢出師，乃遮飾話。」（第十四回回評）。還有晉國發生驪姬之亂，史家常歸罪於驪姬，總認爲驪姬是禍水。蔡元放則說：「從來婦女之犯奸丈夫之疏縱，驪姬、優施成奸，乃晉獻公主導」（第二十回回評）。蔡元放認爲「音樂女色，原非禍，人之具然，古今來之有國有家者壞事，每由於此，何也？蓋耽於聲色而怠棄政事耳。故管子之答齊桓曰：好酒、好色，無害於霸；不能任賢理政，乃爲害霸。故齊桓專任管寧諸賢。修明政事雖多內嬖嗜酒，聽因而竟成五霸之首。」（第二十回回評）。蔡元放不將歷史禍端，歸罪給女色或音樂，而是人的問題，可說以全方位的角度來看歷史事件，論述頗中肯。

三、其他人物的評價

東周歷史上最複雜的就是人事，人事的紛擾主要根源於人物的行事風格和學術素養。蔡元放品評人物，讚美有之，痛批有之，強烈的針砭都有其說辭和見地，不是信口雌黃。評論人物，無非希望讀者能以人物爲鑑，避免重蹈前人之覆轍，進而能學習知人識人，能知人必能處世，人與事是分不開的。由於人物頗眾，無法一一陳述，君王的部分在前已論述過，此處只陳述其他大臣及小人物的評論，有正面評價，有負面評價，此處只能舉例說明蔡元放論述風格。

石碏大義滅親，歷來有「純臣」的評價，後世多歌頌。蔡元放對石碏的看法也沒有異議，只是更進一步說明石碏的智慧展現在何處？他在第六回回評中提到：「石碏是大智純臣，聽眾人公議而行，自己毫不沾手，又不費力氣，又自避嫌疑，正便二十分正，妥亦二十分妥。」「聽公議而行」、「自避嫌疑」都是簡單話語，卻是不容易做到的，蔡元放點出這些特色，更教讀者清楚辨別處世的智慧。

管仲，是周王室五百多年來「危而不亡」的主要功臣。如果不是管仲幫助齊桓公實行「尊王攘夷」政策，周王室恐怕很早就被革命了。連孔子也不得不讚美管仲，「微管仲，吾其被髮左衽矣。」但孔子也批評管仲「器小」，也許受此影響，蔡元放對管仲的功過各有評價。蔡元放推崇管仲是歷史上難得的宰相人選。他幫助齊桓公治理齊國，首先教桓公愛民，又提倡禮義廉恥，更分配重任給五位大臣。他沒有獨攬大權的野心，而是找了五位得力幫手，自己居中調度。蔡元放認為這才是真正的「宰相之器」（第十六回回評）。管仲這位宰相已經把治理國家的方向掌握住，蔡元放在第十八回回評中也說：「凡事先要大題目立得好，便不怕沒有好文字，如尊周朝王，便是圖霸大題目。管子先立定這個題目，便地步先立個高腳跟，先踮得穩，更不怕跌撲也。」這個「尊周朝王」的政策，使得齊桓公成為春秋第一為霸主。因此，蔡元放直說管子是大將之才，處處精審，謹慎用計（第二十一回）。又說他是「天下奇才」，更說：「論管子學問好處，只是識得大端。」他舉例說：「論鮑叔牙不可為相，可知他相度淵涵；論三變非人情不可近，可知他撫民用眾。可論隰朋之可相，在不恥下問，居家不忘公門，真得為相之道也。」（第二十九回回評）。又說：「一切聖賢君子英雄豪傑，沒有不近人情。不近人情就是大奸大惡之人。這是管仲定三變之不可用，可謂特達之識。」然而，齊桓公氣驕志傲，生活奢侈，管仲不能諫，又效法所為，真是器小。甚至蔡元放也將齊桓公之死，五公子亂齊，管仲難辭其咎（第二十四回回評）。

春秋戰國的大臣多如過江之鯽，人人有理想抱負，各個有長處優點。然而際遇不同，每個人的奮鬥過程都是一部血淚史。看百里奚是個男子漢卻不能保妻子不受凍餒，出遊遇困作媵奴，乞食、飼牛，窮賤至極，然而卻因至賤而翻身，他說：「反因作媵一名得以受知秦穆公，羊皮贖去立致華膴，禍福倚伏，真是令人難測。」（第二十五回回評）蔡元放教人不要學作大人物，而是要看成爲大人物的艱辛歷程，教人安貧樂道。對晉國大臣公孫枝的評價是「公孫枝雖亦才人，然其設謀處事處，全是功利之術。」（第三十回回評）；歷史上對燭之武這個人一向推崇，至少他能單槍匹馬退秦師，這是很了不起的事，然而蔡元放卻有不同的看法，他說：「燭武雖有口辨，然其說秦伯之語，率皆牽強扭捏，未有切中要言，可以聳人聽聞者。秦穆一時不明，否則或別有主見，故聽之爾。若以我意論之，殊無足取。」（第四十三回回評）其他還有說羊舌職之論弭盜，真是高識名言，乃正本清源之論（第五十六回回評）。說伍子胥前面錯看一伯嚭，後面錯看一夫差，如此英雄，可惜眼力不濟（八十二回回評）。當第八十七回談商鞅變法的故事，蔡元放在八十七回的回評中，全都在評論商鞅。蔡元放認爲商鞅「只是大言欺人，非有真實學問」，因爲他只是佐霸的材料，他所變的法都是「損下益上」，他的心地早已偏邪，哪裡曉得帝王之道。蔡元放對商鞅是負面評價。范睢是辯士之雄，論其才智卻也是中上。范睢雖是辯士，人品心術都不壞，只看他前面不肯仕齊，不收金與牛；後面不殺胥賈，范睢微服真是妙人妙事（九十七回回評）。蔡元放認爲藺相如是才識勝人。以一介書生，輕身持璧，入八萬乘的虎狼秦國，竟能全璧而退，其膽不是假造的。要在才識上出生，才是真膽（第九十六回回評）。澠池之會，歷史上認爲藺相如是大功臣，蔡元放則認爲藺相如之功偉厥，完璧歸趙後，趙國依然無恙，全虧李牧的五千銳卒，以及平原君所帶的大軍。蔡元放舉了「文事者必有武備」，真是千古名言。而藺相如讓廉頗適用柔，且柔得妙。蔡元放認爲廉頗不服藺相如，難免有鄙狹之意，然而一旦改過，如浮雲過日，不損光明。在說客中，唯一魯仲連之才藝，是被認爲高的，他說：「其人品見識甚高」（九十九回回評）。

至於戰國四大公子，蔡元放對孟嘗君親身入秦，認爲是「孟浪」（第九十三回回評），靠雞鳴狗盜之人脫險，名聲不佳。他認爲孟嘗君的養士並不成功，更說養客與擇交是不同的。養客是爲我所用，一旦高談闊論者，侈言道德卻無補於實用，還不如雞鳴狗盜之士。蔡元放認爲雞鳴狗盜者無益於自身的學問，如果讀書人只唱高調，無益學問，就連雞鳴狗盜還不如。九十四回評馮驩才識甚高，非尋常游士之比。蔡元放認爲信陵君的眼力見識都好，尤其從對待侯生可以看出，是四君所不能。他說「侯嬴、朱亥只看其不屈於信陵，便知其身分之異，看信陵偏要致敬於侯生、朱亥，便知其識見之高，非信陵君不足以知二人，非二人亦不能致信陵之敬，所謂相需而後顯相，相難而相成也。」（第九十四回回評）。當信陵君與魏王兄弟相惡時，可以看到信陵君的做人行兵，實是賢而有才，不是純以虛聲詐人者，故畢竟功業比他公子獨盛。（第一百二回回評）。蔡元放在多處評論信陵君，從第九十四回起，一直到第一百二回都陸續談到信陵君的禮賢下士，信陵君是蔡元放評論最多也是評論最好的人。蔡元放只評平原君的養士是虛有其表，雖然號稱食客三千人，一旦有事，要選二十個也選不出來；而毛遂只不過是說士，只有口舌之才，並非文武全備之士。所以說，號稱文武全備，只不過是儒生之文，祇是口號而已。雖說有三千人，可以說並無一士可用。（第九十九回回評）。蔡元放說戰國四公子中，第一無用者是黃歇，只看他相楚多年，始終曾有一善狀否?（第一百一回回評）。黃歇被李園所殺，只因爲自尊拖大，拖大自尊最是壞事。（第一百三回回評）。

蔡元放品評人物，不只重在文武大臣的言行舉止，就連小人物有特殊表現，他也會評析一番。例如：第三十六回回評，有一個小人物被蔡元放特別注意，此人就是勃鞮。勃鞮是晉國小臣，曾奉惠公之命，前往翟地刺殺重耳，後重耳登基，勃鞮就成為重耳的大仇人。晉國大臣呂省、郤芮欲結合勃鞮率兵造反，另立他公子為君。勃鞮當面應承，卻將此事告知晉文公，而使重耳逃過一劫。勃鞮費了一番口舌說服重耳相信他的話。蔡元放在回評中說：「勃鞮是大有意思人，其權術處，甚是可愛，口才亦便捷，而卻非無理逞詞者比，舉動閒雅，應對詳明。頗有策士之風；至說以君命為忠，而引射鉤之事為比，尤為明白切當，而今日之來告，真是可以為功，而蒲翟之事實不足以為罪也。」蔡元放這樣的回評不得不讓讀者對勃鞮另眼相待。另外，鄭國商人弦高也備受讚美，他說：「弦高是大能人，是真賢者，只看他行事言語次第，是何等經緯。若使之在位，必有可觀。」（第四十四回回評）。其他小人物幾乎是刺客，專諸、豫讓、荆軻都被評點過，評專諸的行為，蔡元放以為專諸既然在姬光府內行刺，何必跑去學烹魚。可見，專諸的本意欲以美味近宮中，而公子光則以魚炙為誘耳，雙方的認知可能有落差（第七十三回回評）。豫讓報仇，蔡元放認為豫讓報仇不奇，奇在第二次。第二次報仇不奇，奇在毀形，毀形以求濟事，這乃是精誠專一，他對豫讓的行徑嘖嘖稱奇。至於荆軻刺秦王，他認為燕太子丹，怨秦求報，行刺卻是最下策的，無論成與不成，都是有損無益。

除此之外，蔡元放對人的好惡很明顯，負面評價者也不少。例如：他對鄭國始終有很深的成見，他對鄭莊公和祭足，始終都認為「是一班奸險之人，」（五回回評）又說祭足奸貪。評鄭祭足出兵，先東算西，安放停妥方舉事。雖是奸人，自有一假才智（第六回回評）。其他尚有不少小人，例如：第三十三回回評，他說：「雍巫、豎貂雖壞，卻是愚鄙小人無奸雄之才。」伯嚭是奸險小人，逞小忿而忘大德之人（八十二回回評）。囊瓦只是個混帳匹夫，全無才智（七十四回回評）。因此，他告訴讀者識人的重要性，他在第三十五回回評，說「國不論大小強弱，這雙眼珠子最要緊，識人。曹鄭諸國失禮，就是不識人。」三十九回，子文可謂賢相，因錯看一子玉，知人實難。

在一百零八回中，只有第七十八回的回評最少，這是蔡元放認為演義中的孔子生平是附會。這回寫得最少，只有兩行，寫到：「篇中敘魯國事頗多，舛訛其記，載孔子諸事凡為荒謬事，開聖人未敢率意依誣妄加評論，讀者當取春秋左傳及史鑑諸書……」而他對子貢的看法在第八十一回回評中，蔡元放對子貢的遊說全站在利害上立論，「竟是策士之祖，不似聖賢門風」。東周演義的人物大約有千人，蔡元放評論不少，同時也有許多人根本不及評論，例如鬻拳，他是一個特殊的臣子。第十七回，鬻拳曾兩次強烈的冒犯君王，一次是楚文王捉拿蔡哀侯，欲烹之，鬻拳以刀威脅君王，第十九回，楚王對巴國作戰失敗，鬻拳不開門，要楚王伐黃，這個事件彷彿是一個跋扈的臣子威脅君王，終於激勵楚王伐黃成功。後君王死，乃自刎而死，以謝冒犯之罪。《左傳》稱鬻拳為「愛臣」。然而這個人物在回評裡並沒有評論。

總之，蔡元放在回評裡，提供了多元化的角度來看東周歷史的種種變化，剖析事件有了多元角度的呈現，是一大貢獻。

第四節　蔡元放的「句評」

至於句評，則針對演義中一字一句發表看法，多半是解釋古詞、或為感想等。例如：第一回「父命司空」，下面則以小字寫「今工部」，「司馬」下則寫「今兵部」，這種古詞今語的解釋極為普遍。第二十六回，寫秦穆公拜百里孟明視、西乞術與白乙丙並號將軍，謂之「三帥」，專掌征伐之事。姜戎子吾離，桀驁侵掠，三帥統兵征之。蔡元放在「姜戎子吾離」解釋姜戎與吾離之意，句評為

「姜戎，西戎一種，子爵；吾離，名。」，當吾離兵敗，秦國盡有「瓜州之地」，句評寫「地在敦煌」。諸如此類，不勝枚舉。

蔡元放有的時候希望點醒讀者，所以在句評裡，織進他的看法。例如第二回叔帶約天子不恤國政，任用佞臣，我職居言，務必進臣節以諫之，伯陽父曰：「但恐言而無益」，下面有句評：「無論君之聽與不聽，而必言，諫臣之職也。料其不聽而不言，知幾之士也，然他人知幾則可，若諫臣而已知幾自居，則爲奸佞知所藉口矣，斷使不得。」又如：第二十七回，寫重耳出奔，魏犨要重耳借助狄人除君側之惡，安社稷而撫民人；可是，重耳不同意。魏犨很生氣，認爲「公子畏驪姬輩如猛虎蛇蝎，何日能成大事乎？」狐偃就對魏犨說：「公子非畏驪姬，畏名義耳。」蔡元放在此處寫下這樣的句評：「從來賢人不肯輕舉妄動，都是爲此兩字耳。」賢人不肯輕舉妄動，都是爲了名義，也太武斷，不過這樣的句評，倒能提醒讀者，名義的重要性。又如第二十九回，寫晉惠公與秦穆公因王子帶之亂，同來勤王，可是晉惠公與秦穆公有許多私怨，當晉惠公急急班師之際，丕豹勸秦穆公夜襲晉師，秦穆公說：「同爲勤王而來此，雖有私怨，未可動也。」雙行的句評寫著「秦穆雖是霸君，卻也還夾著王道。」同一回，周襄王因管仲定位有功，欲待之以上卿之禮，管仲遜曰：「有國、高二子在，臣不敢當。」再三謙讓，受下卿之禮而還。蔡元放立刻寫下句評：「有功不伐，守禮不踰，是管子學術最正處。」

蔡元放的評點使得《東周列國志》成爲暢銷書，日後人人皆知《東周列國志》爲蔡元放所作，卻不知《東周列國志》的原編纂作者是余邵魚及馮夢龍。可見，評點在當時的魅力。雖然就現代人的觀點來看，蔡元放的評點稍嫌主觀，然而還不至於狹隘，尤其他觀察人物、事件，評斷歷史是非，都精闢獨到。馮夢龍把它的用心放在徵實史料，安頓情節，還原政治環境，而蔡元放集中心力於評點上，如果沒有深厚的經學底子的讀者，他還是需要看看蔡元放的評點的，蔡元放的評點，在當時一定有相當的作用。

當年評點是演義的推手，評點家發揮了批評鑑賞和理論闡釋等功能。然而評點也的確容易流於一時一人之限，反而妨礙了讀者的想像和發展。這個觀點漸漸蔓延成了讀書人的普遍意識，於是評點的作法逐漸沒落。而今時序遞嬗，回評、句評等評點方式不再受到書商的青睞，蔡元放的評點被視爲文本的累贅。現代版的《東周列國志》，根本找不到蔡元放的評點，其他小說亦復如是，只印文本不印評點，實因學風不同所致。許多研究者經常以當今的思維來評論明清的評點是累贅，進而貶斥評點。若他們從時空背景來觀察，明清時期的讀者自主性不強，很需要明燈指引，因而評點風氣盛行；如今的讀者自主性強，閱讀時，不喜受到干擾，故而排斥評點。一個時代有一個時代的學風，小說評點盛行於明清時期，有其時空背景，不可同日而語。

【註解】

1、參考譚帆：〈中國古代小說評點的價值系統〉，（大陸：《文學評論》，1998 年），第一期。頁九十三～九十七。

2、〈東周列國全志•序〉，乾隆十七年刊本，蔡元放題。

3、同註 1，頁九十六。

4、齊裕焜著：《明代小說史》（大陸：浙江古籍出版社，1997 年），頁四十八。

5、蔡元放在乾隆年間，《東周列國志》的序言：「天道之感召，人事之報施，智愚忠佞賢奸計言行事之得失，及其所以盛衰成敗廢興存亡之故。」

6 參見瀧川龜太郎注，《史記會注考證》，〈宋微子世家〉，頁六一九。

結　論

中國人熱愛歷史，史學意識起步很早，史官在中國政治體制內的編制存在已久。在中國，史學的發展一直存有「資鑑」與「教化」兩項價值。在文史哲不分家的年代裡，歷史價值深深地影響著中國讀書人，連帶著通俗作家從事演義編寫，也或多或少懷抱著「資鑑」與「教化」的動機。這一點，通俗演義與歷史是很相近的；所不同的是演義的故事性濃郁些，內容較趣味，而文字也通俗易懂。《東周列國志》綴集大量的東周史料，成就一部事事有據，句句用心的通俗演義。對閱讀《左傳》、《史記》等有關東周的歷史文獻均有莫大助益，可以說是「羽翼信史」的標準典範。蔡元放再三強調此書既有實學價值，也有教育意義，更有資鑑作用[1]。蔡元放所言，絕非虛假。

《東周列國志》這部演義，的確有非凡的價值。《東周列國志》有無數個故事，千百位有名有姓的歷史人物，他們的崛起、奮鬥和下場，都是一齣齣連臺好戲；數不清的明爭暗鬥、難題和爭戰，激盪出高超的謀略、算計和手段，高潮迭起。用心的讀者們閱讀《東周列國志》，不祇閱讀故事而已，還可透過故事，認知「事理」，進而「明治亂之本」。此書不僅是羽翼經史的參考書，同時也是政治家絕佳的手冊，以及軍事外交的智囊。透過一面面的明鏡，一片片的櫥窗，方能看出《東周列國志》的豐富，才能認識此書的價值。

一、資鑑價值

歷史之所以有資鑑的價值，取決於人類是一種可以記取歷史的動物[2]，人類的生命歷程雖可分爲三段式--過去、現在及未來，然而現在是過去的延伸，現在是未來的過往[3]。現在進行式的時空不僅蘊藏過去，也孳生未來。過去、現在、未來的連結與延伸，構成一個整體性。人生在世，一直處在現在進行式的生活機制裡，因此，鑑往開來方有實質的意義。由於人類的自私、貪婪、慾望從沒有因爲時代進步而減緩，沒有因爲生活優渥而消失，爭權奪利的鬥爭沒有片刻的停歇；簡單的說，人性的弱點，自古以來並沒有改變。惟獨從歷史教訓中獲得智慧，才能避免錯誤一再發生。如何從歷史中學習智慧？簡單的方法就是將歷史當成一面鏡子，照見自身的美與醜，而《東周列國志》這部演義，足堪作爲人類的明鏡。

重新認識歷史人物，是閱讀《東周列國志》一大收穫。《東周列國志》記載上千位有名有姓的歷史人物，較重要的人物也有百來位。透過此書，比較容易掌握歷史人物的完整性。以前讀歷史故事，故事總是一段一段的，如「豫讓吞炭」，講豫讓復仇的經歷；「一鳴驚人」，講楚莊王省悟的過程。諸如此類的歷史都是片段式，讀者一直沒有機會了解豫讓吞炭爲何如此悲壯的原因；也難以窺得楚莊王省悟前的行徑。總之，在我們學習歷史時，缺乏從歷史長河的角度看人物的轉變的歷程。然而馮夢龍編寫東周演義，卻將人物安置在歷史的洪流中，人物的起落就像波浪一樣，上上下下，一浪推過一浪，串聯成一個連續的歷史起伏。而且此書的歷史人物不只是特寫，或是靜態的描寫，而是一個有背景的人物風貌。因爲有背景，人物的生命圖像才完整。例如：第二十三回，衛懿公好鶴亡國。衛懿公被狄人砍成肉泥，衛大夫弘演見衛懿公的肝完好，便自剖其腹，取衛懿公之肝，納於腹中。齊桓公得知這個消息，嘆道：「無道之君，亦有忠臣如此者乎？其國正未艾也。」如果只讀史傳，肯定對衛懿公這位亡國之君沒有好印象；讀了東周演義，對衛懿公的看法有了改觀。又如：第八十四回，寫智伯決堤滅晉陽一事，單獨從這件事看智伯，便覺得此人不顧百姓，可惡至極，罪不可赦。然而，當此人一死，卻有個人爲智伯報仇而粉身碎骨，這個人就是大名鼎鼎的豫讓。史傳上偏重豫讓刺殺趙襄子的報仇行徑，反而忽略豫讓爲誰復仇？史傳裡智伯決堤與豫讓報仇都是獨立事件，而演義裡卻將這些獨立事件連綴起來，智伯既是個大罪人，有何情操令豫讓奮不顧身地爲他報仇？若說智伯有恩於他，這又是個什麼恩惠呢？重新看待智伯，必須透過故事發展的連續，方能一清二楚。又如穎考叔曾以譬喻點醒鄭莊公，使其接納母親，史傳給他「純孝」的美名。如果只看這段歷史，一定會覺得穎考叔是個了不起的人物。可是當第七回寫穎考叔的下場，因爭功而與子都發生爭車事件，因而被射殺。一個純孝的人何以爲名而喪身，當他奪車時，難道沒有想到母親嗎？穎考叔之死讓人警惕。第二十六回，秦穆公訪賢任賢，有賢君之相，爲人津津樂道，卻在身後以一百六十七名生人殉葬（第四十七回），毀了一生清譽。從此一故事得到蓋棺論定的印證。再說吳起殺妻求將的行爲固然令人不齒，可是，他仕魯、仕魏、仕楚的功業卻是不朽的(第八十六回)。爲楚詳定官制，整頓公族，訓練精兵，雄視天下，功尤不可沒。

閱讀此書，順著章回的情節發展，讀者的目光不再凝視歷史人物的特寫或片段事蹟，而是可以透過連續性的故事而較完整的認識人物的短長。每個人有其長處，亦有其短處，呈現的是一個平凡的人。長短無優劣，能知長短，就能知己知彼，不爲所困。例如：第十六回，鮑叔牙推薦管仲給齊桓公，齊國因此稱霸天下。容人的雅量至爲可貴，鮑叔牙識人的智慧，舉世推崇，然而他卻不能治理國家，因爲他嫉惡如仇（第二十九回）。另一方面，以管仲之賢，卻無法遏止齊桓公親近易牙等小人，從這些故事看齊桓公、管仲和鮑叔牙，便知道人人都有弱點，賢君需賢臣輔佐，方能成就大業。

人生在世，做事容易，處世難；處世之難，難在知人。君子、小人都是一張面皮，人心隔肚皮，如何分辨？《東周列國志》全書記載許多君子和小人，君子和小人的分辨，從模樣上是無法分辨的，必須從他們的行事結果來論斷，小人聰明，惡直醜正，不顧仁義；君子智慧，知人善用，兼顧仁義。例如：易牙、豎貂、開方等人，他們也很聰明，齊桓公寵信有加，而管仲卻識破這是小人的嘴臉。管仲如何知人？第二十九回，易牙烹子滿足桓公的口腹之慾，便認爲易牙愛他勝於愛子，遂不疑他的忠心度；豎貂以淨身侍奉桓公，便認爲豎貂愛他甚於愛自己；開方拋開世子之位，臣服於桓公，便認爲開方愛他甚於父母。桓公對此三人從不曾懷疑他們的忠貞。可是管仲卻說：「人情莫愛於子」、「莫重於身」、「莫親於父母」說明此三人的所作所爲不近不情，剖析他們三人都是小人，有非分的意圖。齊桓公很詫異的問：「這三個人，侍奉我已經很久。爲何平日你都不曾說一字？」管仲卻說：

> 「臣之不言，將以適君之意也。譬之於水，臣為之隄防焉，勿令泛濫。今隄防去矣，將有橫流之患，君必遠之！」桓公默然而退。（第二十九回）

管仲一席話，道盡君子的職守，君子要作君王慾望的堤防。他看清小人的嘴臉，認清自己的角色。後世認爲管仲是一位有大智慧的政治家。凡人能辨別君子與小人，一生受用無窮。東周演義有許多君子小人的嘴臉及行爲，如果能認清小人，因而遠離，許多禍事可以因此避免。又如優施之讒而有申生之禍，第二十五回，驪姬問優施如何廢太子立奚齊？優施的回答是這樣的：

> 必先申生。其為人也，慈仁而精潔。精潔則恥於自污，慈仁則憚於賊人。恥於自污，則憤不忍，憚於賊人，其自賊易也。然世子跡雖見疏，君素知其為人，謗以異謀必不信。夫人必以夜半泣而訴君，若為譽世子者，而因加誣焉，庶幾說可售矣。

這段話顯見優施細膩的思維，自有其聰明處。然而動機不善，終成小人之言。小人與君子的分別不在言語，不在手段，而在於「居心」。因爲居心不良，就墜入小人之境。楚國的費無極，吳國的伯嚭都是位居高位的大臣，只因他們居心叵測，都淪爲小人的行列。讀者閱讀東周演義，如果能看清何者爲小人？何者爲君子？便能認清現實環境中人生百態，善者爲法，惡者爲戒，便是此書的不凡價值之一。

另外，《東周列國志》最容易打動讀者，就是人物的奮鬥史。豐功偉業可以使人期待，給人幻想；可是奮鬥過程卻可以激勵人心。許多中外傳記深受讀者的喜愛，其魅力就在此。「成功」是人生奮鬥的目標，可是如何奮鬥才能成功，一直是人們心中的疑慮。讀者看百里奚以五羊皮而位居相位，知道卑位不可恥，「登高必自卑」的哲理從故事裡自然生出體會心。再看蘇秦的奮起，起初他無錢無勢，父母痛罵，妻子不見他，嫂子不給飯。蘇秦說：「一身貧賤，妻不以我爲夫，嫂不以我爲叔，母不以我爲子，皆我之罪也。」（在第九十回）從此，引錐刺骨，晝夜不息，研習陰符。然後將列國形勢，細細揣摩，如此一年，天下大勢，如在掌中。後游燕，游趙，封爲武安君。蘇秦吃盡苦頭，終於苦盡甘來，他的妻嫂在郊外迎接他歸來，俯伏不敢仰視。蘇秦的忍耐、發憤和成功，頗能激勵平民百姓。而孫臏鍥而不捨的精神，逃離龐涓的手掌心，步步驚魂。讀者看了龐孫故事，殘廢者見了會生立志心；有心機者看了龐涓的下場，也會心存警惕。戰國時期縱橫家的奮鬥史，他們如何在艱困的環境中生存，如何奮進？如何獻智？情境、效應和下場皆有相當完整的呈現，像一面面的鏡子。作者尤其著重描寫人物的結局，使得讀者剔勵。例如：鄭莊公之弟共叔段，史傳沒有交代他的下場，演義則交代他自刎而死(第四回)。楚文王強奪息侯之妻息嬀，又佔其疆土，息侯忿鬱而死，三年後，楚文王在夢中被息侯摑了一巴掌，夜半而薨(第十九回)。楚成王以弟弒兄，其子商臣，以子弒父(第四十六回)，此一結局說明天理報應。第五十三回，孔寧與儀行父的下場，也是典型的以人爲鑑的案例。說「孔寧歸國，未一月，白日見夏征舒來索命，因得狂疾，自赴池中而死。死之後，儀行父夢見陳靈公孔寧與征舒三人，來拘他到帝廷對獄，夢中大驚，自此亦得暴疾卒。——此乃淫人之報也！」「淫人之報」是一種說明，也是一份懲誡。最撼動人心的是第九十九回，白起在長平之戰坑殺趙卒四十餘萬，當白起自刎而死。作者寫道：「秦昭襄王之五十年十一月，周赧王之五十八年，秦人以白起死非其罪，無不憐之，往往爲之立祠，後至大唐末年，有天雷震死牛一隻，牛腹有「白起」二字，論者謂白起殺人太多，故數百年後，尚受畜生雷震之報。殺業之重如此，爲將者可不戒也。」諸如此類的告誡手法也常見。中國人欲得善終的希望，源自於因果報應的思想。得善終就是得好報，反之，下場悲慘，正是一種報應，對讀者而言，有一定的警省和嚇阻作用。

從人物的上下場，看舞台上的人物表現，宛如一齣齣發人省思的好戲。穰侯不可一世的上場，卻黯然下場；呂不韋傳奇性的崛起，締造不凡的功業，卻遭君王賜死；范睢取代穰侯，蔡澤取代范睢，呂不韋取代蔡澤，李斯取代呂不韋，更迭之快，起起伏伏形成波浪，是最好的明鏡。沒有不走下坡的高峰，沒有永遠的榮華富貴。《東周列國志》這部演義是一面鏡子，妍媸畢露，用心的讀者可以資鑑歷史人物的作爲和下場，仔細自己的人生步伐，學習識人的本領，將是一輩子受益無窮的學問。

二、透析關係

讀《東周列國志》不只認識人物，還可以認清關係。而關係是一種看不見的抽象義涵，卻是事件之所以發生的緣起。一場戰爭，一個會盟，都有其內部看不見的關係在運作。通俗演義的特色就是竭盡所能鋪張事件發生的內幕，要將故事的來龍去脈說的一清二楚。因此，關係的爬梳，就成了通俗演義的寫作重點，而關係的糾葛也是最令庶民感受深刻的話題。在傳統上，中國以大家庭爲單位，大家庭的關係就像綿延不絕的瓜葛，幾乎人人都能感受到人際關係的錯綜複雜。有時故事的戲劇張力來自關係，因爲有「關係」，使故事更傳奇，如：伍子胥與申包胥的關係，他們本來在楚國是好朋友，伍子胥之父兄被楚平王處死，伍子胥要報仇，以楚國爲敵。申包胥還是楚國的臣子，爲了楚國，他要與伍子胥爲敵，申包胥曾說：「吾欲教子報楚，則爲不忠；教子不報，又陷子於不孝。子勉之！行矣！朋友之誼，吾必不漏洩於人。然子能覆楚，吾必能存楚；子能危楚，吾必能安楚。」(第七十二回)，一個危楚，一個安楚，而兩人本是朋友，卻因立場不同，演變成敵對的仇人。關係的變化，使得這個故事格外引人入勝。

關係的微妙是說不出的，尤其是政治上的關係，更是千重萬重。政治最講究關係，關係牽動位置，位置牽動權力，位置的高低產生上下關係，位置一改變，關係也立刻改變，「關係」維繫每一個人的定位。而人又可以無限延伸各種關係，也相互牽制。爲了規範關係，中國很早就制定出一套管理辦法，那就是禮樂制度。嚴格說來，禮樂制度規範政治上各種關係。君君、臣臣、父父、子子、親親，就是規範錯綜複雜的各種關係，複雜的關係在禮樂制度下都能有一定的禮法，不致於生亂。然而制度一旦瓦解，君不君，臣不臣，父不父，子不子，關係就無法規範了。關係是一種情感的聯繫，原本很單純，一旦涉及利益，單純的君臣關係、父子關係、婚姻關係都會掀起軒然大波。不巧的是，東周正處於禮樂制度的瓦解期，王命不出王畿，各諸侯國便各憑本事發展關係，製造關係，無非就是擴展自己的勢力範圍。演義常在故事的進行中強調某人與某人的關係，導致某事發生，例如：華督殺孔父嘉一事，史傳只記載華督欲奪孔父嘉之妻，因而殺了他。然而，演義所以強調華督與公子馮交好的關係，但公子馮居鄭，宋殤公屢用孔父嘉攻鄭，華督遂興起殺孔父嘉的念頭，孔父嘉之妻只是導火線而已(第八回)。又如齊襄公死後，齊小白奔莒，公子糾奔魯，史傳沒有言明齊小白與莒的關係，公子糾與魯國的關係，演義裡卻強調公子糾爲「魯女所生」，齊小白爲「莒女所生」(第十五回)，這個寫法說明了齊小白爲何奔莒，公子糾為何奔魯的原因，因為他們所奔之地是他們的外家。點明了關係，才能清楚認識事件的發展。第四十九回，演義要說明宋文公弒君之亂，先說一段主導宋文公弒君的幕後主角就是宋襄公夫人的背景：「卻說宋襄公夫人王姬，乃周襄王之女兄，宋成公王臣之母，昭公杵臼之祖母也。」因王姬老而好淫，喜歡上昭公的庶弟公子鮑，逼而通之，許以扶立為君，終爆發宋國大亂。

東周演義直指人際關係，進而演變成複雜的國際關係。小老百姓看歷史也能根據自己的實際生活來印證某些事件。人事的複雜，透過故事，可看見許多事理。尤其是政治方面，抽絲剝繭的結果，只看到事件的原委，其實箇中有看不見的關係作祟。有人發展關係、建立關係、利用關係。要搞清事件的來龍去脈，關係不可不知。掌握人際關係、認清國際關係，進而以關係為鑑，古學今用，資鑑才有了意義。

在所有關係中，政治婚姻最複雜，也最脆弱。東周時期因周王室失去了約束力，諸侯之間弱肉強食。周王室雖無實權，卻是個神主牌，在關鍵處依然有其作用，各方諸侯尚能維持與周王室一定的關係。紛紛與周王室建立婚姻關係，如齊襄公因為謀殺魯桓公，與妹文姜發生曖昧關係，恐引起國人及國際議論，遂到周王室求親，娶得王姬以息眾怒(第十三回)。畢竟周天子還是天下的共主，藉竿爬高，是轉移焦點的好法子。周王室也曾以婚姻作為酬庸，如周襄王利用翟國之兵，攻破鄭國櫟城，周王認為翟有功於他，想以婚姻為報，大臣以為不可。周王不聽，娶叔隗，叔隗竟與太叔王子帶發生曖昧關係，最後演變翟師臨城，周襄王逃難到鄭國（第三十八回）。演義裡直指周天子不當的婚姻關係，方導致王室禍事連連。

各諸侯國也紛紛發展各自的關係，最常用的還是政治婚姻。例如第十三回，魯桓公夫婦和齊襄公的故事，齊襄公將魯桓公殺死，文姜還是要逼兒子魯莊公娶齊襄公之女(第二十二回)，只因為要維持齊魯甥舅的關係。即使這麼親近的關係仍不能永保安寧，齊國還是發動侵魯的戰爭(第三十九回)，齊魯關係趨緊。又如秦晉關係，晉獻公嫁女伯姬為秦穆公夫人，穆公之女懷嬴為晉文公夫人(第三十五回)，秦晉之好，使得秦穆公平定晉國內亂，協助晉文公登基為君。後因晉文公與秦穆公爭霸，秦晉之好轉變成秦晉交惡(第五十八回)。從婚姻關係走向敵對，是政治上的常態，脆弱的政治婚姻關係，使得維繫工作更加困難。春秋戰國只有一個人拒絕過政治婚姻，那就是鄭國世子忽。齊僖公見鄭世子忽英武，想結姻好，鄭世子卻兩次辭婚。第一次他認為「鄭小齊大，大小不倫」不敢高攀(第五回)，第二次他認為「私婚有罪」所以拒絕(第八回)。齊國是東方大國，主動與鄭國結親，鄭國居然回絕，鄭世子忽的辭婚，並沒有贏得太多的讚美，鄭國大夫祭足認為是自剪羽翼，果然沒有大靠山，始終有人覬覦君位，終導致高渠彌弒子忽。國際上的政治外交，第一要義就是掌握關係，關係搞不清楚，根本無法從事外交。演義時常暴露各國的關係，簡單的說，齊魯是舅甥關係，齊蔡通婚；周齊、周宋是翁婿關係[4]；鄭楚為姻親關係（三十四回）；秦楚為姻親關係；秦景公之妹嫁給楚王為夫人（六十一回）。大國以婚姻關係作為結盟的基礎，小國以婚姻關係作為靠山，因為目的，或是懼怕，建立關係演變成當時的政治手腕。盤根錯節的關係脈絡，牽一髮而動全身，層層的關係使得東周歷史變得無比複雜。因為關係，可以讓事情有轉圜，如文嬴勸晉襄公放走秦三帥，導致放虎歸山(第四十五回)；因為關係，可以手下留情，如漁丈人之子退子胥之兵（七十七回）；除了婚姻關係，還有同姓關係也是外交工作的重點。第四十四回，秦三帥伐鄭不成，回程反而滅了滑國，而晉國先軫就是以秦趁晉國國喪期間，伐晉同姓國滑國，故主張一定要襲秦(第四十五回)。

各諸侯國因領土緊鄰而彼此產生的各種關係，有大國與大國的關係，大國與小國的關係，有小國與小國的關係，各方互相較勁，各種關係彼此糾結。第十三回，齊襄公欲伐鄭國，但勝負未卜，所以先和鄭國相會為盟，祭足說：「大國難測，以大結小，必有奸謀。」果然高渠彌和子亹均被齊襄公殺死。宋襄公平息齊國內亂，欲承襲齊國主盟之位，然而小國爭盟，必有禍，宋襄公與楚成王爭盟主，反成俘虜(第三十三回)。小國與大國結盟，都是出於懼怕，陳、蔡皆是。當小國碰到大國欺凌，小國如何因應呢？且看第三十四回，楚國見魯國目中無楚，得臣想出獻宋襄公於魯，請魯君於亳都相會，魯僖公自知魯弱楚強，不前往相會，恐移師來伐，遂赴會，以膽識救了宋襄公，也解除楚國兵伐魯國的危機。另一個案例，就是宋昭公時期，宋國大亂，楚穆王有窺宋之意，宋司寇華御事對宋公說：「臣聞，『小不事大，國所以亡』今楚臣服陳鄭，所不得者宋耳，請先往迎之。」(第四十八回)，宋君果然前往，楚穆公以田獵爲名，因宋公違令，撻宋公之御者，宋君也必須忍耐。小國的力量有限，非得團結不可，如果不團結，虞虢兩個小國的下場就是最好的借鏡。

每一個事件的背景都有層層的關係，看各國如何運用關係，稍不留意，就可能惹禍上身。例如：第八十一回，齊悼公有一個妹妹，嫁與邾子益爲夫人。益傲慢無禮，與魯不睦，魯引兵破邾，齊悼公大怒，認爲魯國執邾君是欺齊，乞師於吳，吳王答應同伐魯。魯哀公大驚，釋放邾君，到齊國謝罪，齊國因魯國服罪，遂不追究。夫差認爲吳師的差遣，豈能憑齊國的命令，非常憤怒。當魯國聽說吳王怒齊，立刻派人送款給吳國，反約吳王同伐齊國，吳王居然同意，終致齊悼公被臣子弒殺；又如：第十四回，衛國發生衛侯朔謀殺急子，登位的正當性頗受爭議，群公子伺機謀反，遂利用衛侯伐鄭之時，立公子黔牟爲君，衛侯朔奔齊，因爲衛侯朔是齊襄公之甥，齊侯聯合四國攻打衛國。而衛侯黔牟告急於周王室，只因黔牟是周王之婿，王師出兵失敗，魯侯擄獲黔牟等三公子獻於衛，而「衛不敢決，轉獻於齊。齊襄公喝教刀斧手，將泄職二公子斬訖。公子黔牟是周王之婿，於齊有連襟之情，赦之不誅，放歸於周。衛侯朔鳴鐘擊鼓，重登侯位。將府庫所藏寶玉，厚賂齊襄公。」只因爲黔牟是周王的女婿，又是齊國的連襟，得以不死。關係的處理是一門學問，也頗能發人省思。

讀者讀了此書，看見這麼綿密的關係脈絡，面對現實環境的人際關係怎能不謹慎！關係脆弱無形也是常變的，「變」是一種正常，懂得通「變」才能應變。只要釐清各種關係，寫明歷史人物寓居於世的因應之道，讀者自能捕捉歷史人物的處境，從整個歷史環境中，自然領悟關係的重要性。

三、政治家的手冊

中國的傳統讀書人，終其一生都是要成就「聖人」的。孔孟的儒學思想一再教育學子要「內聖外王」，得志時要「兼善天下」，不得志時要「獨善其身」。孔孟所講的「聖人」不是指毫無缺點，絕不犯錯的完人。顏回也犯錯，只是「不貳過」而已，不再重複犯相同的錯誤，就值得稱許的，後世依然將顏回列入聖人的行列。孔孟所標榜的「聖人」，是能「除天下之患」，能「通天下之志」的人。洪荒時期，洪水肆虐，民不聊生，天下之患就是大水，大禹治水成功，於是成爲聖人。商紂暴政，民無安息，武王伐紂，天下大悅，周武王能通天下百姓心聲，故也被譽爲聖人。在中國的聖人行列中，聖人幾乎都是聖王，只因爲有位有權，有權方能行事，比較容易除天下之患，通天下之志。從政，就成了中國讀書人發揮理想抱負的路徑。所有的讀書人一旦爲官，就成爲在位者，在位者其實需要一本政治家的手冊，而「東周列國志」乃必讀之書。

爲政之道，是中國讀書人必須學習的課題，孔子教學生也首重此事。齊景公問政於孔子，季康子、子張、仲弓、子路、葉公、子夏、子貢均曾問政於孔子。孔子一一回答，卻有不同的答案，以下舉例言之：

> 齊景公問政於孔子。孔子對曰：「君君、臣臣、父父、子子。」（《論語‧顏淵篇》）
>
> 子夏為莒父宰，問政。子曰：「無欲速，無見小利，欲速則不達，見小利則大事不成。」（《論語‧子路篇》）
>
> 仲弓為季氏宰，問政。子曰：「先有司，赦小過，舉賢才。」（《論語‧子路篇》）

葉公問政。子曰：「近者說，遠者來。」（《論語‧子路篇》）

子貢問政。子曰：「足食，足兵，民信之矣。」（《論語‧顏淵篇》）

簡單的說，爲政的目的就是提供百姓一個安康的生活環境，杜絕戰爭的威脅，貧窮的飢寒。只要行政有道，自然能達到此一目標，然而何謂「有道」？有道，乃合於正道者也。正道就是不偏不倚的中道，既合於情，且合於理，也合於法，正當性十足。中庸之道不易爲之，過猶不及均非中庸，恰到好處的「執中」，需要高深的學問和智慧。尤其在一個個個存私，人人爲己，各懷鬼胎的時局裡，各國都爲己國之利益奮鬥，小國竭盡所能要變成大國，大國又殫思竭慮要稱霸天下，彼此的慾望相互衝突，自然衍生戰爭。國家一旦發生戰爭，百姓必然流離失所。戰爭是安定社會的殺手，一個愛民的爲政者，絕不容許自己的國家變成戰場。消弭戰爭，才是有道之君的爲政目標。

在演義裡，作者表達了春秋戰國的各諸侯都有爲政上的困難，幾乎每位君王都在問爲政之道。當然，他們只詢問富國強兵的方法，在王道尙未實行的階段，並不反對霸道。第十六回寫齊桓公是春秋第一位霸主，替周天子維持國際秩序。齊桓公之所以成爲霸主，就是任用管仲爲相。而管仲原先是他的仇敵，齊桓公居然不計前嫌重用他。在齊桓公與管仲三天三夜的深談中，桓公總共問了十一個問題，綱紀如何建立？如何使民？如何愛民？如何處民？甲兵不足，怎麼辦？財力不夠，怎麼辦？軍旅不多，兵勢不振，如何才好？內政要怎麼修？怎麼足兵？兵強之後就可以爭諸侯嗎？要如何尊周而親鄰國。管仲一一回答，首先管仲提出「禮義廉恥，國之四維，四維不張，國乃滅亡」，禮義廉恥就是國家綱紀。愛民之道爲何？管仲說：

公修公族，家修家族，相連以事，相及以祿，則民相親矣。赦舊罪，修舊宗，立無後，則民殖矣。省刑罰，薄稅斂，則民富矣。親賢建士，使教於國，則民有禮矣。出令不改，則民正矣。此愛

民之道也。（第十六回）

處民之道呢？管仲說：

士農工商，謂之四民。士之子常為士，農之子常為農，工商之子常為工商，習焉安焉，不遷其業，則民自安矣。

至於內政、經濟、財政、國防、外交等議題，作者幾乎都是從《管子》一書擷取精華，在第十六回中一一披露。作者寫君臣二人的對話，也就是將管子的政治理念簡述出來，有拋磚引玉之意圖。

春秋另一位霸主秦穆公的爲政之道，書中第二十六回，也敘述蹇叔提供的政治藍圖給秦穆公。由於秦國的地理位置地處西土，情況不同於中原諸侯，因此，蹇叔要秦穆公實行德威並重政策。

蹇叔說：「非威何畏，非德何懷；不畏不懷，何以成霸？」

穆公問：「威與德二者孰先？」

蹇叔說：「德為本，威濟之。德而不威，其國外削；威而不德，其民內潰。」

穆公問：「寡人欲布德而立威，何道而可？」

蹇叔說：「秦雜戎俗，民鮮禮教，德威不辨，貴賤不明，臣請為君先教化而後刑罰。教化既行，民知尊敬其上，然後恩施而知感，刑用而知懼，上下之間，如手足頭目之相為。管夷吾節制之師，所以號令天下而無敵也。」

穆公問：「誠如先生之言，遂可以霸天下乎？」

蹇叔對曰：「未也。夫霸天下者有三戒：毋貪，毋忿，毋急。貪則多失，忿則多難，急則多蹶。夫審大小而圖之，烏用貪？衡彼己而施之，烏用忿？酌緩急而布之，烏用急？君能戒此三者，於霸也近矣。」(第二十六回)

毋貪，毋忿，毋急是約束君王私慾的方法。布德立威是因應秦國國情而制定的爲政步驟。秦孝公圖霸也有商鞅獻施政藍圖。商鞅提出爲政可行帝、王、伯三術。商鞅認爲帝、王之道「在順民情」，而伯者之道「必逆民情」。伯者就是霸主，秦孝公喜歡伯術，伯術就是富國強兵之術，要如何達到富國強兵？商鞅說：「夫國不富，不可以用兵，兵不強，不可以摧敵。欲富國莫如力田，欲強兵莫如勸戰。誘之以重賞，而後民知所趨，脅之以重罰，而後民知所畏。賞罰必信，政令必行，而國不富強者，未之有也。」（第八十七回）商鞅建議先富後強，點出輕重緩急的順序。賞罰是統治者的權柄，賞罰必信方能執柄有力。果然一招奏效，秦國大治。

春秋戰國的爭戰幾乎都是採取「以力制力」，「以暴易暴」的方法，這些方法只能治標不能治本。戰爭還是永無止境。第五十六回，有一則很有意思的故事，講晉國歲饑，盜賊蜂起，荀林父起用郤雍治盜。羊舌職則鐵口直斷，「以郤雍治盜，盜未治，郤雍其命休矣！」果然郤雍被盜匪所殺，有人遂問羊舌職治盜之術，羊舌職說：

> 以智禦智，如用石壓草，草必隙生。以暴禁暴，如用石擊石，石必兩碎。故弭盜之方，在乎化其心術，使知廉恥，非以多獲為能。君如擇朝中之善人，顯榮之于民上，彼不善者將自化，何盜之足患哉！(第五十六回)

羊舌職一席話不正是爲政行仁的道理嗎? 使民自覺，教民自化，方是爲政之道的基本理念。爲政譬如彈琴，君臣相得，政令和諧，是最基礎的也是最重要的目標。第八十六回，齊威王問政於騶忌，騶忌以音樂來說明，騶忌說：

> 琴者，禁也。所以禁止淫邪，使歸于正。昔伏羲作琴，長三尺六寸六分，象三百六十六日也；廣六寸，象六合也；前廣後狹，象尊卑也；上圓下方，法天地也；五弦，象五行也。大弦為君，小弦為臣。其音以緩急為清濁。濁者寬而不弛，君道也。清者廉而不亂，臣道也。一弦為宮，次弦為商，次為角，次為徵，次為羽。文王武王各加一弦，文弦為少宮，武弦為少商，以合君臣之恩也[5]。君臣相得，政令和諧，治國之道，不過如此。(第八十六回)

爲政不易！君王們幾乎喜歡縱情享樂，溺聽阿諛之語，好大喜功，故要爲政有道，誠屬不易。受傳統儒家薰陶的文士們，對施政都有建構藍圖的衝動，《東周列國志》的作者馮夢龍也不例外。他節錄經典中的爲政理論和智慧，穿插在複雜的故事裡，有心的讀者必然會發現作者強烈的教化意圖，這部演義提供完整而清晰的爲政手冊。

四、認識難題與謀略

從大一統的角度來看東周的時局，可以說一片亂象，君不君，臣不臣，毫無倫理次序可言。如果沒有大一統的觀念，東周歷史所呈現的只是自然的權力鬥爭。在現實的環境下，爲了生存，有人陽奉陰違，有人委曲求全，有人漁翁得利，有人雙面逢迎。面對各種難題是必然，想出各種謀略是自然，一切都是求生的本能罷了。人尙且如此，遑論國家?《東周列國志》描寫許多難題，如戰與不戰的抉擇，利與不利的分析，同時也寫出不少解決難題的謀略。由於難題幾乎都是國家的政治問題，只見各方謀士，各守立場，展開生死攻防。個個都是謀略高手，更重要的是各方交鋒時謀略運用的結果，或成或敗都一一呈現。從各種故事案例中，看君王面臨難題，看謀士出招，看高手過招，《東周列國志》是一部相當精采的謀略之書。坦然面對難題，挑戰難題，懂得擅用奇局奇術，不啻是培養用智的最佳讀物。

以晉楚爭霸爲例，晉文公重耳浪跡天涯十九年，來到楚國，楚成王以國君之禮相待，晉文公也許諾異日晉楚若交兵，當退避三舍（第三十五回）。後來晉楚果因宋國干涉導致反目成仇，兩國爲此大打一架；這就是著名的城濮之戰。從兩國交好到交惡，就是一場見招拆招的攻防戰。第四十回話說楚成王伐宋，宋成公派人獻寶於晉以求救援。此時，晉文公碰到難題，若不救宋，宋則亡；若救宋，必須戰楚，而兩軍實力相當，戰楚未必得勝。謀士紛紛獻策，郤穀建議非得齊秦之助不可。晉文公認爲楚才與齊國通好，秦楚之間又沒有仇隙，未必肯合謀，怎麼辦? 先軫獻一策可以使齊秦自來戰楚。方法是請宋賄晉之物分別賄齊秦，請兩國向楚軍婉轉，乞求解圍，楚國如果不從，齊秦必然對楚軍有嫌隙。文公質疑：「倘若楚請而從之，齊秦將以宋奉楚，對我方有何利益?」先軫再獻策：「曹衛，楚所愛也；宋，楚所嫉也。我已逐衛侯，執曹伯矣。二國土地，在我掌握，與宋連界。誠割取二國田土，以界宋人，則楚之恨宋愈甚。齊秦雖請，其肯從乎? 齊秦憐宋而怒楚，雖欲不與晉合，不可得也。」（第四十回）先軫的謀略是根據當時的局勢而設計出來，果然楚不從齊秦之請。晉國謀士眾多，而楚軍也不乏謀士高手，可以見招拆招。有一謀士宛春獻策：「晉逐衛君，執曹伯，都是爲了宋。如果元帥能派遣使者到晉軍，好言講解，要晉復了曹衛之君，還其田土，我這裡亦解宋圍，大家就可罷戰休兵。」得臣曰：「倘若晉不採納，怎麼辦?」宛春又說：

「元帥先以解圍之說，明告宋人，姑緩其攻。宋人思脫楚禍，如倒懸之望解，若晉侯不允，不惟曹衛二國怨晉，宋亦怨之。聚三怨以敵一晉，我之勝數多矣。」(第四十回)

宛春這一招高明，且看晉軍如何接招，狐偃很生氣破口大罵，先軫沉穩些，晉軍內部進行研商，先軫說：「宛春之請，不可聽，不可不聽。」理由是：「不聽，則棄三國，怨在晉矣；聽之，則復三國，德又在楚矣。」在聽與不聽都不利的情況下，先軫另闢生機，先掌握敵方元帥的性格，不按牌理出牌，拘執使臣，如果還不行，我們只好放棄宋了。他說：

為今之計，不如私許曹衛，以離其黨，再拘執宛春以激其怒，得臣性剛而躁，必移兵索戰於我，是宋圍不求解而自解也。倘子玉自與宋通和，則我遂失宋矣。(第四十回)

晉文公有顧忌，認爲曾受楚君之惠，今又拘執其使，會讓人以爲忘恩負義。欒枝以爲：

楚吞噬小國，凌辱大邦，此皆中原之大恥；君不圖伯則已，如欲圖伯，恥在於君，乃懷區區之小惠乎?(第四十回)

晉文公釋懷，照計畫進行。得臣率大軍直逼晉侯大寨，雙方君王對兩國作戰都沒有把握，只見各方軍事討論會，各將領謀士各抒己見，君王擇善而從，如謀而斷。先軫要晉侯戰楚勿失敵，狐偃要君王退避三舍。晉侯從狐偃之言，退避三舍到城濮。後兩國展開城濮之戰，晉軍獲勝。看群臣計議，可知當時的艱險；看謀士如何出招拆招，君王如何決斷？這一來一往的交鋒內幕，各有立場，各有謀略，集思廣益有效的預測，並借助各方勢力，編織因果鍊設下一個個的圈套，將對手引入牢籠，制約對手的一舉一動，才能贏得最後的勝利。有難題，君臣要面對，有謀略，君王要善斷，還要掌握人、事、物、時、地的評估，方能突破重圍，轉敗爲勝。

《東周列國志》全書紀錄許許多多這樣的案例，第四十四回，鄭國附楚，晉國尋對策，兩國交鋒也是高來高去。同時，楚國也對鄭國舉棋不定的政策感到不滿，進行圍城，詳見第五十三回。楚國內部出現主戰的鷹派與主退的鴿派，雙方唇槍舌戰，主戰與主退各有理由，楚莊王居然記名表決，結果鴿派有四人，主戰派有二十餘人。即使如此，楚莊王不是採取少數服從多數的法則，而是認爲老臣和令尹的看法相合，認爲他們的見解是對的，故要退兵。後有人再分析利害，一激楚王，又使楚王親率軍隊攻鄭。至於鄭國境內的因應之道，謀士也多有建言，「晉勝則從晉，楚勝則從楚，擇強而事，何患焉？」(第五十四回)，這是鄭國的政策主軸。 鄭國時而附楚，時而附晉，反反覆覆，晉國也有主戰主和的對峙。各方人馬都爲了利益而相互較勁，類此實例不勝枚舉。到了戰國，更因爲縱橫家各自提出合從連横策略，加深國際關係的複雜化。蘇秦的謀略，張儀的說辭，處處牽動整個局勢的發展。棋逢對手，是故事好看的魅力所在。

燭之武以智退秦師，慶封誅崔杼以將計就計法爲之，晏嬰以二桃殺三士，越國以美人計敗吳國，孫臏假癲瘋脫險，以減灶計誘殺龐涓，張儀假獻地欺楚，秦誘囚楚王，雞鳴狗盜救孟嘗，田單以火牛陣破燕軍，藺相如完璧歸趙，范雎以遠交近攻獻策，呂不韋以移花接木進入王室，侯生獻計竊符救趙，甘羅以奇計代戰，王翦以逸代勞破楚。這些謀略都因當時的難題而急中生智，一一化解危機，這些謀略只是方法，運用相同的謀略，不見得能達到相同的效果。因此，居心正者懂得這些計謀，可以衍生智慧；如果居心不良者運用這些計謀，就淪爲權謀奸巧，後學者讀此書，不可不慎。

演義中有各式各樣的難題，有許多奇謀算計，利益分析，關係的運用，借力使力的對策，深藏在故事裡，有心的讀者仔細閱讀，必有驚奇和啓迪。在現實環境中，面對國際情勢也能審時度勢。例如結盟問題，與誰結盟是現今所面臨的問題，看東周演義就會發現這也是古代問題。有時結盟是爲了反分裂，有時是防止他國侵略，有時只是反霸的情感結合。所以，結盟可能是短暫[6]，要能見人所不能見，知己知彼才能產生長治久安的智慧。看朝廷上論戰，集群臣相議，許多現代人都以爲過去帝王專制，往往僅聽皇帝一人之命，事實並非如此。閱讀《東周列國志》，便可發現每個朝廷在重大事件發生前都有論辯，一個事件的發生都因關係、能力和君王的決斷，而產生不同的結果。讀懂東周演義，就懂得現實生活的種種困境，和培養解決問題的能力。

政治、關係、難題、謀略等都是人類經驗的基本主題，是任何活著的人與曾經活過的人的經驗，也是未來人類將面臨的事情。單純論述這四項主題，是一種學術課題，一般百姓是不會有興趣的，然而透過演義模式，以故事來詮釋理論，以個案來說明歷史，縮短了百姓與學術的距離。透過閱讀，讀者自然能領略資鑑與教化的價值，進而以有知之識，關懷所處的社會與時代。馮夢龍以他的經學涵養，歷史認知，和小說家的想像，對風起雲湧的事件營造現實世界的情境，透過人物寫整個時代，每個人在特殊的時空內，展現特殊的生命風華，五百多年來形成錯綜複雜的大時代。而現今的國際局勢，與《東周列國志》的國際局勢，也有許多雷同之處，雖然體制和環境有所不同，但是稱霸，爭鬥的心理，古今沒變。

總而言之，人心沒有改變，鑑往開來的效用，閱讀《東周列國志》就有實學意義，實學意義在於對現今的處境能提供有用的幫助，如此一來，此書的價值就非同凡響了。

【註解】

1、參考蔡元放的〈東周列國志讀法〉。（乾隆十七年，魏師子雲珍藏），相似的版本有中央研究院傅斯年圖書館的咸豐版。

2、文德爾班曾將人定義為有歷史的動物。摘錄王東〈為歷史學辯護—漫談歷史智慧〉，（《天津社會科學》，1997年第一期），頁六十七。

3、布落克曾提出著名公式：「通過過去來理解現在，通過現在來理解過去。」

4、齊襄公娶王姬(第十四回)；宋襄公夫人王姬，乃周襄王之女（四十九回）。

5 、古琴原五弦「宮商角徵羽」代之五行方位。姬周加二弦於首，其音乃徵羽之陪。原期以倍徵代宮，以表文武二王之勳業。騶忌之說，據七弦琴作喻說。見魏師子雲著《五音六律變宮說》一書。

6、布里辛斯基著，林添貴譯，《大棋盤》，（台灣：立緒文化事業有限公司，民國87年，4月初版）。頁一八四。

附錄：

章回本事考註表

回目	事件	本事溯源	考註
一	周宣王料民於太原，耳聞「檿弧箕服」亡周童謠。	《史記・周本紀》《國語・周語》	演義根據《史記》，《史記》本之《國語》
	褒姒源於龍漦說。	《史記・周本紀》《國語・鄭語》	演義從《史記》。《史記》源自《國語》。此事在《列女傳》、《論衡》都有記載。
	宣王殺杜伯，杜伯化厲鬼。	《墨子・明鬼篇下》《說苑・立節》	《史記》無載，〈史記正義〉紀錄《周春秋》佚文，載杜伯化厲鬼；《說苑》記杜伯與宣王對話，無化厲鬼之說。演義雜揉《墨子》與《說苑》之說。
二	周亡預言，三川竭，歧山震。驅逐趙叔帶。	《史記・周本紀》《國語・周語》	演義從《史記》，本之《國語》，史記僅預言周亡不出十年，演義增加驅逐趙叔帶一事。
	幽王娶褒姒，生伯服。	《史記・周本紀》《國語・晉語・鄭語》	褒姒如何進宮，《史記》無載；《國語》有二說，〈鄭語〉說褒君有難，褒人以美人賄幽王；〈晉語一〉說幽王伐有褒，褒人獻褒姒。演義改寫成大夫褒向，聞趙叔帶被逐，進諫而入獄，其子買褒姒獻幽王以贖父罪。
	幽王舉烽火逗笑褒姒	《史記・周本紀》《呂氏春秋》	演義從《史記》。《史記》本之《呂氏春秋》

三	申侯起戎，犬戎殺幽王於驪山。	《史記‧周本紀》《國語‧鄭語》《呂氏春秋‧疑似篇》	《史記》諸書僅言「虜褒姒，盡取周賄而去」，演義卻直寫褒姒「自縊而死」。不知所據？
	平王立，東遷雒邑。	《史記‧周本紀》	演義從《史記》。
	衛侯勤王有功，進爵爲公，再封爲司徒；鄭伯爲卿士；秦始爲侯。	《史記‧衛康叔世家》《史記‧秦本紀》	《史記》僅言「武公爲公」，無封司徒之語。案：據《周禮正義》言「衛侯爲司寇」演義有誤；演義寫鄭伯爲卿士，乃據《左傳‧隱公三年》：「武公莊公爲平王卿士」一語而來，《史記》言鄭桓公爲司徒。
	鄭伯勤王被犬戎所殺，其子掘突襲爵爲伯，封爲卿士。	《史記‧鄭世家》	〈史記索隱〉言道：古史失其名，武公字掘突有誤，演義依從《史記》，不改。
	申侯見鄭武公英勇，以女妻之，是武姜。	《史記‧鄭世家》《左傳‧隱公元年》	《史記》記載武公十年才娶武姜，《左傳》未明何時；演義寫此事，緊跟在勤王之後，容易使人誤以爲武公元年，有壓縮時間之嫌。
四	周平王棄岐豐地於秦襄王，封秦伯。	《史記‧秦本紀》	演義從《史記》。
	秦文公夢黃蛇，立白帝廟。	《史記‧封禪書》	《史記》寫秦襄公八年即祠白帝，到文公夢黃蛇又祠白帝。演義無襄公祠白帝一事，直寫文公祠白帝。讓人誤以秦朝自文公才開始祠帝。
	秦文公立陳寶祠。	《史記‧封禪書》《史記‧秦本紀》《列異傳》	《史記‧封禪書》雖有載不詳，〈史記索隱〉載《列異傳》有此故事，與演義情節同。
	秦文公立怒特祠，祭大梓神。	《史記‧秦本紀》	《史記‧秦本紀》僅記載二十七年，伐南山大梓，〈正義〉載《錄異傳》有此故事，與演義情節同。
	魯惠公聞秦國僭祀上帝，請用郊禘之禮，平王不准。		《史記》查無此事，待查？這段情節是個關鍵，然而小說家卻從何處得來。

	鄭伯克段於鄢，共叔段自刎而死。	《左傳‧隱公元年》	《左傳》無載共叔段下場，然左傳隱公十一年，鄭莊公言：「寡人有弟，不能和諧，而使糊其口於四方。」足見共叔段只是被放逐流浪；演義言段自殺，所據未知爲何？
	潁考叔獻鴞數頭，勸莊公掘泉與母相見。	《左傳‧隱公元年》《史記‧鄭世家》	史傳只言「有獻於公，公賜之食」，至於獻什麼，無下文。演義寫明覓鴞鳥來獻，並言鴞爲不孝鳥。
五	共叔之子公孫滑奔衛，衛興師伐鄭，取廩延。鄭報復伐衛南鄙，衛命石碏寫書於鄭伯，武姜求莊公勿絕太叔之後。	《左傳‧隱公元年》	衛取廩延，演義增加轉折情節，乃因鄭修書未至所致，誤會一場。《左傳》載鄭人以王師虢師伐衛南鄙，無言石碏寫書、武姜之求。演義寫鄭人伐衛，無有王師之助。
	周鄭交質，平王崩。鄭取周禾，周鄭交惡。	《左傳‧隱公三年》《史記‧周本紀》	周鄭交質到交惡。演義寫祭足率師取溫之麥，又取成周之禾，皆從史傳，而太子哀痛而薨，《左傳》無載。《史記‧周本紀》記「平王崩，太子洩父早死，立其子，是爲桓王，桓王，平王孫也。」《史記》記載太子爲洩父，《左傳》言王子狐，演義從《左傳》，卻杜撰其死因，「哀痛過甚，到周而薨」。
	齊鄭石門之盟，鄭世子忽辭婚於齊國。	《左傳‧隱公三年》《說苑‧權謀》	石門之會，寫在《左傳》隱公三年，冬，無載齊侯向鄭提親，《左傳》寫鄭忽辭婚在桓公六年，中間相隔十五年。只因《左傳‧桓公六年》有段話「齊侯欲以文姜妻鄭太子忽，太子忽辭……及其敗戎師，齊侯又請妻之，固辭。」演義據此，寫鄭忽兩次辭退齊侯求婚。
	州吁弒兄篡位。	《左傳‧隱公三、四年》《列國志傳》	演義寫衛莊公溺愛州吁情節依從左傳，弒兄情節，全本《列國志傳》。案：此事《左傳》與《史記》有別，史記‧衛康叔世家言州吁被桓公絀之出奔，左傳無此情事，演義從左傳。

	州吁立威鄰國，和宋陳蔡伐鄭國。圍鄭東門，取禾而去。	《左傳‧隱公四年》	《左傳》寫州吁伐鄭，共有夏、秋兩次，夏天只有宋陳蔡三國參加，秋天才有魯羽父(公子翬)率兵參加第二次攻鄭戰役，演義將兩次戰役濃縮成一個戰役。
六	衛石碏大義滅親。	《左傳‧隱公四年》	演義情節據從《左傳》，唯《左傳》中「陳人執之」之語，演義有精采的想像描繪。
	鄭莊公朝見周王，桓王怒其取禾，弗禮。	《左傳‧隱公六年》 《史記‧鄭世家》	桓王怒其取禾，《左傳》未載，《史記》有之，演義從《史記》。
	鄭莊公假命伐宋。	《左傳‧隱公九年》 《史記‧宋微子世家》	《左傳》寫鄭伯以王命伐宋，乃宋不王；《史記》寫「鄭伐宋，以報東門之役。」《左傳》與《史記》之論爲「同事異義」，演義雜揉史傳，說鄭莊公假王命報私仇。
七	鄭莊公攻戴。	《左傳‧隱公十年》	《左傳》記載「鄭伯圍戴，癸亥，克之。取三師焉。」杜預注「三國伐戴，鄭伯因其不和，伐而取之」。演義則寫莊公用計逐戴君，塑造奸雄的形象。
	鄭伯伐許，公孫閼爭車射考叔，考叔被公孫閼附魂索命。	《左傳‧隱公十一年》	《左傳》：「公孫閼與穎考叔爭車……穎考叔取鄭伯之旗旌弧以先登，子都自下射之，顛。」演義從《左傳》，僅增加子都的下場，寫穎考叔的鬼魂附在公孫閼身上索命，方知射殺穎考叔的人是公孫閼。
	魯公子翬(羽父)殺隱公。	回溯《左傳‧隱公元年》 《左傳‧隱公十一年》《史記‧魯周公世家》	演義以回溯法將事件的始末交代清楚，《史記》鋪演《左傳》，演義從《史記》。
八	宋華督殺孔父嘉娶其妻，弑殤公，行賄，仍居相位。	回溯《左傳‧隱公三年》《左傳‧桓公元年》 《左傳‧桓公二年》《史記‧宋微子世家》	宋華督殺孔父嘉娶其妻，弑殤公，演義皆依史傳，卻增加孔父嘉之妻魏氏在車中自盡的情節，史傳未載。

	鄭太子忽救齊，敗戎兵，鄭忽辭婚。	《左傳・桓公六年》 《史記・鄭世家》 《說苑・權謀》	鄭太子忽救齊，敗戎兵，鄭忽辭婚。演義中的情節符合史傳，唯文義與史傳不合，演義有誤。史傳記載鄭忽娶陳國嬀氏在先，鄭忽對齊國辭婚在後，演義則顛倒之；又演義寫齊侯欲將文姜許給鄭忽，鄭忽拒絕，齊侯遂將文姜許給魯桓公。與史實不合。因文姜婚魯在桓公三年，鄭忽辭婚在桓公六年。
九	齊侯送文姜婚魯。	《左傳・桓公三年》 《史記・鄭世家・魯世家》	演義從史傳。
	祝聃射周王中肩。	《左傳・桓公五年》 《史記・鄭世家》	《左傳》寫「鄭祝聃射王中肩」,《史記》寫「祝聃射中王臂。」演義從《左傳》。
十	蔡季殺陳佗，擁立公子躍爲厲公。	《左傳・桓公六年》 《穀梁傳・桓公七年》	此事《史記》與《左傳》記載有別，《左傳》僅云蔡人殺陳佗，有經無傳，以厲公名躍，《史記》寫蔡佗爲厲公。《史記》有誤，演義從《左傳》，情節從《穀梁傳》。唯《穀梁傳》寫蔡人不知君而殺之，演義則改寫蔡人有預謀而殺之。
	楚熊通伐隨，僭號稱王。	《左傳・桓公六年》《左傳・桓公八年》 《史記・楚世家》	演義寫楚敗隨，情節依照左傳，使隨侯請王室以王號假楚，《左傳》未載，見《史記》。
	鄭祭足被脅立庶。	《左傳・桓公十一年》	演義從《左傳》。
十一	宋莊公貪賄，無信，鄭聯軍攻宋，宋亦聯軍伐鄭。	《左傳・桓公十二年》至 《左傳・桓公十四年》	《左傳》寫鄭聯合紀、魯與宋、齊、燕、衛決戰，演義插入齊與紀的恩怨。
	齊僖公之死	《左傳・桓公十三年》	齊僖公之死，《春秋》有事無傳，演義寫爲兵敗於紀，懷憤成疾致死，要諸兒替他報仇。此一事件不見正史，不知何據?

	鄭祭足殺婿逐主。	《左傳‧桓公十五年》	演義情節一一隨《左傳》。
十二	衛宣公築臺納媳，夷姜之死。	《左傳‧桓公十六年》	衛宣公築臺納媳，不在《左傳》，而在《詩經》。《左傳》寫夷姜本衛莊公妾，衛宣公爲公子時，即烝，生一子名急，後衛宣公納媳又生壽與朔，夷姜縊。杜預注「失寵而自殺」。演義改寫宣公責備夷姜不能教子，無處申訴，投環而死。
	急子與壽爭死。	《左傳‧桓公十六年》 《史記‧衛康叔世家》	《左傳‧桓公十三年》經文：「三月，葬衛宣公。」案：衛宣公應死於桓公十三年，子朔立於此年。演義從《史記》。說宣公受驚後，一病不起，公子朔立爲惠公。
	宣姜嫁公子碩。		《左傳》與《史記》皆無記載，演義不知何据？
	高渠彌乘閒易君，鄭國立公子亹。	《左傳‧桓公十七年》 《史記‧鄭世家》	《史記》言高渠彌與昭公出獵，射殺昭公於野，演義則寫冬行蒸祭，伏死士於半路。
十三	魯桓公夫婦如齊，彭生殺桓公。文姜留齊不歸。	《左傳‧桓公十八年》 《公羊傳‧桓公十八年》 《史記‧齊太公世家》	《左傳》僅言「使公子彭生乘公，公薨於車。」《公羊傳》寫「使公子彭生送之於其乘焉，協幹而殺之。」《史記》則說明彭生是大力士，拉殺魯桓公。演義雜揉各家說法。
	魯莊公爲齊迎婚。築王姬館舍於郊外。周公黑肩欲弒莊王，立王子克，王殺黑肩，克奔燕。	《左傳‧桓公十八年》 《左傳‧莊公元年》	《左傳》寫黑肩作亂在桓公十八年，王姬婚齊在莊公元年，《左傳》與《史記》均未將兩事互爲因果，演義卻將兩事合爲一事，寫黑肩欲乘嫁王姬之日作亂，後事跡敗露。
	齊人殺鄭子亹，車裂高渠彌。	《左傳‧桓公十八年》 《史記‧鄭世家》	《左傳》言齊人車裂高渠彌，《史記》言高渠彌亡歸，歸與祭仲謀。演義從《左傳》。
十四	王姬到齊，不及一年卒。	《左傳‧莊公二年》	王姬卒，《左傳》有事無因，演義鋪張王姬卒因，因襄公淫，鬱疾而死。

	齊師襲紀，滅紀。	《左傳・莊公元年》	《左傳》寫齊師滅紀，無傳，演義卻明襄公密迎文姜到禚，恐魯莊公發怒，以兵威脅，乃親自率重兵襲紀。
	齊同宋魯等四國伐衛納惠公，王子突救衛。	《左傳・莊公五、六年》	《左傳》寫齊襄公率諸侯伐衛，周王命子突救衛；《史記・衛康叔世家》則寫齊襄公率諸侯奉王命伐衛，《史記》有誤，演義從《左傳》，側重王子突救衛情節。
	齊襄公失信，出獵遇鬼。連稱、管至父作亂。	《左傳・莊公八年》 《史記・齊太公世家》	演義情節雜揉《左傳》與《史記》，案：齊襄公在位十二年，演義寫五年，誤。
十五	管仲與鮑叔牙情誼，雍大夫計殺無知，公子糾與小白。	《史記・管晏列傳》《左傳・莊公八年》 《穀梁傳》《胡安國左傳注》	齊小白與公子糾的關係，《左傳》未明？杜預注「小白，僖公庶子」；《史記》從杜預，也以二人為齊襄公的兄弟；演義則以糾與小白為襄公之子，本之《穀梁傳》與《胡安國左傳注》。
	小白先奔莒，公子糾奔魯。	《左傳・莊公八年》	《左傳》言小白在襄公去世前早奔莒，公子糾在公死後奔魯，演義從左傳。案：《史記》則寫襄公死，群弟恐禍，故各奔。
	雍廩高傒遣人到魯迎子糾，小白先登位，魯莊公乾時大戰，失敗。曹沫身中兩箭。	《左傳・莊公九年》 《史記・齊太公世家》	《左傳》僅言「公伐齊納子糾，齊小白入於齊」，《左傳》注疏有國子高子是小白黨，《史記》據此，寫高傒因與小白善，迎小白，魯派管仲阻莒路。演義則寫高傒遣人到魯迎糾，魯智伯反對，文姜力勸，以曹沫護送，管仲先行阻莒路，射小白，遂慢慢而行。
十六	釋檻囚，鮑叔薦管仲。	《左傳・莊公九年》《史記・魯周公世家》 《史記・齊太公世家》《國語・齊語》	《左傳》僅言「管仲請囚」，《史記・魯周公世家》寫施伯欲殺管仲，《史記・齊太公世家》寫桓公欲殺管仲，鮑叔牙止之。《國語・齊語》則有鮑叔牙推薦管仲，施伯欲殺管仲，管仲論治天下。演義依從《國語》。

	管仲論理天下於齊桓公。	《國語•齊語》《管子》《列國志傳》	演義全本《列國志傳》，而《列國志傳》多從《國語》、《管子》出。
	魯伐齊，戰長勺曹劌敗齊。	《左傳•莊公十年》《史記魯周公世家》	《左傳》寫齊伐魯，演義則寫魯欲伐齊，齊聞聽反先伐魯，直犯長勺。《左傳》言曹劌請見，演義寫施伯推薦曹劌。《史記》將曹劌與曹沫當成一人，《左傳》未明曹劌與曹沫是一人。演義從《左傳》，曹劌是曹劌，曹沫是曹沫，此處情節偏重在一鼓作氣的故事上。
十七	齊宋攻魯，魯敗宋師於乘丘，齊師乃還。	《左傳•莊公十年》	演義寫此節乃此回的過場，將齊魯之事轉為宋國，完全依據史實。
	宋大水，王姬歸齊，魯釋放南宮長萬。	《左傳•莊公十一年》	宋大水，《春秋》有事無傳，演義則寫此大水，化解各方恩怨。
	宋閔公被弒，南宮長萬被醢。	《左傳•莊公十一、十二年》《史記•宋微子世家》	《左傳》寫宋閔公戲謔南宮長萬為魯囚，南宮長萬弒閔公，殺仇牧及太宰華督，宋國醢長萬。演義鋪張事件的前因和導火線，導火線採《公羊傳》「決賭」的記載。宋國醢長萬過程情節從《左傳》。
	齊桓公自長勺大挫後，委國管仲，寵信豎貂和易牙。	《史記•齊太公世家》集解《呂氏春秋•知接篇》	《史記》本傳無豎貂與易牙毀謗管仲之語，〈史記集解〉有之，本之《呂氏春秋•知接篇》。演義從〈集解〉來。
	蔡哀侯不敬息嬀，息侯請楚伐蔡，楚王杯酒虜息嬀、滅息。	《左傳•莊公十年》《左傳•莊公十四年》	《左傳》僅言「止而見之，弗賓。」杜預注「不禮敬」，演義合杜預注解。

十八	齊宋陳蔡邾會於北杏，以平宋亂，遂人不參加盟會，齊滅遂。此爲齊桓公九合諸侯第一會。	《左傳‧莊公十三年》	史傳裡僅言「遂人不至」,「齊人滅遂」，演義卻將滅遂，說成是管仲料理天下的步驟之一。「宋遠而魯近，不先服魯，何以服宋？」遂是魯附庸，伐遂可使魯臣服。
	曹沫手劍劫齊侯。	《公羊傳‧莊公十三年》 《史記‧齊太公世家》 《史記‧刺客列傳》	《左傳》無載,《公羊傳》有此事，僅言「曹子」未明其字,《史記》言「曹沫」。《管子》、《戰國策》、《呂氏春秋》、《淮南子》等書均有記載，演義以《公羊傳》爲主，雜揉各說。
	管仲妾婧，爲管仲解謎。	《列女傳》	《左傳》未述，演義改寫《列女傳》。
	桓公舉火爵寧戚。	《呂氏春秋‧舉難》 《管子‧小問》	寧戚故事，三傳皆未記載，演義從《呂氏春秋》、《管子》而來
	寧戚說服宋公求成於齊。	《左傳‧莊公十四年》 《列國志傳》	演義從《列國志傳》，敘事文辭幾乎相同。
十九	擒傅瑕鄭厲公復國。	《左傳‧莊王十四年》	《左傳》有二蛇纏鬥之事，演義情節一一從《左傳》，偏重傅瑕如何殺鄭子儀，如何納厲公，厲公又如何處死傅瑕，情節極具張力。
	齊始霸。	《左傳‧莊王十五年》	演義從史傳。
	息嬀不語，楚王爲其報復，興兵伐蔡。	《左傳‧莊王十四年》	演義塑造息嬀不言語，楚王欲取悅息嬀而伐蔡。
	鄭突復國，緩告楚，楚伐鄭，鄭背齊事楚。	《左傳‧莊公十六年》	演義從史傳。
	楚王禦巴人，巴兵伐楚，楚王中箭，又夢息侯批頰。薨。	《左傳‧莊公十八、十九年》	《左傳》僅言楚伐黃，楚王「有疾」，卒。演義添油加醋許多因果事。

	鬻拳自殺以殉。	《左傳•莊公十九年》	演義從《左傳》。
	周王室大亂，五大夫奉子頹，失敗，子頹奔衛，鄭厲公調解周王室衝突，殺子頹，惠王反正。	《左傳•莊王十九、二十、二十一年》《史記•秦本紀》	演義寫王子頹好牛失國，《左傳》無記載，本之《史記》。
	文姜與莒醫私通。	《左傳•莊公二十年》	《左傳》有夫人如莒，無傳。演義不知所據？
	魯莊公娶哀姜。	《左傳•莊公二十四年》《國語•魯語上》	演義雜揉史傳。
二十	周王賜齊侯爲方伯，齊桓公伐衛，衛敗，齊取賄而還。	《左傳•莊王二十七年》《左傳•莊王二十八年》	《左傳》僅言取賄，演義具體言明齊桓公要求衛侯少女爲妾。
	晉獻公違卜立驪姬。	《左傳•莊王二十八年》《左傳•僖公四年》《國語•晉語一》	演義雜揉史傳，事件從《左傳》，卜筮採錄左傳繇辭，情節增添《國語》中里克將亡之事。
	楚成王熊惲弒兄即位。	《史記•楚世家》	《左傳》不載，演義從《史記》。
	子元伐鄭，鄭設空城計，楚夜遁。	《左傳•莊王二十八年》	空城計
	楚令尹子元，欲蠱文夫人，居王宮，鬥班殺子元，平亂，楚成王相子文。	《左傳•莊王三十年》	演義強調鬥穀於菟(子文)的出身，及勇猛，《左傳》未記載其出身。

二十一	齊人伐山戎以救燕。	《左傳‧莊王三十年》《穀梁傳‧莊公三十年》《史記‧齊太公世家》《史記‧燕召公世家》《國語‧齊語》《管子‧大匡‧小匡》	桓公伐山戎的時間，演義依照《左傳》記載，在莊公三十一年，情節則根據《國語》和《管子》。案：《國語》、《管子》均作僖公四年齊桓公伐楚之後才伐山戎。
	管夷吾智辨俞兒，老馬識途，齊桓公兵定孤竹。	《管子‧小問》《韓非子‧說林上》	管仲能識俞兒，老馬識途等智慧，《左傳》未記載。演義所述伐戎時節是「春往冬返」與《韓非子》相類，與《左傳》所述「冬往夏返」相反。
二十二	魯莊公娶孟女，莊公死，慶父專權。慶父與哀姜私通，公子般喜歡梁女，圉人犖與梁女戲，鞭犖。	《左傳‧莊王三十二年》《史記‧魯周公世家》	《史記》言慶父爲魯莊公之弟，据〈史記考證〉言《公羊傳》云莊公之母弟，齊語韋注也說慶父是莊公弟，《左傳》杜預注，慶父是莊公庶兄，演義從《左傳》杜注。
	莊公疾，叔牙薦慶父，季友鴆叔牙；慶父立閔公，魯季友避難陳國，齊侯力挺季友回國任相。	《左傳‧莊王三十二年》《左傳‧閔公二年》《史記‧魯周公世家》	演義情節從《左傳》。《左傳》與《史記》皆記載季友天生「友」字在手，《史記》寫公子斑，《左傳》寫公子般，演義從《左傳》。演義寫閔公八歲，從杜預注。
	慶父殺慎不害，慶父之亂，人心不滿，慶父奔莒。慶父欲如齊，不納，自縊。三桓立。	《左傳‧閔公二年》《穀梁傳‧僖公元年》	《左傳》言公「傅」奪卜齮田，演義則具名慎不害，史傳未見。《左傳》寫慶父自縊於密，《穀梁傳》寫齊不納慶父，舍於汶水之上。演義從《穀梁傳》。三桓立，乃季友推親親，從《左傳》疏。
	季友以孟勞寶劍刺殺他人。	不知所据？	疑作者杜撰。
	齊皇子獨對委蛇。	《莊子‧達生》	演義略改《莊子‧達生》篇的情節，增加管仲引薦皇子，桓公贊其高士。

二十三	衛懿公好鶴亡國，弘演取肝殉君。	《左傳・閔公二年》 《呂氏春秋・忠廉》	演義寫弘演之事，從《呂氏春秋・忠廉》來，《左傳》未記載。
	齊桓公救邢。	《左傳・閔公元年》《公羊傳・僖公元年》 《韓非子・說林上》	狄人伐邢事，《左傳》記載管仲力勸桓公救邢，《韓非子・說林》則有鮑叔勸桓公暫緩救邢，演義改寫管仲勸桓公暫緩救邢，並抄錄《韓非子》之語。
	楚伐鄭，鄭如齊請救。	《左傳・僖公三年》	《左傳》記載楚伐鄭，鄭伯欲請成，孔叔勸鄭伯親齊。演義改寫成「鄭伯聞聃伯被囚，復遣人如齊請救。」
	齊桓公伐蔡，及伐楚。	《左傳・僖公三年》 《左傳・僖公四年》	《左傳》記載齊侯與蔡姬乘舟，蔡姬戲之，齊侯送蔡姬歸國，蔡侯更嫁妹於楚，齊侵蔡。蔡潰，遂伐楚。完全無管仲勸伐記載，演義增添管仲之謀，名爲討蔡，實爲伐楚。《韓非子・外儲說》寫管仲諫桓公勿以蔡姬事伐蔡，應以天子名伐楚，楚服後襲蔡。
二十四	與楚屈完盟於召陵(今河南郾城東)而還，管仲告知楚備菁茅。	《左傳・僖公四年》	演義將齊伐楚的故事橫跨兩回，
	周惠王欲立王子帶爲肆，諸侯盟於首止，會太子鄭，謀定其位。惠王恨桓公，教鄭伯親楚，鄭伯遂逃歸不盟。	《左傳・僖公五年》	演義情節完全依據史傳。
	諸侯伐鄭，齊桓公會葵邱義戴周天子。	《左傳・僖公六年》至《左傳・僖公九年》 《史記・齊太公世家》 《史記・封禪書》 《國語》	《左傳》述葵丘之盟，周天子賜齊桓胙，命無下拜，齊桓以爲不可，終下拜。《國語》作「桓公招管子而謀」，史記改爲「桓公欲許之，管仲曰不可。」演義從《史記》。管子所進之言，取《國語》辭。可見，演義是雜揉各家說法。

	齊桓公頒周五禁。	《公羊傳・僖公九年》	《左傳》不載，文字與《公羊傳》同
	齊桓公欲封禪紀公。	《史記・齊太公世家》	《左傳》不載，演義本於《史記》，文字較簡略。
	管仲築三歸設反坫。	《論語・八佾》《列國志傳》	演義解三歸為「民人歸，諸侯歸，四夷歸」，設反坫為「聊為吾君分謗」。與《論語》文義不同。
二十五	驪姬之亂，謀害申生。	《國語・晉語一》《左傳・僖公四年》	《左傳》寫驪姬之亂極為簡單。演義本《國語》，寫驪姬與優施私通。驪姬誣陷申生調戲事，純屬虛構。案：來自戲曲。
	晉獻公以女樂遺虢。	《戰國策・秦策》《韓非子・內儲》	《左傳》未載。
	晉假道虞以伐虢，宮之奇以唇亡齒寒諫於公。不聽。晉滅虢還，又滅虞。	《左傳・僖公二年》《左傳・僖公五年》《穀梁傳・僖公二年》《史記・晉世家》	《左傳》寫晉伐虢，士蔿見時機未至，不可出兵，演義則將士蔿改為荀息，強化荀息的智取虢虞。演義此處有合併事件使故事更緊湊。
	窮百里飼牛拜相。	《史記・秦本紀》	《左傳》未記載百里奚的事蹟，演義從《史記》。
二十六	百里奚認妻，推薦蹇叔。	《史記・秦本紀》《風俗通》《呂氏春秋・慎人篇》	《史記》未有百里奚認妻情節，本之《風俗通》，《呂氏春秋》？。
	獲陳寶，穆公證夢。	《史記・封禪書》索隱《列異傳》	演義情節從《列異傳》。
二十七	驪姬巧計殺申生，重耳奔翟。	《左傳・僖公四年》《左傳・僖公五年》《穀梁傳》《國語・晉語二》《列女傳》《列國志傳》	《穀梁傳》寫驪姬將毒藥直入申生的酒中，《國語》寫驪姬的陰謀是優施策劃。演義綜合各家說法，補《左傳》不足。重耳奔翟以下情節本《列國志傳》。

	獻公臨終囑咐荀息，立奚齊。	《左傳‧僖公九年》	《左傳》寫獻公要荀息做個忠臣，演義寫獻公知道荀息爲忠臣，故重託。
二十八	里克殺奚齊，荀息立卓子，里克殺卓子，荀息死之。	《左傳‧僖公九年十年》 《國語‧晉語二》 《史記‧晉世家》	演義從史傳。
	驪姬之死。	《列女傳‧晉獻驪姬》	《左傳》未載，驪姬投水自盡，與《列女傳》同。
	秦穆公一平晉亂，晉惠公夷吾返國。	《左傳‧僖公十年》《史記‧秦本紀》 《列女傳‧晉獻驪姬》《國語‧晉語》	《左傳》記載簡略，演義根據《國語》和《史記》加以補充。
	里克之死，晉惠公大誅群臣。	《左傳‧僖公十一年》	演義側重寫晉惠公殺里克，群臣不服，遂伐其黨。
二十九	賈君被烝，晉惠公改葬申生，申生面如生，臭難當。狐突夢申生。	《國語‧晉語三》 《左傳‧僖公十五年》	申生面如生，臭難當，《左傳》未記載。賈君被烝紀錄在僖公十五年。演義寫賈君請命，惠公方重葬申生。
	管夷吾病榻論相。	《史記‧齊太公世家》 《呂氏春秋‧知接》《管子戒篇》	演義中文辭承自《管子》，《左傳》未載。案：管夷吾死在魯僖公十五年。
三十	晉向秦乞米。	《左傳‧僖公十三年》	晉飢，求助於秦，秦糧船自庸至絳，絡繹不絕，稱泛舟之役。
	秦向晉乞米。	《左傳‧僖公十四年》《國語‧晉語三》 《史記‧晉世家》 《史記‧秦本紀》	演義特別強調晉惠公負秦公。以野人懂得報德，諷刺晉惠公不如也。左傳無有野人報德，《史記》有之。《左傳》言虢射主攻秦國，演義寫郤芮。
	秦伯伐晉，戰於韓原，大破晉軍，擒惠公。	《左傳‧僖公十五年》《呂氏春秋》 《史記》《列國志傳》	事件依從《左傳》，演義情節据《列國志傳》，本之《呂氏春秋》、《史記》改寫。

	秦赦惠公，穆姬以死威脅。	《左傳‧僖公十五年》	演義情節從《左傳》。
	重耳在翟，娶叔槐。	《左傳‧僖公二十三年》	情節不離《左傳》。
三十一	晉惠公怒殺慶鄭，派人刺殺重耳，重耳逃亡。	《左傳‧僖公十五年》 《國語‧晉語三》 《史記‧晉世家》	演義雜揉各說，慶鄭該不該死，文辭取自《國語》；重耳離開翟，《國語》寫出於狐偃的建議，無刺客之說；《史記》則寫刺客之故，演義從《史記》。
	重耳過衛，衛文公不禮。田夫給土塊。	《左傳‧僖公二十三年》 《列國志傳》	過衛，田夫給土塊依《左傳》，《左傳》未明衛文公不禮之因；《國語》則寫「衛文公有邢、狄之虞，不能禮焉。」演義不採，寫衛文公拒迎重耳有四點理由，全本於《列國志傳》。
	介子推割股啖君。	《莊子‧盜跖》 《列國志傳》 《史記》《說苑》 《琴操》？	《左傳》無此事，杜預注僖公二十四年有「重耳無糧不能行，介子推割股以食，重耳然後能行。」之語，此事最早紀錄於莊子，演義綜合各說，將此事放在重耳離五鹿入曹之前。也加入寒食禁火，見《荊楚歲時記》、《後漢書周舉傳》等書。
三十二	扁鵲論齊桓公病入膏肓。	《史記‧扁鵲列傳》 《新序》	《左傳》無載。《史記》僅言「扁鵲過齊，齊桓侯客之。」裴駰集解寫此桓侯爲田和之子，非齊桓公，演義不採，仍指齊桓公。演義寫扁鵲又名盧醫，則參考唐張守節的〈史記正義〉。
	易牙造反，晏蛾兒踰牆殉節。	《呂氏春秋‧知接》 《說苑》	《呂氏春秋》僅寫一婦人，未具名，也無下落；演義則增添名字及下場。
	齊五公子爭立，大鬧朝堂。	《左傳‧僖公十七年、十八年》	演義改《左傳》註解，自創新說。杜預解五公子爲世子昭以外的五公子，演義則創公子雍以外的五公子。

	宋襄公欲送齊公子昭返國，公子目夷諫止，襄公依然伐齊。	《左傳•僖公十八年》 《列國志傳》	演義雜揉其說。
三十三	宋襄公伐齊，齊人殺無虧，立孝公（子昭）。	《左傳•僖公十八年》	《左傳》:「齊人將立孝公，不勝四公子之徒。」杜預注:「無虧死，故曰四公子」，演義不採此說，演義寫無虧雖死，其母長衛姬的勢力，加上三公子的勢力，也符合四公子之徒的說法。
	齊桓公墓發現有人殉葬。	《史記•齊太公世家》的〈史記正義〉	演義參考〈史記正義〉中《括地志》的記載。
	宋襄圖霸，執鄫子爲犧牲以祭神，子魚諫，不聽。	《左傳•僖公十九年》	演義寫目夷舉齊桓公事蹟與宋襄公相比，突顯宋襄公的急躁。
	宋襄公欲伐齊圖霸，子魚言宋不如齊不能圖霸。宋與齊在鹿上會盟，要求楚國同意以宋爲諸侯盟主，宋楚陳蔡鄭許曹會於盂，楚王伏兵劫盟主。	《左傳•僖公二十一年》 《史記•宋微子世家》 《史記•楚世家》	演義情節一一從史傳。
三十四	楚釋放宋襄公。	《左傳•僖公二十一年》	演義著重描寫楚本要殺襄公又釋放，其中原委內幕。
	宋襄公伐鄭，楚攻宋，待楚軍渡河成列后戰，大敗，受傷。假仁失眾。	《左傳•僖公二十二年》 《史記•宋微子世家》《史記•楚世家》	情節依《左傳》，省略目夷說理文字。
	楚王看上二甥女，以舅納甥。	《左傳•僖公二十三年》 《史記•宋微子世家》	演義從史傳。

	重耳居齊七年，齊姜成醉遣夫。	《左傳•僖公二十三年》 《史記•晉世家》	演義情節綜合歷史文獻。不同處在於《左傳》記載蠶妾被殺，《史記》謹記妾，演義則寫蠶妾十來人。
三十五	晉重耳周遊列國，去齊，過曹，曹不禮待。負羈之妻要負羈送禮給重耳。	《左傳•僖公二十三年》 《國語•晉語四》 《史記•晉世家》 《列女傳•仁智傳》《列國志傳》	《左傳》寫重耳駢脅，未述及重瞳。演義寫重耳「重瞳駢脅」本於《列國志傳》。
	過宋，宋襄贈馬二十乘。	《左傳•僖公二十三年》 《史記•晉世家》	演義情節本之《史記》。
	及鄭，鄭文公不禮。	《左傳•僖公二十三年》 《國語•晉語四》	演義從《國語》增加叔詹諫鄭君殺重耳一節。
	至楚，禮之，重耳與楚有退避三舍之約，子玉請楚王殺重耳，不聽，送之赴秦。	《左傳•僖公二十三年》 《國語•晉語四》	演義結構從史傳，增加重耳與楚王獵於雲夢澤，圍殺貘獸情節，史傳未記載。
	秦穆公以女懷嬴妻重耳。	《左傳•僖公二十三年》 《史記•晉世家》 《國語•晉語四》	《史記》述懷嬴與《左傳》異。《左傳》寫重耳納懷嬴，鄙薄之，懷嬴生氣，重耳懼；《史記》本之《國語》，寫初欲拒婚，臣子勸，無鄙薄，演義從《史記》。改司空季子爲公孫枝。
三十六	欒盾與重耳約爲內應，重耳卜卦祝禱，重耳棄邊豆，狐偃哭，重耳與之立盟，之推笑。	《史記•晉世家》 《說苑•復恩》	重耳卜卦出自《國語》,《左傳》無。重耳棄邊豆本之說苑，之推笑本之《史記》。
	勃鞮要重耳重用他，以鞏固政權。重耳潛行入秦地。	《左傳•僖公二十四年》 《國語•晉語四》 《史記•晉世家》	《史記》作履鞮，〈晉語〉作勃鞮，《左傳》作寺人披。演義從〈晉語〉。

	晉呂郤夜焚公宮，秦穆公再度平亂。	《左傳・僖公二十四年》 《國語・晉語四》 《史記・晉世家》	
三十七	重耳返國，國中多不附重耳，頭須出計策。	《韓詩外傳・卷十》	《左傳》等史書皆無，演義從《韓詩外傳・卷十》，《韓詩外傳》寫鳧須，演義寫頭須，情節不變。
	重耳行賞大臣，獨露介子推，子推守志焚綿上。	《左傳・僖公二十四年》 《史記・晉世家》 《說苑・復恩》	《左傳》僅記「遂隱而死。」《史記》也未載焚山之事。演義則寫焚山。
	鄭怪滑事衛，不事鄭，伐之，滑又事衛。襄王假翟伐鄭。襄王不聽。	《左傳・僖公二十四年》	演義從《左傳》。
	周王室亂，太叔帶怙寵，與槐氏私通。	《左傳・僖公二十四年》	演義增添宮女小東揭發太叔與槐氏相通的姦情，此事爲作者虛構。
三十八	狄攻周，太叔帶自立爲王，周襄王避亂居鄭，求救於諸侯。	《左傳・僖公二十四年》 《史記・周本紀》	《左傳》寫狄攻周，立太叔帶，演義增添惠后一角，寫太叔自立爲王，增加襄王感嘆天子不如民的情節。
	秦將勤王，狐偃勸文公勤王，晉文公送王回周，殺太叔帶，周以溫原等四邑給晉，原不降，文公守信降原。	《左傳・僖公二十四年》 《國語・晉語四》	演義從史傳。
三十九	齊兩次侵魯，柳下惠授辭卻敵。	《左傳・僖公二十六年》	演義從左傳。並解釋展喜何以受命於展禽。
	魯與楚軍攻齊，置桓公之子雍居穀，易牙奉之。	《左傳・僖公二十六年》 《史記・楚世家》	從史傳。

	子文致仕，薦子玉，國老皆賀，蔿賈尚幼，不賀，楚攻宋。	《左傳‧僖公二十六年》	情節一一從《左傳》。
	晉師圍曹，曹共公問計群臣，魏犨、顛頡燒負羈。	《左傳‧僖公二十八年》 《列國志傳》	演義中事件從《左傳》，情節本之於《列國志傳》，交代僖負羈的下落。
	宋如晉告急，晉文公伐衛破曹以激楚。	《左傳‧僖公二十七年、二十八年》 《列國志傳》	城濮之戰前奏曲，《左傳》詳於《史記》，演義從《左傳》，《國語‧晉語四》和《史記‧晉世家》略述其事。
四十	楚王欲與晉和，子玉請戰，先診詭謀激子玉。	《左傳‧僖公二十八年》 《國語‧晉語四》 《史記‧晉世家》	演義根據《史記》所說「城濮之事，先軫之謀」大寫先軫激怒子玉，子玉進兵逼晉軍，晉文公退三舍，子玉進兵不止。
	晉侯夢楚王伏身。晉楚城濮大交兵。	《左傳‧僖公二十八年》	晉侯之夢，取材自《左傳》；演義增添楚小將軍成大心殺敵情節。
四十一	楚敗，子玉自殺，	《左傳‧僖公二十八年》 《史記‧晉世家》	晉軍與宋齊秦師破楚軍於城濮，演義對子玉失敗是否該死，有詳細的描繪，也說明楚王的矛盾。
	衛成公觀晉侯主盟。周襄王至會所，命晉侯爲侯伯。	《左傳‧僖公二十八年》	
	衛侯出奔，先奔楚，再奔陳，命大夫元咺奉弟叔武向晉乞降。	《左傳‧僖公二十八年》	演義從左傳。
四十二	晉命衛成公回國，成公殺叔武，元咺奔晉，晉執成公，交周王處理。	《左傳‧僖公二十八年》 《史記‧晉世家》	《左傳》寫叔武冤死，演義寫叔武死不瞑目。
	晉文公請周襄王巡守，駕臨溫地，以會諸侯。	《左傳‧僖公二十八年》 孔疏《公羊傳》	演義根據孔穎達的資料新編故事。
	衛元咺公館對獄。	《左傳‧僖公二十八年》	演義從史傳。情節精采絕倫。

四十三	智寧俞假酖復衛。衛殺元咺，元咺魂附周顓，病死，衛成公歸國。	《左傳‧僖公三十年》	寧俞假酖衛侯，《左傳》與《史記》紀錄有別。《左傳》寫「寧侯貨醫使薄其酖」；史記寫「成公私於周主鴆，令薄。」演義從《左傳》，虛構醫衍與甯俞的對策，使故事更周全。演義寫周顓之死，強調因果報應。
	晉侯約秦伐鄭，先軫諫止，晉侯不聽。	《列國志傳》	史傳未記載，演義從《列國志傳》。
	秦晉圍鄭，老燭武縋城說秦。秦與鄭盟。	《左傳‧僖公三十年》	演義加強燭之武如何見到秦君的情節。
四十四	叔詹據鼎抗晉侯。	《左傳‧僖公三十年》 《國語‧晉語四》 《史記‧鄭世家》	晉文公欲戮叔詹，見《國語》和《史記》。《史記》寫叔詹自殺，演義從《國語》寫叔詹當庭力辯，晉侯終赦不殺。
	蹇叔死師，弦高假命犒秦軍。	《左傳‧僖公三十二年》《史記‧秦本紀》 《史記‧晉世家》 《史記‧鄭世家》	《左傳》並沒有說明蹇叔的兒子是白乙丙，西乞術，演義則根據《史記》的說法，說蹇叔的兒子是百乙丙、西乞術。演義還加強蹇叔哭師的狀態。
	秦穆公乘晉國大喪，舉兵伐鄭。	《左傳‧僖公三十二年》	《左傳》寫秦穆公執意要伐鄭，演義寫杞子逢孫等人心存私念導致的。
四十五	晉襄公墨縗敗秦於殽。	《左傳‧僖公三十三年》 《史記‧秦本紀》 《史記‧晉世家》	演義強調秦晉殽之戰的過程。
	晉襄公悔釋秦國三帥。	《左傳‧僖公三十三年》 《列國志傳》	《左傳》寫晉襄公悔釋秦國三帥，命陽處父追之，「及諸河，則在舟中」。演義增添蹇叔與百里奚已備舟楫於河下，本之於《列國志傳》。
	狄攻晉，先軫免冑殉翟。	《左傳‧僖公三十三年》 《史記‧晉世家》	史傳上說先軫悔無禮於君，脫冑赴敵，戰死。演義則寫他不得已才受命。

回	本事	出處	考註
四十六	楚商臣宮中弒父。	《左傳•文公元年、二、三年》《史記•楚世家》	《左傳》寫楚成王縊死，「謚之曰靈，不瞑，曰成，乃瞑。」演義刪除此說。
	孟明報殽仇，秦穆公殽谷封屍。	《左傳•文公三年》《史記•晉世家》《史記•秦本紀》	演義依從《史記》。
	秦穆公用繇余謀伐西戎。	《史記•秦本紀》	《左傳》不載，演義本《史記》，誇大西方二十餘國納地請朝，《史記》只寫十二國。
四十七	弄玉吹簫雙跨鳳。	《列仙傳•蕭史》王世貞《列仙全傳》	《左傳》未記，演義從《列仙全傳》，略作增改。對蕭及音樂著墨甚多。
	秦穆公死，以人殉葬。	《史記•秦本紀》	《史記》寫一百七十七人，演義則寫一百六十七人，
	狐射姑派人刺殺陽處父，狐射姑奔狄。	《左傳•文公六年》《左傳•文公十二年》	演義雜串史料，先後不合《左傳》。
	晉罷新軍，恢復三軍之制，趙盾背秦立靈公。	《左傳•文公六、七年》	演義塑造趙盾專權。
四十八	刺先克五將亂晉。	《左傳•文公元年七、八、九年》	史傳中記載正月先殺先都、梁益，三月再殺箕鄭父、士穀、蒯得，演義中則一起斬於市曹。
	楚國伐鄭，蔿賈誘兵擒鄭三將。	《左傳•文公九年》	演義中蔿賈誘兵之計擒獲鄭三將，不見史傳，疑為虛構。
	召士會壽餘紿秦。	《左傳•文公十二、十三年》《國語•晉語五》《史記•秦本紀》《史記•晉世家》	
四十九	齊公子商人弒太子，自立，是為懿公。厚施。	《左傳•文公十四年》	演義虛構齊懿公設計誣陷單伯一事。也有雜串《左傳》，事情先後與《左傳》不合，張冠李戴也有之。

	晉會諸侯攻齊，因齊賄而止。	《左傳•文公十五年》	《國語•晉語五》《史記•秦本紀》
	宋襄夫人招穆襄之卒，殺公子卯，後六卿調和公室，昭公與二族講和。	《左傳•文公七、八年》	《左傳》寫宋昭公將去群公子，穆襄之族攻公，六卿調和公室。此爲一事。宋襄夫人怒昭公不禮，殺昭公之黨，此爲另一事。一在文公七年，一在文公八年，演義將此二事合而爲一。
	大夫仲遂殺嫡立庶。	《左傳•文公十八年》	演義添加叔孫得臣參與其事，《左傳》未載。
	宋公子鮑厚施買國，襄公夫人使人殺昭公，立鮑爲文公。	《左傳•文公十六》	
	晉荀林父與諸侯伐宋，欲問殺昭公之事，因君位已定，退兵。		
五十	魯國東門（仲孫）遂援立子倭，殺嫡，哀姜痛哭，自此三桓強大。	《左傳•文公十八年》	《左傳》寫襄仲殺嫡，立庶子宣公倭，《公羊》、《穀梁》作文公弟，演義從《左傳》。
	楚莊王淫樂，臣子以大鳥爲喻，莊王則說一鳴驚人的故事。	《史記•楚世家》	《史記》寫進諫言者是伍舉，演義改爲蘇從。從《列國志傳》，《韓非子•喻老》、《呂氏春秋》等書都有此一故事。
	晉靈公不君，從台上彈人，殺宰夫，鉏麑欲刺趙盾，見趙盾端坐，不忍殺忠臣，乃自殺。靈公欲殺趙盾，設宴伏甲士攻之，頓逃。	《左傳•宣公二年》《公羊傳•宣公六年》	演義寫「欲誘趙盾拔劍於君前」,「拔劍之計」本於《公羊傳》。靈公以銅斗擊殺宰夫，本於《公羊傳》。

五十一	趙盾出奔，未出國境，趙穿殺靈公，乃回，董狐直筆責趙盾。	《左傳・宣公二年》 《國語・周語》	演義寫成公之母夢神人一事，本之《國語》。成公既立，專任趙盾以國政，以其女妻趙朔是爲莊姬。
	楚莊王問鼎輕重。	《左傳・宣公三年》 《史記・楚世家》	
	楚令尹子越殺司馬蔿賈，攻楚王，王滅若敖氏。	《左傳・宣公四年》	演義杜撰越椒與養由基賽射故事。
	誅鬥椒絕纓大會。	《左傳・宣公二年》《說苑》・復恩》 《韓詩外傳・卷二、卷七》	演義改《說苑》「晉與楚戰」爲伐鄭之役，並增加將士之名。
	虞邱子推薦孫叔敖，孫叔敖埋兩頭蛇。	《列女傳・楚莊樊姬》 《韓詩外傳・卷二》《新書・春秋》	演義參照各說。虞邱子推薦孫叔敖本之《列女傳》、《韓詩外傳》。孫叔敖埋兩頭蛇本之《新書》。
五十二	鄭公子宋食指大動嘗黿，搆逆，鄭公子歸生弒其君夷。	《左傳・宣公四年》	演義依從《左傳》情節。
	襄公將去穆氏，子良止，皆以爲大夫。	《左傳・宣公四年》《史記・鄭世家》	《左傳》寫襄公將去穆氏，杜預注「逐群兄弟」，《史記》寫「穆氏者，殺靈公子公之族家也」。演義從杜注。
	陳靈公袒服戲朝。與大臣通於夏姬。	《左傳・宣公九年》 《史記・陳杞世家》《列女傳》	演義据《列女傳》舖敘，增寫荷華一角。對話近於《史記》。
五十三	徵舒殺靈公，楚王滅舒，欲納夏姬，以陳爲縣，繼而復陳。	《左傳・宣公十年》《史記・陳杞世家》 《左傳・成公二年》	演義寫徵舒立子世子爲君，強逼成公朝晉，《左傳》未記載，與《史記》、《列女傳》有異。

	楚莊王攻鄭，鄭襄公肉坦牽羊，迎楚，莊公與鄭和。	《左傳‧宣公十二年》《史記‧楚世家》	演義情節從史傳。
五十四	晉景公出師救鄭。荀林父不進不退，縱屬亡師。	《左傳‧宣公十二年》《史記‧晉世家》	《史記》對先穀以首計敗晉，恐誅，奔翟，演義則寫殺先穀，以戒將來。
	孫叔敖之死，孟侏儒托優悟主。	《史記‧滑稽列傳》《左傳‧宣公十八年》	演義從史傳，改寫孫叔敖囑咐其子往見優孟。
五十五	楚國申舟赴齊，經宋不假道，華元殺之，楚圍宋，華元登床劫子反。與盟。	《左傳‧宣公十四、十五年》《公羊傳》《史記‧楚世家》《史記‧宋世家》	演義寫宋華元夜入楚師求和，公子側以楚軍僅七日存糧，本之《公羊傳》。
	秦攻晉，晉魏顆敗於輔氏，老人結草亢杜回。	《左傳‧宣公十五年》《列國志傳》	老人結草亢杜回。据《列國志傳》而來。
	晉景公家魏顆之功，鑄大鐘，名景鐘。	《國語‧晉語》	演義與史傳同。
五十六	晉士會率師滅狄，晉國之盜逃於秦。	《左傳‧宣公十六年》《列子‧說符篇》	演義寫郤雍視盜，不在《左傳》，本之《列子》。
	蕭夫人登台笑客，郤克怒，歸而請攻齊。	《左傳‧宣公十七年》《國語‧晉語五》《穀梁傳‧成公元年》《史記‧晉世家》	《左傳》謹記一人，穀梁傳記載四人，演義從穀梁傳，《左傳》寫郤克跛，《史記》寫郤克瘺，演義寫郤克眇，同《穀梁傳》。
	逢丑父易服免君。	《左傳‧宣公十七年》《左傳‧成公二年》《公羊傳‧成公二年》《史記‧齊太攻世家》	演義省略《左傳》韓厥夢子輿謂己曰的一段神異故事。齊侯與逢丑父換衣，不在《左傳》，本之《公羊傳》。

五十七	晉郤克伐齊，齊求和而還。	《左傳・成公二年》	演義刪減諸國盟於斷道一事。
	娶夏姬，巫臣逃晉。	《左傳・成公二年》《史記・晉世家》 《新序・雜事》	《左傳》記楚王史屈巫聘齊，使命畢，經鄭國，不返國復命，演義改寫敘事，寫屈巫入鄭，乃楚共王的旨意。屈巫隨夏姬到晉，本之《新序・雜事》
	圍下宮程嬰匿孤。	《史記・趙世家》	演義寫趙氏孤兒据《史記》舖敘情節，《史記》與《左傳》的記載迴異。《史記》有公孫杵臼和程嬰等人及搜孤救孤的情節，《左傳》無此情節及人物。劉向《說苑》復恩篇有韓厥程嬰二人，《新序》節士篇有程嬰和公孫杵臼二人事蹟。
五十八	晉景公病，說秦伯魏相迎醫，秦名醫以爲病在肓上膏下，無法治療。	《左傳・成公十年》	演義增加魏相說秦侯，遣良醫治晉侯。
	宋華元促進晉楚和盟。	《左傳・成公十二年》	演義以楚二卿的主和和主戰爲晉楚鄢陵之戰的主軸。
	晉伐鄭，鄭求楚。	《左傳・成公十五年、十六年》	
	養由基獻藝。	《左傳・成公十七年》《史記・楚世家》 《史記・晉世家》 《史記・周本紀》 《呂氏春秋》《列國志傳》	演義強調養由基的神技。百步穿楊依據《列國志傳》，猿聞由基之名，即啼號，本之《呂氏春秋》。
	晉將魏錡夢射月，及射楚共王中目。	《左傳・成公十六年》	演義增改《左傳》，据《列國志傳》而改寫，使之合傳。

五十九	寵胥童晉國大亂，三郤之死。程滑弒厲公。	《左傳•成公十七年、十八年》 《國語•晉語六》 《史記•晉世家》	《左傳》寫欒書害郤氏，演義則寫郤氏之誅，全爲胥童之謀，與欒書無關。《左傳》寫欒書、中行偃先執厲公，招韓厥不至，再殺胥童，演義略改爲先殺胥童再執厲公，後招韓厥。
	穀陽獻酒，公子側醉，誤事，自縊。	《左傳•成公十六年》《韓非子•十過》 《呂氏春秋•權勳》	演義据《韓非子》與《呂氏春秋》補《左傳》之闕。
	誅岸賈趙氏復興。	《左傳•成公十八年》《史記•趙世家》	《史記》在晉景公時代立趙武，演義則寫在晉悼公時代。
六十	鄭侵宋，楚軍會鄭攻宋，宋如晉求救。	《左傳•成公十八年》《左傳•襄公元年》 《左傳•襄公二年》	晉楚爭鄭，演義刪減陳國依附晉楚一事，略言幾句。
	宋桓族之亂。	《左傳•成公十五年》	《左傳》寫宋桓族之亂始末極爲詳細，演義僅略言。
	智武子分軍肆敵，晉侯之弟亂軍紀，魏絳戮其僕。魏絳盟諸戎，以報晉悼公。	《左傳•襄公三、四年》	情節從史傳。
	偪陽城三將鬥力。	《左傳•襄公十年》	偪陽之戰本在襄公十年，魏絳盟戎在襄公四年，演義卻將兩事互爲因果。
六十一	智罃破偪陽。	《左傳•襄公十年》	從《左傳》。
	諸侯伐鄭，晉悼公於蕭魚與鄭相會。	《左傳•襄公十一年》	鄭處晉楚之間，《左傳》言鄭賄晉，演義改寫晉知鄭處境難，不咎，鄭感激遂送禮。

	吳子壽夢欲傳位季札，季札不受。	《左傳•襄公十四年》 《史記•吳太伯世家》《吳越春秋》	《左傳》未記載，本之《史記》。
	秦伯問范鞅晉君爲人，范鞅知無不言，秦晉通好。	《左傳•襄公十四年》	從《左傳》。
	孫林父因歌逐衛獻公。公孫丁善射護獻公，其徒來奪獻公，雙方各爲其主。	《左傳•襄公十二、十四年》《吳越春秋》 《國語•晉語七》 《史記•吳太伯世家》	楚秦以鄭臣服於晉，攻宋，對晉進行報復。演義中爲《左傳》註解，以杜預注爲主。公孫丁事，《左傳》與《孟子》不合。
六十二	齊侯伐魯，中行偃夢與厲公訟，諸侯同心圍齊國，晉圍齊都。	《左傳•襄公十八、十九年》	演義鋪陳《左傳》中行偃的夢意，至於《左傳》晉侯伐齊，濟河時，中行偃沉玉而禱一事，則略而不言。
	齊靈公伐魯，魯向晉乞援。	《左傳•襄公十五、十六、十七、十九年》	此事《左傳》各年都有詳細記載，演義則記述簡略。
	晉師曠卜軍情。	《左傳•襄公十八年》	演義對師曠的生平前後介紹有誤，前說師曠因幼年學琴不專精，因而弄瞎眼睛；後說「師曠從來是瞽宗」。
	晉臣合計逐欒盈。	《左傳•襄公二十一年》《國語•晉語八》	演義寫平公私問陽畢，本之《國語》，
六十三	老祁奚力救羊舌，欒盈奔齊。	《左傳•襄公二十一年》	
	崔杼寵繼室棠姜，莊公看上棠姜，私通。	《左傳•襄公二十一年》	演義情節從《左傳》。
	欒盈自取曲沃攻晉。	《左傳•襄公二十一年到二十三年》 《國語•晉語八》 《說苑•復恩》	辛俞不畏死禁，追隨欒盈，本之《國語》。

六十四	曲沃城欒盈滅族。	《左傳‧襄公二十三年》《史記‧晉世家》	
	齊莊公贈州綽、賈舉「五乘之賓」，而杞梁、華周獨不與。	《說苑‧立節》	演義略增細節。
	杞梁死戰。其妻孟姜女不郊弔，哭倒齊城。	《說苑‧立節》《列女傳‧齊杞梁妻》	《左傳》無杞梁妻孟姜女哭倒長城一事，演義寫哭倒城牆採自說苑，並澄清孟姜女故事的謬傳。
六十五	無咎弒齊莊公，崔慶專權。晏嬰哭莊公。史家寫崔杼弒其君。	《左傳‧襄公二十五年》《史記‧齊太公世家》《列國志傳》	演義鋪陳齊莊公被殺經過，將士殉君均不在《左傳》，本之《列國志傳》。
	莊公被弒，陳文子奔宋。	《列國志傳》《論語‧公冶長》	《左傳》不載，演義本之《列國志傳》，增改投奔國爲宋國。
	寧喜滅孫襄之家，專政。	《左傳‧襄公二十六年》	演義從《左傳》。
六十六	殖殂計擒殖綽，殺甯喜，子鱄出奔，不食衛粟。	《左傳‧襄公二十六年、二十七年》《公羊傳‧襄公二十七年》	演義寫殖殂計擒殖綽，本虛構。寫公子鱄不食衛粟、不履衛地。本之《公羊傳》。
	宋弭兵政策，公子與大夫爭功，伯州犁斷之不公。叔向勸趙武姑讓楚先。	《左傳‧襄公二十七年》《左傳‧襄公二十八年》《國語‧晉語八》	演義刪減《左傳》中，伯州犁說令尹子木三年必死的預言。演義中叔向勸趙武姑讓楚先的說辭，本之《國語》而省，與《左傳》不同。
	令尹屈建率師伐舒鳩，養由基爲先鋒，輕敵，死於亂箭。	《列國志傳》	養由基的下場，《左傳》不載，本之《列國志傳》。
	崔氏家亂，慶封藉此滅崔氏，崔杼自殺，慶封獨相。	《左傳‧襄公二十七年》《史記‧齊太公世家》	塑造人人各懷鬼胎。

六十七	周靈王跨鶴吹笙。	《列仙傳》	演義本之《列仙傳》而略改情節，增寫周靈王夢太子控鶴來迎。
	盧浦癸計逐慶封，慶封奔魯又奔吳。	《左傳・襄公二十八年》	演義完全從《左傳》而來。
	公孫黑與公孫楚爭娶徐吾犯之妹，公孫黑攻良霄。	《左傳・襄公三十年》	《左傳》記載爲兩件事，演義雜串諸事。《左傳》昭公元年記載子產斷公孫黑與公孫楚之訟，演義刪減。
	蔡景公私通媳婦，被子弒。	《左傳・襄公三十年》	演義增寫太子般誘殺景侯，屬杜撰。
	魯女伯姬父母不在，霄不下堂，被燒死。	《公羊傳・襄公三十年》《穀梁傳・襄公三十年》《左傳・襄公三十年》	《左傳》略述此事，不以伯姬爲賢，《穀梁傳》與《公羊傳》等力揚伯姬，演義不表態，僅以「國人皆爲嘆息」作注。
	楚靈王大合諸侯。攻吳，執殺慶封。	《左傳・昭公四年》《吳越春秋》《史記・吳太伯世家》《史記・楚世家》	演義僅慶封被殺，只敘述，沒有描繪。宋國華元起弭兵之會，撮合晉楚宋魯鄭衛曹許陳蔡十國，免戰達五十年。
六十八	楚靈王好細腰。	《墨子・兼愛中》《荀子・君道》《韓非子・二柄》《晏子春秋外篇》	《左傳》未載，本之《晏子春秋外篇》等書。
	楚靈王築章華台。	《左傳・昭公七年》《新書・退讓》	章華台登台必三休，《左傳》未記載，本之《新書》。
六十八	晉楚競建宮殿，晉蓋啇祁宮。師曠辨新聲。	《左傳・昭公四年》《國語・楚語上》《韓非子・十過》《說苑・辯物》	師曠辨新聲，《左傳》不載，演義本之《韓非子》而改「平公觴之𠅤施夷之臺」爲「平公設宴於啇祁之臺」。

	散家財，陳桓子買齊國。	《左傳•昭公十年》	演義根據陳氏的結果，來說明他先前的動機，就是他一開始就有買齊國的念頭。
六十九	楚靈王挾詐滅陳蔡，以蔡世子爲犧牲祭山。以公子棄疾爲蔡公。	《左傳•昭公十一年》	演義加入楚靈王爲何以蔡世子爲犧牲祭山的原委。
	晏平仲巧辯服荊蠻。	《晏子春秋•卷六》《說苑》《列國志傳》	晏子使楚，楚君臣戲辱晏嬰，反爲晏嬰恥笑，《左傳》未載，與《列國志傳》大同小異。楚王指盜爲齊人，景公以愛女妻晏嬰，見《說苑》及《晏子春秋》。
七十	殺三兄，楚平王即位。	《左傳•昭公十二、三年》《國語•吳語》《史記•楚世家》	《春秋》寫公子比自晉歸楚弒君於乾谿，《史記》寫詐弒兩王而自立，演義從《史記》。
	楚靈王逃亡。遇涓人疇，申亥。	《國語》	演義寫楚靈王逃難，遇涓人疇，《左傳》不載，本之《國語》。
	楚平王復陳蔡。	《左傳•昭公十三年》	
	晉昭公以諸侯有貳心，以兵車四千輛示威，尋盟。	《左傳•昭公十三年》	演義強調臣子的語論。
	齊景公渡黃河，有黿銜景公左驂之馬，勇士救馬，殺黿。	《晏子春秋》	《左傳》未載，本之《晏子春秋》。
七十一	晏平仲二桃殺三士、荐田穰苴；景公欲入晏子家宴飲，晏子拒絕。	《晏子春秋•卷二、卷五》《史記•司馬穰苴列傳》《說苑•正諫》	演義寫二桃殺三士，本之《晏子春秋》。景公入晏子，司馬穰苴、梁丘據三人之家情節本之《說苑》。
	季札不受位，吳王僚即位。	《吳越春秋•吳王壽夢傳》	史傳寫吳王餘眛，演義寫夷昧。

	楚平王娶媳逐世子。太子更娶齊女。	《左傳‧昭公十九年、二十年》 《史記‧楚世家》 《吳越春秋》	演義寫費無極勸平王自娶情節本之《列國志傳》，僅略修飾文辭。太子更娶齊女，本之《吳越春秋》。
七十二	伍尚捐軀，奔父難，伍子胥亡命天涯。	《左傳昭公二十三年》 《吳越春秋‧王僚使公子光傳》 《史記‧伍子胥傳》《列國志傳》	左傳並沒有記載伍子胥的逃亡路線，僅言離楚如吳，演義的逃亡路線，合於《史記》。先至宋，奔鄭，然後到吳。《史記》無妻自殺，演義寫妻自殺，此處結合《史記》與《左傳》
	伍子胥遇申包胥。	《列國志傳》	
	宋向華之亂。伍子胥見宋不可居，奔鄭。	《左傳‧昭公二十年》 《吳越春秋‧王僚使公子光傳》	演義刪省《左傳》華徑還質。及吳師救華氏戰役。
	伍子胥微服過昭關。	《左傳昭公二十三年》 《吳越春秋‧王僚使公子光傳》 《史記‧伍子胥傳》《列國志傳》	演義寫伍子胥過昭關、遇漁翁、挽紗女、專諸等事，多本於《列國志傳》，再引他書補充。《史記》有太子之子勝隨行，演義從《史記》，《呂氏春秋‧呂覽》異寶記載子胥去楚事，不載與勝。
七十三	伍員吹簫乞吳市。	《吳越春秋‧闔閭內傳》 《左傳昭公二十三年》	伍子胥披髮佯狂，跣足塗面乞食吳市，不在《列國志傳》，見《吳越春秋》，《戰國策‧秦策》，橐載而出昭關。現存元雜劇「伍員吹簫」第三折，文辭與演義相似。
	伍子胥由被離引薦給公子光。		《史記》寫伍子胥乃因公子光求見吳王。
	王子朝之亂。	《左傳‧昭公二十二年》	演義刪省《左傳》閔馬父預言王子朝必敗的情節。簡略周王朝彼此攻伐之事。

	專諸進炙刺王僚。	《吳越春秋‧闔閭內傳》 《左傳昭公二十七年》《史記‧刺客列傳》 《史記‧楚世家》 《史記‧伍子胥列傳》	《史記‧楚世家》、《史記‧伍子胥列傳》簡述此事，《吳越春秋‧闔閭內傳》《史記‧刺客列傳》則詳細。此回故事情節及敘事次序全本《吳越春秋》。
七十四	楚郤宛被設計，自殺，囊瓦懼謗，誅無極，伯嚭逃到吳國。	《左傳昭公二十七年》	
	至晉張華雷煥見斗牛之間有紫氣。	《豫章記》	
	要離貪名刺慶忌。	《左傳昭公二十七年》《左傳‧哀公二十年》 《吳越春秋‧闔閭內傳》《呂氏春秋‧忠廉》	《左傳‧昭公二十七年》的記載與《吳越春秋‧闔閭內傳》和《呂氏春秋‧忠廉》相近而《左傳‧哀公二十年》則與此有異。
七十五	孫武子演陣斬美姬。	《吳越春秋‧闔閭內傳》 《左傳定公三、四年》	
	囊瓦向蔡侯索裘及玉，又向唐成公索馬，兩君不肯，囊瓦留兩君於楚三年。蔡昭侯納質乞吳師。	《左傳定公三年》	
七十六	吳與蔡唐攻楚，囊瓦奔鄭，楚昭王棄郢西奔。	《左傳‧定公四年》 《吳越春秋‧闔閭內傳》	
	闔閭欲辱楚平王夫人伯嬴，伯嬴以劍擊戶，闔閭慚退。	《列女傳》	演義從《列女傳》。

	伍子胥掘墓鞭尸。	《穀梁傳・定公四年》 《吳越春秋・闔閭內傳》 《呂氏春秋・首時篇》《列女傳・卷四》 《史記・伍子胥列傳》《史記・楚世家》 《史記・吳太伯世家》	《左傳》無伍子胥鞭屍的記載，《穀梁傳》有「撻平王之墓」的字眼，《呂氏春秋》亦云「鞭荊王之墳三百」，只有《史記・伍子胥列傳》才寫成「掘楚平王墓，出其尸，鞭之三百。」演義從《史記》。並加入如何找到楚平王之墓。第七十六回，備註：《史記》始有掘墓，鞭屍，其他文獻僅撻墓，演義從《史記》。據《史記考證》年表言伍子胥鞭平王墓，〈季布傳〉也說鞭平王墓。
七十七	楚申包胥求救於秦，哭秦庭七日，秦哀公借兵。	《左傳・定公五年》《史記》 《吳越春秋・闔閭內傳》《說苑・至公》	《左傳・定公五年》並無申包胥的下場，《吳越春秋・闔閭內傳》稍為相異。《說苑》有申包胥的退隱說。演義從《說苑》。
	退吳師楚昭王返國。	《左傳・定公五年》 《吳越春秋・闔閭內傳》	
七十八	齊與魯和，會於夾谷，齊人欲以兵劫魯公，孔子斥退萊夷，令司馬斬倡優侏儒。	《左傳定公十年》《史記・孔子世家》 《孔子家語卷二・致思、〈本姓解〉第三十九、〈辯物〉第十六、〈辯政〉第十四》 《穀梁傳》 《荀子・宥坐》 《史記・魯周公世家》 《史記・齊太公世家》《國語・魯語下》	演義對孔子生平均依據《孔子家語》、《說苑》等，如寫孔母禱於尼山而有孕，季斯試孔子之學，孔子辯「商羊」等。左傳僅記載齊魯夾谷之會，齊大夫黎彌獻計，欲使萊人以兵劫魯侯。至於孔子斥退萊夷，令司馬斬倡優侏儒，演義根據《史記・孔子世家》、《穀梁傳》與《孔子家語》。

	仲由爲季氏宰，墮三都，可使三桓失去勢力，聞人伏法。	《史記‧孔子世家》 《左傳‧定公十二年》	
七十九	齊國歸女樂黎彌阻孔子，孔子去魯周遊列國，困於匡，困於陳蔡之間。子路戰大粘魚。	《史記‧孔子世家》《韓非‧說難》《孔子家語‧琴操》《搜神記》	演義寫孔子周遊列國，以衛國動亂爲線索，貫穿其事。困於匡，仍能「安坐鳴琴」，本之《孔子家語》。困於陳蔡之間。子路戰大粘魚，略改《搜神記》細節。
	彌子瑕嚐食桃半，推入靈公之口。	《韓非子‧說難》	不在《左傳》。
	齊女嫁吳，因思家而死，太子也死，闔閭立孫夫差。	《吳越春秋‧闔閭內傳》	演義寫齊景公不敢拒吳命，嫁幼女於吳太子波，左傳並無記載，綜合《列國志傳》與《吳越春秋》二書而成。
	晉國六卿只剩趙韓魏智。	《左傳‧定公十三四年》	
	棲會稽文種通宰嚭。	《吳越春秋‧闔閭內傳》 《左傳‧哀公元年》	
八十	夫差違諫釋越，句踐竭力事吳。	《吳越春秋‧句踐入臣外傳》 《史記‧越王句踐世家》	句踐嚐膽，《左傳》、《國語》皆不記，《史記》方說「置膽於坐，坐臥即仰膽飲食亦嚐膽」
	句踐十年生聚，十年教訓。	《吳越春秋‧句踐歸國外傳》 《吳越春秋‧句踐陰謀外傳》《國語‧越語上》 《吳越春秋‧句踐伐吳外傳》	演義寫句踐臥薪嚐膽、明恥教戰，依據《吳越春秋‧句踐陰謀外傳》，《吳越春秋‧句踐伐吳外傳》。
八十一	美人計吳宮寵西施。	《吳越春秋‧句踐陰謀外傳》	

	陳乞陰使人扶陽生於魯。	《左傳・哀公六年》 《史記・齊太公世家》	演義從《史記》。
	言語科子貢說列國。	《史記・仲尼弟子列傳》 《說苑・》	
八十二	夫差攻齊，子胥諫，不聽，夫差令自殺。	《左傳・哀公十一年》《韓詩外傳・卷十》 《史記・伍子胥列傳》《越絕書・卷十、十四》 《史記・吳太伯世家》《史記・越王句踐世家》《吳越春秋・夫差內傳》 《國語・吳語》 《吳越春秋・句踐伐吳外傳》	演義本《史記・伍子胥列傳》。
	魯哀公獲麟，孔子作歌云。	《史記・孔子世家》 《左傳・哀公十四年》	見孔叢子。惟首句作「唐虞世兮麟鳳遊」不同。
	陳恒弒齊簡公。	《左傳・哀公十四年》 《史記・田敬仲完世家》	陳恒弒齊簡公的情節，左傳有詳細的描繪，而演義卻省略，反而依據《史記》寫陳恆如何結交諸侯，自強宗室的過程。
	納蒯聵子路結纓而死。不久，孔子也得疾去世。	《左傳・哀公十四年》 《左傳・哀公十五年》《史記・趙世家》?	演義寫衛君以子路醢贈孔子，本之《列國志傳》而略改細節。
八十三	白公勝殺令尹子西，後爲葉公子高所敗，楚惠王復位，楚滅陳，以爲縣。	《左傳・哀公十六年》 《史記・楚世家》	演義杜撰伍子胥是白公勝的恩人，不知所據？

	越滅夫差，越王稱霸。	《左傳•哀公二十二年》《說苑•正諫》 《吳越春秋•夫差內傳》《淮南子》 《吳越春秋•句踐伐吳外傳》 《國語•吳語》 《國語•越語》 《史記•吳太伯世家》《呂氏春秋•適威》	演義本之《吳越春秋》，並依據其他史料而略增改細節。夫差蒙面自刎，愧見子胥，本《列國志傳》，陶朱公事見《史記》
	范蠡浮海出齊。	《史記•越王句踐世家》	《國語》僅言浮於五湖，不知所終。《史記》言浮海出齊，改名。演義綜合二者之言。
	陶朱公傳奇。	《史記•越王句踐世家•貨殖》 《韓非子》	演義言陶朱公有事齊上卿，棄官，居陶山，蓄五牝，生息獲利千金。史記言陶朱公三致千金，再散與貧，富好行德，《史記》據《韓非子》而來，
	西施下落。		西施下落，千古懸案，演義澄清西施故事的原委，寫西施的下場是「越夫人潛使人引出，負以大石，沉於江中。」張覺《吳越春秋》佚文引《繹史》九十六「吳亡后，越浮西施於江，令隨鴟夷以終。」
	文種之死。	《史記•越王句踐世家》	演義從《史記》，《史記》寫七術，《越絕書》寫九術，演義寫賜劍自刎，不知所據。
	趙簡子死，趙襄子代立。	《史記•趙世家》	演義寫趙襄子的不同凡響。從《史記》
八十四	智伯決灌晉陽，韓趙魏分晉之勢成。	《戰國策•趙一》 《國語•晉語》	演義從第八十四回進入戰國時期。戰國以後的事件就不以時間次序，而以國家爲主。
	豫讓擊衣報襄子。	《史記•趙世家》 《戰國策•趙一》 《史記•刺客列傳》	

八十五	三家分晉，周命為諸侯。		
	魏文侯客段干木，師子夏，友田子方。	《史記》 《呂氏春秋・察賢、期賢、當染》	《史記正義》有《呂氏春秋・察賢、期賢、當染》的記載，演義遂加發揮。
	樂羊子有賢妻，學成奉命攻中山，因子在中山，怒啜中山羹，破中山。	《戰國策・魏一、秦二》 《後漢書・列女傳》	
	世子子擊遇田子方，子方說貧人驕，子擊大慚而去。		《史記》說子擊不悅而去，此事見《韓詩外傳》九，《說苑・尊賢篇》說再拜而退。
	西門豹喬送河伯婦。	《史記・滑稽列傳、趙世家》 《資治通鑑卷一》	
八十六	吳起殺妻求將，仕魯、仕魏、仕楚，終被殺。	《史記・吳起列傳》 《史記・魏世家》	吳起殺妻求將，《史記》僅有一語，演義則有對話。大破齊，也有故事。
	魏文侯之賢，李克之才。	《史記・魏世家》	從《史記》。
	聶政刺韓相。	《史記・刺客列傳》 《戰國策・韓二》	《史記》寫其姐說出嚴仲子之名，《戰國策》未言，故事情節從〈刺客列傳〉，發生時間從世家、年表改為韓列侯。演義的寫法優於《史記》。從《戰國策》。
	齊威王時，騶忌鼓琴取相，淳于髡五問，殺阿大夫。	《史記・田敬仲完世家》	演義裡五問五扣，從《史記》。《史記》殺阿大夫在先，演義則將殺阿大夫寫在後，說成騶忌的功勞。
八十七	說秦君衛鞅變法。	《史記・商君列傳、秦本紀》 《戰國策・秦一》 《資治通鑑・卷二》	演義裡商鞅所頒布的新令是經過整理，使人一目了然。

	孟子到魏，不用，仕齊。		
	辭鬼谷孫臏下山。	見袁淑真隱傳	?
八十八	孫臏佯狂脫禍，墨子救孫臏。	《史記・孫子列傳》	演義說墨子從相助，墨子死於公元前376年。
	鄒忌與田忌相爭，田忌走。	《史記・孫子列傳》 《戰國策・齊一》	《戰國策》寫田忌去齊仕楚，演義寫宣王立，復故位。
	龐涓兵敗桂陵。	《史記・孫子列傳》 《戰國策・齊一》	
八十九	馬陵道萬弩射龐涓。	《史記・孫子列傳》	
	稷下學士，鍾黎春自薦爲正后。	《史記・田敬仲完世家》 《列女傳・卷六》	
	咸陽市五牛分商鞅。	《史記・商君列傳》	
九十	蘇秦和從相六國。	《史記・蘇秦列傳》 《戰國策・秦一》	《史記》本之《戰國策》。
	和氏璧的故事。	《韓非子・和氏》	
	張儀被激往秦邦。	《史記・張儀列傳》	
九十一	蘇秦與文夫人私通，佯走齊。	《史記・蘇秦列傳》	
	孟嘗君嗣位。	《史記・孟嘗君列傳》	
	燕王禪讓君位給相國子之，招來兵禍。	《史記・燕召公世家》	齊湣王率兵破燕，《史記》寫齊湣王，《孟子》作齊宣王，因無註解，馮夢龍依從《史記》。

	燕昭王以五百金買死馬，立黃金台招賢。	《戰國策・燕一》	
	張儀自秦赴楚，勸懷王親秦絕齊，僞獻地，張儀欺楚。	《史記・張儀列傳》 《史記・楚世家》	
九十二	楚王欲以黔中地換張儀。	《史記・張儀列傳》	依從《史記》。
	秦武王有力好戲，任鄙、烏獲、孟說皆爲大官，賽舉鼎武王絕脛。	《史記・秦本紀》	
	甘茂伐宜陽，武王死，甘茂奔魏。	《史記・甘茂列傳》 《戰國策・秦二》	與《史記》略同。
	莽赴會楚懷王陷秦，屈原諫勿去。	《史記・張儀列傳》 《史記・楚世家》 《戰國策・秦二》	
九十三	趙主父（武靈王）胡服騎射，餓死沙邱宮。	《史記・趙世家》 《史記・平原君列傳》	《史記》記載趙主父攻滅中山，以明胡服之效，演義則不寫此一戰役。《史記》寫主父　不得食，探爵鷇而食之　，演義則寫樹上有雀巢，取卵生吃。
	屈原投江而死。		演義強調屈原姐的勸告。
	孟嘗君偷過函谷關。	《史記・孟嘗君列傳》	
九十四	馮驩彈鋏客孟嘗。	《史記・孟嘗君列傳》 《戰國策・齊四》	馮驩彈鋏，《史記》與《戰國策》的記述有異，演義從《史記》。
	宋康王娶何氏，神化爲相思樹。	《戰國策・宋》 《搜神記卷十一》	演義結合兩說。

	齊王糾兵伐桀宋。	《史記•田敬仲完世家》 《戰國策•宋》	〈宋微子世家〉寫諸侯告齊伐宋，田敬仲完寫蘇秦之謀伐宋，演義從〈田敬仲完世家〉。
	魏公子與侯嬴。	《史記•魏公子列傳》	演義與《史記》同。
九十五	說四國，樂毅滅齊。	《史記•樂毅列傳》	
	齊湣王出奔，至衛、至魯、至鄒、至莒。王蠲殉齊。	《史記•田敬仲完世家》 《戰國策•齊六》	
	驅火牛田單破燕。	《史記•田單列傳》	
九十六	藺相如兩屈秦王。	《史記•廉頗藺相如列傳》	
	馬服君單解韓圍，趙括紙上談兵。	《史記•廉頗藺相如列傳》	
九十七	死范雎計逃秦國。	《史記•范雎列傳》 《戰國策•秦三》	《史記•范雎列傳》資材《戰國策》,《戰國策》沒有復仇色彩,《史記》有之，演義取材《史記》，自然連復仇色彩也資取。
	假張祿庭辱魏使。	《史記•范雎列傳》 《戰國策•秦三》	演義情節幾乎與《史記》同。《史記》言須賈另雎受牛酒，演義則寫范雎自己受牛酒。
九十八	執平原秦王索魏齊，魏齊奔信陵君，信陵君遲疑，侯生勸，魏齊自刎。	《史記•范雎列傳》	
	春申君入質於秦。	《史記•春申君列傳》	
	趙易廉頗用趙括。	《史記•廉頗藺相如列傳》	

	趙括紙上談兵，敗長平白起坑趙卒。	《史記‧趙世家》《史記‧白起王翦列傳》	
九十九	武安君含冤死杜郵。	《史記‧白起列傳》	〈史記考證〉：秦策引甘羅言云：「應侯欲伐趙，武安君難之去咸陽七里，後而殺之。」《史記》未明是應侯殺白起，演義則寫應侯迫白起自殺。
	秦圍邯鄲，平原君求救于楚，毛遂自薦。	《史記‧平原君列傳》	《史記》寫平原君言于楚君合從之利害，一筆代過，演義則將利害詳盡敘述。
	呂不韋巧計歸異人。	《史記‧呂不韋列傳》《戰國策‧秦五》	
一百	魯仲連不肯帝秦。	《戰國策‧秦五》《史記‧魯仲連列傳》	
	信陵君竊符救趙。	《史記‧魏公子列傳》	
一百一	鄭安平之死，蔡澤說應侯急流勇退。	《史記‧范睢蔡澤列傳》	
	西周公降爲家臣，東周公貶爲君。		
	秦王滅周遷九鼎。	《史記‧秦本紀》	《史記正義》記載一鼎入於泗水，演義中一鼎的神話不知何據？
	廉頗敗燕殺二將。	《史記‧燕召公世家》《史記‧呂不韋列傳》	《史記‧燕召公世家》與《戰國策‧燕策》有小異，渠將要燕王將樂乘之眷屬歸之，《史記》無記載。
	蔡澤罷相。	《史記‧范睢蔡澤列傳》	蔡澤入秦，《史記》無言明唐舉建議，小說則明唐舉建議。《史記》寫蔡澤居相僅數月，及去相居秦十餘年。演義則寫蔡澤至莊襄王深信呂不韋之後，才罷相。

一百二	華陰道信陵敗蒙驁，朱亥自殺。	《史記・魏公子列傳》	
	秦使反間使魏王疏離信陵君。	《史記・魏公子列傳》	
	胡盧河龐煖斬劇辛。	《史記・魏公子列傳》 《趙世家、燕召公世家》	《史記・趙世家》寫龐煖將攻燕，擒其將劇辛，演義則寫劇辛將攻趙，從燕召公世家的寫法。
	昭襄王薨，呂不韋扶太子政登基。	《史記・呂不韋列傳》	
一百三	李國舅爭權除黃歇。	《史記・春申君列傳》	李園之妹進黃歇，再送宮中。
	樊於期傳檄討秦王。	《史記・秦始皇本紀、刺客？》	
	蔡澤往燕，使太子丹入質于秦。	《史記・范雎蔡澤列傳》	本之史傳。
一百四	俊甘羅童年取高位。	《史記・甘茂王翦列傳》	《史記》無甘羅下場，演義則寫甘羅無疾而終，高才不壽。
	呂不韋與太后私通，進嫪毒于太后。	《史記・呂不韋列傳》	
	蠢嫪毒僞府亂秦宮。	《史記・秦始皇本紀》 《說苑》	秦王得知此事，見於〈史記集解〉引《說苑》，故演義增加《說苑》中的情節。
一百五	茅焦解衣諫秦王。	《史記・李斯列傳》《資治通鑑・卷六》 《史記・呂不韋列傳》	

	李斯諫逐客書，與秦殺韓非，推薦尉繚。	《史記•秦始皇本紀》 《史記•老子韓非列傳》	
	李牧堅壁卻桓齮。	《史記•老子韓非列傳》	
	廉頗老矣，秦派王翦攻趙。	《史記•廉頗藺相如列傳》	廉頗奔楚。
一百六	王敖反間殺李牧。	《史記•白起王翦列傳》	
	田光刎頸薦荊軻。	《史記•白起王翦列傳》 《史記•刺客列傳》	
	燕太子與荊軻。	《燕丹子•卷上卷下》	
一百七	獻地圖荊軻大鬧秦。	《史記•刺客列傳》 《燕丹子•卷下》	
	論兵法王翦代李信。	《史記•白起王翦列傳》	
一百八	兼六國混一輿圖。	《史記•秦始皇本紀》《史記•王翦列傳》 《史記•田敬仲完世家》	王翦代李信攻楚，本之〈王翦列傳〉；秦兵擊齊，本之〈田敬仲完世家〉；秦併天下本之〈秦始皇本紀〉。
	號始皇，建立郡縣。	《史記•秦始皇本紀》	

參考書目

一、古籍

（先秦）左丘明	《左傳》（十三經注疏本）	台北：藝文印書館	民國70年
（先秦）公羊高	《公羊傳》（十三經注疏本）	台北：藝文印書館	民國70年
（先秦）穀梁赤	《穀梁傳》（十三經注疏本）	台北：藝文印書館	民國70年
（先秦）莊周	《莊子》	台北：三民書局	民國70年
（先秦）孔子	《新譯四書讀本》（民國 謝冰瑩等人編譯）	台北：三民書局	民國65年
（先秦）呂不韋	《呂氏春秋今註今譯》	台北：台灣商務印書館	民國77年
（先秦）管子	《管子今註今譯》(民國 李勉註)	台北：台灣商務印書館	民國77年
（先秦）墨子	《墨子今註今譯》（民國 李漁叔註譯）	台北：台灣商務印書館	民國63年
（先秦）晏子	《晏子春秋今註今譯》（民國 王更生註）	台北：台灣商務印書館	民國77年
（先秦）韓非子	《韓非子今註今譯》（民國 邵增樺注譯）	台北：台灣商務印書館	民國77年
（先秦）韓非子	《韓非子》（民國 王先慎注）	台北：華正書局	民國80年
（漢）司馬遷著	《史記會注考證》（日 瀧川龜太郎注）	台北：洪氏出版社	民國71年
（漢）班固	《漢書》	台北：藝文印書館	民國71年
（漢）劉向編	《國語》（四部備要）（三國吳 韋昭解 ）	台北：中華書局	民國72年
（漢）劉向編	《戰國策》	台北：中華書局	民國72年
（漢）劉向編	《戰國策今註今譯》（民國）程發軔注譯	台北：台灣商務印書館	民國71年
（漢）袁康、吳平著	《越絕書》	台北：世界書局	民國70年
（漢）袁康、吳平著	《新譯越絕書》(民國 劉建國注譯)	台北：三民書局	民國70年
（東漢）趙曄纂	《吳越春秋輯校匯考》（民國 周生春校）	上海：古籍出版社	1997年
	《新譯孔子家語》（民國 羊春秋注譯）	台北：三民書局	民國85年
	《新譯燕丹子》(民國 曹海東注譯)	台北：台灣商務印書館	民國77年
（漢）劉向	《列女傳》（民國 張敬注譯）	台北：台灣商務印書館	民國77年
（漢）劉向	《說苑今註今譯》（民國 盧元駿註譯）	台北：台灣商務印書館	民國70年
（漢）劉向	《新序今註今譯》（民國 盧元駿註譯）	台北：台灣商務印書館	民國70年

（梁）劉勰著	《文心雕龍讀本》（民國 王更生注譯）	台北：文史哲出版社	民國86年
（唐）長孫無忌等撰	《隋書經籍志》	台北：新文豐出版社	民國74年
（宋）李昉等撰	《太平御覽》	台北：台灣商務印書館	民國56年
（宋）呂祖謙	《春秋集解》	台灣：大通書局	民國67年
（宋）蘇東坡	《東坡志林》	台北：木鐸出版社	民國71年
（宋）胡安國	《春秋胡氏傳》	台北：台灣商務印書館	民國42年
（宋）朱熹	《朱子語類》	台北：台灣商務印書館	民國62年
（宋）司馬光	《資治通鑑》	台北：錦繡出版社	民國81年
（宋）袁樞	《通鑑記事本末》	台北：三民書局	民國61年
（宋）吳自牧	《夢粱錄》	台北：文海出版社	民國70年
（宋）陳振孫	《直齋書錄解題》	台北：廣文出版社	民國57年
（宋）朱熹	御批《通鑑綱目》	經香閣石印本	清光緒28年
（明）羅貫中	《三國志通俗演義》	台北：新文豐出版公司	民國68年
（明）余邵魚著、陳繼儒評點	《新鐫陳眉公批評列國志傳》十二卷	明萬曆刊本	故宮文獻館藏館藏
（明）馮夢龍編	《東周列國志》(清 蔡元放評點)	乾隆十七年刊本	魏師子雲藏
（明）馮夢龍編	《東周列國志》(清 蔡元放評點)	書成山房刊本	中央研究傅斯年圖書館館藏
（明）馮夢龍編	《新列國志》（民國 胡萬川注）	台北：聯經出版社	民國70年
（明）馮夢龍	《春秋衡庫》	明天啟五年刊本	國家圖書館善本室館藏
（明）李贄	《續焚書》	台北：漢京文化公司	民國73年
（明）馮夢龍編	《警世通言》	台北：三民書局	民國72年
（明）馮夢龍編	《醒世恆言》	台北：三民書局	民國72年
（明）綠天館主人	《喻世明言》	台北：三民書局	民國72年
（明）袁宏道	《東西漢通俗演義》	台北：三民書局	民國87年
（明）顧炎武	《日知錄》	台北：台灣商務印書館	民國45年
（清）錢大昕	《十駕齋養新錄》	台北：台灣商務印書館	民國45年

(清) 毛氏父子評本	《三國演義》	台北：三民書局	民國78年
(清) 章學誠	《丙辰劄記》	北京：中華書局	1986年
(清) 夏燮	《明通鑑》	清同治黃官廨刊本	1837年
(清) 翟灝撰	《通俗編》	台北：世界書局	民國52年
(清) 吳沃堯	《兩晉演義》	台北：廣雅圖書公司	民國73年
(清) 顧棟高	《春秋大事表》	台北：鼎文書局	民國63年
(清) 紀昀主編	《歷代通鑑輯要》卷四《通鑑集覽》(四庫全書)	台北：台灣商務印書館	民國51年

二、專書（按人名比畫排列）

	《史記評議賞析》	內蒙古人民出版社	1985年
大塚秀高	《增補中國通俗小說書目》	日本：汲古書院	影印本
王爾敏	《明清社會文化生態》	台北：台灣商務印書館	1997年
布里辛斯基著，林添貴譯	《大棋盤》	台灣：立緒文化事業有限公司	民國87年
呂九瑞編著	《呂氏春秋思想理論》	中華叢書編審委員會印行	民國60年
杜維運	《史學方法論》	書局印行	民國88年
周英雄	《小說、歷史、心理、人物》	台北：東大圖書公司	民國88年
周聲夏	《中國古戰史研究》	台北：國防部史政編譯局	民國72年
孟瑤	《中國小說史》	台北：傳記文學出版社	民國69年
屈萬里	《先秦文史資料考辨》	台北：聯經出版社	民國72年
屈萬里撰	《先秦文史資料考辨》	台北：聯經出版社	民國72年
金基洞	《中國歷代兵法家軍事思想》	台北：幼獅文化世界公司	民國76年
孫楷第	《中國通俗小說書目》	台北：木鐸出版社	民國72年
孫遜	《明清小說論稿》	上海：古籍出版社	1986年
徐復觀	《周秦漢政治社會結構之研究》	香港：新亞研究所	民國61年
翁銀陶著	《公羊傳漫談》	台灣：頂淵文化世界有限公司	民國86年
袁庭棟、劉澤模著	《中國古代戰爭》	四川省社會科學院出版社	1988年
張秀民	《張秀民印刷史論文集》	大陸：印刷工業出版社	1988年
張高評	《左傳之武略》	台北：麗文文化公司	民國83年
許進雄	《中國古代社會：文學與人類學的透視》	台北：台灣商務印書館	民國77年

陳槃	《春秋大事列國爵姓及其存滅表譔異》	(中央研究院歷史語言研究所專刊)	民國77年
陳麗娜	《趙氏孤兒研究》		
陸樹崙	《馮夢龍研究》	大陸：復旦大學出版社	1987年
勞思光著	《歷史的懲罰》	台灣：風雲時代出版公司	民國82年
曾良	《東周列國志研究》	大陸：巴蜀書社	1998年
曾國垣	《先秦戰爭哲學》	台北：台灣商務印書館	民國62年
程發軔	《春秋要領》	台灣：蘭台書局	民國70年
程發軔編著	《春秋人譜》	台北：台灣商務印書館	民國79年
楊寬	《戰國史》	台北：台灣商務印書館	民國87年
萬霖、韓同文選注	《中國歷代小說論著選》	江西人民出版社	1982年
賈虎臣編著	《中國歷代帝王譜系彙編》	台北：正中書局	民國55年
靳雨生主編	《東周列國大觀》	大陸：上海古籍出版社	1996年
齊裕焜	《中國古代小說演變史》	大陸：敦煌文藝	1990年
齊裕焜	《明代小說史》	浙江：古籍出版社	1997年
劉世德	《中國古代小說百科全書》	大陸：中國大百科全書出版社	1998年
劉伯驥	《春秋會盟政治》	台灣：中華叢書	民國51年
劉伯驥	《春秋會盟政治》	中華叢書編審委員會	民國51年
劉敏忱編	《三國演義資料彙編》	大陸：百花文藝出版社	1983年
魯迅	《中國小說史略》	台灣：谷風出版社	民國52年
黎東方	《先秦史》	台北：台灣商務印書館	民國55年
黎傑編著	《明史》	台灣：大新書局印行	民國53年
錢穆	《國史大綱》修訂本上冊	台北：台灣商務印書館	民國67年
戴友夫、王德華主編	《東周列國計謀鑑賞》	大陸：山東人民出版社	1996年
繆禾	《馮夢龍與三言》	台北：木鐸出版社	民國72年
羅聯添等人編著	《國學導讀》	台北：巨流圖書公司	民國79年
譚正璧	《中國文學家大辭典》	大陸：北京圖書館出版社	1998年
蘇宗哲著	《歷代重要戰爭兵略論》第一集春秋戰國期	台北：協林印書館	民國58年
顧立三	《左傳與國語之比較研究》	台北：文史哲出版社	

三、學位論文

楊振良	《孟姜女故事研究》	國立師範大學國研所碩士論文	民國70年
簡福興	《春秋無義戰論》	高雄師範學院國文所碩士論文	民國71年
張瑞芬	《伍子胥變文及其故事研究》	文化碩士論文	民國75年
李壽菊	《三遂平妖傳研究》	東吳中研所碩士論文	民國76年
凌亦文	《新列國志研究》	中國文化大學博士論文	民國76年
朱冠華	《春秋弒君史實與書法之研究》	珠海大學博士論文	民國81年
廖瑞銘	《明代野史的發展與特色》	中國文化大學史學博士論文	民國83年
陳倩芳	《春秋有關戰伐書例研究》	師大碩士論文	民國84年

四、期刊論文

于興漢、吉曉明	〈試論中國古代小說批評中的史家意識〉	《山西師大學報》第二二卷第二期	1995年4月
吳承學	〈評點之興—文學評點的形成和南宋的詩文評點〉	大陸：《文學評論》	1995年1期
宋杰	〈春秋時期的諸侯爭鄭〉	首都師範大學學報(社會科學版)	1996年第6期
王東	〈為歷史學辯護—漫談歷史智慧〉	《天津社會科學》	1997年第一期
林思綺	〈從伍子胥故事的演變論歷史知識的通俗化〉(上下)	《人文及社會科教學通訊》5：5，6：1	民國84年2月
紀德君	〈明代歷史演義小說生成論〉	北京師範大學學報	1997年第6期(總第144期)
胡楚生	〈清初諸儒論「管仲不死，子糾」申義〉	《孔孟學報》	第52期
涂秀虹	〈東周列國戲之于史記敘事意向的轉移〉	(大陸福建師範大學學報社・哲學社會科學版)	1999年第1期
張以仁	〈論國語與左傳的關係〉	史語所集刊	33期
張永攜	〈春秋「大一統」述義〉	《哲學與文化》	第3卷第1期

張新科	〈歷史與小說的不解之緣〉	《運城高等專科學校學報》	第18卷第1期 2000年2月
逢振鎬	〈春秋經傳「尊夏卑夷」、「尊魯卑齊」政治思想文化體系—齊魯文化研究中的一個根本問題〉	《書目季刊》	第27卷第4期
陳大康	〈論明清小說的宏觀研究〉	中國文化月刊	169 民國82年12月
陳大康	〈明代小說史〉導言	大陸：《明清小說研究》	1998年2月
陳果安	〈明清小說評點與敘事學研究〉	大陸：《中國文學研究》	1998年第1期
楊秋梅	〈晉國的始盛之君—晉獻公〉	山西師大學報社會學版	第26卷第3期 1999年7月
簡宗梧	〈左傳伍子胥的形象〉	孔孟學報	54
譚帆	〈中國古代小說評點的價值系統〉	大陸：《文學評論》	1998年第1期

國家圖書館出版品預行編目資料

亂局與奇局：析論東周列國志 ／李壽菊
著. -- 初版-- 臺北市：萬卷樓, 民 91
面； 公分

ISBN 957－739－389－6 (平裝)

857.451 91005658

亂局與奇局：析論東周列國志

著　　者：李壽菊
發 行 人：許錟輝
出 版 者：萬卷樓圖書有限公司
臺北市羅斯福路二段 41 號 6 樓之 3
電話(02)23216565．23952992
FAX(02)23944113
劃撥帳號 15624015
出版登記證：新聞局局版臺業字第 5655 號
網 站 網 址 ：http://www.wanjuan.com.tw
E-mail：wanjuan@tpts5.seed.net.tw
經 銷 代 理 ：紅螞蟻圖書有限公司
臺北市內湖區舊宗路二段 121 巷 28 號 4F
電話(02)27953656(代表號)　FAX(02)27954100
E-mail：red0511@ms51.hinet.net
承 印 廠 商 ：晟齊實業有限公司
定　　價：380 元
出 版 日 期 ：民國 91 年 4 月初版

ISBN 957－739－389－6